Norie Cla

Neuanfang in N

CW01455132

NORIE CLARKE

NEUANFANG IN *Notting Hill*

Roman

Aus dem britischen Englisch
von Anne Rudelt

dtv

Deutsche Erstausgabe 2025
© 2023 Norie Clarke
Titel der englischen Originalausgabe:
›The Library of Lost Love‹
(Headline Review, An Imprint of Headline Publishing Group, 2023)
2025 dtv Verlagsgesellschaft mbH & Co. KG
Tumblingerstraße 21, 80337 München
produktsicherheit@dtv.de
Umschlaggestaltung: dtv nach einem Entwurf von Caroline Young
Umschlagmotive: shutterstock.com / Solveig Been, GoodStudio,
lemono, Tata Pilip
Satz: Fotosatz Amann, Memmingen
Gesetzt aus der Sabon
Druck und Bindung: Duckerei C.H. Beck, Nördlingen
Printed in Germany · ISBN 978-3-423-22105-4

In Erinnerung an Isabel Eder –
zu früh gegangen,
doch ihr Geist lebt fort.

Greenwich Village, New York City
August 1973

Wunderschöne Joany,
ich kenne unsere Liebe zu gut, als dass ich deine
Worte heute Abend akzeptieren könnte. Es gibt keine
Variante meines Lebens, die ohne dich je »freier«
oder »einfacher« sein würde.
Für mich ist dies kein Abschied, sondern einfach das Ende
vom Beginn unserer Geschichte. Eines Tages werden wir
einen Weg zurück zu unserer Liebe finden, egal, wohin
das Leben uns auch führen mag.

Ewig dein
Joseph

1

JESS

»Wie war dein Date?«, ruft Debs, sobald sie hört, wie ich ihre gelbe Haustür hinter mir schließe.

»Absolutes Desaster«, rufe ich zurück, während ich meinen Mantel ausziehe und versuche, ihn irgendwo zwischen all den Kinderjacken im Flur aufzuhängen.

Ich finde Debs in der Küche. »War es wirklich so schlimm?«, will sie wissen, während sie mit einer Hand das Abendessen kocht und zugleich den achtzehn Monate alten Eli auf der Hüfte balanciert. Der süße Duft gebratener Würstchen liegt in der Luft.

»Kricketfanatiker. Schlechte Zähne. Sagt ständig ›Yo‹. Noch Fragen?« Sie lacht über meinen Fehlgriff und küsst Eli auf seine pralle Wange, ein Ausdruck von Dankbarkeit dafür, dass sie Mike schon auf der Uni kennengelernt und sich damit im Grunde dieses ganze Dating-Spiel erspart hat.

»Mir reicht's mit Tinder. Es muss einen anderen Weg geben, um jemanden zu finden.« Ich plumpse auf den roten Stuhl am Küchentisch, und ehe ich michs versehe, habe ich Toby, den Kater, auf dem Schoß. Sein schwarzes Fell klebt an der senffarbenen Wolle meines Pullis.

»Vielleicht liegt es nicht an Tinder, vielleicht bist du einfach noch nicht bereit«, überlegt Debs und greift in den blau gestrichenen Schrank nach einer Dose Bohnen, während Eli zeitgleich ihren schwingenden Pferdeschwanz zu fassen bekommen möchte. Die Bohnen im Griff schiebt sie Eli etwas weiter ihre Hüfte hoch und stopft sich ihr Sweatshirt mit den Fledermausärmeln vorn in ihre Schwangerschaftsjeans, deren Gesäßtaschen von ihr eigenhändig mit Gänseblümchen bestickt worden waren.

In diesem Moment kommt Mike durch die Tür aus der Garage. Er küsst Debs auf die Stirn und legt eine Hand auf ihren Babybauch, abwartend, ob sich was bewegt, bis Debs ihn spielerisch mit einem Kochlöffel verscheucht.

»Immer noch hier?«, fragt er mich, während er mir ihm Vorbeigehen durch die roten Locken wuschelt. »Ich arbeite dran«, winde ich mich, wohl wissend, dass ich ihre Gastfreundschaft längst überstrapaziere, obwohl ich Miete zahle, und ebenso wissend, dass auf WG-Gesucht nie etwas auch nur ansatzweise Finanzierbares dabei ist. Nur die allerbesten Freunde halten Hausgäste für eine Woche aus, und ich bin inzwischen fast ein Jahr hier, verbarrikadiert in ihrem Abstellraum, umgeben von einer wachsenden Sammlung von Babyausstattung.

»Alles gut«, ruft er und verschwindet im Hauswirtschaftsraum, wo er Debs zuliebe seine staubigen Schreinerlatzhosen aus- und seine Hausklamotten anzieht. Das tut er brav jeden Abend, die dreckigen Teile legt er sogar in den Wäschekorb. Mike ist ein Traummann: praktisch veranlagt, mitfühlend, stark, lustig, und er ist ein großartiger Papa. Ich kann nur hoffen, dass er zumindest im Bett miserabel ist, wobei Debs das abstreitet.

»Jess' Date war ein Desaster«, berichtet Debs ihm, als

er in Jogginghosen und T-Shirt zurück in die Küche kommt, den vierjährigen Ash in Superman-Pose auf dem Arm.

»Mist«, sagt er und wirft das Lokalblatt ›Notting Hill News‹ auf den Tisch, ehe er Ash durch den Raum wirbelt, mit Sturzbombe auf Debs und Eli, weshalb Eli vor Vergnügen kreischt.

»Fällt dir niemand ein, mit dem wir sie verkuppeln könnten, jemand, dem wir vertrauen, der kein totaler Vollpfosten ist?«, fragt Debs, während sie für die Kinder drei Teller mit Essen füllt und nach Jude, ihrem Ältesten, ruft, damit er ins Wohnzimmer kommt. »Jeder, den ich kenne, ist entweder schon liiert oder total unreif«, antwortet er und setzt sich an den Tisch. »Das stimmt«, seufzt Debs und drückt Jude einen Teller im Austausch gegen sein Tablet in die Hand, ehe sie ihn Hände waschen schickt und Eli in seinen altmodischen Hochstuhl setzt. Debs dabei zuzusehen, wie sie die Kinder organisiert, ist, als würde man einen Großmeister beim Schach beobachten: Winzige, scheinbar unbedeutende Bewegungen bilden im Ganzen eine meisterhafte Strategie. Debs ist die geborene Mutter, obwohl wir immer scherzen, dass sie nur darum immer mehr Kinder bekommt, damit sie nicht arbeiten muss – in Wahrheit hofft sie einfach auf ein Mädchen. »Fürchte, dann bleibt dir nur Tinder.«

»Fürchte ich auch«, murmele ich. Tinder und ich pflegen eine Hassliebe. Nachdem mein Ex, Liam, sich mit meinem ganzen Gesparten aus dem Staub gemacht hatte, habe ich der App abgeschworen. Sechs Monate danach habe ich mich dann doch getraut, wieder auf die Suche zu gehen, eigentlich eher aus Gewohnheit als aus irgendeinem anderen Grund. Nach weiteren drei Monaten habe ich dann ein paar Typen getroffen. Doch egal, wen ich traf, egal, wie nett sie waren, ich konnte nicht anders, als mich immer zu fragen: *»Welchen Betrug hast du geplant?«*, *»Welche Signale übersehe ich?«*, *»Wie lang wird es dauern, bis auch du mich ausnutzt?«*

Ein Jahr später, und ich bin immer noch sowohl misstrauisch als auch auf der Suche. Und obwohl ich überzeugt bin, niemals wieder irgendwem vertrauen zu können, kann ich die Hoffnung auf mein persönliches »Stolpern ins Glück« nicht ganz aufgeben. Natürlich bin ich keine Hollywood-Schauspielerin in einer Reisebuchhandlung oder eine Absolventin auf einer Mitfahrgelegenheit von Chicago nach New York, nicht einmal eine Buchladenbesitzerin, die unwissentlich den Mann trifft, an dem sie erst zerbrechen und dann wachsen wird, und doch trage ich noch die Hoffnung in mir, dass ich eines Tages diesen einen perfekten Jemand treffen werde, mit dem ich das Gefühl teile, ohne einander nicht leben zu können.

Aus Gewohnheit nehme ich mein Handy und beginne zu scrollen.

»Keine Bildschirme am Abendbrottisch«, sagt Jude, während er genau wie seine Mutter klingt und wie sein Vater aussieht – möhrenrotes Haar, dunkle Augen, Sommersprossen.

»'Tschuldigung«, sage ich fröhlich und reiche Debs mein Telefon, als sie die Hand danach ausstreckt, obwohl ich nicht wirklich will. Ich fühle mich unruhig, wenn ich es nicht bei mir habe, als wäre ein Teil von mir abgestöpselt und ich würde nicht mehr richtig funktionieren.

Debs stellt es auf lautlos und legt es hinter sich auf die Arbeitsplatte, völlig ahnungslos, was das in mir auslöst. Ihr Blick sagt zugleich »sorry« und »danke, dass du meine Kinder aushältst«. Erst jetzt, als sie endlich dazu kommt, sich zu ihrer Familie zu setzen, fällt mir auf, dass sie ein wenig blass ist; ihre sonst prallen rosigen Wangen wirken farblos, und unter ihren kastanienbraunen Augen hat sie dunkle Schatten.

»Geht es dir gut?«, frage ich, während die Kinder zu abgelenkt davon sind, ihre Bohnen und das Kartoffelpüree zu Brei zu zermatschen, um etwas von dem Erwachsenengespräch mitzubekommen.

»Nur Kopfschmerzen. Nichts, was eine Mütze Schlaf nicht kurieren könnte«, antwortet sie und streichelt ihren Bauch, den man schon gut erkennen kann, obwohl sie noch nicht ganz im fünften Monat ist. »Wie war deine Nachmittagsschicht?«

»Ganz in Ordnung, obwohl Mariko in einer Tour davon sprach, dass das Kino wohl verkauft werden soll.« »Woher will sie das denn wissen?«, fragt sie skeptisch. Angesichts der Tatsache des hundertjährigen Jubiläums des Kinos in diesem Jahr liegt sie wahrscheinlich richtig mit ihrem Zweifel an dessen Abgesang.

»Ihr Freund, Jamal, arbeitet bei I-Work. Scheinbar suchen die nach neuen Standorten und wollen wohl das Kino kaufen.« »Steht es denn zum Verkauf?«, fragt Mike, während er die Zeitungsanzeigen durchschaut.

»Meines Wissens nicht«, antworte ich und frage mich

dabei, wieso Zeitungen am Tisch erlaubt und Bildschirme verboten sind.

»Klingt nach einer Menge Sch...«, Mike kriegt noch die Kurve, »Schabernack.« »Dennoch wäre das nicht das Schlimmste, was geschehen könnte«, meint Debs und kratzt Eli Kartoffelbrei aus dem Mundwinkel. »Du könntest zurück an die Uni oder die Filmhochschule. Raus aus dem Kino und rein in die Produktion, wie du es schon immer wolltest.«

Debs hat recht, ich wollte schon immer Filmproduzentin werden. Aber als meine Mum in meinem ersten Studienjahr bettlägerig wurde, war klar, dass ich meinen Abschluss nicht machen, sondern Teilzeit im Kino arbeiten würde, und der noch größere Traum von einer Eigentumswohnung führte dann dazu, dass auch nie mehr der richtige Zeitpunkt kam, um wieder zurück an die Uni zu gehen. Da war immer die Hoffnung, dass ich irgendwann zurückgehen würde, wenn ich erst angekommen wäre und mir ein kleines Nest geschaffen hätte. Doch dann tat Liam, was er tat, und damit war es vorbei – aus der Traum.

»Kann sein«, sage ich, unsicher, ob zurück zur Uni zu gehen, im Moment wirklich drin wäre. Jedenfalls nicht, solange mein Sparschwein noch leer ist.

»Es ist doch nicht so, als ob es dein Ziel war, ein Kino zu leiten. Und ganz bestimmt sind deine Führungserfahrungen und dein Filmwissen absolute Pluspunkte für die Ausbildung.«

»Vielleicht«, sage ich, denn mein Job ist derzeit das Einzige, was mir ein Gefühl von Stabilität gibt. Er ist die eine Konstante in meinem Leben seit fast zwei Jahrzehnten und ein Rettungsanker, seit Mum vor vier Jahren gestorben ist. Der Job und Debs, die wie eine Schwester ist, die ich nie hatte. Und dafür, dass er mich nicht wirklich fordert und dass ich ihn nur mache wegen allem, was mit Mum geschehen ist, dafür mag ich ihn wirklich – vor allem die Filme und die Menschen. »Ich würde einfach so gern erst mal was zum Wohnen finden, einen Ort, der mein Zuhause ist, ehe ich darüber nachdenken kann, was als Nächstes kommt. Ich habe eure Gastfreundschaft längst ausgereizt, und in vier Monaten muss mein Zimmer ein fertiges Kinderzimmer sein.« Die Angst, vielleicht meinen Job und mein Zuhause ohne Rücklagen auf der Bank zu verlieren, behalte ich für mich.

»Wie wäre es denn damit?«, fragt Mike und beginnt, aus der Zeitung vorzulesen. »Zimmergenosse gesucht für Berufstätigenwohnung in Shoreditch. Eintausendzweihundert Pfund pro Monat. Ruft Zane an.«

Ich schaue Debs an, und mein Blick fragt, ob ihr Ehemann verrückt geworden sei. »Wer schaltet eine Anzeige in der Zeitung?« »Verrückte und Psychos«, antwortet Debs beiläufig. »Mike, wir haben das einundzwanzigste Jahrhundert, *das digitale Zeitalter*. Niemand beantwortet Zeitungsannoncen.« »Irgendwer scheinbar schon, warum sonst würden die sie sonst drucken?« »Na ja, damit die Zeitung Geld verdienen kann«, erwidere ich mit einer »Echt-jetzt«-Stimme.

»Jess, nicht jeder ist so technologieabhängig, wie du es bist. Halt dich fest, aber …«, er hält inne für den besonderen Effekt, »manche Menschen sind nicht mal online.«

Ich lege den Kopf auf die Seite und werfe ihm einen »Erzähl-keinen-Quatsch«-Blick zu. Als ob da draußen noch irgendwer offline überleben könnte.

»Ich meine das ernst«, sagt er.

»Mike, jeder hat eine E-Mail-Adresse – ohne kann man überhaupt nichts mehr tun.«

»Stimmt nicht«, gibt er zurück.

Auf der Suche nach Unterstützung schaue ich zu Debs.

»Kann dir nicht helfen«, zuckt sie mit den Schultern. »Dieses eine Mal hat er recht. Nicht jeder ist online.«

»Das ist doch Sch...«, lege ich los, bremse mich aber, als ich Judes mahnenden Blick sehe. »Das kann nicht stimmen. Wie kann man ohne E-Mail-Adresse heutzutage noch irgendetwas tun? Stromrechnungen – man muss online sein, um sie zu erhalten.« »Es gibt da was namens *Post*«, erwidert Mike. »Okay, aber was ist mit einer Kontoeröffnung?« »Dafür kann man in eine Filiale gehen.« »Fernsehanschluss«, rufe ich schon fast, überzeugt, dass ich sie überlistet habe. »Beim Telefonanbieter im Laden«, schießt er zurück. Ich sitze, streichle die seidigen Ohren der Katze und suche verzweifelt nach einer Erwiderung, doch als mir nichts einfällt, sagt Mike: »Manche Leute verlassen sich noch immer auf die Zeitung für ihre Inserate und – ob man es glaubt oder nicht – darauf, dass es da draußen Menschen gibt, die sie beantworten.«

»Also zu denen gehöre ich nicht«, verkünde ich hitzig.

»Jess, es ist doch keine große Sache«, sagt Debs. »Wenn man drüber nachdenkt, dann muss irgendwann auch mal ein Mensch mit einem anderen gesprochen haben, damit so eine Annonce am Ende erscheint. Ich schätze, online, wo es vollkommen anonym ist, triffst du mit viel größerer Wahrscheinlichkeit Freaks als über die Zeitung.«

»Durch Tinder hast du wahrscheinlich sowieso schon mindestens ein Prozent der Londoner Spinner und Kriminellen getroffen«, lacht Mike.

»Mike!«, ruft Debs und zieht damit die Aufmerksamkeit der Kinder auf sich.

»Ist schon okay, er hat ja nicht unrecht«, sage ich, wissend, dass Mike nicht verharmlosen wollte, was mit Liam geschehen war. Auch wenn er die Narbe wieder aufriss, die Liam bei mir hinterlassen hat, als er mich um den letzten Penny betrogen hat und dann verschwunden ist, sodass ich den Kauf meiner ersten Wohnung aufgeben musste.

Die Wohnung war nichts Großartiges – eigentlich nur ein großer Raum, ganz oben in dem Block gegenüber der ehemaligen Wohnung meiner Mutter, in der Siedlung, wo Debs und ich aufgewachsen sind. Die Siedlung ist nichts Besonderes, drei vierstöckige Gebäude aus den Sechzigern, die einen kleinen Park umschließen, in dem Blumen blühen und Kinder spielen und die Nachbarn einander kennen. Und wo – am allerwichtigsten – die Menschen sich noch immer an meine Mutter erinnern. Aber die Wohnung hatte einen Balkon mit Blick auf den Rasen, auf dem Debs und ich gespielt hatten, als wir klein waren und später als Teenager rumhingen, und sie war lediglich einen Steinwurf entfernt von ihrem jetzigen Zuhause in der Siedlung; sie fühlte sich nach Zuhause an in dem Moment, als ich durch die Tür kam.

Ich hatte schon mit dreizehn begonnen, für eine eigene Wohnung zu sparen, hatte Samstag nachmittags Ticketenden abgerissen und Popcorn zusammengefegt. So weit ich zurückdenken kann, hatte Mum mir eingebläut, wie wichtig es wäre, mein eigenes Zuhause zu besitzen. Sie selbst hatte das nie erreicht, weil sie mit einundzwanzig schwanger geworden war. Ihre Ausbildung zur Tänzerin musste sie aufgeben und in Mindestlohnjobs arbeiten, um sich stattdessen um mich zu kümmern und eine Sozialwohnung zu mieten. Ziemlich genau vor einem Jahr stand ich nur wenige Tage vor dem Abschluss des Wohnungskaufs und vor dem Einzug gemeinsam mit Liam. Ich stellte mir vor, wie stolz Mum gewesen wäre, als er mir einfach alles entriss: mein Geld, meinen Traum, mein Vertrauen. Auf einen Schlag setzte er mein gesamtes Leben auf null.

»Lies die Anzeige noch mal.«

Mike wiederholt die Informationen für mich.

»Vier Dinge«, sage ich. »Erstens, *Zimmergenosse* statt *Mitbewohner* bedeutet, man teilt sich ein Zimmer. Zweitens ist Shoreditch nicht mein Ding, und es ist zu weit weg von der Arbeit. Drittens weiß ich schon jetzt, dass auch *Zane* nicht mein Ding ist, und viertens – woher bekomme ich die eintausendzweihundert Pfund pro Monat für die Miete?«, frage ich, während ich darüber nachgrüble, ob man heutzutage überhaupt ein Zimmer im Zentrum für weniger als einen Tausender im Monat finden kann.

Debs schüttelt verzweifelt den Kopf in Richtung Mike. »Okay, wie wäre es hiermit?«, sagt er und überfliegt die

ZIMMER-ZU-VERMIETEN-Spalte. »Shepherd's Bush.«
Er schaut auf, um sicherzugehen, ob das akzeptabel
wäre. Ich nicke, weil es nah zum Kino und zu Debs'
Maisonette in der Latimer Road ist. »Hausgemeinschaft.
Vorzugsweise Schichtarbeiter.«

»Ich ahne zehn Niedriglohnarbeiter, zusammengepfercht
in drei Räumen einer unter den Treppen, jeder ein halbes
Fach im Kühlschrank mit namentlich gekennzeichneten
Milchpackungen und einem Badezimmer, das mit einer
öffentlichen Hygienewarnung versehen sein müsste.«

»Das klingt nicht so super, Liebling. Gib mal her.«

Debs geht die Annoncen durch und gibt dabei Laute
von sich, während sie eine nach der anderen aussortiert.
»Ooh, aber wie wäre diese hier?«, sagt sie aufgeregt und
schiebt die Zeitung zu mir rüber, auf die kleine Anzeige
tippend.

UNTERMIETER GESUCHT FÜR DOPPELZIMMER
IN KIRSCHBAUMGESÄUMTER STRASSE,
NOTTING HILL.
Nur weiblich. £ 500 p. M. warm.
Rufen Sie Joan an: 0207 727 9752

»Es ist nah zur Arbeit und zu uns«, ermutigt sie mich,
weil sie mich gut genug kennt, um zu wissen, dass ich
gern in ihrer Nähe sein würde.

»Da muss ein Haken sein. Sonst wäre es nicht so billig.«

»Vielleicht ist es nur eine ältere Dame, die mit den
Mietpreisen nicht so vertraut ist.«

»Oder ein Serienmörder, der sich als naive alte Frau ausgibt, um Frauen anzulocken«, kichert Mike.

»Unangebracht«, zischt Debs, als Jude von seinem Essen aufblickt. »Sicher weißt du das nur, wenn du anrufst und es herausfindest.«

»Könnte ich wahrscheinlich machen«, stimme ich zu, wobei ich nicht wirklich die Gemütlichkeit von Debs' Zuhause und ihre fantastischen Jungs, die für mich wie Neffen sind, zurücklassen möchte. Aber ich weiß, dass sie alle ihren Raum brauchen, und ich muss wirklich wieder raus in die Welt.

»Vielleicht entpuppt es sich am Ende als genau das Richtige für dich, um dein Leben wieder auf die Spur zu bekommen«, spricht Debs mir Mut zu, als ich aufstehe, um mein Handy zu holen und Joan anzurufen.

2

JOAN

»Ich gehe ran«, sage ich zu Edward und hieve mich aus meinem Sessel, um zum Telefon zu kommen.

»Ich kann das machen«, antwortet er und ist bereits auf dem Weg zum Telefonstuhl im Flur, noch ehe ich überhaupt aufrecht stehe. »Hallo.«

Im Rahmen meiner Möglichkeiten eile ich zu meinem Sohn und gebe ihm ein Zeichen, mir den Hörer zu geben.

»Wer spricht da?«, fragt er die Person am anderen Ende der Leitung.

»Wer ist dran?«, frage ich ihn außer Atem und nehme ihm den Hörer aus der Hand, besorgt, dass es jemand wegen der Anzeige sein könnte, wo ich ihm doch von der Untermieteridee bisher noch nichts erzählt habe.

»Hallo?«

»Spreche ich mit Joan?«, fragt die Stimme am anderen Ende der Leitung, während Ed zurück ins Wohnzimmer verschwunden ist.

»Ja, das tun Sie«, antworte ich und setze mich auf den Stuhl mit seinem integrierten Walnusstischchen, seine abgenutzte Sitzfläche ist von Jahren der Benutzung an meine Form angepasst. »Mit wem spreche ich?«

»Mein Name ist Jess. Ich habe Ihre Annonce in den ›Notting Hill News‹ gesehen, wegen des Zimmers«, fügt sie hinzu, während ihr Tonfall bestimmter wird, als müsste ich erst erinnert werden.

»Ja, genau.«

»Ist das noch verfügbar?«

»Das ist es«, sage ich und verschweige die Information, dass sie die erste Anruferin ist. Obwohl ich in der Anzeige deutlich gemacht habe, dass ich nach einer Frau suche, hatte ich schon einige männliche Anrufer. Jeden von ihnen musste ich freundlich abweisen, obwohl es ihnen selbst an Manieren fehlte. Darum habe ich schon begonnen, zu hinterfragen, ob ich das Richtige tat, ob ich vielleicht doch besser nicht auf Pamela hätte hören sollen, als sie am Zaun die Idee einer Untermieterin aufbrachte. »Möchten Sie es sich ansehen? Es ist ein hübsches Zimmer mit Blick in den hinteren Garten, ziemlich friedlich.«

»Darf ich fragen, wo in Notting Hill Sie sind?«

»Portobello Road. Nicht weit vom U-Bahnhof Notting Hill Gate.«

»Das kenne ich.« Sie hält inne, und ich überlege, ob es noch mehr gibt, das ich ihr mitteilen sollte. »Sind es nur Sie in dem Haus?«

»Nur ich und Humphrey, mein Labrador. Ich hoffe, das verschreckt Sie nicht«, füge ich hinzu und bin besorgt, dass sie die Brüchigkeit in meiner Stimme bemerkt hat und nicht mit einer fast Achtzigjährigen leben möchte, von ihrem alternden Hund ganz zu schweigen.

»Das tut es nicht«, lacht sie, ein leichtes, jugendliches Kichern. »Darf ich vorbeikommen und es mir ansehen?«

»Selbstverständlich. Wann würde es Ihnen passen?«

»Ich könnte in etwa einer halben Stunde da sein. Ich bin nicht weit weg.«

»Warum nicht«, sage ich zu meiner eigenen Überraschung und frage mich, unter welchem Vorwand ich Edward dazu bringen könnte, zu gehen, ehe sie eintrifft.

Von seinem Platz auf dem persischen Flurteppich schaut Humphrey zu mir hoch, seine graue Schnauze auf den tiefschwarzen Pfoten.

»Sie klang nett«, sage ich zu ihm, nachdem ich ihr die vollständige Adresse gegeben habe, und ich hoffe, nicht zu kurz angebunden gewesen zu sein. Ich neige dazu, am Telefon schroff zu klingen, ein Überbleibsel aus der Zeit, als die Leitungen schlecht waren und man oft schreien musste und als ich als Klavierlehrerin am Internat Westminster oft mit Eltern im Ausland sprechen musste. Jess hat vielleicht gar keine Erinnerungen an Festnetzanschlüsse, erst recht wird sie noch nie welche benutzt haben.

Ich wische über das schwarze Bakelit-Telefon und überlege noch ein wenig, wie ich das mit Edward angehe, als er aus dem Wohnzimmer ruft.

»Wer war das?«

»Die Fußpflegerin«, flunkere ich, fasziniert von meiner plötzlichen mentalen Beweglichkeit.

Ich kehre zurück ins Wohnzimmer, wo Edward auf dem Zweisitzer gegenüber dem Kamin sitzt, den Blick auf seinen Laptop geheftet.

»Sie hatte eine Absage und wollte wissen, ob sie innerhalb der nächsten halben Stunde rumkommen und einen Blick auf meine Hühneraugen werfen soll.«

Im Spiegel über dem Kaminsims sehe ich, wie Edward angeekelt das Gesicht verzieht, und bin innerlich begeistert von meiner Gerissenheit.

»Du willst dich vielleicht lieber rarmachen«, drängele ich und werfe einen Blick auf die Uhr, die kurz nach sechs anzeigt. »Sie ist sicher in den nächsten zwanzig Minuten hier.«

Während ich Edwards Bewegungen im Spiegel im Blick behalte, richte ich meine Bluse und meine Strickjacke und versuche erfolglos, eine graue Locke zurechtzustecken, die aber darauf besteht, im rechten Winkel von allen anderen abzustehen, wie schon mein Leben lang. Warum ich mich um solche Details schere, obwohl ich schwere Tränensäcke, Wangen mit tiefen Falten und ein schwindendes Kinn habe, werde ich nie verstehen, und doch ist es so. Dann lege ich meine Hand über das winzige goldene Medaillon, das ich seit nunmehr fünfunddreißig Jahren trage, so nah an meinem Herzen wie nur möglich.

Als Edward sich noch immer nicht regt, schaue ich auf meine Armbanduhr und räuspere mich. Humphrey sitzt erwartungsvoll zu meinen Füßen, auch er wartet. Während wir warten, kämpfe ich gegen den Drang, meinem Sohn zu sagen, dass er einen Haarschnitt braucht. Seit Kurzem trägt er seine welligen braunen Haare etwas länger bis zu seinem Hemdkragen, und es geht so weit, dass sie ihm oft ins Gesicht fallen. Meiner Meinung nach steht ihm das nicht, es versteckt die Augen, die ich so sehr liebe, Augen denen seines Vaters so ähnlich.

»In einer Minute gehe ich los«, sagt er, ohne von seinem Computer aufzuschauen, und ich entspanne mich, ein wenig. Ich schüttle die Kissen neben ihm auf dem Sofa auf, alles etwas aufhübschend, ehe Jess eintrifft, während mir durch den Kopf geht, wie furchtbar es heutzutage sein muss, jung zu sein – immer online, niemals wirklich in der Lage, abzuschalten. Zu meiner Zeit brauchte es manchmal Tage, bis Verabredungen standen, Wochen, um Korrespondenzen auszutauschen, heute geschieht das alles innerhalb von Sekunden.

»Ich muss nur diesen E-Mail-Entwurf fertig machen …«, schweift er ab, seine Augen fliegen über den Bildschirm. Er drückt einen Knopf, hört auf zu tippen und klappt das Gerät zu, ehe er es in seine Tasche steckt.

»Ist alles okay auf der Arbeit?«, frage ich, während ich ihn in den Flur geleite, froh darüber, dass er in Bewegung gekommen ist, während ich mich zugleich frage, wie er den Überblick über all seine Firmenangelegenheiten behält. Ich habe aufgehört zu zählen, wie viele Niederlassungen er inzwischen hat, über die ganze Stadt verteilt.

»Wir expandieren wieder und suchen neue Objekte«, erklärt er und tritt in den Flur. »Morgen schaue ich mir ein altes Kino an. Der Eigentümer sucht wohl einen Käufer. Das Objekt wäre toll, den erst mal nötigen Aufwand wert.«

Es ist fünf Jahre her, seit Edward seine Firma für Co-Working-Plätze gegründet und sie I-Work genannt hat. Das erschien ziemlich passend angesichts der Tatsache, dass Arbeiten das Einzige ist, was mein Sohn jemals macht. Er erzählte mir damals von der Idee – Büroplätze für jeden, mit Café und Infrastruktur –, und ich musste mich sehr zurückhalten, ihm nicht zu sagen, dass ich mir nicht vorstellen könne, dass es ein Erfolg werden würde. Doch dann veränderte sich die Welt: Die Menschen begannen, von zu Hause zu arbeiten, große Firmen reduzierten ihre Büroflächen, und plötzlich hatte jeder Sehnsucht danach, wieder von anderen Menschen umgeben zu sein, selbst wenn alle dabei nur auf ihre Bildschirme starrten. Ich lag falsch, es wurde ein riesiger Erfolg und hat ihn zu dem gemacht, was er ist, seiner Meinung nach. Persönlich denke ich, dass es ihn kaputt machen wird, wenn er nicht etwas langsamer macht, aber das will er nicht hören. Das Selbstverständnis meines Sohnes ist an seine Karriere geknüpft.

»Daumen sind gedrückt«, singe ich, öffne die Innentür und dränge ihn in die Diele. »Wie geht es Izzy?«

»Okay, schätze ich, ich hab sie in letzter Zeit nicht gesehen«, antwortet er und öffnet die Haustür.

»Du musst eine bessere Balance finden: weniger Arbeit, mehr Spaß.«

Er lacht und tritt hinaus in den Garten. »Solltest du mir nicht genau den umgekehrten Rat geben?«

»Ich möchte dich nur glücklich sehen, das ist alles. Dein Job kann das nur bis zu einem bestimmten Punkt erreichen.«

Im schwindenden Westlicht bemerke ich, dass seine Stirn faltiger scheint als bei unserem letzten Treffen, seine Wangenknochen treten stärker hervor, und seine dunkelbraunen Augen scheinen schwer vor Müdigkeit. Ich frage mich, ob er genug isst, ob er sich vor lauter Geschäftigkeit gut um sich selbst kümmert.

»Du weißt, dass ich nicht der Einzige bin, der mehr

Balance braucht – du könntest auch die Fühler wieder ein wenig mehr ausstrecken«, gibt er zurück.

»Hab ich zufällig schon getan«, erwidere ich und entscheide, dass ich es ihm genauso gut jetzt sagen kann, wo er schon aus dem Haus ist. »Ich habe eine Anzeige für einen Untermieter aufgegeben.«

»Du hast *was*?«, fragt er auf eine Art, als hätte ich mich grade für einen Fallschirmsprungkurs angemeldet, anstatt eine Anzeige für eine Untermieterin in den ›Notting Hill News‹ zu schalten.

»Pamela dachte, es könnte Spaß machen, jemand anderen als nur Humphrey um mich zu haben, jemanden für ein Gespräch beim Frühstück oder eine Runde Scrabble am Abend. Humphrey ist nicht sehr gesprächig«, witzele ich und nicke ihm zu, wie er da zu meinen Füßen auf den Fliesen der Diele liegt und döst.

Ed wirft mir einen wenig amüsierten Blick zu.

»Sie könnte hier etwas Leben reinbringen, mich bei den Rechnungen und Pflichten entlasten, so was eben. Vielleicht färbt ein wenig von ihrer Jugendlichkeit auf mich ab«, füge ich hinzu.

Ich verschweige ihm bewusst, dass ich am Anfang genauso gegen diese Idee war, wie er es jetzt ist, ich dachte, Pamela hätte den Verstand verloren, als sie es vorschlug. Warum sollte ich nach all den Jahren, in denen ich allein gewohnt habe, jemanden im Haus haben wollen? Jemanden, den ich nicht kannte, der unordentlich oder laut oder beides sein oder gar unerträgliche Angewohnheiten haben könnte. Doch je mehr wir darüber sprachen, desto mehr verstand ich ihren Ansatz, dass die richtige Person mein Leben bereichern statt es einschränken könnte.

»Mum, du bist neunundsiebzig, nicht neunundzwanzig. Ein Untermieter ist wahrscheinlich jung.«

»Das Alter spielt dabei keine Rolle«, weise ich ihn zurecht und wünschte, er würde endlich losgehen. »Und wie schon Pamela sagte: Wenn nicht jetzt, mit meinem achtzigsten Geburtstag vor der Tür, wann dann?«

Er fährt mit seinen Händen durch sein dichtes Haar und seufzt, als hätte ich etwas unfassbar Dummes getan.

»Alles wird gut gehen«, sage ich, um ihn zu beruhigen, während in Wahrheit all die Zweifel, die ich hatte, als Pamela die Idee aufbrachte, wieder an die Oberfläche kriechen. Ich recke meinen Hals, um zu sehen, ob irgendwelche einzelnen Frauen auf das Haus zukommen, und ein nervöser Knoten bildet sich in meinem Magen.

Ich denke an all die jungen Menschen, die jeden Tag an meiner Haustür vorbeischlendern, sich ihren Weg zum Markt schlängeln, im Müßiggang Fotos von den hübschen, pastellfarbenen Häusern mit ihren Handys machen, alle von ihnen geheimnisvoll und so weit entfernt von mir, als kämen sie von einem anderen Planeten. Ich habe keine Ahnung, was ich mit jemandem in diesem Alter gemeinsam haben würde, wie ihre Lebensgewohnheiten und Abläufe wären.

»Ich weiß nicht recht, Mum. Du hast mich *und* deine verrückte Nachbarin, reicht das nicht?« Er nickt Richtung Pamelas Haus nebenan.

»Ja, das habe ich, und ich bin für euch beide dankbar, aber ich hätte gern jemanden, der meist hier ist, nicht nur gelegentlich«, sage ich bestimmt, sauer darüber, wie er denken kann, dass mir ein Sohn und eine Nachbarin genügen sollten, nur weil ich älter bin. »Es wird einsam, so allein vor mich hin zu leben. Ein bisschen fad, wenn du verstehst, was ich meine.«

»Hätte es nicht auch ein Buchclub getan oder ein Chor oder ein einfacher Ausflug in die Geschäfte?«

»Ich bekomme meine Lebensmittel gerne von den Geschäften an der Avenue geliefert, die Fahrer bringen sie mir direkt in die Küche. Das ist am einfachsten. Und alles, was ich tun muss, ist anrufen, wenn ich mal etwas anderes und Zusätzliches brauche«, sage ich beiläufig, obwohl wir beide wissen, dass ich mich schon länger nicht mehr dabei wohlfühle, die Straße hinauf zum Lebensmittelhändler zu gehen, um Milch zu holen, oder die Holland Park Avenue runter zum Metzger wegen eines Knochens für Humphrey.

»Wie wäre es dann mit einer Onlinegruppe?«, schlägt er vor, das Offensichtliche ausblendend, wie er es schon immer getan hat. »Wir könnten das WLAN wieder in Betrieb nehmen. Es diesmal auch angeschlossen lassen. Du könntest ein Tablet oder ein Smartphone bekommen.«

»Nie und nimmer. Ich bin mehr als glücklich mit meinem Festnetzanschluss.«

»Diese Dinge sind wirklich nützlich, Mum«, sagt Ed mürrisch, wobei ich mich des Gedankens nicht erwehren kann, dass das mehr mit seinem Wunsch, auch online sein zu können während seiner Besuche, zu tun haben könnte – damit er E-Mails senden und sie nicht nur entwerfen kann – anstatt mit irgendeinem Aspekt meines Wohlbefindens.

»Ich bin bis heute ohne ausgekommen, ich bin sicher, das wird mir auch noch weitere zehn bis fünfzehn Jahre so gelingen.«

»Also gut, wie du willst«, seufzt er, schüttelt das Thema ab und wendet sich ab, um zu gehen. »Sag dann nur nicht, ich hätte dich nicht gewarnt, wenn weiß Gott wer durch dein Gartentor kommt.«

Meine Beine wollen fast nachgeben als ich das Geräusch des Torriegels höre, und ich muss kurz innehalten und Luft holen, als ich Jess' Umriss durch die Milchglasscheiben der Innentür entdecke. Ich stütze mich etwas stärker auf meinen Stock und muss unwillkürlich an Edwards ganze Schreckensszenarien zurückdenken. Und einen Moment wünsche ich, ich könnte zurückspulen und das alles ungeschehen machen, Pamela sagen, dass sie nicht solchen Quatsch reden solle, dass Edward recht habe und ich zu alt für solche Verrücktheiten sei. Ich versuche, zu atmen, auf die Art, die Pamela versucht hat mir beizubringen, irgendwas mit einem Quadrat. Leider war ich jedoch zu stolz oder dickköpfig gewesen, um zuzuhören.

Als ich mich der Tür nähere, erkenne ich eine Silhouette mit viel Haar und einer leuchtend gelben Jacke, und plötzlich wird mir noch bewusster, dass ich nicht mehr jung bin, und ich frage mich nervös, ob wir vielleicht wirklich nichts gemeinsam haben könnten. Während ich mit dem Schloss hantiere, mit steifen Fingern, versuche ich, mich daran zu erinnern, wann ich zuletzt mit jemandem unter fünfundsechzig gesprochen habe, der nicht Edward oder sein Freund Charlie oder einer der Lieferanten ist, aber mir fällt niemand ein.

»Sie müssen Jess sein«, sage ich, als ich das Schloss bewältigt und meine Atmung beruhigt habe.

»Und Sie müssen Joan sein«, antwortet sie und steckt ihr Telefon in die Innentasche ihrer Jacke, ihre sanften Augen glitzern wie polierte Jade. Ich bin gefesselt von ihrer Lebendigkeit. Sie ist wie eine kleine Porzellanfigur in einer leuchtend gelben wattierten Jacke und hellblauen Hosen, mit dicken, wippenden kupferroten Locken, die ihr herzförmiges Gesicht einrahmen. Im Vergleich fühle ich mich geradezu farblos mit meinem Faltenrock und meiner Bluse.

»Möchten Sie nicht hereinkommen?«

»Ihr Haus ist sehr hübsch, viel charaktervoller als die anderen in der Straße«, erklärt sie und schaut sich im Flur mit seiner Prägetapete und den Messing-Glas-Lampen um, als sei sie in einem Museum.

»Danke«, erwidere ich und frage mich, ob sie höflich sein möchte, ob »charaktervoll« einfach ein anderes Wort für »altmodisch« ist, dass es nicht ganz mit den anderen Häusern mithalten kann, deren wohlhabende junge Eigentümer Geld in sie investiert haben – etwas, das zu tun ich nie in der Lage gewesen bin.

»Und das ist Humphrey?«, fragt sie und hockt sich neben Humphrey, der schwanzwedelnd aus der Küche hergetrottet gekommen ist, um zu schauen, wer da ist.

»Genau«, sage ich und schaue ihn liebevoll an, fühle,

wie meine Schultern sich entspannen. Die Tatsache, dass Jess sich seinen Namen gemerkt hat, sagt viel aus über sie, und dass Humphrey in ihrer Gegenwart offenbar total entspannt ist, führt bei mir zum gleichen Effekt. Humphrey hatte immer schon ein erstklassiges Gespür für Menschen.

»Möchten Sie das Zimmer sehen?«, frage ich, deutlich weniger nervös, jetzt wo wir die Begrüßung hinter uns gebracht haben.

»Ja gerne«, erwidert sie und erhebt sich mit perfekter Leichtigkeit aus ihrer Hocke. Es fällt mir schwer, mich zu erinnern, wann ich je so flink gewesen war.

»Hier geht es lang«, deute ich an und führe sie die Treppe hinauf. Den Treppenlauf aus Mahagoniholz fest umklammert, bereue ich sofort, nicht vorgeschlagen zu haben, dass sie vorgehen möge. Ich versuche, meine Hüfte zu ignorieren, wie sie in ihrem Gelenk reibt, und erhöhe die Geschwindigkeit, damit sie nicht hinter mir hertrödeln muss. Aber der Schmerz ist zu stark, und ich bin gezwungen, die Stufen im Schneckentempo zu erklimmen, Humphrey folgt uns in ähnlichem Zeitlupentempo.

»Als Kind habe ich mir immer einen Hund gewünscht, aber wir konnten uns keinen leisten«, erzählt sie mir, und in der Stille, die darauf folgt, überlege ich, wie ihr Hintergrund wohl ist und wer »wir« sein könnte.

Wir halten Small Talk auf dem Weg nach oben: wie weit sie gekommen ist, das Wetter und ihre Arbeit im Portland Cinema.

»Früher habe ich dort viele glückliche Stunden verbracht«, sage ich. »Meine Freunde und ich haben einen draufgemacht, uns schick gemacht, sind zum Abendessen ausgegangen und dann ins Kino. Ich kannte den früheren Besitzer. Ich glaube, es gehört jetzt seinem Sohn.«

»Clive«, bestätigt sie, und da klingelt was bei mir.

»Das ist es«, sage ich auf dem Treppenabsatz. Die Tür zu Edwards altem Zimmer ist geschlossen, und ich führe sie in den gegenüberliegenden Raum. »Es ist nichts Besonderes, aber es ist sauber und ruhig.«

»Oh, es ist entzückend«, sagt sie und fährt mit der Hand über die alte pinke, gewebte Tagesdecke meiner Mutter, um dann einen Moment lang den Blick in den Garten durch das Schiebefenster zu genießen. Da ist etwas in ihrem Blick, was mich grübeln lässt, weshalb jemand so Junges und so Hübsches ein Zimmer bei einer Fremden brauchen könnte, einer alten Fremden noch dazu. »Darf ich ein Bild machen?«

»Natürlich«, antworte ich, und sie macht mit dem Handy mehrere Schnappschüsse vom Garten, der ungewöhnlich groß für diese Straße ist und ganz bis zur Nachbarstraße reicht.

»Es tut mir leid, dass es kein angeschlossenes Badezimmer hat. Ich weiß, dass die heutzutage der letzte Schrei sind, aber ich brauche morgens nicht lange, und ich kann auch gern erst nach Ihnen ins Bad gehen, wenn Sie zur Arbeit müssen.«

»Ich bin es gewohnt, das Bad einer ganzen Familie mitzunutzen, also wird es kein Problem sein, es mit einer Person zu teilen.«

»Es ist gleich dort«, sage ich und deute auf die Tür

neben dem Treppenabsatz, froh, dass das fehlende eigene Bad sie nicht abschreckt. »Nicht chic, aber funktional.«

»Perfekt«, sagt sie und wirft einen kurzen Blick in den roséfarbenen Raum, und ich hoffe, ich habe daran gedacht, meine Salben und Tabletten wegzuräumen, Dinge, von denen ich in Jess' Alter niemals gedacht hätte, dass ich sie je brauchen würde. Damals, als ich noch nichts von der Würdelosigkeit eines alternden Körpers wusste.

»Eine halbe Treppe höher ist mein Zimmer und ein weiteres …« Ich wische diesen Teil des Hauses mit einer abschwächenden Handbewegung beiseite. »Lassen Sie mich das Erdgeschoss zeigen.«

»Wie lange leben Sie hier schon?«, fragt sie vom Treppenfuß, wo sie darauf wartet, dass ich auch eintreffe.

»Dieses Jahr werden es fünfzig Jahre. Damals haben Häuser nicht so viel gekostet wie heute.«

»Nein«, sagt sie, leicht bedrückt, und ich denke, wie viel Glück ich doch hatte, zu dem Zeitpunkt geboren zu sein, als das Leben noch günstiger war. »Fünfzig Jahre sind eine lange Zeit.«

»Fast doppelt so lange, wie Sie leben.«

»Wohl kaum!«, sagt sie freundlich.

»Das ist mein Wohnzimmer, das Sie sehr gerne auch nutzen können«, sage ich, nachdem ich ihr das Esszimmer auf der anderen Seite des Hauses gezeigt und ihr erzählt habe, dass ich nur ein paar Straßen weiter in Holland Park aufgewachsen bin.

»Danke«, erwidert sie und lässt alles auf sich wirken, vom originalen Kamin mit meinem gemusterten Sessel daneben über das Foto von Edwards drittem Geburtstag, ich rechts von ihm, er der Inbegriff von Glück, seine braunen Augen glänzend wie Karamellbonbons, trotz des augenscheinlichen Fehlens seines Vaters. Und ich sehe ihre Augen über die Einladungen und Karten aus vergangenen Tagen gleiten, als das Leben noch geschäftig und die Einsamkeit des Alters unvorstellbar war, die Vorstellung vom Verlust der eigenen Freunde nicht einmal ein flüchtiger Gedanke.

»Ich mag Ihre Elefantenlampe.«

»Sie gehörte meiner Mutter«, erkläre ich ihr, während sie durch den hinteren Teil des Zimmers streift, wo der Flügel steht, abgedeckt und unbenutzt, seit meine letzte Schülerin zu alt für Stunden geworden war und niemand anders ihren Platz einnahm. Ich frage mich, was sie denkt, während sie das Zimmer bewundert, es ist mir nicht möglich, hinter ihre guten Manieren und ihre jugendliche Begeisterung zu blicken, ob sie wirklich an dem Haus interessiert ist oder nicht. Wird die Aussicht, mit jemandem zu wohnen, der bald in seinen Achtzigern ist, ihre Freiheit zu sehr einschränken?

»Spielen Sie?«, fragt sie.

»Früher mal«, erwidere ich zu harsch. »Meine Finger lassen es nicht mehr zu.«

»Wie schade«, sagt sie, hält an dem Instrument, und ihre Finger kitzeln die Fransen des Schals, der darauf liegt. »Ich wollte es immer lernen, aber ...«

»Die Küche ist rechts von Ihnen«, fahre ich fort und bewege mich so schnell wie schon lange nicht mehr, um sie vom Flügel wegzubewegen. Zu meiner großen Erleichterung geht sie weiter und verlässt den Salon in Richtung Küche. »Kochen Sie gerne?«

»Ja, schon, aber ich komme nicht oft dazu«, antwortet sie.

»Das geht mir ähnlich. Vielleicht könnten wir …« Ich bin kurz davor, vorzuschlagen dass wir gelegentlich füreinander kochen könnten, aber ich habe Sorge, zu erpicht zu wirken, als würde ich zu weit vorpreschen, also halte ich inne und frage stattdessen: »Möchten Sie eine Tasse Tee?«

»Das wäre wunderbar, Joan, wenn Sie sicher sind, dass ich Sie nicht zu lange aufhalte.«

»Überhaupt nicht«, sage ich und fülle den Kessel am Spülbecken mit Blick in den Garten. Ich frage mich, wie altmodisch die kiefernholzfarbene Küche in ihren jungen Augen erscheinen muss, und weigere mich, ihr zu verraten, dass mein einziger Plan für das Wochenende ein kurzer Besuch von Pamela heute Abend sein wird für eine kurze »Besprechung, dass Pläne außerhalb dieser vier Wände nicht mehr existieren«.

»Der Garten sieht wunderschön aus«, sagt sie von ihrem Platz an der Hintertür, die Rabatten mit den prachtvollen Narzissen bewundernd, von denen ich immer denke, dass sie wie frisch geschlüpfte Küken aussehen, die nach ihrer Mutter rufen, selbst in diesem schwindenden Licht.

»Warum hüpfen Sie nicht kurz raus und schauen sich um, während ich den Tee mache?«

Während ich auf das Pfeifen des Wasserkessels warte, schaue ich zu, wie Jess, gefolgt von Humphrey, eine Runde durch den Garten geht. Sie macht Fotos der Staudenbeete und der riesigen Magnolie mit ihren prallen Knospen, und es amüsiert mich, dass sie das für festhaltenswert hält. Als sie weitergeht, grübele ich darüber, dass ich niemals eine Anzeige inmitten des Winters aufgegeben hätte. Das frische Knospen des Frühlings birgt etwas Besonderes, das selbst die ruhigste Spezies motivieren und aufwecken kann und sie zum Blühen bringt.

Am Fuß des Gartens angekommen, bleibt sie stehen, die Hände in den Jackentaschen, und schaut hinauf zum Haus und dem Raum über dem Klavierzimmer. Soweit ich es beurteilen kann, zieht sie den alten Kasten in Erwägung. Und ich denke, wie schön es wäre, sie hierzuhaben, dass all meine Sorgen wegen einer Untermieterin umsonst waren. Ich lache über meine Dummheit, auch nach einem ganzen Leben nie gelernt zu haben, dass meine Sorgen immer vergebens sind.

»Es ist ein hübscher Ort. Kaum zu glauben, dass wir beinah im Stadtzentrum sind«, sage ich, als sie zurückkehrt und ich die Tassen fülle, hoffend, dass eine Erwähnung der Nähe zum West End ihr bei der Entscheidungsfindung helfen könnte, und dabei, zu erkennen, dass es gar nicht schlecht sein könnte, mit jemand Uraltem zusammenzuleben. »Ich habe Hilfe für den Garten, es würden also keinerlei Gartenarbeiten an Ihnen hängenbleiben.«

»Das würde mir nichts ausmachen«, erwidert sie und nimmt ihre Tasse Tee, als ich andeute, sie könne sich setzen. »Ich habe bisher nie in einem Haus mit einem richtigen Garten gelebt. Das ein oder andere bisschen Unkrautjäten oder Rasenmähen könnte mir sogar Spaß machen.«

Ich möchte wahnsinnig gern fragen, wo sie gelebt hat, seit sie ausgezogen ist, und mit wem und warum sie keinen Garten hatte, als sie jung war. Aber das fühlt sich für eine erste Begegnung zu persönlich an, und um sie nicht abzuschrecken, erzähle ich ihr stattdessen von meinem Tagesablauf.

»Meist bin ich unterwegs«, berichtet sie, nachdem ich ihr einen Schritt-für-Schritt-Ablauf meines Tages gegeben habe, vom zeitigen Aufstehen, um Humphrey rauszulassen, bis zu meiner Abendtasse Kakao um neun. »Ich arbeite oft lange und spät. Ich wäre Ihnen nicht zu viel im Weg.«

Ich widerstehe der Versuchung, ihr zu sagen, dass ich sie sehr gern im Weg hätte, dass die Aussicht darauf, sie meist außer Haus zu wissen, enttäuschend ist und dass die Vorstellung, meinen Tag mit ihr teilen zu müssen, mich mit Freude erfüllt statt mit Sorge, wie ich erst annahm. Und einen Moment lang überlege ich, ob ich nach jemand anderem suchen sollte, jemandem, der mehr hier wäre. Aber Jess umgibt so etwas Strahlendes, eine solche Energie, dass ich beschließe, lieber sie für ein wenig Zeit statt jemand anderen für die ganze Zeit um mich zu haben.

»Das verstehe ich, jung zu sein, bedeutet, beschäftigt zu sein. Ich wäre einfach froh, zu wissen, dass noch wer anders hier ist.«

Plötzlich ist da so ein Moment zwischen uns, in dem ich voller Unwohlsein überlege, dass ich eventuell habe durchblitzen lassen, dass ich einsam bin, und in dem sie, so vermute ich, unsicher ist, wie sie reagieren soll. Denn

weshalb sollte jemand so Lebhaftes Einsamkeit nach-
fühlen können; woher sollte sie wissen, was sie einer
Frau antworten soll, die bereits ihr Leben gelebt hat,
wenn ihr eigenes eben erst beginnt?

Um die Lücke in der Unterhaltung zu füllen, sage ich
eilig: »Möchten Sie das Zimmer? Ich hätte Sie sehr gerne
hier.«

Und wieder hält Jess inne, ihre Augen wandern umher,
nur nicht zu mir, und ich fürchte, dass mein Eifer diesmal
wirklich zu viel war und ich sie verschreckt habe.

»Bestimmt möchten Sie erst einmal darüber nachdenken«, schiebe ich hinterher. »Geben Sie mir einfach
Bescheid, wenn Sie so weit sind. Sie müssen sicher vieles
abwägen.«

Und dann lächelt Jess, ein leuchtendes Lächeln, das
ihre Augen zum Strahlen bringt und meine Befürchtun-
gen wegschmilzt.

»Joan«, sagt sie, »ich möchte das Zimmer sehr gern
nehmen. Wann kann ich einziehen?«

3

JESS

Als ich am nächsten Nachmittag am Kino eintreffe, um zu öffnen, warten Mariko und Daniel schon auf der kleinen Bank davor auf mich.

»Hey, Leute«, rufe ich, als ich nah genug bin, damit sie mich hören können, aber noch weit genug weg, um den Charme des alten Gebäudes zu genießen. Auch nach fast zwanzig Jahren, die ich nun schon im Portland arbeite, habe ich nicht genug davon, wie hübsch die Umgebung mit ihren in fröhlichen Farben gestrichenen Stadthäuschen und eleganten Ladenfassaden ist. Ebenso wenig kann ich mein Glück fassen, dass ich in solch einem süßen kleinen Gebäude arbeite – die Fassade ein halbes Achteck im Zentrum einer Straßengabelung. Eine völlig andere Welt als der Wohnblock, und doch nur weniger als zwei Kilometer entfernt.

»Hallo, Jess«, begrüßt mich Mariko lächelnd, während sie ihre großen Kopfhörer über ihre schwarzen Zöpfe zieht und von ihrem Telefon aufblickt. Daniel ist vertieft in sein Skizzenbuch und grüßt mich knapp, ohne aufzublicken, das ungewaschene blonde Haar fällt ihm ins Gesicht.

»Spät geworden gestern?«, frage ich ihn und erinnere mich, dass er ein Kunstwerk fertigstellen wollte, an dem er seit Monaten arbeitet.

Er nickt und bleibt sitzen. Im Gegensatz zu Mariko, die aufspringt und ihren kurzen Schottenrock glatt streicht.

»Wie war die Preview?«, frage ich sie und schließe die Doppeltür aus Mahagoni auf; die langen Kupfergriffe fügen sich warm in meine Handflächen.

»So gut«, antwortet sie und verfällt in einen Monolog über die neueste Filmpreview, zu der sie eingeladen war, um sie dann auf ihrem TikTok-Kanal zu besprechen. Im Schnelldurchlauf erzählt sie von ihrem Erlebten, während wir das Foyer mit seinem in der Mitte gelegenen achteckigen Ticketschalter und dem verblassenden Art-Deco-Glanz durchqueren und die flache Treppe mit dem durchgetretenen roten Teppich hinunter zur Bar gehen, wo der Duft von Popcorn und Holzpolitur in der Luft liegt.

»Ich habe schon jetzt mehr Views als je zuvor, und es ist erst einen Tag online«, schließt sie in unserem winzigen, fensterlosen Büro, das vollgestopft ist mit Kisten voller Ticketrollen, Kassenbändern und vergessenen Regenschirmen. Wir werfen unsere Taschen ab und ziehen unsere schwarzen Portland-Cinema-Poloshirts über.

Mit seinem Skizzenbuch in der Hand kommt nun auch Daniel rein, um den Ticketschalter vorzubereiten und zu öffnen. Mariko geht und kontrolliert die Toiletten, ehe sie die Türen zu den zwei kleinen Kinosälen öffnet, und ich schalte die Lichter an, ebenso wie die Popcorn- und Kaffeemaschinen, und schon sind wir bereit für die ersten Kunden des Tages.

»Gestern Abend habe ich etwas Neues zum Wohnen gefunden, mit einer älteren Dame und wirklich preiswert«, erzähle ich Mariko, als wir beide hinter dem Tresen stehen, wo sie die Tassen und Untertassen vom Vorabend wegräumt und ich das Süßigkeitenangebot aufstocke.

»Cool, Jess. In Japan machen das die Leute oft. Den älteren Menschen gehören ihre Häuser, also ist das günstiger. Sie finden Gesellschaft und die jungen Mieter einen schönen Ort zum Wohnen«, erzählt sie und scheint die Entscheidung in keiner Weise merkwürdig zu finden, ganz anders als ich.

Seit ich gestern von Joan weggegangen bin, konnte ich nicht aufhören, darüber nachzugrübeln, obwohl wir schon verabredet haben, dass ich am kommenden Wochenende einziehen würde. Meine Entschlussfreudigkeit hat mich selbst überrumpelt. Ich habe einfach Angst, einen Fehler gemacht zu haben, oder dass unsere Lebensmodelle sich nicht vertragen könnten oder es uns an Gemeinsamkeiten fehlt. Trotz des Zuspruchs von Debs und jetzt auch Mariko werde ich das noch nicht ganz los.

»Wo ist es?«

»Portobello Road«, antworte ich geistesabwesend und denke an den Spaziergang von Debs zu Joan gestern Abend, entlang der Locations in Notting Hill, an denen Hugh Grant Julia Roberts bezirzt hat. Als sie damals filmten, standen Mum und ich stundenlang an den Straßenecken und haben zugeschaut. Mum wollte unbedingt Autogramme von Hugh und Julia, ich hingegen war einfach fasziniert davon, wie viele Menschen man brauchte, um einen Film zu machen. Damals, als ich das erste Mal die Kameraleute und Make-up-Artists gesehen habe, habe ich mich in die Vorstellung verliebt, beim Film zu arbeiten.

»Ist das Haus schön?«, fragt sie und füllt die Zuckertütchen und Holzstäbchen zum Umrühren auf.

»Es ist wunderhübsch, ein richtiges Familienhaus«, erwidere ich und denke an Joans Straße und die perfekt zur ersten pinken Blütenpracht passenden pastellfarbenen gregorianischen Häuserfronten. »Es gibt Blumen und eine Trauerweide und sogar einen kleinen Kiesweg, der unter Kletterrosen zu einer Haustür führt.«

»Das klingt wie aus einem Richard-Curtis-Film«, sagt Mariko und meint das so gar nicht bewundernd als Horror- statt RomCom-Anhängerin, die sie ist.

»Es ist sehr romantisch«, lache ich und rücke die Süßigkeitenpackungen ein letztes Mal zurecht. »Es gibt sogar eine Veranda, auf der Vögel umherfliegen. Und obwohl es drin ein wenig altmodisch wirkte, mit dunklen Holzmöbeln und Teppich im Bad, fühlte es sich einfach bewohnt an, weißt du – nach ihrem Zuhause.« Eine schwere Traurigkeit durchfährt mich ganz plötzlich beim Gedanken an den Verlust des Zuhauses, das ich beinahe dreißig Jahre mit Mum geteilt habe und das unser Ein und Alles gewesen war. Dort bin ich zum ersten Mal gelaufen und bekam von Mum mein erstes Paar Stepptanzschuhe; dort hat sie mich das erste Mal geschminkt und meine Locken gezwirbelt wie die von Mariah Carey; dort bekam ich das erste Mal meine Regel, weinte um meinen ersten Freund, und dorthin kam ich eines Tages nach Hause, und Mum sagte mir, dass sie Multiple Sklerose habe.

»Sie sagte, sie lebt dort schon ein halbes Jahrhundert und das kann man überall spüren, sogar in den gemusterten Teppichen«, erzähle ich und denke daran, wie sich Mums Wohnung, unser Zuhause, anfühlte, nachdem Liam und ich sie völlig leer geräumt hatten, bis auf die letzte Bodendiele, ehe wir in die Wohnung ziehen sollten, die ich kaufen wollte. Jetzt ist nur noch meine Erinnerung daran übrig.

»Mochtest du die Frau?«, fragt Mariko.

»Sie war total nett. Ein wenig nervös, glaube ich, vielleicht einsam«, gebe ich zurück, denn ihre Einsamkeit war es, die mich bewegte, als könnte es ihr irgendwie wichtig sein, dass ich bei ihr wohne, dass ich gut sein könnte für sie.

»Wo liegt dann das Problem?«, fragt Mariko und öffnet die Türen der Popcornmaschine, um die gepufften Kerne kräftig mit der kleinen Schaufel zu durchmischen.

»Ich habe noch nie mit jemand Älterem zusammengelebt. Was, wenn das die falsche Entscheidung ist?«

»Jess, es ist preiswert, es ist nah an der Arbeit, und es ist hübsch. Wenn du es nicht willst, nehme ich es. Ich würde liebend gern auf meine Pendelei aus Hornchurch verzichten.«

»Du hast recht«, sage ich und fühle mich etwas schuldig; Mariko verbringt ihr halbes Leben in der U-Bahn.

»Was kann schon passieren?«

»Ich verliere meinen Job, muss ausziehen und ende als Obdachlose«, schwarzmale ich, wissend, dass das nicht zu mir passt, dass Liams Betrug dazu geführt hat, dass ich noch mehr Stabilität in meinem Leben herbeisehne als zuvor, selbst nachdem Mum ein Jahrzehnt lang stetig abgebaut hatte und schließlich einer Blutvergiftung erlegen war.

Mariko verdreht die Augen, wie sie es gern und oft tut, und wischt meine Sorgen mit einem Kopfschütteln weg.

Als Clive und ich Mariko damals angestellt haben, fand ich es schwierig, mit ihr warm zu werden, mit ihrem Augengerolle und ihren Meinungen. Sie bekam den Job wegen ihres unfassbaren Filmwissens, und sie hatte total Lust, die Social-Media-Auftritte des Kinos mit ihren Tik-Tok-Reviews voranzubringen. Nachdem sie jedoch ein paar Wochen hier war und unsere älteren Kunden mit ihren stacheligen schwarz-roten Haaren, ihrer starken Punkmode und den zahlreichen Piercings aufgerüttelt hatte, fühlte sich ihr Enthusiasmus irgendwie fehl am Platz an. Als wäre sie scharf auf meinen Job oder wollte ihre eigene Social-Media-Präsenz mithilfe des Kinos stärken anstatt andersherum. Erst als Mum mehr Pflege brauchte und ich öfter freinehmen musste, wurde deutlich, dass Mariko nicht hinter meinem Job her war; sie war einfach pragmatisch und hatte ein unglaubliches Arbeitsethos sowie eine riesige Liebe zum Film. Hätte sie nicht in der späteren Phase von Mums Krankheit meine Schichten übernommen, hätte Clive ziemlich sicher einen Ersatz für mich finden müssen.

Ich will gerade ansetzen und Mariko zu dem Gerücht, das sie über I-Work gehört hat, befragen, und ob sie glaubt, dass da was dran sein könnte, als wir die Stimme hören, die jeden Freitagnachmittag die Treppen herabruft: »Ist hier irgendwer?«

Dieser Klang wäre markerschütternd – eine alternde Janine Melnitz aus ›Ghostbusters‹ oder Janice aus ›Friends‹ –, gehörte sie nicht zu einer absoluten Legende.

»Ich gehe schon«, sage ich zu Mariko, die meine Liebe zu Zinnia, unsrer New Yorker Fashionista von irgendwas über neunzig nicht teilt. »Ich komme, Zinnia.«

»Lass dir Zeit«, kreischt sie, so schrill sie kann, niemals zu schüchtern, gehört zu werden.

Sie ist bereits ein paar Stufen hinuntergekommen, als ich bei ihr eintreffe, und umfasst den polierten Handlauf mit einer Hand. Mit der anderen umklammert sie den Silberknauf ihres schwarzen Gehstockes.

»Wow, Sie sehen süß aus heute«, rufe ich, weil ihr Gehör von Woche zu Woche schlechter wird.

»Sie wissen doch, mehr ist mehr.«

»Unsere ganz eigene Iris Apfel«, lache ich und bleibe neben ihr, bereit, sie aufzufangen, sollte sie stürzen.

»Neben mir verblasst Iris«, brüllt sie.

»Stimmt, dann schon eher Zandra Rhodes«, sage ich und blicke auf ihren Kopf und ihr schockierend pinkes Haar, fasziniert davon, dass es all die Bleiche und das Färben über all die Jahrzehnte überstanden hat.

»Man braucht doch Farbe.«

»Da haben Sie recht«, stimme ich – selbst Liebhaberin von Farben – zu, wobei Zinnia das noch mal auf eine völlig neue Ebene hebt. Heute sieht sie aus wie ein winziger tropischer Vogel in leuchtend gelben Hosen, einem lilafarbenen Oberteil unter einer limettengrünen Jacke, dazu kirschrote Lippen und eine passende Brille.

»Und Accessoires, man braucht Accessoires.«

»Ein Armreif muss einfach sein«, kommentiere ich. Zinnias riesige Plastikperlen und Armbänder klappern, als sie die letzte Stufe nimmt und wacklig auf die Bar zugeht.

»Und Kaffee«, sagt sie, wobei sie Kaffee auf eine Art betont, wie nur wahre New Yorker es können.

»Ist das der Hinweis an mich, Ihnen einen zu machen?«, frage ich und helfe ihr auf einen der hohen Barstühle hinauf.

»Sie wissen, wie ich ihn mag …«

»Stark und schwarz.«

»Wie meine Männer«, kichert sie, als hätte sie diesen Satz nicht bereits an jedem Freitag während des letzten Jahrzehnts gebracht.

In den letzten zehn Jahren ist Zinnia zu so etwas wie einer alternden Großtante für uns alle geworden. Aus ihren Urlauben bringt sie uns Geschenke mit, erzählt uns Geschichten aus ihrer Kindheit, vom Aufwachsen in New York, vom Leben mit ihrem verstorbenen Ehemann und davon, wie ihr neues Singleleben in London ihr »letztes Hurra« an die Welt ist.

Während ich den Kaffee mache, breitet Zinnia ihre Ausgabe der ›Notting Hill News‹ auf dem Tresen aus und gibt uns eine Live-Berichterstattung zu allem, von den neuen Marktordnungen bis zu den stetig steigenden Immobilienpreisen in der Nachbarschaft.

»Und das«, sagt sie mitfühlend und deutet mit dem Finger auf die Zeitung. »Haben Sie das gesehen? *Mehr* I-Works! Ich frage Sie, wie viele Räumlichkeiten voller Androiden braucht eine Nachbarschaft?«

Sie dreht die Zeitung, damit Mariko und ich die Überschrift sehen: *Entwickler von Co-Working-Räumen erwägt Expansion in Notting Hill.*

»Davon hat Jamal mir schon erzählt«, sagt Mariko eifrig und überfliegt den Artikel. »Ich hab es dir gesagt, Jess, die überlegen, sich hier niederzulassen.«

»Was?«, schreit Zinnia, und ich weiß nicht genau, ob sie es nicht gehört hat oder von dem Gedanken schockiert ist.

»Marikos Freund denkt, dass I-Work dieses Kino zu einer ihrer neuen Niederlassungen machen will«, erkläre ich und bin jetzt dran, den Artikel schnell zu überfliegen, wobei ich nach Erwähnungen des Kinos suche.

»Nonsens!«

»Es ist wahr«, sagt Mariko und geht zum Treppenfuß, um das Ticket eines Besuchers abzureißen. »Mein Freund hat es von einem von deren Managern gehört.«

»Clive hat mir gegenüber nicht erwähnt, dass er verkaufen möchte. Und in dem Artikel steht auch nichts, nur, dass sie nach etwas suchen«, versuche ich sie zu beruhigen.

»Jess, die übernehmen die Stadt. Der Typ, dem I-Work gehört, hat mehr Geld als Musk.«

»Clive würde niemals an die verkaufen«, entgegne ich.

»Das möchtest du gerne glauben«, sagt sie und entwertet ein weiteres Ticket, während Zinnia die Zeitung zusammenfaltet, während sie murmelt »man kann doch kaum glauben, in welchem Zustand sich die Welt heutzutage befindet« und Platz macht für den Typen, der gerade an die Bar herangetreten ist.

»Was kann ich Ihnen anbieten?«, frage ich und lenke meinen Blick auf einen Kunden, der so gut aussieht, dass mir für einen Moment der Atem stockt. Mir wird bewusst, dass ich das letzte Mal auf diese Art auf jemand anderen reagiert habe, der Moment war, als ich Liam zum allerersten Mal getroffen habe. Dabei versank ich in seinen Augen, die das Türkis einer Lagune hatten.

»Einmal Popcorn, bitte.«

»Klein, mittel oder groß?«, frage ich, meine Augen starr auf die seinen geheftet, die ergreifend gefühlvoll und braun sind.

»Groß«, erwidert er, und sein Blick verlässt meinen, offenbar mehr interessiert an den Stuckarbeiten und dem Parkettboden als an meinem Rumgefummel mit dem Popcornbehälter.

Als ich das Popcorn auf den Tresen stelle, bemerke ich, wie Zinnia den Typen wenig diskret über ihre Brille hinweg von Kopf bis Fuß mustert, von seinem gewellten braunen Haar über seinen gut sitzenden Anzug bis zu seinen Budapestern, die er ohne Socken trägt.

»Was sagen Sie hierzu?«, fragt sie nasal und starrt ihn direkt an, als wäre er einfach irgendein durchschnittlicher Typ und nicht der herzzerreißend süße Typ, den ich sehe.

»Ich?«, fragt er, offenbar unbeeindruckt davon, von einer älteren Dame angesprochen zu werden, die aussieht, als sei sie einem Kaleidoskop entsprungen.

»Ja, Sie, Jon Snow«, antwortet sie, zeigt auf ihn, und ich kichere innerlich, denn jetzt sehe ich genau, wem er ähnelt – Kit Harington.

»Was sage ich wozu?«

Sie zeigt mit dem Finger auf den Artikel. »Dazu, dass dieser I-Work-Quatsch die Nachbarschaft übernimmt. Zu dieser Roboterwelt, die wir erschaffen, in der niemand mehr weiß, wie man sich miteinander unterhält.«

»Davon habe ich keine Ahnung«, weicht er aus, seine Stimme ist sanft und wahnsinnig rauchig. »Ein Meeting ist ausgefallen; ich will einfach einen Film sehen, um die Zeit zu nutzen.«

»Hmh«, sagt Zinnia und mustert ihn noch immer, im Versuch, sich ein Bild von ihm zu machen. »Na ja, ich nehme an, wenn man so gut aussieht, dann braucht man keine eigene Meinung zu haben.«

»Zinnia!«, rufe ich beschämt und gehe fest davon aus, dass er sich angegriffen fühlen und sich beschweren würde.

»Ich kann mich nur entschuldigen«, lege ich los, doch er lacht darüber, bezahlt sein Popcorn über sein Smartphone.

»Überhaupt kein Problem«, sagt er und greift nach der Packung.

»Es ist nur so«, sage ich an alle gewandt, im Versuch, ihn noch einen Moment an der Bar zu halten. »Dieser Ort ist seit einem Jahrhundert ein wesentlicher Teil der Nachbarschaft. Darum würde Clive nicht verkaufen, ebenso wenig wie sein Vater und Großvater vor ihm. Und weswegen I-Work abblitzen würde, selbst wenn sie ein Angebot abgäben.«

»Die Hoffnung stirbt zuletzt«, sagt Zinnia.

Der Typ lächelt mich an, als wollte er mir sagen, dass

ich ein wenig naiv sei. Dennoch bringt es mein Herz zum Hüpfen.

»Die Damen«, sagt er und nickt höflich, ehe er sein Popcorn nimmt und damit im Kinosaal verschwindet, während ich zurückbleibe und mich frage, wer er ist und ob er hier bald wieder vorbeikommen wird.

4

JOAN

Den ganzen Vormittag fühlte ich mich wie eine Katze auf dem heißen Blechdach, während ich auf Jess' Eintreffen wartete. Ich konnte weder still sitzen noch mich auf eine einzelne Aufgabe konzentrieren. Ich konnte nicht mehr zählen, wie häufig ich die Reiseuhr auf dem Kaminsims im Wohnzimmer überprüfte und mein Ohr daran drückte, um sicherzustellen, dass sie noch funktionierte. Nach einer Woche des Grübelns, in der ich mich gefragt hatte, ob meine Entscheidung richtig gewesen war, war mir übel vor Aufregung. Als sie endlich ankommt, eingemummelt in ihre gelbe Daunenjacke und mit riesigen lila Kreolen, stelle ich fest, dass sie eine Freundin mitgebracht hat, was meinen Magen in noch mehr Aufruhr versetzt.

»Das ist Debs«, erklärt sie fröhlich und zeigt auf das mollige Mädchen mit den roten Wangen hinter sich, das ihr Haar fest aus ihrem hübschen Gesicht in einen hohen Zopf gebunden hat und deren Wimpern wie exotische Raupen aussehen. Humphrey beschnuppert den Hosenbund ihrer ausgestellten Cordhosen und ihre weißen Sneaker. »Ist es in Ordnung, wenn sie mir dabei hilft, meine Sachen hineinzutragen?«

»Natürlich«, antworte ich, obwohl mir in Wahrheit

eine kleine Vorwarnung sehr recht gewesen wäre; ich kann mich nicht entsinnen, wann ich zuletzt spontane Besucher gehabt hätte, abgesehen von Pamela.

»Schön, Sie kennenzulernen, Joan«, sagt Debs, reicht mir ihre Hand und schüttelt die meine entschlossen, wobei ihre farbenfrohen Armreifen klappern. »Ein schönes Zuhause haben Sie.« Ihr Blick wandert umher und macht sich ein Bild, wie ein Handwerker es täte. Beinahe rechne ich damit, dass sie als Nächstes scharf Luft einzieht und sich am Kopf kratzt, ehe sie dann die schlechten Nachrichten verkündet.

»Haben Sie viel hineinzutragen?«

»Nur ein paar Autofuhren«, antwortet Jess und wirft einen Blick zu dem zitronengelben Wagen, der draußen vor dem geöffneten Tor geparkt ist. Ich habe maximal mit ein paar Koffern und einigen Kartons gerechnet, doch Jess zeigt auf einen großen Kombi, bei dem so gut wie jede Scheibe von innen mit Gegenständen zugestopft ist. Trotz meines Bedürfnisses nach Gesellschaft merke ich, wie in mir ein Knoten aus Ängsten entsteht, und ich greife nach dem Griff bei der Eingangstür, der auf Edwards Drängen hin angebracht wurde, obwohl ich mich ausgiebig dagegen gewehrt hatte.

»Wunderbar«, lächle ich schwach, etwas schwummrig im Kopf. »Möchten Sie eine Tasse Tee, ehe Sie loslegen?«

»Wir haben Starbies im Auto, haben wir unterwegs schnell geholt«, berichtet sie.

»Okidoki«, erwidere ich, unsicher, was »Starbies« sein könnte. »Ich bringe Humphrey nach hinten in die Küche und setze den Kessel auf.«

»Okay, Joan, wir laden aus«, zwitschert sie, und ihre Augenbrauen kräuseln sich, als hätte ich etwas gesagt, das sie verwirrt hat. Ich hoffe, unser Start deutet nicht darauf hin, was uns noch bevorsteht – zwei Menschen, die völlig unterschiedliche Sprachen sprechen.

Von der Küche aus höre ich, wie ihr fröhliches Geschnatter sich rein und raus bewegt, und ihre Schritte auf dem Kies, wenn sie zum Auto und zurück gehen, auf den Armen Dinge, die sie im Eingang stapeln. Während mir mein Kopf sagt, dass ich genau das brauche – Bewegung und Jugend um mich herum –, fühlt sich ein anderer Teil wie ein Eindringling in meinem eigenen Zuhause.

»Joan?« Jess ruft aus der Diele, als ich mich gerade an den Tisch setzen und meinen Tee trinken möchte.

»Ja?«, antworte ich, setze ein tapferes Lächeln auf und gehe sie suchen.

»Ist es okay, wenn wir die Dinge jetzt nach oben bringen?«

»Selbstverständlich.«

Die Lebhaftigkeit ihres Hab und Guts – glänzende Koffer, raschelnde Topfpflanzen, Müllsäcke voller leuchtend bunter Kissen – lässt mich alt fühlen, abgehängt von der Welt, und ich frage mich, ob ich nicht doch einen Fehler begangen habe, ob mich ein so junger Mensch im Haus nicht eher noch älter anstatt jünger fühlen lassen wird.

Ich beginne, die Treppen hinaufzusteigen, mir meiner gebrechlichen Erscheinung noch bewusster als bei Jess' erstem Besuch letzte Woche. Sie folgt mir, eine schwere Kiste mit einer kleineren obendrauf auf den Armen, und

Debs bildet das Schlusslicht mit einem Stuhl und einem Sitzsack aus Jeansstoff.

»Ihr Haus ist so hübsch«, begeistert sich Debs und fährt mit den Fingern die Sockelleiste entlang, wobei ich überlege, wann ich dort zuletzt Staub gewischt habe. »Jess hat mir erzählt, dass Sie hier seit fünfzig Jahren leben. Ich kann mir gar nicht vorstellen, irgendwo so lange zu wohnen.«

»Zeit ist eine merkwürdige Sache«, erwidere ich langsam und wünschte, ich hätte eine klügere Antwort parat, die besser zu ihrem Temperament passen würde. In mancherlei Hinsicht erscheint es mir, als seien Parker und ich erst gestern hier eingezogen, gleich nach unseren provisorischen Flitterwochen in Guernsey, und zugleich erscheint mir das wie das Leben einer vollkommen anderen Person.

Am oberen Ende der Treppe angekommen, halte ich an, um zu verschnaufen, im vollen Bewusstsein, dass die Mädels hinter mir sind und schwere Sachen balancieren.

»Wessen Zimmer ist das?«, fragt Debs, als ich weitergehe und sie auf der Höhe von Edwards altem Zimmer steht.

»Das gehörte meinem Sohn.«

»Und das dort oben?«

Mit ihrem Kopf deutet sie die halbe Treppe hinauf.

»Das ist mein Bereich«, erwidere ich ohne weitere Erklärungen, angestrengt von Debs' Neugier.

Ich öffne die Tür zu Jess' Zimmer, und Jess stellt den Karton auf das Bett. Ich muss mich sehr zurückhalten, sie nicht zu bitten, ihn auf den Boden zu stellen, aus Sorge um Flecken auf der Tagesdecke, die so schwierig zu reinigen ist.

»Joan, das Zimmer ist sogar noch schöner, als ich es in Erinnerung hatte«, sagt Jess und wirbelt fröhlich durch den Raum, wie eine Ballerina in einer Spieluhr. Debs stellt den Stuhl und den Sitzsack ans Fenster und studiert den darunterliegenden Garten. Ich stelle mir vor, wie die beiden dort sitzen, in den Garten schauen, vertieft in Unterhaltungen über Männer und Mode und all die Themen, an die ich über die Jahre den Anschluss verloren habe, und ich hoffe ganz tief in mir drin, dass ich es zulasse, dass ihre Jugend auf mich abfärbt und dass das Lachen seinen Weg zurück in dieses Haus finden wird.

»Ich bin froh, dass Sie es mögen. Ich finde, es ist eines der freundlichsten Zimmer, mein ehemaliges Gästezimmer«, sage ich, unsicher, wann hier zuletzt irgendwer übernachtet hat, und zugleich ziemlich sicher, dass es wohl eher unwahrscheinlich ist, dass hier jemals noch irgendwer anders als Jess schlafen wird.

»Ich bin ein wenig neidisch«, lacht Debs. »Vielleicht kann ich auch einziehen!«

Ich glaube, sie scherzt nur, aber dennoch bleibt diese Bemerkung irgendwie haften und das Gefühl, hier zu stören und mir mehr vorgenommen zu haben, als ich eigentlich wollte, holt mich sofort wieder wie eine kalte Brise ein.

»Keine Sorge, Joan, Debs hat ein eigenes Zuhause und drei Kinder. Sie zieht nicht mit ein.«

»Zumindest nicht in nächster Zeit. Vielleicht, wenn Baby Nummer vier da ist«, witzelt Debs und tätschelt ihren Bauch. Erst jetzt fällt mir auf, dass sie etwa im fünften Monat schwanger sein muss.

Ich bin kurz davor, zu fragen, ob sie so schwere Dinge tragen sollte, sie zu fragen, ob sie sich der Risiken bewusst ist, doch die Worte verpuffen, ehe ich sie aussprechen kann, weil ich nicht übergriffig wirken möchte. Also entschließe ich mich, sie machen zu lassen.

Ich bin zu meinem Stuhl ins Wohnzimmer gegangen, um meine Nerven etwas zu beruhigen, als sich an der Dielentür ein vertrautes Klopfen bemerkbar macht. Humphrey macht keinerlei Anstalten, sich von seinem Platz auf dem Kaminteppich zu erheben, er hat das Klopfen im Viervierteltakt bereits Pamela zugeordnet. Schon vor Jahren hat er gelernt, dass es nicht lohnt, sich für jemanden zu bewegen, der ihn nicht streichelt. Pamela gehört zu denjenigen, die glauben, ein Hund sei zum Arbeiten da, nicht als Gesellschaft.

»Huhuu, ich bin's nur«, ruft sie und lässt sich selbst herein, wodurch sich auch für mich die Notwendigkeit erübrigt, aufzustehen.

»Ich bin im Wohnzimmer«, rufe ich zurück, als Pamela noch immer nicht auftaucht. Ich vermute, sie steht am unteren Ende der Treppe und begutachtet Jess' Hab und Gut.

»Da bist du«, sagt sie und erscheint mit einem knappen Nicken im Türrahmen, wodurch ihr dichtes graues Haar wippt.

»Komm rein, setz dich«, fordere ich sie auf, wobei Pamela dafür eigentlich nie eine Einladung braucht.

»Ich stehe gerne«, erwidert sie und drückt sich weiter an der Tür herum.

»Es kann eine Weile dauern, bis sie runterkommen.«

»Sie?«, hakt sie nach, und ihre Augen spähen über den Rand ihrer halbmondförmigen Brille.

»Ihre Freundin Debs hilft ihr.« Mein Versuch, entspannt und beiläufig zu klingen, gelingt eher schlecht. »Keks?«, biete ich an und liefere ihr einen Grund, ihren Spähposten an der Tür aufzugeben.

»Ach, na gut«, sagt sie übertrieben jovial, nimmt auf dem Sofa Platz und rollt die Ärmel ihres dicken Pullovers hoch.

»Sie hat viele Sachen«, sagt sie und fügt dann mit einem trockenen Kichern hinzu: »Das hatten wir nicht bedacht.«

»Nein, aber sie ist jung und wie eine Elster von schönen Dingen angezogen«, sinniere ich, da das Ausmaß von Jess' Besitztümern einer der wenigen Punkte ist, den Pamela und ich nicht diskutiert haben. Pamela ist jemand, der gern alles auseinandernimmt, was ich auf ihr militärisches Aufwachsen zurückführe. Von dem Moment an, in dem ich ihr gesagt hatte, dass Jess das Zimmer nehmen wollte, bombardierte sie mich mit einer Frage nach der nächsten: »Wie ist sie? Wie alt ist sie? Wo wohnt sie derzeit? Warum braucht sie dein Zimmer? Wann zieht sie ein?«

Als meine Antworten jedoch sparsam blieben, weil ich mich vor dem Fall schützen wollte, sollte Jess sich doch noch gegen den Einzug entscheiden, teilte mir Pamela mit, dass ich »sehr wortkarg« sei. Ich sah davon ab, ihr zu sagen, dass der Grund dafür die Tatsache war, dass ich wusste, sie würde mir keine Ruhe mehr mit dem Thema lassen.

»Wie geht es dir, jetzt, wo sie da ist?«, fragt sie und wechselt in eine Tonlage, die sie wahrscheinlich sonst bei ihren Patienten nutzt. Menschen, die anders als sie nicht von einem Brigadier und seiner Frau großgezogen worden sind, bis sie zehn waren einmal um die Welt geschleppt und dann auf ein Internat geschickt wurden. Menschen, denen nicht von Geburt an Autarkie und Tauglichkeit eingebläut wurden.

»Mir geht es gut, Pamela. Wie war dein Vormittag?«, frage ich zurück, in der Hoffnung, das Thema zu wechseln, weil mir gerade so gar nicht nach einem ihrer emotionalen TÜVs ist. Diese neue Modeerscheinung, dass jeder alle fünf Minuten darüber sprechen möchte, wie es gerade geht, hat sich mir noch nie erschlossen. Auch scheint es, als sei das alles, worüber sie heutzutage im Fernsehen noch sprechen können.

»Also, Joan, lenk nicht vom Thema ab. Es ist eine große Veränderung für dich, nach all der Zeit ganz allein.«

»Ich bin sicher, es ist die richtige Entscheidung«, sage ich versöhnlich, weil ich spüre, dass sie sich langsam an das Thema heranpirscht, dass ich in meinem Haus gefangen sei.

»Gut. Denn wie wir gesagt haben: Wenn nicht jetzt, wann dann? Du willst nicht für den Rest deines Lebens allein leben, richtig? Oder für immer im Haus festsitzen. Es ist medizinisch untersucht, dass Einsamkeit ebenso schlecht für die Gesundheit ist wie fünfzehn Zigaretten am Tag. Eine Untermieterin zu haben, wird hoffentlich helfen.«

Pamela sitzt nie lange genug still, als dass sie je ein Gedanke an Einsamkeit oder Langeweile oder was auch immer es ist, wenn die Welt zum Stillstand kommt, erwischen könnte. Sie mag zwar lediglich zehn Jahre jünger sein als ich, doch sie könnte gut und gerne auch nur halb so alt sein wie ich. Der längste mir bekannte Zeitraum, für den sie ihr Haus mal nicht verlassen hat, liegt unter einer Woche, und das war nach der Geburt ihres vierten Kindes, »das mich ziemlich durch die Mangel gedreht hat«, wie sie mir irgendwann später einmal erzählte. Abgesehen davon war sie Tag für Tag auf dem Sprung in den letzten fünfunddreißig Jahren und, wie ich mir gut vorstellen kann, auch lange davor. An manchen Tagen beneide ich sie um ihre Selbstsicherheit und frage mich, ob ich die meine je wiederfinden werde.

»Du hast schon recht. Ein neues Kapitel ist genau das, was ich brauche«, sage ich und hoffe, wenn ich es nur oft genug wiederhole, glaube ich es auch selbst irgendwann endgültig.

»Na ja«, empört sie sich, »ich hoffe, sie bekommt all diese Sachen in ihrem Zimmer unter. Das wird dort aussehen wie in einer Studentenbude mit einer Diskokugel gleich neben der Standuhr.«

Das Groteske an Pamelas Bemerkung entlockt mir zu unser beider Überraschung ein Lachen. »Sie hat da oben ziemlich viel Platz. Ich bin sicher, der eine oder andere zusätzliche Gegenstand wird keinen so großen Unterschied machen. Vielleicht ist es sogar ganz nett, wenn der alte Kasten mal ein wenig auf Vordermann gebracht wird; ich weiß gar nicht mehr, wann hier zuletzt etwas umgestaltet wurde.«

Pamela lässt ihren Blick über die verschnörkelten Simsarbeiten wandern, die Relieftapete, den Gaskamin bis zum braun-orange gemusterten Teppich, den Parker und ich bei unserem Einzug ausgesucht und den seine Eltern uns dann zur Hochzeit geschenkt haben. Nach unserer Rückkehr aus den Flitterwochen war ich erleichtert gewesen, ein Projekt zu haben, um das ich mich kümmern konnte. Ich hoffte, dass es uns einander näherbringen würde, gemeinsam Dinge für das Haus auszusuchen, doch Parker war der Sache schnell überdrüssig geworden und überließ die Verantwortung dafür bald mir allein; lieber blieb er länger im Büro.

»Du hast recht, eine kleine Verjüngungskur wäre vielleicht gar nicht so verkehrt«, sagt sie, und ich verdränge das wenig hilfreiche Gefühl, mich angegriffen zu fühlen.

Sosehr ich Pamela mag und meist über ihre Besonderheiten lachen kann, so sehr kann mich ihre Direktheit gelegentlich aus der Fassung bringen. Bis heute erinnere mich an den Tag, als sie das allererste Mal an der Haustür klopfte, fünfunddreißig Jahre ist das jetzt her, ein Kind an der Hand, eines auf der Hüfte und ein weiteres unterwegs.

»Ich bin Pamela Ashbrook«, verkündete sie, während ihr ältestes Kind versuchte, sich hinter dem langen Laura-Ashley-Rock seiner Mutter zu verstecken, und ich es ihm am liebsten gleichgetan hätte. »Wir sind gerade in die Hausnummer vierzig eingezogen. Die Männer müssen unseren Gartenpavillon über Ihren Seitenweg transportieren, sie bekommen ihn nicht durch unseren Eingang.«

Und das war's. Kein »Schön, Sie kennenzulernen, wie geht es Ihnen?« oder »Würde es Ihnen sehr viel ausmachen?«, nur ein »Ich bin Pamela« und »So wird es jetzt gemacht«. So ist sie seitdem geblieben. Selbst, als sie vier Kinder großgezogen und die örtliche Hausarztpraxis betrieben hat, fand sie immer Zeit für Verkündungen, Forderungen und allgemeines Mitmischen. Ich habe ein paar Jahre gebraucht, bis ich verstanden habe, dass hinter der Unverblümtheit eine Frau mit sehr guten Absichten steckt.

Für eine Weile genießen wir einfach nur den Augenblick, richten unsere Aufmerksamkeit auf die Vögel, die damit beschäftigt sind, ihre Nester im Garten zu bauen, und sprechen über den neuesten politischen Hickhack, der mich nicht sonderlich interessiert, zudem ich ihn schon zum wiederholten Male miterlebe, doch Pamela findet ihn noch immer sehr faszinierend.

»Joan«, ruft Jess irgendwann, und wir beide drehen uns um.

»Komm, ich stelle euch einander vor«, sage ich und stütze mich auf die Armlehnen des Stuhls, um mich hochzuhieven.

»Hallo«, lächelt Jess und hopst die Treppe herunter, während sie auf ihr Handy schaut.

»Jess, ich möchte Ihnen meine Nachbarin, Dr. Ashbrook, vorstellen.«

»Pamela«, sagt Pamela etwas aufgeblasen, obwohl ich sehen kann, dass sie sich bemüht, nicht zu formell zu wirken.

»Schön, Sie kennenzulernen.« Jess stopft ihr Telefon in die Hintertasche ihrer Hose und steht auf der untersten Stufe, hält sich an der Treppenspindel fest, schaukelt beinahe daran, als könnte sie nicht still stehen. »Das ist Debs, meine beste Freundin.«

»Hallo«, winkt Debs und beugt sich hinter Jess herunter. Sie umschließt Jess mit ihren Armen und beide stehen so nah beieinander, dass es aussieht, als wollten sie ein Dreibeinrennen starten. Pamela und ich stehen etwa einen Meter entfernt, beide stocksteif.

»Sehr erfreut, Sie kennenzulernen«, antwortet Pamela mit einem strengen kurzen Nicken, ehe sie ihre Blicke über Jess' Sachen schweifen lässt, als würde sie alles gerade zum ersten Mal wahrnehmen. »Meine Güte, wie viele Dinge Sie haben.«

»Ich habe ziemlich viele Möbel eingelagert«, sagt Jess, und ihre Bewegungen werden etwas ruhiger. »Passt das so, Joan? Es sollte alles Platz in meinem Zimmer finden.«

»Das ist wunderbar«, versichere ich ihr. Die noch verbleibenden Stapel geben mir das Gefühl, dass es vorangeht, nicht mehr so sehr, abgehängt zu werden. »Kommen Sie oben voran?«

»Es wird langsam, ich habe nur kein Signal. Kann ich den WLAN-Schlüssel bekommen, bitte?«

»Den was?«, frage ich und überlege, ob ich mich verhört haben könnte.

»Den WLAN-Schlüssel«, brüllt Pamela.

»Ich bin unsicher, was das sein soll«, erwidere ich und frage mich, warum sie dachte, schreien zu müssen. Mein

Gehör ist eines der wenigen Dinge, die vom Alter noch verschont sind.

»Das steht hinten auf dem Router«, erklärt Debs.

»Dem Router?«

»Du weißt schon, Joan«, meint Pamela, »dieser kleine schwarze Kasten mit dem blauen Lämpchen, den Edward in die Telefonbuchse gestöpselt hat.«

»Ach der! Den habe ich weggeräumt«, erkläre ich und gehe zur Kammer unter der Treppe. »Das Kabel hat sich beim Staubsaugen immer verfangen.«

»Darf ich ihn wieder einstöpseln?«, fragt Jess und hat dabei eine große Dringlichkeit in ihrem Blick. »Ich kann die Kabel zusammenbinden, damit sie nicht wieder im Weg sind.«

»Machen Sie es so, wie Sie es brauchen«, versichere ich und halte die Kammertür auf, damit sie darin suchen kann. Vorbei sind die Tage, an denen ich selbst darin herumkriechen konnte.

»Danke, Joan«, sagt sie und kommt rückwärts aus der Kammer heraus, den »Router« in der Hand.

Ich trete zurück, und sie springt auf, ihre Ohrringe schwingen hin und her, und eine Parfumwolke mit dem Duft von Zuckerwatte umweht sie. Ich fühle mich zurückversetzt in Sommertage auf Coney Island.

»Nun schau dich an«, lacht Pamela, als die Mädchen wieder hochgeeilt und außer Sicht sind, zwei Stufen auf einmal nehmend. »Untermieterin. WLAN. Was kommt als Nächstes, Joan? Können wir dir demnächst gar noch ein Handy andrehen?«

»Ganz ruhig, Pamela. Nehmen wir lieber einen Schritt

nach dem nächsten«, entgegne ich, gehe zurück zu meinem Stuhl und erinnere mich an nur ein einziges Mal in meinem Leben, als ich gar keine andere Wahl hatte, als waghalsig zu sein.

Wien
September 1962

Liebste Joany,

ich schreibe dir aus Wien, eintausend Meilen von London
entfernt, und doch ist mein Herz noch dort bei dir.
Hätte ich nicht das Foto, das du mir gegeben hast, müsste
ich glauben, ich hätte die ganze Szene unserer Begegnung
vor drei Tagen nur geträumt. Wie konnte ich, ehe wir uns
trafen, meinen Weg durch diese Reise des Lebens ganz
allein finden und mich nun ohne eine Führung so verloren
fühlen?

Dein, mit großer Sehnsucht,
Joseph

Holland Park, London
September 1962

Mein liebster Joseph,

ich hoffe, deine Reise nach Wien war nicht zu lang, und du
genießt nun, in dieser Stadt aufzutreten. Ganz egoistisch
wünsche ich mir dich zurück, in der Hoffnung, dass der
Schmerz, den ich, seit ich dich verabschiedet habe, in
meinem Herzen spüre, geheilt würde, wenn ich dich wieder
sähe. Mein Klavierprofessor verzweifelt wegen meines
Mangels an Konzentration und meines Verlangens, nur die
Romantiker zu spielen: Chopin, Liszt, Debussy, die mich
alle zu dir zurückversetzen.
Bitte schreibe weiter über Kathleen, solange du fort bist,
ich habe Angst, meine Eltern könnten einen deiner Briefe
entdecken. Kathleen schreibt mir ständig, das wird sie also
in keiner Weise stutzig machen. Auch könnten wir über die
Rubrik »Einsame Herzen« in den ›Notting Hill News‹
korrespondieren, um wöchentliche Treffen zu verabreden.
Ich inseriere das erste Mal am nächsten Donnerstag,
wenn du zurück bist. Halt Ausschau nach JNY19!

In Ungeduld dein
Joany

5

JESS

»Wie läuft die erste Woche in deiner neuen Bleibe?«, fragt mich Mariko und bringt uns Kaffee in die Sitzecke, während Daniel, Gary, der Filmvorführer, Mariko und ich auf Clive warten, weil er ein Teammeeting angesetzt hat.

»Ganz gut. Anders«, füge ich hinzu, noch immer nicht ganz gewöhnt an die Ruhe des Hauses nach dem Trubel in Debs' Zuhause. »Ich mag es, mich nach dem Aufstehen mit einem Kaffee in den Garten zu setzen und danach Joans Hund zum Laufen mitzunehmen.«

»Vorsicht, Jess«, kichert Gary, »bald verteilst du Medikamente und besichtigst Pflegeheime.« Er streckt seinen drahtigen Körper.

»So alt ist sie nicht, Gary«, erwidere ich und fühle mich ungewohnt defensiv für jemanden, den ich erst eine Woche kenne.

»Ich finde es toll, dass ihr beide das probiert. Ich hoffe, es wird zu etwas Langfristigem für dich«, sagt Mariko.

»Ich auch.« Die Tatsache, dass alles noch ziemlich neu für mich ist, ich unsicher bin, wo ich meine Wäsche aufhängen kann, oder dass ich überpenibel versuche, das Badezimmer sauber zu halten, und immer lausche, was Joan gerade macht, um sie nicht zu stören, behalte ich für mich.

»Woran arbeitest du, Daniel?«, frage ich, als die Unterhaltung abebbt und Daniel, wie üblich, mit dem Kopf in seinem Skizzenbuch steckt.

»Ich probiere Ideen für ein Triptychon«, er holt sein Telefon raus und zeigt mir verschiedene Bilder eines verlassenen Wohnblocks auf Instagram: Graffiti auf einer Ziegelwand, ein eingeschlagenes Fenster, ein zurückgelassenes Kinderfahrrad. »Kann mich nur noch nicht für die besten drei entscheiden, um das richtige Narrativ zu kreieren.«

»Wann hast du eine Ausstellung beisammen, Kumpel?«, fragt Gary und schielt mit auf die Bilder.

Daniel antwortet nicht und schaltet sein Telefon ab, wobei uns allen bewusst ist, dass sein mangelndes Selbstbewusstsein seine Arbeit betreffend sowie ein begrenztes Einkommen es ihm wirklich schwer machen, seine Kunst auszustellen. In den acht Jahren, die er hier inzwischen arbeitet, war seine einzige Ausstellung die zu seiner Abschlussshow, und die hat ihn beinahe zerstört. Ich weiß noch, wie er es kaum schaffte, zu seinen Nachmittagsschichten zu kommen, weil er jede Nacht wach gewesen ist, sich um seine Arbeit gesorgt und in seinem Atelier geschlafen hat. Jetzt lebt er in seinem Atelier und widmet all seine Freizeit seinen urbanen Landschaften, kann sie aber immer nur über Instagram teilen.

»Wie läuft es mit der Haussuche?«, frage ich Gary, wohl wissend, dass Daniel einen Themenwechsel braucht.

»Wir haben etwas gefunden. Jetzt versuchen wir, die Finanzierung irgendwie hinzubekommen.«

»Gary! Das ist eine Riesensache, warum hast du das

nicht längst erzählt?«, frage ich und weiß, wie wichtig die Suche nach einem Ort, der zu seiner wachsenden Familie und ihren Bedürfnissen passt, gewesen ist. »Wo ist es?«

»In Chigwell. Ganz um die Ecke von dort, wo meine bessere Hälfte aufgewachsen ist. Vier Schlafzimmer. Großer Garten. Es gibt sogar eine Garage.«

»Unfassbar!«, lache ich und freue mich, dass er endlich eine Garage für seinen geliebten Ford Capri haben wird. »Wann zieht ihr um?«

»Hängt von der Finanzierung ab. In etwa zwölf Wochen.«

»Ich freue mich für dich«, sage ich lächelnd.

Gerade will ich Mariko zu ihrer letzten Filmkritik befragen, als Clive eintrifft und die Treppen mit seinem hellbraunen Zwerg-Cockapoo, Lulu, unter dem Arm herunterhüpft.

»Wie geht es allen?«, fragt er und zieht sich einen Stuhl heran. Er schiebt seine Sonnenbrille hoch auf seinen gebräunten, kahl werdenden Kopf und setzt Lulu auf seinen Schoß.

Wir murmeln unsere Antworten, eher daran interessiert, zu erfahren, was Clive uns sagen will, als daran, Small Talk zu machen.

»Wie ihr wisst«, beginnt er, seine Stimme etwas atemlos, seine Hände halten Lulu, »war das Geschäft in den letzten Jahren nicht allzu gut. An meinem nächsten Geburtstag werde ich fünfundsechzig, und nach fünfunddreißig Jahren, in denen ich dieses Kino betrieben habe, scheint der Zeitpunkt für eine neue Phase gekommen zu sein – sowohl für mich in meinem Leben als auch für das Gebäude.« Er holt tief Luft und drückt Lulu ein wenig fester. »Also habe ich mich entschieden, einen Käufer zu suchen.«

Trotz des Gerüchtes, das wir alle gehört haben, fällt jetzt eine verblüffte Stille über den Raum. Clive streichelt Lulu immer wieder, Daniel lässt den Kopf hängen, Mariko hebt eine »Ich-hab's-dir-doch-gesagt«-Augenbraue in meine Richtung; ich schelte mich dafür, sie nicht ernst genommen zu haben.

Als ich damals im Portland angefangen habe, war es normal, dass die Leute schon vor der Öffnungszeit an den Türen gerüttelt haben, und an Freitag- und Samstagabenden in langen Schlangen den Portland Place hinab anstanden. Jetzt können wir schon von Glück sprechen, wenn wir in den Nachmittagsvorstellungen zwei oder drei Hintern auf den Kinosesseln haben, und abends auch nur unwesentlich mehr. Mariko und ich haben Clive über die Jahre so viele profitbringende Ideen unterbreitet – das Kino als Hochzeitslocation oder als Filmset anzubieten, hier Vorträge oder Veranstaltungen abzuhalten, so, wie es all die anderen Kinos in der Stadt machten, um die rückläufigen Ticketverkäufe auszugleichen –, aber er hat keine davon je ausprobiert. Während ich jetzt hier sitze und zuschaue, wie er wieder und wieder Lulu streichelt, kann ich nicht anders, als sauer auf ihn zu sein, dass er sich nicht mehr bemüht hat.

»Als laufendes Unternehmen verkaufen?«, frage ich, obwohl ich recht sicher bin, die Antwort zu kennen.

»Nicht zwingend«, antwortet er, und wir alle wissen, was das bedeutet: Unsere Jobs stehen auf dem Spiel.

»Mein Gott, Clive«, weint Gary und fährt mit der Hand über seine Stoppelfrisur. »Was zur Hölle soll das, man? Ich muss eine Familie ernähren, einen Kredit absichern.« Sein starker Ostlondoner Dialekt klingt vor Wut noch kräftiger.

Eine winzige Schweißperle entsteht auf Clives Oberlippe. »Ich weiß, und ich verspreche, niemanden hängen zu lassen. Es wird sich um alle von euch gekümmert.«

Gary flucht in sich hinein, ehe er nach oben verschwindet, um eine zu rauchen. Erstmals würde ich mich ihm gerne anschließen.

»Hast du schon jemanden gefunden? Gibt es schon Angebote?«, frage ich, und meine goldenen Vinylnägel tippen auf der ausgefransten Ledertischplatte. Es fühlt sich an, als hätte sich ein Nashorn quer auf meinen Brustkorb gepflanzt.

»Noch nicht. Aber es gibt Interesse.«

»Von I-Work?«

Die Worte fühlen sich wie Gift auf meiner Zunge an.

Er nickt mit einem leichten Anflug von Überraschung. »Wir sind noch am Anfang. Sie sagten, sie würden ein Angebot machen wollen. Ich habe ihnen einen Monat gegeben.«

Eine Reihe nervöser Blicke fliegt zwischen uns dreien am Tisch hin und her.

»In diesem Stadium ist noch alles möglich«, fährt Clive fort. »Vielleicht ist I-Works Angebot nicht gut genug oder es gibt konkurrierende Angebote.«

Ich beiße auf meine Lippe. Mariko fummelt an einem Piercing am oberen Ende ihres Ohres herum. Daniels Kopf ist zurückgeworfen, er starrt zur Decke, sein Adamsapfel zeichnet sich deutlich ab.

»Hat irgendwer noch Fragen?«

Alle drei verneinen wir murmelnd, und Clive lässt Lulu frei, die hinter ihm hertrottelt, als er sich ins Büro zurückzieht.

Zu diesem Zeitpunkt des Nachmittags würde ich normalerweise dafür sorgen, dass die Bar für die nächste Vorstellung vorbereitet ist und die Toiletten überprüft sind, aber heute fehlt mir die Kraft.

»Wer möchte noch einen Kaffee?«, frage ich, hieve mich hoch und fühle mich, als hätte ich einen Schlag in die Magengrube bekommen.

»Dreifacher Espresso«, sagt Daniel tonlos.

»Meinen mit einem Schuss Whisky«, meint Mariko, und ich weiß, dass sie nicht scherzt.

»Kommt sofort«, gebe ich zurück und bemühe mich, positiv zu klingen, schließlich muss ich als Chefin für das Team optimistisch bleiben, egal, ob ich gerade innerlich ausflippe beim Gedanken daran, wie ich Joan meine Miete zahlen, geschweige denn für meine Zukunft etwas ansparen soll.

Während der Kaffee mahlt, jage ich eine Nachricht an Debs raus mit den Neuigkeiten.

»Wie konnte er uns das antun?«, fragt Mariko, als ich die Getränke bringe, nachdem die beiden in den letzten fünf Minuten mehr oder weniger schweigend dagesessen und selbst ihre eigenen Nachrichten an Freunde und ihre

Lieben geschickt haben. »Wie soll ich meine Unigebühren, meine Miete bezahlen?«

»Ich kann mich verabschieden von meinem Atelier und meinen Utensilien«, meint Daniel.

»Jetzt lasst uns nicht zu voreilig sein«, sage ich, in vollem Bewusstsein, dass ihren Job zu verlieren, das Letzte ist, was Mariko im Abschlussjahr ihres Film-Masterstudiums brauchen kann; aber auch wissend, dass Daniel ziemlich gut von seiner Kunst leben könnte, wenn er nur sein Selbstbewusstsein finden würde. »Wie Clive gesagt hat, vielleicht bietet I-Work nicht genug, oder er bekommt ein weiteres Angebot. Alles kann geschehen.«

Daniel steht auf und schüttelt den Kopf. »Und ein weiteres gesichtsloses Unternehmen bringt die Nachbarschaft aus dem Gleichgewicht.«

»Noch ist nichts entschieden, Daniel«, rufe ich, doch ist er mit seinem Kaffee bereits halb die Treppen hoch und interessiert sich nicht mehr für irgendetwas, das ich sage, ob ich es nun selbst glaube oder nicht.

Als es so weit ist, stehe ich auf und öffne die Türen des Kinosaals; die paar verstreuten Zuschauer, die darin waren, tröpfeln langsam heraus.

»Warum die langen Gesichter?«, fragt Zinnia, nachdem ich sie zur Bar begleitet und sie auf einen Hocker gesetzt habe. Sie sieht heute besonders schick aus in einem glänzenden lilafarbenen Anzug und mit einer riesigen leuchtend pinken Tasche aus Krokodilleder.

»Clive hat entschieden zu verkaufen«, sage ich ihr, ohne in der Lage zu sein, das Gesagte zu verarbeiten.

»An I-Work«, ergänzt Mariko und rubbelt einen Müllsack auf, um die Hinterlassenschaften zusammenzusammeln.

»Das muss nicht zwingend so kommen«, erinnere ich sie, als sie im Kinosaal verschwindet und ich mich daranmache, Zinnia mehr Kaffee zuzubereiten.

»Was meinst du damit, er verkauft? Wieso?«, fragt sie.

»Zu wenig Umsatz«, erkläre ich und beiße mir auf die Zunge wegen all der verpassten Chancen. »Außerdem will er sich zur Ruhe setzen.«

»Zur Ruhe setzen? Wovon?«, ruft sie aus. »Er macht doch hier überhaupt nichts; *ihr* schmeißt doch den Laden.«

Ich lache, weil Zinnia den Nagel auf den Kopf getroffen hat.

»Und an I-Work verkaufen?«, spuckt sie aus, empört. »Die Generationen vor ihm werden sich in ihren Gräbern umdrehen.«

»Wir wissen nicht, ob I-Work den Zuschlag bekommen wird, das ist lediglich eine Option.«

»Wir müssen etwas unternehmen«, sagt Mariko, die mit nur einem Popcornkarton und einer Ausgabe der ›Notting Hill News‹ schon zurück ist.

»Was können wir tun?«, frage ich und wische die Schaumdüse mit einem Tuch ab. »Du hast selbst gesagt, dass I-Work steinreich ist. Und Clive hat sich doch längst entschieden.«

»Wir müssen jemanden finden, der es als Kino kauft.«
»Aber wie?«

»Ich weiß nicht. Eine Kampagne starten?«, schlägt sie schulterzuckend vor. »Es muss doch da draußen jemanden geben, der sich wirklich für den Ort interessiert – jemand, der hier mal gearbeitet hat oder jahrelang hierherkam. Jemand, der versteht, wie sehr das Kino mit der Struktur der Nachbarschaft verwoben ist, *und* der die Bedeutung von Independent-Kinos versteht.«

»Aber womit fangen wir da an?«, frage ich und halte das zwar für eine etwas gewagte Idee, bin aber zugleich gerne bereit, alles zu probieren, was helfen könnte.

»Als Erstes könntest du Kontakt mit der Zeitung aufnehmen«, schlägt Zinnia vor.

»Stimmt«, erwidert Mariko und schnipst zustimmend mit den Fingern. »Wir könnten sie dazu bringen, dass sie darüber schreiben, wie fürchterlich es ist, dass das Kino zu seinem einhundertsten Jubiläum schließen muss und dass wir nach einem Investor suchen.«

»Ich erinnere mich, in der Zeitung eine Annonce gesehen zu haben, mit der nach Geschichten gesucht wurde … «, setze ich an und bedeute ihr, mir die ›Notting Hill News‹ zu geben, sodass ich sie auf dem Tresen ausbreiten kann. »Schaut, hier ist es«, sage ich und deute auf die kleine Anzeige:

SIE MÖCHTEN EINE GESCHICHTE TEILEN?
SIE MÖCHTEN AUFMERKSAMKEIT SCHAFFEN?
Kontaktieren Sie noch heute unsere Lokaljournalisten.
Ihr Anliegen ist unser Anliegen.

»Genau das solltet ihr machen«, jubelt Zinnia. »Rettet die Geschichte unseres Viertels! Rettet die Independent Kinos! Nieder mit Streaming und Abos!«

»Das könnte uns auch ein paar mehr Besucher bescheren, das Kino wieder profitabel machen und damit auch für einen Käufer interessanter werden«, ergänzt Mariko, als sie meinen wenig überzeugten Blick sieht.

»Du sagst das, als wäre das so einfach«, sage ich. Ich liebe ihren Enthusiasmus, habe aber meine Zweifel an der Machbarkeit des Plans. »Ich denke, es braucht mehr als einen Artikel in den ›Notting Hill News‹, um das Ruder hier herumzureißen und I-Work abzuwehren.«

»Das wissen wir erst, wenn wir es probiert haben …, und ich könnte helfen. Ich habe nach einer Nebentätigkeit gesucht, irgendwas, das mich beschäftigt hält«, wirft Zinnia ein, und Mariko nickt auffordernd, beide drängen mich, zuzustimmen.

Mir geht durch den Kopf, wie ich mich fühlen würde, wenn das alte Haus schließen würde, ohne, dass ich gekämpft hätte, wenn ich das Gefühl von Familie und Zuhause verlöre, das mir dieser Ort vermittelt, und wie viele Jahre es mich wohl verfolgen würde, wenn ich es nicht wenigstens versuchte. Und während dieser Gedanken spüre ich, wie in mir etwas erwacht, eine Entschlossenheit, eine Härte, die Gegner niederzuringen.

»Also gut, ich bin dabei!« Ich lächle reumütig, wissend, wie begeistert sie sein werden. »Lasst uns den Kampf gegen I-Work beginnen!«

6

JOAN

Jess wirkt abgelenkt, ihre Aufmerksamkeit nie wirklich weg von ihrem Telefon, als ich das Scrabblebrett auf den Esstisch lege, unter dem es sich Humphrey schon gemütlich gemacht hat.

»Beschäftigt dich irgendetwas?«, frage ich, wissend, dass sie nicht nur geistesabwesend ist, sondern auch ihr gewohnter Schwung fehlt.

Am ersten Morgen nach ihrem Einzug fand ich nach dem Aufstehen einen Zettel an der Kühlschranktür: »Bin laufen mit Humphrey. Bin bald zurück!«, und seitdem war sie wie ein Wirbelwind in diesem Haus: Sport am Morgen, Mittag mit Freunden, spät zurück von der Arbeit. Wenn ich ihr zum Abschied winkte, erwischte ich mich bei dem Gedanken, dass ich wünschte, ihr Leben wäre etwas weniger geschäftig, dass sie mehr hier wäre zum Schwatzen und um meinen Tag mit ihrem Strahlen zu erhellen. Darum ist es so merkwürdig, sie anders als in ihrer üblichen sonnigen Stimmung zu erleben, zugleich aber auch schön, ihre Gesellschaft zu haben, und sei es nur für eine kurze Zeit.

»Auf der Arbeit ist ein bisschen was los«, sagt sie und tippt eilig auf ihrem Telefon herum, während ich die Buchstabensteine austeile.

»Wenn du mal darüber reden möchtest …«

»Danke, Joan«, sagt sie, legt ihr Telefon zur Seite und sortiert ihre Steine auf dem Bänkchen. Sie platziert sie zügig, offenbar nicht in einer bestimmten Ordnung, während ich mir die Zeit nehme, die meinen alphabetisch zu sortieren. Erst die Vokale, dann die Konsonanten.

»Findest du es nicht schwierig, dich zu konzentrieren, wenn da so viel los ist?«, frage ich und nicke in Richtung ihres Handys, das schon wieder pingt, als ich meine ersten Steinchen auf das Brett lege.

»Ich bin es wahrscheinlich gewohnt«, erwidert sie und grübelt über ihren Zug, während das Telefon weiter Geräusche macht. »Mein erstes Handy habe ich mit dreizehn bekommen, ein Smartphone habe ich schon, seit ich siebzehn war.« Sie legt ihren Gegenzug, ihre Nägel leuchten metallisch golden, und sie nimmt einen großen Schluck Wein.

»Was bedeuten all die verschiedenen Töne?«

»Ich habe unterschiedliche Signaltöne für E-Mails, Nachrichten, Social Media, Dating-Apps …«

»Dating-Apps?«, frage ich nach. »Was ist das?«

»Du weißt schon, so wie Bumble, Tinder …«

Ich schaue sie mit leerem Blick an.

»Hmm, also wie eine Dating-Webseite … Match. com?«, fragt sie.

»Ist das so ähnlich wie eine ›Einsame-Herzen‹-Rubrik?«

»Ganz genau so!«, lacht sie. »Nur mit etwas mehr Informationen, Fotos, und es ist sehr viel leichter und schneller, in Kontakt zu treten. Schau hier.«

Sie beugt sich mit ihrem Telefon über den Tisch, ich

ziehe meine Steinchenbank aus ihrem Blickfeld, und sie geht durch unzählige Fotos Alleinstehender.

»Alle diese attraktiven jungen Männer inserieren sich selbst, in der Hoffnung, jemanden zu finden?«, frage ich erstaunt.

»Jep.«

»Und funktioniert das?«

»Manchmal«, zuckt sie mit den Schultern, und ihr Ton suggeriert, dass sie bisher nicht viel Glück hatte. Sie lehnt sich wieder zurück, legt das Handy weg und trinkt noch mehr Wein. Ich spiele meinen nächsten Zug und begradige dann alle Buchstabenreihen auf dem Spielbrett. »Ein paar Jahre bin ich mit einem Typen namens Liam ausgegangen, ein Grafikdesigner. Ich habe ihn über Tinder getroffen. Wir waren gleich von Anfang an total eng miteinander, wollten zusammenziehen und alles, aber …« Sie zögert. Ich sortiere meine neuen Steinchen im Versuch, meine Neugier über das, was sie nicht erzählt, zu verbergen. »Am Ende hat es nicht funktioniert.«

»Es tut mir leid, das zu hören«, sage ich und habe mehr Mitgefühl als ihr vielleicht bewusst ist. »Wenn ich darüber nachdenke, glaube ich, Edward hat auch mal erwähnt, dass er Izzy, seine Freundin, online kennengelernt hat.«

»Das ist heutzutage fast schon die Norm, wobei ich manchmal wünschte, es wäre anders«, sagt sie, und ich frage mich, was dieser Liam-Kerl getan hat, dass sie nun so verzagt ist.

»Als ich jünger war, ein Teenager, haben wir in den Tanzhäusern oder den Arkaden Leute kennengelernt. Nur diejenigen, denen es schwerfiel, irgendwen zu finden, haben in den lokalen Kleinanzeigen inseriert. Wobei ich gestehen muss, dass meine Freundinnen und ich manchmal auf einige dieser Anzeigen antworteten, um uns einen Spaß zu erlauben«, erzähle ich ihr, ohne jedoch anzudeuten, welche wichtige Rolle die Kontaktanzeigen in den Jahren danach für mich noch spielen sollten.

Jess lächelt, legt ihr nächstes Wort und ist deutlich amüsiert von der Vorstellung, wie meine Freundinnen und ich fremden Männern zum Spaß schrieben. Ich versuche mich zu erinnern, dass auch ich eine sehr junge Frau gewesen war, die tanzen ging oder Zeit in der Spielhalle verbrachte, um Mr Right zu finden, doch wie es oft der Fall ist, scheint diese Erinnerung inzwischen zu einer anderen Person zu gehören, nicht zu einer jüngeren Version meiner Selbst.

»Schade, dass die Kontaktanzeigen der Vergangenheit angehören – es hätte vielleicht Spaß gemacht, das mal auszuprobieren«, sagt sie und holt mich zurück ins Hier und Jetzt.

»Oh, das tun sie nicht. Ich habe erst heute Morgen welche in den ›Notting Hill News‹ gesehen.«

»Du scherzt!«, ruft sie aus, und ich stehe auf, um die Zeitung aus der Diele zu holen, wo ich sie liegen gelassen habe.

»Schau, hier«, sage ich, als ich zurück bin.

Jess schiebt das Scrabblebrett beiseite, und ich breite die Zeitung aus, auf die »Einsamen Herzen« tippend.

»Igitt, schau dir den an«, windet sie sich, »›REIFER MANN, Ende sechzig, sucht jugendliche, dynamische Frau für Spaß und heimisches Glück.‹«

»Klingt eher, als suche er eine Putzfrau statt einer Gefährtin«, lache ich.

»Und dieser hier ist merkwürdig«, sagt sie und legt den Finger auf eine Anzeige. »›HUNDELIEBHABER sucht Dame, die er durch den Park jagen, lecken und knuddeln kann.‹«

»Du liebe Güte«, jammere ich und fülle unsere Gläser auf. »Ich glaube nicht, dass die zu meiner Zeit schon so gewagt waren! Was stünde in deiner?«, frage ich und hoffe, der Wein lässt mich nicht zu vertraulich werden.

Sie überlegt eine Weile, während ihr Finger am Rand ihres Glases entlangfährt.

»Ich weiß nicht … *Filmverrückte Frau, 32, sucht einfühlsamen, loyalen, freundlichen Kerl.* So was in der Art«, tut sie meine Frage ab, und ich frage mich, wie jemand, der so hübsch und lebensfroh ist, überhaupt allein sein kann. »Und bei dir?«

Ich lehne mich zurück und kichere in mich rein. »Menschen in meinem Alter inserieren nicht bei den ›Einsamen Herzen‹.«

»Natürlich tun sie das«, sagt sie, und ihr Finger wandert über die Spalten. »Sieh dir diesen an, ›Jung geblieben, 83 …‹«

»Die Ausnahme von der Regel.«

»Nee, gar nicht«, erwidert sie, nimmt ihr Telefon zur Hand und tippt darauf herum. »Schau. Datings-Apps für ältere Menschen: *Silver Singles. Unser Moment. E-Harmony.*«

»Du liebe Güte«, ich schnappe nach Luft. »Ganz sicher nicht.«

»Warum nicht?«

»Ach, die Liebe ist für junge Menschen«, sträube ich mich und beschäftige mich damit, das Spielbrett wieder hinzulegen, die Worte auszurichten und einen Schluck Wein zu trinken, völlig unfähig, mir eine Version meiner Selbst vorzustellen, die auch nur ansatzweise darüber nachdenken würde oder überhaupt in der Lage wäre, zu daten.

»Joan! Sag mir, dass du das nicht wirklich glaubst!«

»Probier doch die ›Einsamen Herzen‹ mal aus«, sage ich und hoffe, damit die Unterhaltung von mir wegzulenken. »Fragst du dich nie, wie das Leben vor all diesen Dingen gewesen sein mag?« Ich zeige auf ihr Handy. »Wie dein Leben heute ohne das Ding wäre?«

»Du meinst, so ganz offline wie du?«

»Ja.«

»Man kann heutzutage offline nicht überleben, Joan«, antwortet sie, und ich spüre, wie ihr Körper sich merklich anspannt beim Gedanken daran.

»Ich überlebe«, erwidere ich und merke, wie in mir eine Idee reift.

»Das ist nicht das Gleiche für die jüngere Generation, wir sind so programmiert.«

»Das kannst du nicht wissen, wenn du es nicht anders probiert hast.«

»Schlägst du etwa vor, ich solle offline gehen, so völlig?«, fragt sie ungläubig, als ich mein nächstes Wort auf das Spielbrett lege.

»Warum nicht? Du lebst jetzt *bei* mir, warum nicht auch versuchen, *wie* ich zu leben?«

Sie nimmt sich einen Augenblick, die Augen auf ihre Spielsteine gerichtet, aber die Art, wie sie an ihrer Unterlippe knabbert, zeigt mir, dass sie nicht über ihren nächsten Scrabblespielzug nachdenkt: Sie erwägt meinen Vorschlag.

Es dauert einen Moment, doch schließlich richtet sie ihre sanftgrünen Augen auf die meinen.

»In Ordnung, ich mach es«, sagt sie, und ein Glitzern in ihrem Blick sagt mir, dass sie einen eigenen Plan verfolgt. »Aber nur, wenn du das Gegenteil tust.«

»Indem ich *on*line gehe?«, frage ich, lege den Stein, den ich gerade setzen wollte, wieder ab und greife stattdessen nach meinem Weinglas.

Sie nickt.

All die Dinge, die Pamela und Edward in den letzten Jahren erwähnt haben – wie es mir möglich sein würde, neue Freunde zu finden, wenn ich online wäre, alte wiederfinden oder ein ausgefüllteres, geschäftigeres Leben entdecken –, gingen mir durch den Kopf. Und ich überlege, wie das Gegenteil auch Jess nutzen könnte: mehr Zeit, neue Leidenschaften, weniger Stress. Vielleicht ist es der Wein, oder Jess' Mentalität färbt auf mich ab, oder es ist eine Mischung aus beidem, jedenfalls spüre ich, wie ein leichtes unfreiwilliges Lächeln in meinen Mundwickeln entsteht und mein Blick den ihren trifft.

»Abgemacht, ich probiere es aus!«

»Du bist dabei?«, fragt sie und wirkt dabei sogar noch verblüffter, als ich es bin.

»Bin ich«, erwidere ich, und wir lächeln einander vergnügt an, erheben unsere Gläser und sind uns beide noch nicht ganz klar, was wir hier eben verabredet haben.

JO22, TRIFF MICH IM SÄULENGANG
VON HOLLAND HOUSE
Freitag, 19.00 Uhr
Schmerzvoll dein, JNY19
JNY19, EIN ABEND WAR NICHT GENUG.
Triff mich heute, gleicher Ort, gleiche Zeit.
Leidenschaftlich dein, JO22

7

JESS

»Du hast *was* getan!?«, kreischt Debs, als ich ihr von dem Tausch berichte.

Das Letzte, was ich gestern Abend getan habe, ehe mein Handy an Joan ging, war, Debs eine Nachricht zu schicken und sie zu bitten, zu versprechen, dass sie heute als Erstes vorbeikommen würde, da ich etwas mit ihr besprechen müsse, was absolut »keinen Aufschub duldet«.

»Schrei nicht so«, flüstere ich, weil ich Joan und ihre Besucher unten nicht stören will. Ich schleuse Debs weiter in mein Zimmer und schließe die Tür. Trotz ihrer Entrüstung nimmt sie sich die Zeit, um die Veränderungen zu bewundern: Mums gelbe Anglepoise-Leuchte neben dem Bett, ein pink-türkiser Flickenteppich auf dem Boden und mein Laptop auf dem Tisch.

»Verdammt noch mal, Jess. Wie kommst du darauf, bei so was mitzumachen?«, fragt sie und setzt sich vorsichtig auf den Sitzsack, den sie vor ein paar Jahren mit alten Jeans neu bezogen hat.

»Ich weiß nicht. Wir haben ein bisschen Wein getrunken«, erkläre ich kleinlaut und lasse mich in den anderen Sitzsack fallen, noch immer ahnungslos, was ich mir dabei gedacht habe. Im grellen Licht des Tages scheint es jedenfalls nicht eine meine besten Ideen gewesen zu sein; das ist das Letzte, was ich brauche, neben meiner neuen Wohnsituation und der Unsicherheit auf der Arbeit. Dennoch mag ich den Gedanken, dass Joan herausfindet, wie eine andere Variante ihres Lebens aussehen könnte, in der etwas mehr los ist, noch immer. »Ehe ich mich versah, war ich schon dabei, die Anzeigegröße auf meinem Telefon zu vergrößern, und habe zugestimmt, es ihr zu leihen. Danach haben wir ihr ein eigenes Handy und ein Tablet bestellt.«

»Soll das für ein paar Tage gehen, eine Woche?«

»Bis zu ihrem Geburtstag«, murmele ich.

»Und der ist wann genau?«, fragt sie und packt ein Sandwich mit Banane und Taramasalata aus, sodass ich das Fenster öffnen muss.

Schon immer, seit ich Debs in der Kinderkrippe kennengelernt habe, hat sie merkwürdige Kombinationen aus Lebensmitteln gegessen – Sandwiches mit Erdnussbutter und Marmelade, Pommes und Erdbeereis, Sardinen und Lemon Curd –, Banane mit Taramasalata ist nun allerdings ein neuer Höhepunkt, selbst für eine Schwangere.

»Am fünften August«, klage ich, und eine Welle der Reue überkommt mich.

Debs pfeift lang und tief. »August? Jess, das sind vier Monate. Wie sollen wir quatschen?«

»Übers Festnetz?«, schlage ich vor und erst jetzt wird mir klar, dass das auch auf ihr Leben große Auswirkungen haben wird.

»Und was ist mit Facetime-Anrufen?«

»Ich schätze, wir müssen uns stattdessen persönlich verabreden«, schlage ich vor, was ehrlich gesagt nicht so schwierig ist, angesichts der Tatsache, dass Debs meist daheim ist mit einer festen Routine aus Saubermachen, Füttern und dem Baden kleiner Kinder.

»Was ist mit deinen E-Mails? Wie willst du die im Blick behalten?«

»Ich schalte eine Abwesenheitsnotiz ein, die die Leute bittet, mich auf Joans Festnetz anzurufen – mir emailt sowieso fast niemand. Und alles, was die Arbeit betrifft, kann ich dort machen.«

»Übrigens kann ich kaum glauben, dass Clive verkauft«, fügt sie hinzu.

»Ich auch nicht«, sage ich, und dieses Nashorn macht es sich wieder auf meinem Brustkorb bequem.

»Wie geht es dir damit?«

»Am Boden zerstört. Wütend. Ängstlich …«

»Klingt nach einer nachvollziehbaren Reaktion«, nickt sie. »Aber vielleicht könnte das auch deine Chance sein, deinen Master in Filmproduktion zu machen. Du hast einen tollen Ort zum Wohnen gefunden, der nicht die Welt kostet. Warum das nicht einfach mal probieren?«

»Debs, ich kriege es nicht einmal in meinen Kopf, dass das Kino schließt, ganz zu schweigen von der Vorstellung, noch mal zu studieren.«

»Sicher, aber …«

»Abgesehen davon starten Mariko und ich eine Kampagne, um das Kino am Laufen zu halten. Es darf einfach nicht schließen. Niemals«, erkläre ich ihr und weiß, dass ich nicht nur einen leichten Hauch von Verleugnung ausstrahle.

»Ich meine nur, du weißt schon, denk einfach mal darüber nach.«

Ich denke darüber nach. »Ich könnte es mir nicht leisten. Liam hat alles genommen. Ich habe keine Ersparnisse.«

»Er hat dein Geld genommen, Jess, das war's. Und ich weiß, dass du glaubst, er habe auch deine Selbstsicherheit und dein Vertrauen genommen, aber scheiß doch darauf. Er hat dir nicht deinen Geist oder deinen Antrieb oder dein Talent nehmen können. Du darfst ihm nicht erlauben, dich zurückzuhalten.«

»Ich weiß ja«, erkläre ich, obwohl ich noch nicht ganz so weit bin. Denn sowenig ich möchte, dass Liam noch irgendwelche Macht über mich hat, und sosehr ich ihn dafür verabscheue, was er getan hat, so sehr gibt es noch einen Teil von mir – den Teil, der den ganzen Schlamassel damals nicht hatte kommen sehen –, der die Person, für die ich ihn hielt, noch immer liebt. Ich bekomme das, was er getan hat, einfach nicht mit der Person, die ich zu kennen glaubte, zusammen. Ich glaube, ich werde nie vorankommen, bis ich das für mich geklärt habe.

»Ich sage ja nur, dass du zweiunddreißig und ohne jegliche Verpflichtungen bist, und vertrau mir, wenn ich dir sage, dass du eines Tages verstehen wirst, wie viel Glück du damit hast. Es wäre eine Schande, dir von irgendeinem Idioten deinen Weg versperren zu lassen.«

»Du hast ja recht, ich weiß«, antworte ich, obwohl ich eigentlich nicht wirklich zuhöre, denn meine Überlegungen sind zu Liam gewandert und zu der Verwirrung, die ich nicht auflösen kann, nicht einmal für jemanden so Gutaussehenden wie den Kit-Harington-Doppelgänger, der sich immer wieder in meine Gedanken schleicht.

»Und was ist mit allem anderen, Jess? Wie willst du zurechtkommen? Offline zu gehen, ist krass.«

»Joan und ich haben darüber gesprochen. Ich kann zur Bank gehen, Bargeld nutzen, eine Zeitung kaufen. Es wird schon gehen«, sage ich, ohne besonders überzeugt zu sein; schon nach nur ein paar Stunden fühle ich mich verloren und weiß nicht recht, was ich mit mir anfangen soll, abgehängt vom Rest meines Lebens. Es ist ein wenig so, wie wenn ich von meinem Clean-Living-Weg abkomme und mich wieder von Schokolade und Keksen ernähre, dann denke ich tagelang an nichts anderes.

»Du kannst kein Fernsehen schauen oder Musik und Podcasts hören.« Bei Debs klingt das so, als seien das meine größten Sorgen, wo doch meine Social-Media-Abstinenz jetzt schon mein größter Verlust ist, und sei es nur, mir Daniels Kunst auf Instagram oder Marikos Filmkritiken auf TikTok anzuschauen, eben der stupide Kram, der die Zeit füllt.

»Dann muss ich eben Joans Radio benutzen oder im Wohnzimmer den echten Fernseher«, sage ich, wobei ich nicht ganz sicher bin, wie ich zurechtkommen werde ohne die Möglichkeit, jederzeit und alles, was ich möchte, bingewatchen zu können.

»*Und* du kannst deine Fitness oder deine Periode nicht mehr protokollieren oder irgendetwas online kaufen. Jess, das ist dein ganzes Leben.« Ich weiß, dass Debs schwarzmalt und mir überhaupt nicht mehr zuhört, weil ihre Vorstellungskraft sie längst auf und davon getragen hat, wie sie es immer tut.

Als wir klein waren, konnte Debs stundenlang in Fantasiespiele abtauchen. Sie hat ganze Tage an ihre My-Little-Pony-Sammlung verloren, während ich sie endlos anbettelte, rauszukommen und Fangen oder Verstecken zu spielen, irgendetwas, wobei man rennen konnte. Debs war drinnen immer glücklicher, versunken in ihre Fantasien.

»Ich muss mir eben ein Notizbuch kaufen und in echte Läden gehen«, gebe ich zurück und bin erstaunt, wie klarsichtig ich klinge, obwohl ich mich total neben der Spur fühle.

»Was ist mit all deinen Social-Media-Seiten? Was wirst du damit machen?«

»Debs, ich weiß es nicht«, sage ich, und ihre Panik befeuert langsam die meine, meine Brust wird enger. »Ich muss einfach schauen.«

»Du bist verrückt. Und weißt du, was das Schlimmste daran ist?«

»Was?«, will ich wissen und frage mich, was schlimmer sein könnte als die Tatsache, all meine Social-Media-Feeds aus den Augen zu verlieren.

»Du wirst nie wieder daten«, antwortet sie langsam, völlig übertrieben.

»Stimmt nicht …« Ich beuge mich zu ihr, und diesmal flüstere ich wirklich. »Joan hat mich dazu gebracht, eine Annonce bei den Kleinanzeigen für ›Einsame Herzen‹ aufzugeben.«

»Im Leben nicht!«

»Ich meine das total ernst. Ich habe sie geschrieben, und sie hat bei irgendeinem automatisierten Anschluss bei den ›Notting Hill News‹ angerufen. Es war durch und durch merkwürdig«, gestehe ich ihr und erinnere mich daran, wie ich neben Joan gestanden habe, während sie die Nummer wählte, ungläubig wahrnehmend, wie langsam ihr Wählscheibentelefon war, und unsicher, ob ich vielleicht tatsächlich in einem Traum feststeckte anstatt in einem Zustand leichter Beschwipstheit.

»Ach du Scheiße, Jess. Was hast du geschrieben?«

»Bitte zwing mich nicht dazu, das zu wiederholen«, bettle ich.

»Sag schon! Du weißt, dass ich heutzutage nicht genug zu lachen habe.«

»Also gut«, willige ich mit einem tiefen Seufzen ein, denn sie hat recht, sie hat dieser Tage nicht genug Spaß. *»Filmverrückte Frau, 32, sucht einfühlsamen, loyalen, freundlichen Kerl. Schreib CineGirl.«* Ich nuschle all das vor mich hin, als hätte ich mich wieder in die dreizehnjährige Version meiner selbst zurückverwandelt.

»Ahhh, Fremdscham, Jess!«, gackert sie und genießt jede Minute meiner Erniedrigung, was mich ebenfalls zum Lachen bringt. »Du hast vollkommen den Verstand verloren! Wobei CineGirl süß ist.«

»Danke«, murmele ich. »Nicht, dass das irgendeinen Unterschied machen würde; es wird sich sowieso niemand melden, zumindest niemand, den zu treffen sich lohnen würde.«

»Das weißt du nie. Tinder hat dir bisher niemanden

gebracht, vielleicht wird es über die Anzeige klappen. Vielleicht findest du auf diesem Weg einen netten Kerl, anders als die Typen, die du sonst triffst. Schluss mit den Arschlöchern, Jess. Du verdienst was Besseres.«

»Du hast recht, Schluss mit den Arschlöchern«, wiederhole ich und frage mich, ob ich jemals diesen Menschen finden werde, »den einen«, mit dem ich vollkommen ich selbst sein und dem ich uneingeschränkt vertrauen kann, den einen, der mir das Gefühl gibt, dass wir ohne einander nicht sein können. Je mehr ich darüber nachdenke, desto unwahrscheinlicher erscheint es mir.

»Bist du sicher, dass du das machen willst?«, fragt sie nach einer kleinen Gefechtspause, wahrscheinlich intuitiv fühlend, dass ich im Moment genügend Baustellen in meinem Leben habe.

»Ich weiß es nicht«, sage ich. »Aber wenn ich ehrlich bin, ist es schon so, dass ich zu viel Zeit an meinem Handy verbringe. Es macht mir Angst, es nicht zu haben. Ich bin süchtig.«

»Na und? Handysucht ist heutzutage ein Lebensstil. Jeder ist süchtig. Das ist normal. Es ist ja nicht so, als wärst du heroinabhängig.«

»So ist *unser* Lebensstil, Debs. Nicht der, den Joan kennt. Wir normalisieren ihn.«

»Also, fürs Protokoll, ich halte die Idee für bescheuert.«

»Und vielleicht ist sie das. Aber vielleicht kann sie auch einen Unterschied machen, weißt du. Vielleicht werde ich zum Beispiel am Ende nicht wieder abgezockt.«

»Jess, das war nicht deine Schuld«, seufzt sie, und ich weiß, dass sie wütend ist, weil ich mein Leben, unser Leben, zum Teil auch wegen Liam auf den Kopf stelle.

Ich zucke mit den Schultern.

»War es nicht, Jess«, drängt sie.

Die Enge in meinem Brustkorb wird stärker, und ich kämpfe gegen das erste Kribbeln aufsteigender Tränen an.

»Egal wie«, sage ich und atme aus. »Es kann auch nicht schaden, und es wird Spaß machen, zu sehen, wie Joan neue Dinge für sich entdeckt.«

»Oh ja, wie Dick Pics und Clickbait und unerwartete Pornowerbung. Spitze.«

Gegen meinen Willen lache ich.

»Aber im Ernst, Jess, wie willst du nach einem Job suchen, wenn die Kacke buchstäblich am Dampfen ist?«

»So weit wird es nicht kommen«, antworte ich und verdränge den Keim eines Zweifels, der langsam Wurzeln schlägt. »Viel wichtiger ist, herauszufinden, wie ich die ›Notting Hill News‹ ohne mein Telefon kontaktieren und fragen kann, ob sie dabei helfen, das Kino vor der Schließung zu retten.«

Debs greift nach ihrem Handy, um nachzuschauen.

»Nee«, sage ich. »Wenn ich das durchziehen will, dann richtig.«

»Schätze, dann bleiben dir nur Telefonbuch und Festnetztelefon.«

Ich ziehe mich selbst aus dem Schneidersitz im Sitzsack herauf und helfe Debs hoch. »Schauen wir mal, ob Joan eines hat«, sage ich, und wir gehen hinunter.

»Joan?«, rufe ich und klopfe leicht an die Wohnzimmertür, weil ich sie nicht stören möchte.

»Ja«, ruft sie zurück.

»Joan, hast du ein …«, beginne ich und stecke meinen Kopf durch die Tür, nur um festzustellen, dass Joan Besuch hat von zwei viel jüngeren Typen und einem kleinen Kind mit Humphrey auf dem Teppich vor dem Kamin.

»Jess, komm herein«, bittet sie. »Das ist mein Sohn Edward.« Sie deutet auf ihn auf seinem Sofaplatz.

Ich stutze. Niedergestreckt von einem bombenmäßigen Zufall. Denn das ist nicht einfach irgendein willkürlicher Typ; das ist der heißeste Typ auf dem Planeten, der Typ aus dem Kino: Kit Harington.

»Hi«, sage ich, schiebe mein Haar aus dem Gesicht und ziehe mein T-Shirt glatt, während ich bereue, mir nicht mehr Gedanken um mein Sonntagmorgenoutfit gemacht zu haben. Edward sieht superordentlich aus in einem weißen Hemd und tief sitzenden Chinos.

»Hi«, erwidert er und steht auf, obwohl er mich kaum ansieht.

»Hi«, sage ich noch mal, mit einem nervösen Lachen, mir all der His deutlich bewusst. Debs räuspert sich auf eine Weise, die mir sagen soll, dass ich mich gefälligst zusammenreißen möge.

»Erinnerst du dich an mich?«, frage ich.

»Natürlich erinnere ich mich an dich.« Er sagt das auf eine Weise, die es mir unmöglich macht, zu entscheiden, ob das so stimmt oder eher nicht, und hier stehe ich, und mein Herz macht Extraschichten.

»Wir haben uns im Kino getroffen«, helfe ich ihm aus.

»Ich erinnere mich. Hi.«

»Hi.«

»Edward denkt darüber nach, das …«, setzt Joan an.

»Hast du etwas gesucht?«, fragt er und unterbricht seine Mutter, während eine tiefe Furche zwischen seinen »Küss-mich«-Augen entsteht.

»Ein Telefonbuch. Ich bin offline gegangen, sonst würde ich natürlich mein Handy nutzen, um zu finden, was ich suche«, erkläre ich etwas zu ausufernd.

Zwischen uns entsteht ein Moment, in dem auch er nichts sagt, sich vielleicht fragt, warum seine Mutter so ein Spatzenhirn als Mitbewohnerin ausgesucht hat, und ich suche verzweifelt nach einer Möglichkeit, diese Stille zu füllen, ohne Schwachsinn zu plappern.

»Das ist Debs«, platze ich heraus und ziehe sie wie einen Schutzschild zu mir heran.

Er schaut mich an, als sei ich gerade gegen eine geschlossene Tür gelaufen, fängt sich dann aber, wendet sich an seinen Freund und sagt: »Das sind Charlie und sein Sohn Oscar, Oscar ist drei.« Er deutet auf Charlie, der Khakishorts trägt und auf einem Hocker vor dem Fernseher sitzt. Oscar hat die gleichen Shorts an und sitzt bei Humphrey auf dem Teppich, wo er dessen graue Tasthaare streichelt.

»Schön, euch kennenzulernen«, sage ich und bin erleichtert, mit jemandem zu kommunizieren, der nicht so intensiv und heiß wie Ed ist.

»Gleichfalls«, sagt Charlie und erhebt sich, um Debs und mir die Hand zu geben.

»Sieht aus, als tätest du gerade das Gleiche wie mein Mann – Mama zu einer Pause verhelfen«, erwidert Debs.

»Mama hat eine Wochenendschicht. Stimmt's, Kurzer?«, fragt er Oscar und beugt sich zu ihm, um ihm durchs Haar zu wuscheln.

Charlie ist in so ziemlich jeder Hinsicht das Gegenteil von Ed: blond, fröhlich, gut gelaunt, wie ein gutmütiger Teenager im Körper eines über Dreißigjährigen.

»Ed hat erwähnt, dass Joan eine neue Mitbewohnerin hat.« Er wirft Ed einen Blick zu, den ich nicht ganz deuten kann.

»Mum hat uns von dem Tausch erzählt«, meint Ed und mustert mich mit seinem bohrenden Blick. »Wessen Idee war das?«

»Das war meine«, unterbricht Joan. »Jess hat mir schon eine kleine Einweisung gegeben, und gestern Abend bin ich das erste Mal im Internet gesurft.«

»Im Internet gesurft?«, wiederholt Ed, so als habe seine Mutter ihm soeben eröffnet, dass sie zum Mond und zurück geflogen sei. »Mum, du musst vorsichtig sein. Das Internet ist voller Fallen.«

»Oh, Edward, du solltest froh sein. Du hast mir damit doch seit Jahren in den Ohren gelegen. Jetzt kannst du bei deinen Besuchen auch verbunden bleiben. Du musst dir nie mehr Sorgen wegen des fehlenden Signals machen.«

»Mag sein«, schließt er, und sein Blick trifft den meinen, ohne, dass er sich viel Mühe gibt, seinen Argwohn mir gegenüber zu verbergen – wodurch er irgendwie noch heißer wird. »Das bist nur so gar nicht du selbst, das ist alles.«

»Jess und ich versuchen, uns gegenseitig dabei zu unterstützen, neue Dinge zu entdecken, das Leben aus einer anderen Perspektive zu betrachten. Sie hat mir geholfen, online ein paar Kleidungsstücke zu kaufen, ich habe ihr dabei geholfen, eine Kontaktanzeige bei den ›Einsamen Herzen‹ aufzugeben. Sie verbirgt sich hinter dem Namen CineGirl. Ist das nicht super!«

Eds Augen funkeln vor Freude. »Ihr habt was?«

»Es war Joans Idee, und niemand wird darauf antworten«, winde ich mich. Joan hat meine Coolness gekillt. Ich frage mich, wie Ed wohl reagieren würde, wenn er rausfände, dass ich seine Mutter bei einer Dating-App angemeldet habe.

»CineGirl ist wie Shopgirl in ›e-m@il für Dich‹, was der absolute Lieblingsfilm von Jess ist«, erklärt Debs, als sei das etwas, das Ed interessieren würde. Ich bin sicher, er hat weder die Zeit noch die Neigung, sich romantische Komödien anzuschauen; er ist wahrscheinlich viel zu beschäftigt damit, sich um sich selbst zu kümmern oder seine Freundin jeden Abend in eine andere Location auszuführen.

»Das war der Lieblingsfilm von meiner Mutter und mir. Wir haben es geliebt, ihn gemeinsam anzuschauen«, erkläre ich und merke, wie ich rot werde. Außerdem frage ich mich, warum ich das Bedürfnis habe, etwas so Persönliches mit ihm zu teilen, wo er doch ganz eindeutig in einer völlig anderen Sphäre als ich unterwegs ist.

»Das ist eine coole Idee«, stimmt Charlie begeistert zu und führt Oscars Hände sanft weg von Humphrey, der langsam genug von der Aufmerksamkeit hat. »Ist doch nicht viel anders als Onlinedating, eigentlich. Und wie geht es so mit dem Rest des Tausches?«

»Na ja, weißt du, ich hab schon Leichteres gemacht«, antworte ich und spiele herunter, wie schwierig ich es finde, dass es sich anfühlt, als fehlte die Hälfte meines Lebens; ich bin ein bisschen neidisch, dass Joan den besseren Teil des Deals abbekommen hat.

Nachdem wir gestern Abend meine Kontaktanzeige aufgegeben hatten, ging Joan mit meinem Handy schlafen und ich stattdessen mit ihrem mechanischen Wecker, dessen Ticken mich die ganze Nacht wach hielt, während ich wünschte, ich könnte einfach genug TikTok-Videos schauen, die mich in den Schlaf lullen, und damit der Realität der Situation entkommen.

Als das scheppernde Klingeln mich heute früh aus dem Schlaf geholt hat, wurde ich unmittelbar wieder daran erinnert, was ich getan hatte, und dass ich für vier ganze Monate nicht meine Nachrichten oder mein Social Media checken kann. Das fühlte sich an, als hätte mich jemand von einer sehr hohen Klippe gestoßen. Ich falle noch immer.

»Ich bewundere dich«, meint Charlie. »Ich könnte das nicht. Und ich weiß mit Sicherheit, dass das auch für Ed gilt.«

»Hey, immerhin suche ich keine Dates über die Zeitung«, schlägt der zurück.

»Kumpel, immerhin arbeitet Jess nicht die ganze Zeit.«

Joan, Charlie und ich sehen Ed an, der seine Aufmerksamkeit auf sein Handy gerichtet hat. Ich sinniere über seine Freundin: Ob sie wohl die perfekte Model-Influencerin ist? Die Trophäenfreundin, die keine Fehler macht?

Wir warten, dass Ed aufschaut.

Was er irgendwann auch tut. »Was?«

Joan und Charlie schütteln die Köpfe.

»Oscar hat letztens ein Bild von Onkel Ed gemalt«, berichtet Charlie. »Er gab es mir erst, nahm es dann aber zurück mit den Worten: ›Warte, ich hab was vergessen‹, dann malte er ein Handy in Eds Hand.«

»Autsch«, jammere ich und fühle mich ein wenig schlecht für den Typen und vielleicht am Ende doch ein bisschen froh über den Tausch mit Joan.

8

JOAN

Nach dem Trubel mit Edward und Charlie, Jess und Debs, ist das Haus wieder erfrischend still. Humphrey genießt die Wärme der Mittagssonne an der Hintertür und ich den Rhythmus, in dem ich Primeln aus ihren Töpfen klopfe und sie in den Kasten am Küchenfenster pflanze, als ich Pamela über den Gartenzaun rufen höre.

»Herrlicher Tag«, sagt sie fröhlich.

»Das stimmt«, erwidere ich und gehe mit meinem Stock hinüber ans Tor. Wir haben das Tor vor ein paar Jahren einbauen lassen, in eine kleine Lücke zwischen den Bepflanzungen, damit wir uns leichter Dinge hin- und herreichen können – eine abgewaschene Auflaufform, Saatschalen oder die eine oder andere Zeitschrift.

»Hast du meine Nachricht erhalten?«, frage ich, noch immer beunruhigt vom Gang der Ereignisse gestern Abend, obwohl ich Edward gegenüber vorhin meine beste Mine gezeigt habe. Pamela wirft mir einen verwirrten Blick zu. »Die, die ich dir von Jess' Handy geschickt habe.«

Die Brauen hochgezogen, holt Pamela ihr Handy aus der Tasche ihrer Gartenschürze. »Wir haben ein Glas Wein getrunken und Scrabble gespielt und dann vereinbart, den Lebensstil zu tauschen«, erkläre ich, bemüht, entspannt zu klingen, als wäre das das Normalste der Welt, obwohl sich gerade nichts davon so anfühlt.

»Wie bitte?«, fragt sie scharf zurück, ihre Augen schmal wie die eines Falken.

»Jess und ich, wir haben vereinbart, den Lebensstil zu tauschen«, wiederhole ich, und der kleine Knoten in meinem Magen wird fester – ein Knoten, der fragt, ob ich zu übereilt gehandelt habe, ob dies eine Entscheidung sein könnte, die ich bereuen würde. »Jess geht offline und ich on …«

»Du liebe Güte!«, ruft sie aus, beinahe verblüffter als bei meiner kürzlichen Mitteilung, dass ich mich auf ihre Idee für eine Untermieterin einlassen würde. »Ich habe doch letzte Woche das Tablet nur mal vorgeschlagen. Nie hätte ich damit gerechnet, dass du das tatsächlich umsetzen würdest.«

»Wenn schon, denn schon«, antworte ich und hoffe, dass Pamela meine Angespanntheit nicht spürt. Die trug ich in mir beinahe seit dem Moment, in dem Jess und ich den Tausch abgemacht haben.

»Bist du bereit, mal einen Anruf zu versuchen?«, fragte Jess, ihr Blick voller Enthusiasmus, ahnungslos, wie viel Angst mir ihr Telefon in meiner Hand machte, dieses Zusammenspiel von Farben und Symbolen, fremd und verwirrend, dabei geheimnisvoll und so voller Versuchung.

»Alles, was du tun musst, ist, auf das grüne Symbol mit dem Telefonhörer darauf zu tippen«, erklärte sie geduldig. Also tat ich das, nachdem ich die Größe der Symbole mehrfach angepasst hatte, um alles klar zu erkennen. »Jetzt tippe auf KONTAKTE, dann SUCHE und tippe ein, wen du anrufen möchtest.«

»Aber ich kenne niemanden, den auch du kennst.«

»Guter Punkt«, lacht sie. »Dann tipp stattdessen auf ZIFFERNBLOCK.« Sie beugt sich zu mir rüber und kommt mir näher als irgendwer sonst seit langer Zeit; ihr Haar, das nach Kokos duftet, streift meine Wange, als sie mir zeigt, wo der ›Ziffernblock‹ ist, den ich nicht finden konnte. »Warum rufen wir nicht als Erstes dein Festnetztelefon an?«

»Gute Idee«, finde ich und tippe vorsichtig meine Nummer ein. »Und nun?«

»Drück auf den runden grünen Knopf.«

Ihrer Anleitung folgend, drückte ich den Knopf und beinahe zeitgleich hörte ich nicht nur den Klingelton in Jess' Handy, sondern auch das RRRING RRRING meines Telefons in der Diele.

»Bin ich das, die da anruft?«, fragte ich etwas aufgeregt.

»Scheinbar« sagte sie und sprang auf, um zum Telefonstuhl zu eilen.

Eine oder zwei Sekunden später, das kühle Glas des Handys an meinem Ohr, hörte ich Jess' Stimme durch das Handy und zugleich in der Diele, wie sie sagte: »Hallo, dies ist der Anschluss von Joan.«

»Es ist jetzt deiner«, neckte ich sie, und sie kicherte, ehe sie mir dazu gratulierte, erstmals ein Handy benutzt zu haben.

Und dann schlug sie mir vor, eine Nachricht zu senden, und setzte sich neben mich, während ich bewunderte, wie sie sich einfach wieder auf das Sofa werfen konnte, ohne jede ihrer Bewegungen strategisch planen zu müssen. Das erinnerte mich daran, wie ich einmal gewesen war, beweglich und agil, immer auf dem Sprung, egal, ob ich auftrat, reiste oder unterrichtete, ehe das Alter eingesetzt und ich erkannt habe, wie sehr ich eine stabile Gesundheit als selbstverständlich betrachtet hatte. »Wessen Handynummer kennst du?«

»Ich kenne die von Pamela und von Ed.« Das erstaunte sie.

»Wirklich?«

»Allerdings. Kennst du die Nummern deiner Lieben nicht auswendig?«

»Nein!«, lachte sie erstaunt. »Wie wär's, wenn wir Pamela schreiben?«

»Aber ich habe ihr nichts zu erzählen.«

Jess schielte mich an, als hätte ich etwas vollkommen Lächerliches gesagt.

»Was meinst du? Du kannst ihr alles erzählen. Was es zum Abendessen gab. Was du morgen vorhast. Was im Fernsehen läuft. Was auch immer du magst.«

Und jetzt war ich an der Reihe, zu schielen. »Nichts davon würde ich ihr erzählen, nichts davon ist wichtig.«

»Es muss nicht wichtig sein, Joan. Du quatschst nur.«

Die Falten um meine Brauen vertieften sich. »Du schickst deinen Freunden Nachrichten darüber, was du zum Abendessen hattest?«

»Klar, schau«, sie zuckte mit den Schultern, als sei das völlig normal, nahm mir das Telefon ab und tippte und wischte zügig darauf herum. In der nächsten Sekunde zeigte sie mir schon Raster von Bildern ihrer kunstvoll angerichteten Mahlzeiten, wie ein Stillleben, dass man in einer Galerie zu sehen bekam, mit sonnigen Hintergründen oder gedämpftem Licht, und ich musste mich sehr zusammenreißen, nicht nur zu starren.

»An wen schickst du das?«

»Na ja, jemandem oder allen«, meinte sie, irgendwie verblüfft von der scheinbaren Offensichtlichkeit der Frage.

»Wie meinst du das, *allen*?«

»All meinen Followern«, sagte sie, und es entstand ein Moment, in dem wir einander mit leeren Mienen anschauten, die kulturelle Kluft zwischen uns so groß wie der Grand Canyon. »Das ist Instagram«, erklärte sie und holte mich zurück aus einer Erinnerung an eine Reise nach Arizona vor vielen Monden. »Leute folgen mir, das bedeutet, wann immer ich etwas poste, können sie alle das sehen.«

»Was meinst du mit ›posten‹?«

»Du weißt schon, es rausgeben, senden.«

»Wohin?«

Für einen Moment zögerte sie nachdenklich. »In den virtuellen Raum, schätze ich.«

Und da war sie wieder, die Stille, die Schlucht zwischen uns.

»Vielleicht sollten wir noch mal einen Schritt zurückgehen«, schlug sie vor, als klar wurde, dass wir eine Sackgasse erreicht hatten. »Vergiss Instagram. Ich bin abgeschweift. Lass uns einfach eine Nachricht an Pamela schicken. Kein Foto, nur eine einfache Textnachricht.«

»Und die geht nur an sie, niemand sonst kann sie sehen?«

»Genau.«

»Wie ein Telegramm?«

Jess sah verwirrt aus.

»Nur eine Nachricht von mir an sie, ohne Vermittler?«, biete ich an.

»Exakt!«

»Okay. Was soll ich schreiben?«

Jess sah für einen kurzen Moment so aus, als dachte sie: »Nicht das schon wieder«, aber freundlich und so geduldig schlug sie vor: »Wie wäre es mit ›Hier ist Joan, ich schicke eine Nachricht von Jess' Handy‹.«

»Vielleicht sollte ich beginnen mit ›Liebe Pamela‹.«

Jess lachte, aber nicht unfreundlich. »Ich denke nicht, dass sie solche Förmlichkeit erwarten würde. ›Hi Pamela‹ wird ausreichen.«

»Also gut«, sagte ich und machte mich bereit für meine nächste Lektion. »Lass uns loslegen.«

Sie leitete mich erneut durch die Entschlüsselung des Telefons, wie man »Nachrichten« öffnete und eine neue begann. Ich tippte Pamelas Nummer hinein und tupfte vorsichtig auf die Buchstaben auf dem Bildschirm.

»Bitte schön« triumphierte ich, als ich fertig war. »Was kommt jetzt?«

»Du könntest ein paar Emojis hinzufügen.«

»Emojis?«

»Kleine Figuren, die das Gefühl der Nachricht unterstreichen. In diesem Fall vielleicht ein Ausdruck von Überraschung«, sagte sie und öffnete Hunderte von Figuren, aus denen ich etwas auswählen sollte. »Und dann vielleicht ein paar kleine Bilder, ein Handy, einen Keimling, um einen Neuanfang zu symbolisieren ...«

»Oh, wundervoll«, sagte ich und scrollte durch die Bilder. »Pamela liebt Auberginen und Pfirsiche. Und vielleicht nehme ich noch eine kleine winkende Hand.«

Daraufhin schlug Jess vor, ich sollte doch ein anderes Obst und Gemüse auswählen, Sorten, die weniger »zweideutig« seien, doch ich wollte dabei bleiben, und sie schüttelte nur erstaunt den Kopf und sagte: »Naaa gut. Dann tippe auf den blauen Pfeil und die Nachricht wird gesendet.«

Also tat ich das, und sie wurde gesendet, und ich spürte, wie das berauschende Gefühl eines Erfolgserlebnisses mir den Rücken hinaufkroch.

»Hi Pamela, ich schicke eine Nachricht von Jess' Handy.« Pamela liest mir das jetzt am Gartenzaun vor, ebenso erstaunt, wie ich selbst von meiner Leistung gewesen war. »Aubergine, Pfirsich, Winkehand«, kichert sie, die Augen weit aufgerissen.

»Sie hat mir auch gezeigt, wie ich einen Anruf mache und eine E-Mail schicke, unter anderem, und wir haben ein paar Kleidungsstücke sowie ein Handy und ein Tablet für mich bestellt, danach allerdings, muss ich zugeben, brauchte ich eine Pause«, berichte ich ihr und denke daran, wie ich einfach zu erschöpft gewesen war, um noch dagegen anzukämpfen, etwas online zu kaufen. Ich habe Jess allerdings schwören lassen, dass es einhundert Prozent sicher sei, meine Geldkarte zu benutzen. Edward hatte oft genug von Onlinebetrugsmaschen erzählt, weswegen ich vorsichtig war; es macht mir schon Angst genug, die Karte am Kartenlesegerät zu benutzen, wenn ich bei den örtlichen Geschäften einkaufe. »Ich habe entschieden, dass ich es ja immer noch zurück in seinen Karton packen und unter der Treppe verschwinden lassen kann, wenn es doch nichts für mich sein sollte.«

»Gut gemacht, Joan«, gratuliert mir Pamela und zeigt eines ihrer breiten, zahnreichen Grinsen. »Denk nur an all die Möglichkeiten. Du könntest online irgendwo mitmachen oder mehr Kleidung kaufen, vielleicht sogar wieder etwas unternehmen. Es wird deine Stimmung wahnsinnig heben. Und denk nur an all die Menschen, die du kontaktieren könntest. Joan, das ist wunderbar. Dein Leben wird aufblühen.«

»Ja, wahrscheinlich«, erwidere ich, überfordert von all diesen Möglichkeiten, nicht bereit für irgendetwas davon, jetzt, wo der Wein nicht mehr wirkt.

»Joan, geht es dir gut?«, höre ich sie fragen, ihre Stimme klingt viel weiter weg, als sie sollte.

»Joan«, sagt sie noch mal, wobei sie diesmal direkt neben mir steht und mich stützt, obwohl ich überhaupt nicht gemerkt habe, dass sie durch das Tor gekommen ist.

Pamela hilft mir zu der Bank neben der Hintertür, und ich fühle mich uralt und dumm. Sie setzt mich hin und holt dann ein Glas Wasser aus der Küche.

»Du machst keine halben Sachen«, sagt sie und setzt sich neben mich, wobei sie ganz sicher meine Vitalwerte im Auge hat. »Was hat dich dazu gebracht?«

Es gelingt mir, ihr zu erzählen, dass ich das Gefühl hatte, Jess könnte von einer Veränderung profitieren, von einem etwas langsameren Tempo im Alltag, und dass ich nicht damit gerechnet habe, dass sie mich in der Folge herausfordern würde. »Aber da konnte ich ja schwer Nein sagen, oder?«, frage ich und fühle mich langsam wieder wie ganz die Alte.

Pamelas Schweigen sagt mir, dass sie dem nicht zwingend zustimmt.

»Hast du dir nicht überlegt, erst einmal nur mit den Grundlagen loszulegen, einer gelegentlichen Textnachricht oder einem Anruf, anstatt kopfüber in einen ganzen Lebenstausch zu springen?« Sie stupst mich sanft mit dem Ellbogen an.

»Wahrscheinlich hätte ich das bedenken sollen, aber nun ist es ein wenig zu spät für einen Rückzieher«, erwidere ich. »Ich würde es nicht über mich bringen, sie hängen zu lassen. Nicht, wenn ihr dieser Tausch so guttun wird. Aber ich kann nicht leugnen, dass ich mich etwas dumm fühle.«

»Du warst übereilt, Joan, nicht dumm.«

Ich werfe ihr einen Blick zu, der ihr sagt, dass sie nur einen Bruchteil weiß, dann hieve ich mich hoch und gehe in die Küche. Einen Moment später bin ich zurück und gebe ihr Jess' Handy: »Sieh dir das an.«

»Das ist ein wunderschönes Foto, Joan.«

»Geh etwas weiter runter.«

»›Pensionierte Klavierlehrerin, neunundsiebzig‹«, beginnt sie zu lesen und ich werde rot, bereue den Wein. »›... auf der Suche nach kreativem, freundlichem Tierliebhaber für Gesellschaft, vielleicht mehr. Schreiben Sie Ivory Joan.‹«

Es entsteht ein kurzer Moment der Stille. Pamela verarbeitet, ich warte und denke zurück an den gestrigen Abend.

»Verbring nicht zu viel Zeit online, du bekommst viereckige Augen«, rief Jess, als ich hoch ins Bett ging. Ich lachte über den Gedanken, ich könne im Internet hängen bleiben, doch als ich mich dann ins Bett gekuschelt hatte, mein Federbett unter den Armen, entdeckte ich eine ganze Welt unter meinen Fingerspitzen. Und obwohl ich nirgendwo hingehen konnte, nichts sehen, war das Einzige, auf das meine Gedanken sich einschossen, ein Name. Ein Name weit aus der Vergangenheit, der jedoch nie fern meiner Gedanken ist.

Mein Finger schwebte über dem Bildschirm, unsicher, ob er den Namen eintippen sollte oder nicht, mein Brustkorb fühlte sich eng an bei dem Gedanken daran, was ich entdecken könnte. Ich widerstand und tippte stattdessen die sicheren, vertrauten Worte »Westminster School« ein.

Beinahe sofort erschien eine riesige Liste von Punkten. Ich tippte auf den obersten und plötzlich, innerhalb von Sekunden, so klar, als stünde ich vor dem Eingang, erschien ein Bild des Innenhofes mit dem geisterhaften Kalkstein von Westminster Abbey im Hintergrund.

Nachdem ich mich durch die »Pull-down-Menüs« navigiert hatte, so, wie Jess es mir beigebracht hatte, fand ich den Fachbereich Musik. Hier entdeckte ich Bilder des Orchesters, das ich früher dirigierte, von Kindern, die Oboen, Violinen und Flöten spielen. Ich betrachtete jedes Bild, benutzte Finger und Daumen, um die Bilder zu vergrößern, auf der Suche nach jemandem, den ich kannte, nach irgendeinem Mitarbeitenden aus der Zeit, als ich dort unterrichtet hatte vor fünfzehn Jahren. Aber da war niemand.

Das Leben geht weiter, dachte ich, ein wenig enttäuscht und doch glücklich über die Möglichkeit, diesen alten Ort wiederzusehen.

Ich wanderte weiter zurück in meiner Erinnerung, in die Zeit, bevor ich unterrichtet hatte, als Parker und ich heirateten, als ich neben meinen häuslichen Pflichten gelegentlich als Begleitung Auftritte hatte, ganz anders als die Geschäftigkeit und die Freiheit meines Lebens und meiner Karriere in meinen Zwanzigern. Ich suchte nach den Orten, in denen ich damals gespielt hatte: die Cadogan Hall, die Wigmore Hall und St. Martin in the Fields, und nach ein paar Leuten, die ich damals kannte und die inzwischen alle im Ruhestand, alt oder verstorben waren. Mich überkam der Gedanke, dass ich mir damals nie hätte vorstellen können, wie mein Leben werden würde – ein Leben voller Grenzen und Geister.

Ich entschied, nicht nach Parker zu suchen, ich war nicht willens oder nicht in der Lage, sein Gesicht zu sehen, zu sehen, wohin das Leben ihn getragen hatte. Dann hielt ich inne, der Drang, zu dem Namen, der mich verfolgte, zurückzukehren, weiter zurückzugehen, zu der Zeit vor meiner Ehe, zu der Zeit, in der ich am glücklichsten und am ausgefülltesten war, in New York City.

Langsam, zögernd, tippte ich, löschte den Namen diverse Male, im Bewusstsein, dass mein Atem flach ging und mein Herzschlag beschleunigte, voll Sorge, dass Jess ins Zimmer platzen und mich dabei erwischen könnte, wie ich etwas Dummes tat. Als ich mich sicher fühlte, dass Jess noch immer unten war, drückte ich mit einem tiefen Atemzug Enter und tippte auf »Bilder«. Mein Herz rutschte mir in die Hose, als ich nicht sofort jemanden entdeckte, der ihm ähnlich sah. Denn obwohl ich ihn seit Jahrzehnten nicht gesehen hatte, war ich mir sicher, ihn auch nach all den Jahren noch sofort wiedererkennen zu können.

Ich probierte es noch mal, fügte seinen Beruf hinzu, und innerhalb von Millisekunden war der Bildschirm von einer Reihe Fotos ausgefüllt. Und ich sah ihn. Genau dort. Direkt vor mir.

»Oje«, keuchte ich, mein Herz machte einen Sprung, und ich widerstand dem Drang, das Ding sofort abzuschalten.

Ein Teil von mir wollte die Hand ausstrecken und seine weichen grauen Locken berühren, seine Augenlider, jedes Detail berühren, das mir trotz der vergangenen Zeit noch immer so vertraut schien, als wäre es gestern und nicht vor all diesen Jahrzehnten gewesen, als ich zuletzt meine Finger über sein Profil habe wandern lassen und seine festen Lippen küsste. Doch der andere Teil in mir hatte Angst, als würde er aus dem Tablet springen, sich neben mich setzen und eine Erklärung verlangen können, weshalb ich ihn in jener Nacht verlassen und stattdessen Parker geheiratet hatte.

Und dann überkam mich ein Gefühl, das ich erst ein einziges Mal erlebt hatte. Mir war, als sei ich eine Feder in einem Strudel, und ich schaltete eilig das Telefon aus, kaum in der Lage, meine Atmung zu beruhigen.

Ein bellendes Lachen von Pamela holt mich zurück in die Gegenwart, und ich merke, dass ich zittere.

»Joan Armitage, du alte Schurkin! Du bist auf einer Dating-Seite.«

»Ach, hör doch auf«, kichere ich und spüre eine Wärme über meine Wangen wandern, unsicher, ob ich mich schämen oder stolz auf das Profil sein sollte, das Jess für mich auf Silver Singles eingerichtet hat.

»Das ist fantastisch! Etwas, um dich wirklich wieder unters Volk zu kriegen.«

»Es ist ja nicht so, dass darauf irgendwer antworten wird«, wische ich es beiseite, weil ich der Anmeldung dort nur zugestimmt habe in dem Wissen, dass sie zu nichts führen würde.

»Natürlich werden sie antworten! Schau dich an.« Sie hält das Foto auf Jess' Telefon neben mein Gesicht, um beide zu vergleichen. »In der Tat, Ivory Joan. Sie werden dir hinterherlaufen!«

»Wohl kaum. Wer will schon mit einem alten Weib wie mir zusammen sein?«, frage ich und nehme ihr das Telefon ab, voller Hoffnung, dass niemand antworten wird, obwohl sich ein winziger Teil von mir heimlich wünscht, dass dieser eine perfekte Jemand es vielleicht doch probiert.

Meine geliebte Joany,

ich kann kaum glauben, dass es bald fünf Jahre her ist, dass wir uns an diesem wunderschönen Spätsommerabend in London trafen. Mein Herz ist heute sogar noch erfüllter als damals, obwohl wir bereits seit drei Jahren einen Ozean weit voneinander entfernt leben.

Ich weiß, wir haben darüber schon früher gesprochen, aber, Joany, wenn du für dein Jahr an die Juilliard kommst, willst du nicht bei mir wohnen? Seit dem Tag, als Peter Kathleen geheiratet hat, sehne ich mich danach, dass wir beide unser Leben ganz miteinander teilen.

Ich möchte dich nicht in eine schwierige Position bringen, doch in dieser Stadt würde es niemanden interessieren, und deine Eltern würden es nie herausfinden. Nichts würde mich glücklicher machen, Joany, als jeden Morgen neben deinem wunderschönen Lächeln aufzuwachen.

Schreib mir und sag mir, dass du einverstanden bist, und du machst mich zum glücklichsten Mann auf Erden.

Für immer und ewig
Joe

9

JESS

»Hi. Jess?«, fragt Cormac, der Journalist der ›Notting Hill News‹, und schüttelt meine Hand. »Wie läuft's denn so?«

»Gut, danke, dass du mich triffst«, antworte ich, während er den Barmann im Cross, dem Pub gegenüber vom Kino, herbeiwinkt.

»Du hast also eine Story über das Portland?«, fragt er mit seinem warmen irischen Dialekt, nachdem wir unsere Drinks von dem mittig gelegenen Eichentresen geholt haben und er uns zu Plätzen am Fenster führt. Wir setzen uns auf zwei gepolsterte Bänke mit hohen Rückenlehnen einander gegenüber, seine langen Beine streifen versehentlich meine Knie.

»Hast du vorher schon vom Portland gehört?«, frage ich.

»Hat das nicht jeder? Das ist doch hier eine ganz feste Größe.«

Er zieht seine Jeansjacke aus, ein ausgeblichenes Akte-X-T-Shirt kommt zutage, dann nippt er an seinem Bier, und etwas Schaum bleibt an seinem ungepflegten Bart hängen, dem es nicht gelingt, sein jungenhaftes, properes Äußeres zu verbergen. »Was ist denn da los? Warum brauchst du meine Hilfe?«

Ich erzähle ihm die Geschichte des Kinos, wie es von Generation zu Generation weitergegeben wurde, dass das Geschäft nicht mehr so gut läuft, wie in den besten Zeiten und dass Clive nun verkaufen möchte, mit I-Work als möglichem Interessenten. Während ich spreche, hört er zu, macht Notizen auf seinem Handy und nimmt dabei nie seine aufmerksamen blaugrauen Augen länger von den meinen.

»Es war für beinahe einhundert Jahre Teil der DNA dieser Nachbarschaft. Es nun an I-Work zu verlieren, ein Unternehmen mit so gegensätzlichen Werten, wäre eine wirkliche Tragödie.«

Mein Blick geht hinüber zu den Kinotüren, auf dem Vordach die Filmtitel und Vorstellungszeiten, und obwohl mir Clive erlaubt hat, eine Sondervorstellung von ›Wie angelt man sich einen Millionär?‹ als Golden-Oldies-Spezial zu arrangieren, ist noch niemand in Sicht. Ich kann gerade so Daniel erkennen, der am Ticketschalter sitzt, die Füße hochgelegt und zeichnend. Gary steht draußen und zieht an einer Zigarette. Und ich weiß, dass unten Mariko ackert, um sicherzustellen, dass der Ort tadellos aussieht, trotz des Mangels an Kundschaft.

Mir fällt wieder ein, wie es war, als Mum starb. Meine Welt verlor ihren Boden, und alles, war ich noch hatte, waren Debs und das Kino. Ich weiß noch, dass Clive mir sagte, ich solle so lange freinehmen, wie ich es bräuchte, und dass es für ihn völlig in Ordnung wäre, wenn ich einfach nur kommen, Filme schauen und im Dunklen sitzen und weinen wollte. Und das tat ich, tagein, tagaus, wochenlang. Gary gab mir unzählige knochige Umarmungen, der Geruch seiner Zigaretten hing den Rest des Tages in meiner Kleidung und war dabei merkwürdig wohltuend; Mariko machte mir heiße Schokoladen und brachte mir Papierhandtücher, wenn meine Taschentücher aus waren, und Daniel – nie ein Mann vieler Worte – lieh mir Gedicht- und Kunstbände, Fragmente von Weisheit, die meiner Trauer Sinn gaben und mir sagten, dass ich nicht allein sei.

Und ich denke auch an die guten Zeiten: die Freude, die unsere Gäste an Clives Hundewelpen hatten; die Geburt von Garys Kindern und wie er sie mitbrachte, um mit ihnen anzugeben; Daniels Abschlussausstellung und die Kritiken am nächsten Tag, auf die wir uns alle gemeinsam stürzten, und Marikos Abschluss, zu dem Clive und ich gemeinsam gegangen waren, weil ihre Eltern nicht aus Japan kommen konnten. Und all die anderen Kollegen und Besucher, die über die Jahre gekommen waren, und die immer zurückkehrten, auch wenn sie weiterzogen. Denn das ist es, was das Portland ausmacht: Es zieht die Menschen in seinen Bann und hält sie ganz nah.

»Ich kann dir gar nicht sagen, wie wichtig es ist, jemanden zu finden, der dem Kino wieder zu seinem alten Glanz verhelfen kann und will«, erkläre ich Cormac, überrascht davon, wie eindringlich meine Stimme klingt. »Es bedeutet zu vielen Menschen zu viel, als dass wir es einfach verschwinden lassen dürfen.«

»Super«, sagt er, beendet eine Notiz und schaltet sein Handy aus. »Das gibt schon viel Gutes her. Ich kann einen Artikel schreiben über den Einfluss des digitalen Zeitalters und des Internethandels auf die Identität einer Gemeinschaft, alles ganz zeitgeistiges Zeug. Wir bringen es in unserer Zeitung und teilen es auf unseren Social-Media-Plattformen, und ihr könnt das Gleiche machen. Das wird abheben, ganz sicher.«

»Das weiß ich sehr zu schätzen.«

»Das wird schon«, sagt er und begreift meine Sorgen.

»Jeder mag eine gute David-gegen-Goliath-Geschichte. Es muss hier doch irgendeinen Mogul in der Nachbarschaft geben, der gern ein bisschen gute PR hätte. Ein Stück lokaler Geschichte vor den großen Invasoren zu retten, könnte doch genau die Öffentlichkeitswirksamkeit haben, die so jemand braucht.«

»Hoffen wir's«, lächle ich, angezogen von seinem ansteckenden Enthusiasmus und seinem schiefen Grinsen.

Dann entsteht so ein Moment zwischen uns, in dem klar ist, dass wir alles besprochen haben, was wir brauchen, und doch keiner von uns schon wirklich gehen möchte.

»Ich sollte mir deine Nummer notieren«, meint er und durchbricht die Pause, an seinem Telefon herumfummelnd. »Falls ich noch irgendetwas brauche«, fügt er schnell hinzu und fährt mit der Hand durch seine kurzen hellbraunen Locken. »Du hast mir nur die Nummer des Kinos gegeben, als du angerufen hast.«

Ich erkläre ihm meinen Offline-Zustand.

»Krass, das ist doch eine Geschichte für sich! DIGITAL DETOX FÜR HIPPE MITTDREISSIGERIN«, verkündet er, als läse er eine Zeitungsschlagzeile. »Wie klappt das so für dich?«

»Ziemlich schlecht, ehrlich gesagt«, lache ich, und er lacht auch, sein Glas schlägt an meines in Anerkennung meiner Challenge. Seine Augen tanzen voller Wärme und Bewunderung. »Meine Mitbewohnerin hat gestern ihr Handy und ihr Tablet erhalten, also haben wir mein Telefon in einen Karton gepackt und ihn in der Kammer unter der Treppe versteckt. Ich sag's dir, es fühlte sich an wie eine Beerdigung.«

»Das kann ich mir vorstellen. Ich wäre ein verdammtes Wrack ohne meines«, sagt er und dreht sein Handy auf dem Tisch um. »Wie lange läuft das schon?«

»Es ist erst der dritte Tag. Ich bin immer noch in der Entzugsphase: Kopfschmerzen, Schweißausbrüche, Zittern«, scherze ich, obwohl die Realität meines Lebens ohne Handy wirklich nicht lustig ist. Selbst die einfachsten Dinge werden kompliziert: für Dinge bezahlen, den Nahverkehr benutzen, ohne Musik joggen. »Wenn ich ehrlich bin, fühle ich mich ohne Handy etwas ausgeliefert.«

»Das würde uns allen so gehen, schätze ich«, sagt er und hält meinem Blick stand, dabei fällt mir auf, dass seine Augen goldene Pünktchen haben. »Aber ich denke, wir müssen alle unsere Komfortzone verlassen, wenn wir wachsen wollen.«

»Stimmt«, gebe ich zurück. Beide nehmen wir zeitgleich einen großen Schluck von unseren Drinks, die Augen noch immer aufeinander gerichtet.

»Joan? Hast du gesehen, was angekommen ist?«, rufe ich aus der Diele, aufgeregt über meine Entdeckung im Windfang, glücklich, eine Ablenkung von der nagenden Frustration, nach dem Abschied von Cormac nicht direkt Debs anrufen und jedes seiner Worte analysieren zu können. Ich bin nicht sicher, ob die Wärme, die er ausstrahlte, speziell für mich gemeint gewesen war oder ob das einfach seine Art als Journalist ist, ob es einfach sein Job ist, die Leute dazu zu bringen, dass sie sich wohlfühlen.

»Was gibt es?«, fragt sie und taucht in der Küchentür auf.

»Die Klamotten, die wir bestellt haben!«, erkläre ich begeistert und hebe den Karton an, damit sie ihn sieht.

»So schnell?«

Ich trage den Karton auf den Küchentisch und beginne, ihn so aufzureißen, wie ich es am Weihnachtsmorgen gemacht habe, wenn Mum all meine Geschenke zusammen in eine riesige Kiste packte, wie ein gigantischer Lostopf.

»Schau dir das an, Joan«, sage ich und ziehe ein Boho-Kleid mit Paisleymuster aus seiner seidenen Verpackung.

»Das kann ich nicht anziehen«, erklärt sie, beäugt es vorsichtig, und das Glitzern in ihren Augenwinkeln sagt mir, dass sie es liebt.

»Na klar kannst du«, bestimme ich und halte es an sie ran, an der Hüfte nehme ich es etwas zusammen. »Es ist perfekt für dich. Und was ist hiermit?« Ich zeige ihr die braune Fellweste, die ich für sie passend zu dem Kleid ausgesucht habe. »Ich habe groben Holzschmuck, den du dazu tragen könntest.«

»Ach, hör doch auf«, lacht sie und streicht über ihr Amulett, im Versuch, ablehnend zu wirken, kann aber dabei ihr Interesse nicht verbergen.

Ich drücke ihr die Kleidungsstücke in die Arme. »Probier es an.«

»Pamela wird mich für verrückt halten.«

»Nein, das wird sie nicht! Sie wird denken, du hast dir etwas Gutes getan. Los geht's!«

»Also gut. Ich schätze, es kann ja nicht schaden.«

Sie verschwindet nach oben in ihr Zimmer, um die Sachen zu probieren, und so ganz ohne mein Handy, mit dem ich mich ablenken könnte, verliere ich mich für einen Moment in Gedanken an Mum. Ich erinnere mich, wie wir durch die örtlichen Wohlfahrtsläden gestromert sind, auf der Suche nach kleinen Teilen, die die Kleidungsstücke, die wir schon hatten, verändern würden, und wie wir dann nach Hause kamen und das Wohnzimmer zum Laufsteg umräumten, um dann dort auf- und abzustolzieren wie in den Modestrecken, die wir in den Schulferien im Frühstücksfernsehen anschauten.

»Was denkst du?«, fragt Joan, als sie in die Küche zurückkehrt und mich aus meinen Erinnerungen holt.

»Joan! Du siehst wunderschön aus«, sage ich, und sie macht eine lustige kleine Drehung, ihre Hand an die Seite ihres Hinterkopfes gelegt, so als wollte sie eine neue süße Frisur präsentieren. »Wie fühlt es sich an?«

»Befreiend«, sagt sie und breitet die Seiten des Rockes aus.

»Es steht dir«, bestätige ich ihr und finde, sie sieht verändert aus. »Wirst du es behalten?«

»Warum nicht«, sagt sie und setzt den Wasserkocher auf. »Es könnte Edward ein wenig verwirren!«

»Stimmt«, lache ich und versuche, normal zu klingen, obwohl meine Kerntemperatur gerade steigt. »Vielleicht können wir irgendwann shoppen gehen. Gemeinsam ein paar Sachen anprobieren.«

»Ja«, stimmt sie wenig überzeugend zu, und ich frage mich – aber nicht sie –, wann sie das letzte Mal unterwegs war, um sich etwas zu gönnen, und zu welchem Anlass. »Was hast du für dich bestellt?«

Ich hole die lila-orange-gelbe Gürteltasche raus, die ich bestellt habe, weil ich nicht zu viel ausgeben wollte angesichts der Unsicherheit auf der Arbeit, und mache sie um.

»Sehr stylish«, lacht sie, als ich einen kleinen Bauchtanz hinlege.

»Danke, Joan. Das hat Spaß gemacht. Meine Mum und ich haben uns so gerne gemeinsam aufgebrezelt, ehe sie verstarb.«

»Sie muss dir fehlen.«

»Mehr als alles andere«, sage ich und nehme den Tee, den Joan gemacht hat. »Wir hatten nicht viel, aber wir hatten einander. Das hat uns immer genügt, auch wenn die Zeiten schwerer waren.«

Ich erzähle ihr von Mums Krankheit und davon, dass ich die Uni aufgeben musste, um sie zu pflegen.

»Es tut mir leid, dass du das durchmachen musstest.«

»Mir nicht. Es war eine Ehre, so für sie zu sorgen, wie sie es für mich getan hat.«

»Und doch kann es nicht einfach gewesen sein.«

»Nein, das war es nicht, aber am schwersten wurde es, als sie dann nicht mehr da war ...«, sage ich und überlege, ob ich Joan von Liam erzähle, als ihr Telefon uns unterbricht.

10

JOAN

»Was war das?«, frage ich und höre ein mir fremdes Geräusch. So wie der Klang eines kurzen Ansaugens. Einen Moment lang überlege ich, ob ein Frosch aus dem Garten reingekrochen ist.

»Ich glaube, das ist dein Telefon«, lacht Jess, und erst dann fällt mir ein, dass ich es in die Tasche meines neuen Kleides gesteckt habe. Des Kleides, das sich wie die Art Kleidung anfühlt, die ich vielleicht getragen hätte, hätte ich einen anderen Mann geheiratet und ein anderes Leben geführt.

»Was sagt es mir?«, frage ich und ziehe mein Handy raus, ziemlich zufrieden mit seiner roten, tropfsicheren Hülle, und zugleich etwas irritiert von der Unterbrechung; es hat sich angefühlt, als ob Jess kurz davor gewesen wäre, mir etwas Wichtiges zu erzählen.

»Das ist ein Kussklang. Du hast eine Nachricht bei Silver Singles!«

»Du liebe Güte«, sage ich, und mein Herz macht einen Salto.

Jess klatscht vor Freude. »Ich habe dir gesagt, dass dir jemand schreiben würde!«

Ich versuche, meine Atmung in den Griff zu bekommen, als ich auf das Symbol für Silver Singles tippe. Jess beugt sich zu mir, aufgeregt wie ein Welpe mit einem neuen Spielzeug.

»Tippe auf ›Nachrichten‹«, weist sie mich an und deutet auf den Bildschirm.

Ich atme langsam aus, fühle mich irgendwie etwas kopflos, und richte das Handy in der richtigen Entfernung aus.

Jess umfasst meinen Arm, als ich die Nachricht vorlese.

> Hi Ivory Joan, ich bin William, 76,
> ein pensionierter Bauingenieur wohnhaft
> in London mit einem Weimeraner namens
> Edison.

»Joan!«, quietscht Jess mit einem breiten Lächeln und noch immer meinen Arm haltend. »Er sieht toll aus.«

Wir beide betrachten sein schmales gebräuntes Gesicht mit dem grauen, gestutzten Bart und dem ordentlich von seinem schwindenden Ansatz zurückgekämmten Haar.

»Ein bisschen wie Pierce Brosnan«, meint Jess mit einem »Gar-nicht-mal-so-übel«Gesichtsausdruck. »Du musst antworten.«

»Nein«, sage ich etwas zu schnell und gehe hinaus auf die Veranda.

»Joan«, beruhigt mich Jess und folgt mir. »Alles, was du tust, ist eine Nachricht senden, nichts weiter.«

»Aber was soll ich sagen?«, frage ich, während ich mich schon darum sorge, dass es zu etwas führen könnte, zu dem ich nicht bereit bin.

»Fang einfach mit den einfachen, kleinen Dingen an und baue dann darauf auf.«

»Ich weiß nicht.«

»Joan, gib mal her«, sagt sie, und ich gebe ihr das Handy, ohne weiter nachzudenken.

»›Hi William‹«, tippt sie, und inzwischen rast mein Herz.

»›Edison klingt sehr pfiffig. Mein schwarzer Labrador heißt Humphrey. Welche Musik mögen Sie?‹ Klingt das okay?«

Ich zucke mit den Schultern. Ahnungslos.

»Senden«, trällert sie und berührt sofort den Bildschirm mit einem zufriedenen Tippen.

»Und nun?«

»Warten wir.«

Und das tun wir, in angenehmer Stille auf der Hollywoodschaukel sitzend und die Passanten beobachtend, die die Straße hinauf zum Markt schlendern.

Von Zeit zu Zeit schiele ich auf das Telefon und frage mich, ob er direkt antworten wird oder ich warten muss, so, wie ich früher auf einen Brief oder eine geheime Botschaft in den Kleinanzeigen gewartet habe. Vor fünfzig Jahren wartete ich mit Freude eine Woche oder länger auf eine Antwort; jetzt scheinen schon wenige Minuten unfassbar lang.

Ein weiterer »Kuss« unterbricht meine Gedanken, und ich zucke zusammen.

»Ich bin ein Fan von Burt Bacharach. Einer meiner liebsten Titel ist ›This Guy's in Love with you‹. Mögen Sie seine Musik?«, liest Jess vor.

»Burt Bacharach«, überlege ich laut und denke an einen seiner Songs, die für meinen Geschmack ein wenig zu populär sind. »›I'll Never Fall in Love Again‹ ist der Titel, der mir einfällt.«

»Joan!«, ruft Jess und schaut mich an. »Ich hoffe, das glaubst du nicht.«

Die Wahrheit ist, dass ich das durchaus glaube, aber es macht keinen Sinn, das jemand derart Optimistischem wie Jess erklären zu wollen. Die Vorstellung, eine Liebe erfahren zu haben, die so intensiv war, so vollkommen perfekt, dass du mit Sicherheit weißt, dass keine andere an sie heranreichen könnte, sie wäre nicht zu greifen für jemanden in diesem jungen Alter. Also spiele ich mit: »Natürlich meine ich das nicht so. Das ist so großartig am Leben: Zufälle, das Ungewisse«, sage ich und wünschte, ich würde noch immer daran glauben.

»Was möchtest du als Antwort schreiben?«

»Ich liebe Chopin«, diktiere ich, und meine Gedanken wandern zu anderen klassischen Komponisten, die ich anbete, dann zu den Jazzmusikern, die ich in meinen Zwanzigern zu schätzen gelernt habe, doch ich möchte nichts davon preisgeben, war das doch Teil meines damaligen Lebens, nicht des heutigen. Ich versuche, mich auf William, 76, Bauingenieur, zu konzentrieren. »In welcher Gegend Londons leben Sie?«

»Fertig?«, fragt Jess, ganz offensichtlich zufrieden mit meinen Mühen.

»Ich schätze schon«, erwidere ich und finde die Nachricht banal.

Trotzdem müssen wir nicht lange auf eine Antwort warten.

»*Notting Hill*«, tippt sie an meiner statt, ziemlich im Fluss. »*Heimat des Karnevals, der Antikmärkte und von mir, Ivory Joan.*«

Ich lache, als sie die Nachricht abschickt, und gewöhne mich langsam daran, vergesse beinahe, dass in Wimbledon tatsächlich ein echter Mann mit seinem Telefon sitzt und die Antworten sendet.

»Er klingt ziemlich entspannt, Joan. Er könnte ein gutes erstes Date sein. So zum Eingewöhnen.«

»Nicht in einer Million Jahren«, lache ich beklemmt, zum einen, weil ich mir nicht eine Sekunde lang vorstellen kann, dass er mich einladen würde, und zum zweiten, weil ich überhaupt nicht bereit wäre, das Haus zu verlassen, falls er es doch täte.

»Weiter geht's«, sagt Jess, als das Telefon wieder »küsst«, und dann quietscht sie vor Vergnügen.

»Was?«, frage ich und merke, wie meine Brauen sich zusammenziehen.

»*Nun, Ivory Joan*«, liest sie mit einer albernen Männerstimme, »*wie wäre es, wenn ich Sie demnächst auf eine Ausfahrt in meinem Oldtimer einlade?*«

Und damit nehme ich das Handy und schalte es aus, zusammen mit jedweder romantischen Vorstellung, die Jess mir verpasst haben könnte.

Mein liebster Joe,

ich muss mich noch immer kneifen beim Gedanken daran,
in weniger als einem Tag bei dir in New York City zu
sein. Mein Koffer ist gepackt, und meine
Tickets liegen bereit. Bleibt mir nur noch, mich
zu verabschieden.
Während ich überglücklich bin bei der Vorstellung, mit dir
zusammenzuleben und in der Stadt zu studieren, macht es
mich doch beklommen, die ganze Wahrheit vor meiner
Mutter und meinem Vater zu verbergen ... Ich halte den
Gedanken kaum aus, was passieren würde, sollten sie je
herausfinden, dass du und ich in Sünde zusammenleben.

Bis morgen
Joany

PS: Ich weiß, dass ich vor diesem Brief bei dir sein werde ...
Ist es nicht wundervoll, dass wir nicht länger von Papier
und Stift abhängig sein werden?!

11

JESS

Der Duft des Brathähnchens, brutzelnd und spritzend im Ofen, hat jeden Winkel des Hauses eingenommen, als ich fertig aufgeräumt und den Tisch gedeckt habe.

»Du warst fleißig«, sagt Joan und gesellt sich zu mir in die Küche.

»Mir war nicht bewusst, was ich alles schaffen würde, wenn mein Handy mich nicht ablenkt«, erwidere ich und werfe mir das Geschirrtuch über die Schulter, zufrieden mit meinen morgendlichen Bemühungen, und doch noch immer ängstlich, was ich in den Socials so verpassen könnte, sowie den abdämpfenden Effekt meiner AirPods vermissend.

»Du hättest nicht solchen Aufwand machen sollen.«

»Es ist Ostersonntag, ohne einen Braten ist es kein Ostern, und ich habe in einem deiner Bücher ein schönes Rezept gefunden.«

Den ersten Teil des Morgens verbrachte ich damit, ein Rezept zu suchen – etwas, das ich sonst auf TikTok fand –, in Joans Kochbüchern auf dem Regal neben dem Herd: ›Das bunte Kochbuch‹, ›Buch der Hausmannskost‹, ›Kochen für Gäste‹.

Die abgenutzten braunen, beigen und orangefarbenen Buchrücken schrien Siebziger, und ich musste lachen bei den Bildern von Toast Hawaii, gefüllten Paprikas und Aufläufen, die kleine Boote zum Sinken bringen konnten. Neben den alten Ausgaben fand sich eine Ausgabe von Jamie Olivers ›Essen ist fertig!‹, also entschied ich mich für die sichere Variante eines Brathähnchens mit Zitrone und Rosmarinkartoffeln, dazu ein französischer Bohnensalat.

»Wenn ich es selbst hätte machen müssen, hätte ich mich auch für ein Hähnchen entschieden«, lächelt sie.

»Gut, gut«, sage ich und öffne die Ofentür einen Spalt, um zu sehen, ob das Hähnchen bald fertig ist. »Leistet Edward uns zum Mittag Gesellschaft?«

»Er müsste in zehn Minuten oder so hier sein.«

»Hervorragend«, sage ich und hoffe, sie bemerkt die Änderung meiner Stimmlage nicht, eine Änderung, die verrät, wie nervös ich bin, weil ihr wunderbarer Sohn zum Essen kommt.

Ich will gerade die Haustür aufschließen, als mir etwas auf der Flurablage ins Auge fällt – ein Umschlag, versteckt hinter einer Vase mit Duftwicken aus dem Garten.

»Joan?«, rufe ich, und meine Hand zittert, als ich verstehe, dass der Brief von der ›Notting Hill News‹ weitergeleitet worden ist. »Wann ist dieser Brief für mich angekommen?«

»Gestern Vormittag«, ruft sie zurück.

Einen Moment lang vergesse ich das Hähnchen im Ofen und setze mich auf die unterste Stufe, öffne vorsichtig dem Briefumschlag und nehme den Inhalt heraus. Darin ist ein kleiner Umschlag, adressiert an CineGirl, und darin wiederum ein kleiner, in der Mitte gefalteter Brief. Er ist mit schwarzer Tinte handgeschrieben auf cremefarbenem Papier, und noch ehe ich nur ein einziges Wort lese, spüre ich die Sorgfalt und Aufmerksamkeit, die den Worten gewidmet worden sind.

April 2023

Liebes CineGirl,

ich habe keinen Brief mehr von Hand geschrieben, seit meine Mutter mich zuletzt gezwungen hat, Danksagungen für meine Geburtstagsgeschenke zu schreiben. Gute zwanzig Jahre ist das her. Darum bin ich nicht ganz sicher, wo ich anfangen soll ...

Deine Annonce sagt mir, dass du Filme liebst. Häufig mache ich mir abends, wenn mein Kopf noch beschäftigt ist, einen Klassiker an ... irgendetwas mit Paul Newman, Jack Nicholson oder Dustin Hoffman ... und unvermeidbar dämmere ich dann in kürzester Zeit weg. Mein Lieblings-film ist auf jeden Fall ›The Italian Job – Jagd auf Millionen‹. Magst du mir schreiben und mir von den deinen erzählen?

Mr PO Box

Es ist eine so ehrliche kleine Nachricht und so gar nicht das, was ich erwartet habe, dass ich sie noch mehrmals lese.

»Jess?«, höre ich Joan rufen, und ich werde plötzlich gewahr, dass ich schon viel länger auf den Brief starre, als mir bewusst war.

»Sorry, Joan, bin gleich zurück«, rufe ich, springe auf und stecke den Brief in die Tasche meines Kapuzenpullis. Mit dem Öffnen der Tür lasse ich einen Schwung hellen Aprillichtes hinein, Narzissen richten ihre Köpfe gen Sonne, und Vögel flattern um die Futterschalen auf der Veranda.

In der Küche ist das Hähnchen inzwischen fertig, doch weil von Ed noch jedes Zeichen fehlt, lasse ich es noch ein wenig länger im Ofen.

»Irgendetwas Interessantes?«, frage ich Joan, die am Tisch auf ihr Handy schaut.

»Eine neue Nachricht von William.«

Ich ziehe mir einen Stuhl heran und setze mich zu ihr. »Was schreibt er?«

»Er sagt, er würde sich freuen, wenn Humphrey mit auf die Ausfahrt käme.«

»Habe ich dir doch gesagt«, ermutige ich sie, aber nicht zu sehr.

Die letzten paar Tage, seit William das Date vorgeschlagen hatte, hat Joan damit verbracht, nach Ausflüchten zu suchen, um absagen zu können: Sie sei zu alt, ihre schlechte Hüfte, Humphrey wäre nicht dabei, und jedes Mal hat William einen Lösungsvorschlag gemacht: Er sei ebenfalls alt; er könne ihr beim Ein- und Aussteigen helfen; er würde sich freuen, wenn Humphrey mitkäme. Jedes Mal, wenn sie schrieben, wollte ich fragen, wo das wahre Problem liege, was sie wirklich zurückhalte, denn trotz all des Spaßes, den wir in den letzten Wochen gehabt haben, fühlt es sich trotzdem noch an, als sei Joan noch immer nicht bereit, ihr Schutzschild völlig fallen zu lassen. Und ich fühle mich noch nicht sicher genug, sie dazu zu ermutigen.

Ich weiß, dass Joan bereits nach einem weiteren Grund für eine Absage sucht, als wir Eds Schlüssel in der Haustür hören.

»In der Küche«, ruft Joan und steckt ihr Handy in die Tasche.

»Frohe Ostern«, sagt Ed und sieht vollkommen zum Knuddeln aus in einem burgunderroten Zopfpulli. Er reicht Joan einen Strauß Tulpen.

»Danke«, sagt sie und scheint überrascht von der Geste. Sie steht auf, um sie in eine Vase zu stellen, während Ed seine Schlüssel auf die Arbeitsplatte legt und sich mir gegenüber an den Tisch setzt. »Jess hat ein Brathähnchen gemacht. Ist das nicht nett?«

»Ich hätte dich nicht für ein Brathähnchen-Mädel gehalten«, sagt er, und etwas Kleines blitzt in seinen Augen auf.

»Heißt was?«, frage ich, unsicher, wie ich sowohl Bemerkung als auch Blick interpretieren soll.

»Du siehst mehr wie der Typ ›Bowl‹ aus«, erwidert er und rollt die Ärmel seines Pullis hoch. »Du weißt schon: Nudelsalatbowl, Falafel- und Hummusbowl, Fünfbohnenbowl. All dieser verrückte gesunde Kram.«

»Aha«, lache ich und stehe auf, um das Hähnchen aus dem Ofen zu holen. »Ich schätze, irgendwo da drin hat sich ein Kompliment versteckt.«

»Es ist nett von dir; ich weiß nicht, wann wir zuletzt irgendetwas zu Ostern gemacht haben«, sagt er und streicht sein Haar zurück, dabei entblößt er sein hübsches Gesicht.

»Gern geschehen«, sage ich, überrascht, dass Ostern für die beiden nicht ein größerer Anlass ist, wo doch Mum und ich das Fest so liebten. Gemeinsam haben wir tagelang gebacken, und Mum hat Eier im Park versteckt, wo wir dann mit Debs und ihrer Familie gepicknickt haben. Ostern fühlte sich immer an wie eine Zeit voller Hoffnung und Freude, nichts, was man ignorieren konnte.

»Schenkel oder Brust?«, frage ich und zerlege das Huhn, das frustrierend trocken aussieht.

»Brust«, antwortet er, und ein spitzbübisches Lächeln zuckt in seinen Mundwinkeln. Ich fühle, wie ich rot werde.

»Edward isst nicht genug«, sagt Joan. »Er war immer schon so. Und wenn doch, dann immer sehr gesund: Brust anstatt Schenkel, gekocht anstatt gebraten, kein Dressing.«

»Wirklich?«, staune ich und schätze, das erklärt seinen schlanken Körper.

»Ich weiß nicht, wie er das macht. Ich hatte schon immer etwas übrig für die ungesunderen Dinge im Leben.«

»Es geht einfach um das richtige Maß, nicht wahr?«, schlage ich vor und lege die Brust auf seinen Teller.

»Du klingst wie Pamela«, lacht Joan leichtherzig. »Sie behelligt mich immer mit gesundem Essen und Sport. Ich sage ihr, dass ich zu alt bin.«

»Man ist nie zu alt, um auf sich achtzugeben«, sage ich; Edwards Augen kleben inzwischen an seinem Handy. »Und es macht Spaß, zu trainieren, jeder kann etwas finden, das ihm Freude macht. Wir könnten mal einen Spaziergang machen, nur einen kleinen«, füge ich hinzu, wissend, dass Joan nicht viel rauskommt, dass sie vielleicht keine größeren Entfernungen schaffen würde.

»Edward ist zu beschäftigt für Sport«, gibt Joan zurück, ohne auf mein Angebot einzugehen. Ed tippt noch immer geschäftig auf seinem Display herum. »Immer, wenn ich ihn anrufe, arbeitet er. *Kann nicht sprechen, Mum, bin beschäftigt.* ›In Ordnung, ein Mann muss eben arbeiten‹, sage ich dann.« Und dann, in einem Nebensatz für mich, ergänzt sie: »Er muss sich etwas zusammenreißen für die Dame an seiner Seite.«

»Aha«, sage ich und schiele zu Edward. Ich frage mich, wie seine Freundin damit zurechtkommt, wenn er so abgelenkt ist. Gutes Aussehen ist schließlich nicht alles.

»Als er klein war, war er immer in Bewegung. Er schien nie müde zu werden. Von morgens bis abends hatte er immer etwas zu tun. Selbst heute ist er noch so unter Strom. Ich weiß nicht, wie er das macht. Er schläft kaum.« Sie nimmt sich noch eine Kartoffel. »Und weißt du, seine Firma wächst und wächst. Sie haben ein riesiges Portfolio. I-Work. Hast du davon schon gehört?«

In diesem Moment scheint die Zeit stillzustehen, und ich fühle meinen Herzschlag in meiner Brust. Ich lege mein Messer ab, wische meinen Mund ab. Ed schaut von seinem Handy hoch, seine Augen wandern zwischen seiner Mutter und mir hin und her.

»Ich … ich …«, beginne ich, finde jedoch keine Worte.

»Was?«

»Du …«

»Ich was?«

»Du hast nie etwas gesagt.« Ich halte inne und versuche, meine Benommenheit abzuschütteln, versuche, mich an alles korrekt zu erinnern. »An dem Tag im Kino hat Zinnia dich gefragt, was du von I-Work hältst. Wenn es dir doch gehört, warum hast du gar nichts gesagt?«

»Ich war nur dort, um mir den Ort anzusehen, es gab nichts zu sagen.«

»Ist es das Portland, das zu kaufen du überlegst?«, fragt Joan.

»Ja«, antworte ich für ihn, und Ed konzentriert sich auf sein Hähnchen. »Und was genau hast du herausgefunden?«, frage ich hitzig, wobei ich überlege, wie jemand innerhalb eines Satzes von einer 10/10 auf eine Null rutschen kann.

»Dass es ein in die Jahre gekommenes Unternehmen ist, das möglicherweise früher das Herz der Nachbarschaft war«, stellt er sachlich fest. »Heute ist es jedoch schwerer: erstens, weil das Haus nicht vernünftig geführt wird, und zweitens, weil kein Ort – nicht einmal ein so einzigartiger wie das Portland – mit Lieferando und Netflix mithalten kann.«

»Quatsch«, erwidere ich aufgebracht, obwohl mir klar ist, dass er nichts gesagt hat, was nicht wahr wäre.

»Wie hoch ist euer Umsatz? Um die 250 000 Pfund? War doch sicher mal etwa sieben- oder achtmal so viel, stimmt's?«

Ich schaue ihn sprachlos an und frage mich, woher er das weiß.

»Jess, das ist keine Raketenwissenschaft. Es ist grundlegende Mathematik. Mein Umsatz, in einer Location wie dieser, wäre locker zehn- oder zwanzigmal so hoch.«

»Und das ist alles, was für dich zählt, richtig? Geld! Was ist mit den ganzen Leuten, die da arbeiten, was ist mit der Gemeinschaft?«

Er rutscht ein wenig auf seinem Stuhl hin und her und räuspert sich.

»Die Nachbarschaft verändert sich. Die Menschen arbeiten heute von zu Hause. Sie suchen anderswo nach Gemeinschaft, wie zum Beispiel in Co-Working-Einrichtungen.«

»Wo niemand mit dem anderen redet.«

»Im Kino redet auch niemand mit dem anderen«, pariert er, und ich merke, wie ich meine Gabel fester umklammere. »Es ist nicht schön, zu hören, aber die Menschen stellen Kosten und Bequemlichkeit über Charme.«

Zu diesem Zeitpunkt bin ich so weit, dass ich ihn konfrontieren möchte mit dem Wert von Kunst und Kultur und dem gemeinsamen Erlebnis der großen Leinwand, aber er ist zu beschäftigt damit, darüber zu referieren, dass »die Profite riesig sein werden, selbst wenn man vorher umfassend renovieren muss«, und da erinnere ich mich an unser erstes Treffen hier im Haus und wie er Joan ins Wort gefallen war, als sie mir erzählen wollte, dass er vorhatte, etwas zu kaufen. Jetzt begreife ich, dass er auch da schon ablenken wollte, dass er nicht nur im Kino die Wahrheit zurückgehalten hat, dass er es mindestens schon zwei Mal getan hat.

Und plötzlich wird meine Brust eng, und Erinnerungen an den Tag, bevor ich den Kauf der Wohnung abschließen wollte, stürzen auf mich ein. Als mir mein Notar sagte: »Die Gelder sind nicht angekommen, überweisen Sie sie nochmals.« Mein leeres Konto. Anrufe ins Leere bei Liam, wieder und wieder. Mein Kopf schwimmt in Panik. Und dann die Erkenntnis, dass das Geld weg war. Ebenso wie Liam. Ebenso wie meine Fähigkeit, jemals wieder irgendwem trauen zu können. Und nun ist hier Ed und bestätigt, dass meine Instinkte von Anfang an richtig waren: Ich kann Männern nicht trauen.

»Möchte einer von euch mehr Hähnchen?«, fragt Joan und holt mich zurück in die Gegenwart. Ich fühle mich schuldig, dass ich aufgebracht war und meine Manieren vergessen habe, dass Joan nicht zu Wort kommen konnte.

»Nein, danke, Joan«, antworte ich, denn der Appetit ist mir vergangen.

Ich blicke über den Tisch hinweg zu Ed, der sein Gesicht grob mit seiner Serviette abwischt, die Augen auf seinem Handy. In diesem Moment sehe ich nicht länger den gut aussehenden Mann mit den bestürzend seelenvollen Augen; stattdessen sehe ich einen gefühlskalten Kapitalisten.

Ich möchte ihm erzählen, wie wir die »Rettet-das-Portland«-Kampagne gestartet haben, dass Mariko TikTok nutzt und durch ihre zahlreichen Follower das Profil des Kinos stärkt, indem sie legendäre Tanzszenen aus Filmen mit Zinnia im und um das Kino herum nachstellt. Es liegt mir auf der Zunge, zu sagen, dass er es sich lieber gut überlegen sollte, ehe er ein Angebot macht, denn ihre Kampagne und der Artikel in der Zeitung werden mehr Interessenten auf den Plan rufen, sodass er sich in einem Bieterwettstreit wiederfinden wird, aber ich sage nichts davon; die Worte bleiben mir im Hals stecken.

»Ich hatte genug, danke«, antwortet Ed und wirft mir einen feindseligen Blick zu, schiebt dann seinen Stuhl zurück und wirft seine Serviette auf den Tisch.

12

JOAN

»Was hast du da?«, frage ich einige Zeit später, als Edward gegangen ist und ich ein Nickerchen in meinem Sessel gemacht habe. Ich zeige auf den Brief in Jess' Hand.

»Jemand hat mir geschrieben«, antwortet sie, und ihre weichen Wangen werden ein wenig rot.

»Von den Kontaktanzeigen?«

Sie nickt und schlägt mit dem Briefumschlag leicht auf ihre Handfläche.

»Wusste ich doch, dass jemand sich melden würde«, sage ich ermutigend. »Was hat er geschrieben?«

Jess zieht den Brief vorsichtig aus dem Umschlag und gibt ihn mir.

»Er klingt freundlich«, sage ich, nachdem ich ihn gelesen habe. Sie setzt sich hin, ihr Blick verloren. »Gilt dieses traurige Gesicht dem Brief oder Ed?«

Sie schaut mich so an, als wollte sie sagen »Letzteres«.

»Ich komme mir dumm vor, dass ich nicht früher verstanden habe, dass Edward das Portland kaufen will. Mir war nicht bewusst, dass es zum Verkauf steht. Das scheint solch eine Verschwendung, die ganze Geschichte. Ich habe angenommen, dass er eines im Blick hätte, das bereits außer Betrieb ist, dass ihr einander getroffen hättet, als er mit Izzy oder Charlie einen Film geschaut hat ...«

»Ich schätze, es ist ziemlich schwer, bei all seinen Aktivitäten den Überblick zu behalten«, meint sie, ihr Ton ein wenig schroff, wobei ich ihr das nicht vorwerfe.

»Soll ich mit ihm sprechen?«, biete ich an, wobei ich unsicher bin, was das bringen könnte.

»Denkst du, das könnte helfen?«, fragt sie, ziemlich sicher eine rhetorische Frage, und ich schüttle meinen Kopf mit gekräuselter Nase.

»Ich fürchte, mein Sohn ist ziemlich engstirnig, wenn er sich etwas in den Kopf gesetzt hat, wie sein Vater«, sage ich, und mein Ton ist noch schneidender als Jess'.

Ich wende mich wieder ihrem Brief zu, ehe sie die Gelegenheit nutzt und mich zu Eds Vater befragt. »Hast du schon geantwortet?«

»Noch nicht. Ich weiß nicht genau, wie. Ich hatte mal eine französische Brieffreundin, aber das hilft mir nicht so recht. Schreibst du noch Briefe?«, fragt sie.

»Heute nicht mehr so viel – es scheint, als hätte heute niemand mehr Zeit dafür –, aber früher schon; ich habe oft geschrieben«, verrate ich ihr und bereue diese Aussage sofort, will ich doch nicht erneut zu den Erinnerungen zurückkehren, die ich vergangene Woche erst ausgegraben habe. »Ich habe eine Idee. Komm mit.«

Am alten Sekretär meines Vaters im Esszimmer öffne ich meine alte lederne Schreibwarenbox, klappe den mit einem Haken versehenen Teil des kleinen Schränkchens aus Kastanienholz aus und verkeile ihn.

»Das gehörte meiner Mutter«, erzähle ich ihr und zeige ihr an, sich an den Schreibtisch zu setzen, während ich mir einen Stuhl vom Esstisch heranziehe.

»Es ist wunderschön«, sagt sie und fährt mit einem orangefarben lackierten Nagel eine Seite entlang.

»Warum nimmst du das nicht mit in dein Zimmer? Jetzt, wo du dein Handy nicht hast, kannst du all diese Schreibwaren vielleicht brauchen.«

»Joan, das kann ich nicht annehmen.«

»Warum nicht? Du hast mir dein Telefon geliehen. Das Mindeste, was ich tun kann, ist, dir das hier zu leihen.«

Ich beobachte, wie sie die obere Lage erkundet. Sie ist in zwei Hälften unterteilt, und darin liegen all die hübschen Grußkärtchen aus längst vergangenen Jahrzehnten. Manche sind aus den Siebzigern mit Bildern von Blumenarrangements und Goldkanten, und es gibt auch eine aktuellere Sammlung, mit schlichten weißen Karten mit zart gepressten Blüten.

»Die sind so wunderhübsch, Joan. Bist du sicher, dass es dir nichts ausmacht?«

»Absolut. Es ist schöner, wenn sie genutzt und wertgeschätzt werden«, versichere ich, während sie die Karten für alle Anlässe durchschaut, die ich in vertikalen Schlitzen des Mittelteils aufbewahrt habe.

»Vielleicht musst du mir erst beibringen, wie ich die richtig nutze«, lacht sie und öffnet ein kleines Schubfach, das verschiedene Füller und Tintenpatronen neben einer Auswahl dekorativer Briefmarken beinhaltet.

»Du brauchst ein wenig Löschpapier, wenn du die benutzen möchtest«, sage ich und zeige ihr das untere Schubfach voller Briefpapier unterschiedlicher Größe und Stärke, mit passenden Umschlägen und einer Auswahl praktischen Löschpapiers.

»Warum suchst du nicht etwas Passendes für diesen Mr PO Box aus?«

Sie braucht einen Moment, doch schließlich entscheidet sie sich für eine Grußkarte mit einer Tête-à-Tête-Narzisse sowie für einen schwarzen Kugelschreiber.

»Wie soll ich anfangen?«, fragt sie.

»Wie wäre es mit ›Lieber Mr PO Box‹«, schlage ich vor und fühle mich wieder wie eine Lehrerin, als sie zu schreiben beginnt.

Sie hebt ihren Stift von der Karte und denkt eine Weile über etwas nach. »Man muss wirklich überlegen, was man sagen möchte, ehe man loslegt, oder?«

»Ja«, nicke ich. »Und man kann nichts hastig übereilen und es dann entfernen, wenn es nicht passt, wie man es auf dem Handy macht; man kann auch nichts leichtfertig schreiben und dann ein Emoji dranhängen, um sicherzugehen, dass es richtig verstanden wird.«

»Das ist schwer«, sagt sie, lehnt sich auf dem Stuhl zurück und nimmt den Brief von Mr PO Box erneut zur Hand. »Ich kann mich auch wirklich nicht erinnern, wann ich zuletzt einen Brief geschrieben habe.«

»Vielleicht willst du damit einsteigen«, schlage ich vor, aber ich sehe an ihren zusammengezogenen Brauen, dass sie noch immer unsicher ist. »Behandle das Briefeschreiben wie jede andere Beziehung. Du beginnst mit den einfachen, kleinen Dingen und baust dann darauf auf«, zitiere ich sie zurück.

»Okay«, lacht sie und beginnt zu schreiben.

Ich kann mich auch wirklich nicht erinnern, wann ich zuletzt einen Brief von Hand geschrieben habe. Es fühlt sich sehr merkwürdig an, ein Ereignis für sich, und es braucht so viel mehr Gedanken als eine E-Mail oder Textnachricht. Findest du nicht auch?

»Schön, Jess«, sage ich ermutigend und bin ziemlich stolz auf sie. »Was noch?«

Sie antwortet nicht; stattdessen schreibt sie weiter:

Glücklicherweise hat mich meine Mum nie gezwungen, Dankeskarten zu schreiben. Stattdessen hat sie ein Polaroid von mir beim Spielen mit den geschenkten Spielzeugen gemacht. Dann haben wir Lippenstift aufgetragen, die Rückseite des Fotos mit einem Kuss versehen und mit Filzstift unterschrieben. Sie hat immer gesagt: »Das Geschenk hast du bekommen, um daran Freude zu haben, nicht, um dich mit einer Dankeskarte zu quälen.«
›The Italian Job – Jagd auf Millionen‹ ist so ein toller Film, wobei ich mehr ein Romcom-Mädchen bin. Mein liebster Film ist wohl ›e-m@il für Dich‹, das ist für mich die perfekte Mischung kluger Erzählweise und Romantik. Ich schätze, wir alle suchen insgeheim nach unserem eigenen romantischen Helden/der romantischen Heldin. Wie du aus meiner Anzeige weißt, wäre meiner einfühlsam, loyal und freundlich ... und deine?

Dein
CineGirl

»Was denkst du?«, fragt sie und reicht mir den Brief, nachdem sie ihn selbst noch ein paarmal durchgelesen hat.

»Ich finde, er ist hervorragend.«

»Gut« lächelt sie, ziemlich zufrieden mit sich selbst. »Selbst meine Handschrift ist in Ordnung, angesichts der Tatsache, dass ich kaum noch schreibe.«

Zufrieden mit ihrem Ergebnis, adressiert sie den Umschlag, klebt eine Marke darauf, pustet die Tinte trocken, steckt den Brief hinein und verschließt ihn mit einem Kuss.

»Das macht wirklich Spaß, irgendwie, jemandem zu schreiben, den man vielleicht niemals treffen wird«, singt sie, steht auf und streckt sich, sodass ihr Bauch freiliegt. »Auf eine Art ist es befreiend, sich vorzustellen, dass er jeder sein könnte, irgendwo, nah oder fern!«

April 2023

Liebes CineGirl,

ich weiß, was du meinst, wenn du schreibst, einen Brief zu
schreiben, fühle sich wie ein Ereignis an. Es braucht Zeit,
seine Schreibutensilien zurechtzulegen, die eigenen Gedanken
zu sortieren, Briefmarken zu kaufen und zur Post zu gehen.
Es ist, als sei man in einem anderen, entschleunigteren
Zeitalter, was ich sehr mag.
Ich kenne ›e-m@il für Dich‹ nicht, aber ich werde danach
suchen. Ich könnte eine lange Liste mit Eigenschaften
schreiben, die meine romantische Heldin ausmachen würden ...
lebhaft, selbstsicher, freundlich ... und doch: Was ist all
das wert, wenn der magische Funke fehlt?
Deine Mutter klingt so jugendlich. Bitte schreib mir wieder
und erzähl mir von ihr.

Dein
Mr PO Box

April 2023

Lieber Mr PO Box,

diese Briefe zu schicken, fühlt sich wirklich an, als wären
wir in einem anderen Zeitalter, oder? Ich liebe den Geruch
des Papiers und den Umschlag anzulecken, und ist es nicht
toll, im Postamt echte Briefmarken auszusuchen? Wenn ich
zum Briefkasten gehe, überlege ich, wer du sein könntest,
wo du bist und was du gerade machst.
Glaubst du an ›Magie‹? Ich bin unentschieden, wie ich
dazu stehe. Ich möchte es gerne, aber sie scheint so unerreichbar, anders als in den Filmen, die ich so liebe.
Du hast recht, meine Mutter war sehr jugendlich. Sie war
ausgebildete Tänzerin und liebte alles am Leben. Ich
vermisse sie jeden Tag.

Dein
CineGirl

April 2023

Liebes CineGirl,

meine Erfahrung mit Liebe und Magie besteht darin, dass
ich glaube, dass wir diejenige Person auswählen, die zu uns
passen soll, nicht die, die wirklich passt. Macht das Sinn?
Vielleicht ist das unser Fehler …
Du deutest an, dass deine Mutter verstorben ist, was mir
sehr leidtut. Ich hoffe, du schreibst und erzählst mir,
woran du dich von ihr am meisten erinnerst.
Wenn es dir nichts ausmacht, hätte ich gerne deinen Rat in
einer Sache, die mich beschäftigt … kürzlich habe ich eine
Fehleinschätzung getroffen, eine, die jemand anders wehgetan hat. Denkst du, ich sollte mich entschuldigen, oder
ist es besser, die Dinge auf sich beruhen zu lassen?

Dein
Mr PO Box

April 2023

Lieber Mr PO Box,

meiner Erfahrung nach treffen wir oft die richtige Person zur falschen Zeit und die falsche Person zur richtigen Zeit. Letzteres ist schlimmer!
Ich erinnere mich an alle Details meiner Mum; sie war wie ein seltener Edelstein, der das Leben der Menschen erhellt hat. Ich lebe jeden Tag im Versuch, ihrer Energie und ihrer Freundlichkeit nachzueifern.
Wir alle verletzen andere von Zeit zu Zeit; sei nicht zu streng mit dir. Kürzlich war jemand unehrlich mit mir, das zu vergeben, finde ich schwer. Das Wichtigste im Leben ist Ehrlichkeit, ganz gleich, wie schwer sie einem fallen mag. Rede mit der Person, ich bin sicher, am Ende werdet ihr beide dankbar dafür sein.

Dein
CineGirl

Liebes CineGirl,

»manchmal treffen wir die falsche Person zur richtigen
Zeit« – ich weiß genau, was du meinst. Im Leben ist
Timing das Wichtigste.
Du hast recht, Ehrlichkeit ist das Beste, egal, wie schwer
sie fällt ... Manchmal habe ich das Gefühl, ich hätte eine
völlig andere Person werden können, wenn es in meinem
Leben mehr Ehrlichkeit gegeben hätte, als ich jung war.
Vielleicht gelingt es meinem wahren Ich, der Person, von
der ich das Gefühl habe, dass ich sie hätte werden sollen,
irgendwann zutage zu kommen. Das Leben formt jeden von
uns auf seine eigene Weise.

Dein
Mr PO Box

PS: Es klingt, als seist du deiner Mum bereits sehr ähnlich!

13

JESS

»Du solltest ihn fragen, wann er sich verabreden möchte, er klingt wirklich traumhaft«, schlägt Debs vor, als sie mir den letzten Brief von Mr PO Box zurückgibt.

»Ich weiß nicht«, erwidere ich, pflücke einen Grashalm und rolle ihn zwischen meinen Fingern.

Wir sitzen im Park inmitten der Wohnanlage auf Debs' alter Schottenmuster-Picknickdecke und schauen Mike zu, der passend zur Krönung eine Papierkrone trägt und den Kindern hinterherläuft. Sie suchen gemeinsam die Schokomünzen, die ich heute früh versteckt habe. Ich muss an all die anderen royalen Events denken, die wir im Laufe der Jahre gefeiert haben: vom Niederlegen der Blumen am Kensington Palace mit unseren Müttern, nachdem Diana gestorben war, über die Diskussionen als Teenager über Willams und Kates Trennung, die wir auf den Schaukeln führten, bis zur Hochzeit der beiden, die wir in Debs Zuhause schauten, gemeinsam mit unseren Müttern und allen drei Geschwistern von Debs um den Fernseher versammelt, jubelnd und Fahnen schwenkend.

»Bist du verrückt? Warum willst du nicht mit ihm ausgehen?«

»Weil: Was ist, wenn er wie Liam ist, perfekt an der Oberfläche, so lange, bis er es nicht mehr ist?« Ich lehne mich zurück auf meinen Ellbogen und schaue hoch. Flugzeuge, unterwegs nach Heathrow, kreuz und quer am strahlend blauen Himmel.

Das erinnert mich an mein erstes Date mit Liam, beide saßen wir ganz oben auf dem Primrose Hill, schauten auf die sich unter uns ausbreitende Stadt, beobachteten die Menschen, die im Laufe des Tages kamen und gingen, und unterhielten uns beide endlos. Wir schauten zu den Flugzeugen über uns und träumten uns an Orte, zu denen wir eines Tages gemeinsam reisen würden.

Nach diesem Tag wurde Liam praktisch ein Teil von mir, saß an der Bar im Kino nach der Arbeit und wartete, bis ich meine Abendschicht beenden würde, schwatzte mit Gary und Mariko, als kenne er sie schon Jahre, einfach glücklich, in meiner Nähe zu sein.

Debs atmet aus und greift nach einem Shortbread in Corgiform. »Jess, die Wahrscheinlichkeit, dass jemals nochmal so etwas wie mit Liam geschieht, ist verschwindend gering. Du musst dir selbst gestatten, nach vorn zu schauen.«

»Ich weiß«, seufze ich und wünschte, es wäre so einfach. »Es ist einfach schön, für eine Weile die Vorstellung von jemandem zu genießen, anstelle der Wirklichkeit. In diesem Moment scheint dieser Typ komplett anders zu sein als jeder, den ich bisher getroffen habe: sich seiner selbst bewusst, selbstreflektiert, einfühlsam. Warum sollte ich etwas so Perfektes kaputtmachen wollen?«

»Jess, niemand wird perfekt sein.«

»Mike ist perfekt«, gebe ich zurück und beobachte

ihn, wie er neben Eli hockt, um ihm dabei zu helfen, ein Narzissenbeet abzusuchen.

»Oh nein! Ist er nicht. Aber für mich ist er perfekt, und dieser Typ könnte für dich perfekt sein. Aber das wirst du nicht herausfinden, wenn du dich nicht mit ihm verabredest.«

Ich starre noch ein wenig länger in den Himmel, genieße das Gefühl der Sonne auf meiner Haut nach einem langen Winter.

»Das Leben ist kein Film, Jess.«

»Das musst du mir nicht sagen«, antworte ich und nehme mir ein paar Weintrauben. »Doch manchmal wünschte ich, dass es das wäre.«

»Daran sind unsere Mütter schuld, weil sie all diese romantischen Komödien geschaut haben; sie haben uns ein falsches Bild von der Liebe vermittelt.«

Debs hat recht. Sie haben unsere Köpfe mit Träumen gefüllt – natürlich sind Träume nichts Schlechtes, wir wurden nur einfach nicht so richtig auf die Wirklichkeit vorbereitet.

Jahrelang, solange Mum das konnte, haben wir uns an den Samstagabenden zu Debs aufgemacht, wo Mum und Debs' Mutter, Sherry, die neueste Videokassette, die sie bei Blockbuster ausgesucht hatten, anschmissen, wir uns alle aufs Sofa kuschelten und selbst gemachtes, buttriges Popcorn und M&Ms knabberten. Irgendwann kam unvermeidlich der Moment, in dem Mum und Sherry schluchzten, wir sie auslachten und wir uns bei den romantischen Szenen fremdschämten, während sie darin schwelgten. In meiner Vorstellung war es so, dass jede ihr eigenes Zuhause kaufte, wenn sie erwachsen wurde, in ihrem Mittelklassejob arbeitete und den Mann ihrer Träume fand. Es kam mir nie in den Sinn, dass Mum nichts davon hatte und es auch für mich vielleicht anders kommen könnte.

»Wenn du nicht bereit bist, jemanden, der so perfekt ist wie Mr PO Box, zu treffen, warum nimmst du dann nicht stattdessen Cormacs Angebot, mal auszugehen, an? Er klingt nett. Halt dir deine Möglichkeiten offen.«

»Ich bezweifle, dass er noch interessiert ist; er hat sich nicht noch mal gemeldet«, wimmel ich ab und denke daran, wie Cormac im Kino aufgetaucht war an dem Tag, als sein »Rettet-dieses-Kino«-Artikel in den ›Notting Hill News‹ vor ein paar Wochen erschienen war. Er kam am Nachmittag vorbei, während die Filme liefen, und wir saßen alle zusammen, lasen seinen Artikel und wagten Vorhersagen, wer nun kommen und uns retten würde. Nach einer Weile trotteten die anderen nach und nach davon, bis nur Cormac und ich übrig waren, gemeinsam in der Ecke kicherten, entspannt in der Gesellschaft des Gegenübers. Als er losmusste, brachte ich ihn zur Tür, und unter dem Vordach fragte er mich nach einem Date.

»Lass mich darüber nachdenken«, hatte ich geantwortet und konnte sehen, wie er sich bemühte, seine Enttäuschung zu verbergen, und sich zu einem Lächeln zwang, während ich mir vorstellen konnte, dass er am liebsten im Boden versunken wäre. »Es ist nur, du weißt schon … Arbeit und Vergnügen vermischen …«

»Na klar, verstehe ich«, sagte er und tat so, als sei

nichts gewesen, als sei ich nicht gerade eben auf seinem Stolz herumgetrampelt, wie vorsichtig auch immer.

»Ich habe ihm gesagt, er solle mich anrufen, hat er aber nicht gemacht.«

»Du hast es ihm aber auch nicht besonders einfach gemacht, indem du dein Handy abgeschafft hast.«

»Auch wieder wahr«, lache ich und erinnere mich an Cormacs weise Worte im Pub, dass man seine Komfortzone verlassen müsse, wenn man wachsen wolle. Und sosehr ich zwar annehme, dass er das Offlinegehen gemeint hat, so sehr trifft das auch auf meine Beziehungen zu Männern zu. Vielleicht hat Debs recht, vielleicht sollte ich seine Einladung annehmen.

»Läuft der Laden etwas besser?«, fragt Debs und streckt sich, um gemütlicher zu sitzen.

»Seit dem Artikel haben wir etwas zugelegt, und seit Mariko und Zinnia ihre verrückten TikTok-Tänze erfinden, haben wir auch mehr Follower, aber das war's auch schon«, erzähle ich ihr und kann dabei meine Enttäuschung darüber, dass es nicht noch mehr Interesse gibt, nur schwer verbergen. Trotz Marikos großer Bemühungen, inklusive der Wiederbelebung des ›Singin'-in-the-Rain‹-Tanzes vor dem Kino, weiß Debs, dass nichts davon – weder TikTok noch der Artikel – Ed davon abgehalten hat, sein Angebot abzugeben, und andere hat Clive bisher nicht. »Er meinte, er wolle noch etwas warten, ehe er sich entscheidet, ob er I-Works Angebot annimmt; alle sind nervös wie verrückt.«

Ich greife nach einer weiteren Traube, denke an Cormac und seinen unkomplizierten, beinah unschuldigen irischen

Charme, der nicht weiter entfernt sein könnte von Eds steifem, geschäftsmäßigem Wesen, als Debs das Gesicht verzieht und sich an den Bauch fasst.

»Debs?«

Sie atmet und greift sich an die Seite. Ich schaue mich nach Mike um, um ihn zu rufen.

»Mir geht's gut«, sagt sie und meint damit, dass es keinen Grund gebe, Mike zu holen.

»So siehst du aber nicht aus«, antworte ich, während sie versucht, ihre Atmung zu beruhigen.

Sie nickt, atmet langsam und setzt sich aufrechter hin.

»Nur ein Krampf, das ist alles.«

»Bist du sicher?«

»Ich habe das schon drei Mal durch, Jess«, lächelt sie, entspannt sich wieder und widmet sich erneut ihrem Keks. »Mir geht es gut.«

Wir sitzen noch eine Weile da, saugen die Frühlingssonne in uns auf, schauen Mike dabei zu, wie er die Jungs in Schach hält, von denen mindestens einer ständig an seinem Vater hängt: Eli auf seiner Hüfte, Ash mit einem Arm um Mikes Bein. Jude versucht, mit ihm zu raufen. Der Mann ist ein Kindermagnet.

»Hat Joan schon entschieden, ob sie die Ausfahrt mit William machen wird?«, fragt Debs und schüttelt den Kopf über ihre wilde Familie.

»Soweit ich weiß, nicht. Das scheint sie total nervös zu machen. Ich versuche immer, sie zu ermutigen, aber sie findet immer einen Grund, der dagegenspricht.«

»Weißt du, warum?«

»Irgendwie scheint sie festzustecken. Ich lebe da jetzt schon mehr als einen Monat, und ich habe noch nie erlebt, dass sie sich weiter als bis zum Gartentor vom Haus entfernt.«

»Arme Joan«, meint Debs und reibt sanft ihren Bauch. »Das ist alles so merkwürdig: zu Hause feststeckend; einen Sohn, aber keinen Mann. Ich frage mich, was mit ihm geschehen ist.«

Gerade will ich das Amulett erwähnen, das Joan niemals ablegt, die Tatsache, dass es im Haus kaum Fotos gibt, und wie verschlossen sie sein kann, als ich eine dreiköpfige Familie entdecke, die auf uns zukommt und einen Picknickkorb trägt.

»Ist das nicht Eds Freund Charlie mit seinem Sohn?«, frage ich Debs. Ich strenge mich an, sie besser zu erkennen.

»Stimmt, und ich habe das ungute Gefühl, dass Ed hinter ihnen läuft«, erwidere ich und atme etwas tiefer, um die aufsteigende Wut unter Kontrolle zu bringen, die seit dem schicksalhaften Essen mit Joan nicht abgeflaut ist.

»Tief einatmen, Jess«, flüstert Debs, als sie näher kommen und ich sie hochziehe.

»Was für ein wunderbarer Zufall«, strahlt Charlie, stellt den Korb ab und nimmt jede von uns bei den Oberarmen, um uns auf beide Wangen zu küssen. Ed drückt sich hinter ihm rum und schaut überallhin, nur nicht zu mir. Es fasziniert mich, wie jemand, der so reizend ist wie Charlie, mit diesem Typen befreundet sein kann.

»Was macht ihr hier?«, fragt Debs.

»Einer von Oscars Kumpels wohnt hier. Wir holen ihn für ein Picknick ab.«

»Kleine Welt«, bemerke ich.

»Das ist meine Frau, Marina«, lächelt Charlie, »und Oscar kennt ihr ja schon.«

»Na klar«, meint Debs und setzt zu einem Bauchkitzelmanöver an, was Oscar zum Kichern bringt, ehe sie Marinas Hand schüttelt, die unaufgeregt blond und hippychic erscheint. Sie tauschen Höflichkeiten über Debs' Schwangerschaft aus, über Marinas Arbeit als Ärztin und darüber, wie viel Glück sie hat, dass Charlie als freiberuflicher Kurator sich größtenteils um Oscar kümmern kann.

»Und das ist Izzy.« Er deutet auf die große Brünette neben Ed, die glasartig lächelt, so als ob Ed zu daten, sie teilweise zu Eis hätte werden lassen. »Das ist Jess«, meint Charlie schließlich zu Marina und Izzy.

»So wie Jess, Jess?«, fragt Marina, und kurz frage ich mich, ob sie sich auf meinen Streit mit Ed bezieht, ob er ihnen von der streitlustigen Mitbewohnerin seiner Mutter erzählt hat. »Jess, die sich von der Technik verabschiedet hat?«

»Schuldig«, lache ich, und meine Schultern entspannen sich, froh, dass Ed immerhin den Anstand hatte, nicht schlecht über mich zu reden.

»Wie lange ist es jetzt schon, einen Monat?«, fragt Charlie.

»Fünf Wochen, wobei ich natürlich nicht zähle!«

»Wie läuft es denn?«

»Es wird leichter«, sage ich, ohne in die Details zu gehen, weil mir klar ist, dass ich langsam zur Digital-Detox-Langweilerin werde. Nach den ersten paar Wochen habe ich meinen Rhythmus gefunden. Im letzten Monat bin ich ohne ziemlich gut zurechtgekommen, obwohl meine Finger immer noch ein wenig unruhig sind. Joan hat ein Klavierlehrbuch für Anfänger ausgegraben, und ich arbeite das durch, wann immer ich den Drang verspüre, online zu gehen.

»Freut mich für dich«, lächelt Marina, ehe ihre Aufmerksamkeit abgelenkt wird von Ed, der Oscar bei den Schaukeln jagt.

»Wir müssen wirklich weiter«, meint Charlie mit Blick auf die Uhr. »Wir haben schließlich ein Playdate einzuhalten, wir wollen die Eltern nicht warten lassen.«

»Natürlich«, sage ich, als Charlie Ed ein Zeichen gibt, die Jagd zum Ende zu bringen und aufzubrechen.

»Zum Glück ist das überstanden«, atme ich auf, als sie weg sind, und lasse mich wieder auf die Picknickdecke fallen, während ich beobachte, wie Ed mit Izzy an seiner Seite fortgeht, noch immer aufgewühlt, obwohl er weg ist.

»Sei fair, Jess. Charlie und Marina sind nett, und Ed war wirklich süß mit Oscar.«

»Stimmt«, sage ich, und es klingt eher nach: »Wie auch immer.«

»Ich verstehe, dass er beruflich ein Idiot ist«, fährt sie fort, »aber selbst du musst zugeben, dass er mit dem Kind sehr süß war.«

Ich ignoriere diese Bemerkung, weil ich nicht zugeben möchte, dass sie recht haben könnte. »Weißt du noch, wie du zu mir gesagt hast: ›Keine Arschlöcher mehr‹?«

Sie beißt in einen Apfel und nickt.

»Dann mach dir nichts vor, denn der da«, sage ich und deute auf Ed in der Ferne, »ist ein ziemliches Arschloch.«

14

JOAN

Pamela sieht aus wie das blühende Leben. Sie sitzt in einem Korbsessel unter dem Magnolienbaum, der inzwischen in voller Blüte steht. Sie lächelt ihr breites Lächeln, als ich ein Tablett mit Tee und zwei Portionen des Königlichen Erdbeer- und Ingwer-Trifles bringe, nachdem wir die Krönungssandwiches schon verputzt haben, als wir die Zeremonie im Fernsehen verfolgten.

»Ich bin unheimlich froh, dass Jess und du einander gefunden habt«, sagt sie und steht auf, um mir das Tablett abzunehmen. Sie stellt es auf den kleinen Rattantisch, während ich mich in den niedrigen Stuhl fädele. Dann legt sie mir eine Wolldecke auf den Schoß, trotz der wärmenden Frühlingssonne.

»Warum sagst du das?«

»Du wirkst so viel strahlender, und Humphrey sieht halb so alt aus, wie er ist. Es ist wirklich bemerkenswert. Und das nach nur sechs Wochen.«

Ich beuge mich nach unten, um eines seiner samtenen Ohren zu kraulen, dankbar dafür, dass Pamela rücksichtsvoll genug ist, um seinen Mangel an Bewegung während der letzten Jahre unerwähnt zu lassen. Er ist tatsächlich deutlich lebhafter, jetzt, wo Jess ihn mindestens einmal am Tag mit hinausnimmt.

»Sie hat Wunder für uns bewirkt; wir hatten Glück. Ich kann nicht leugnen, dass ich so meine Zweifel hatte. Aber es ist einfach schön, wieder Jugend und Lachen im Haus zu haben.«

»Ich finde, es war mutig von dir, Joan. Ich weiß nicht, ob ich es gemacht hätte«, sagt sie, und aus Pamelas Mund ist das ein wirklich großes Lob.

»Wo ist sie gerade?«

»Sie feiert die Krönung mit der Familie ihrer besten Freundin«, erwidere ich, noch immer beeindruckt davon, dass Jess morgens aufstehen und mit Humphrey joggen gehen, danach »Coronation Cupcakes« backen und dann losziehen und eine Schatzsuche ausrichten kann, und das alles vor neun Uhr morgens.

»Sie weiß sich zu beschäftigen, so viel ist sicher.«

»Das Mädchen hat mehr Energie als ein Fuchs im Hühnerstall«, füge ich lachend hinzu. Meine Freude daran, wie viel Lebendigkeit sie ins Haus bringt, lässt nie nach.

»Ich kann noch immer nicht glauben, dass sie dich überzeugen konnte, online zu gehen.«

»Ich auch nicht«, sage ich. »Wenn du mir vor ihrem Einzug gesagt hättest, dass ich ein eigenes Handy haben und mit Leichtigkeit Nachrichten und E-Mails versenden würde, online einkaufen und daran Freude haben würde – ich hätte dich für verrückt erklärt. Und nie hätte ich gedacht, je unseren örtlichen Amazon-Lieferanten beim Namen zu kennen.« Ich lächle beim Gedanken an Dren, der – obwohl er immer in Eile ist – sich stets die Zeit nimmt, die Vögel zu erwähnen, oder das, was gerade

blüht, und von der Flora und Fauna seiner Heimat Alba-
nien zu erzählen.

»Und was ist mit William?«, fragt sie, nie zurückhal-
tender als nötig. »Hast du seine Einladung inzwischen
angenommen? Du kannst ihn nicht ewig zappeln lassen.«

»Ich bin zu alt, um zu daten, Pamela«, sage ich und
greife nach meiner Schale mit Trifle.

Pamela mustert mich über ihren Brillenrand hinweg.
»Joan, ich weiß, dass es beängstigend wirkt, aber du warst
mutig genug, um Joan einziehen zu lassen *und* online zu
gehen. Vielleicht ist es der logische nächste Schritt, wieder
unter Leute zu kommen. Und es wäre doch nur in seinem
Auto, kein wirkliches Ausgehen.«

»Würdest du es machen?«, frage ich und kehre das
Spiel um. Pamela hat ihren Mann, Derek, vor inzwischen
fünf Jahren verloren.

»Vielleicht. Aber ich habe mir mein eigenes Ziel gesetzt.
Wieder zu reisen. Derek und ich wollten im Ruhestand
immer loslegen, aber, nun ja …«, ihre Stimme versagt.
»Es sollte wohl nicht sein.«

»Nein«, sage ich und weiß, wie schwer diese letzten
Jahre für Pamela gewesen sind. Trotz ihrer Willenskraft
haben sie ihre Spuren hinterlassen. Ihren Mann zu verlieren, an einem Punkt im Leben, an dem sie noch mal so
richtig leben wollten, war grausam. Ich habe ihre Trauer
sehr gespürt.

»Es ist schon ein Monat, Joan. Und du bist so weit
gekommen – warum nicht noch einen weiteren Schritt
wagen und schauen, wohin er führt?«

Ich nippe an meinem Tee und überlege, wie ich die Unterhaltung weglenken kann von mir selbst und der Tatsache, dass ich im Haus feststecke. »Hast du dir schon überlegt, wohin du reisen möchtest?«

»Ich habe ein ganzes Notizbuch voller Ideen! Vielleicht können wir auch überlegen, eine gemeinsame Reise zu machen.«

Ich sage nichts. Pamela weiß genau, dass ich sicher nicht das Land verlassen kann, wenn ich es nicht einmal schaffe, das Gartentor hinter mir zu lassen.

»Wir könnten einige der Städte besuchen, an denen du aufgetreten bist, Freunde treffen. Was meinst du? Wie kommst du voran mit Facebook und damit, alte Bekannte wiederzufinden?«

»Nicht so gut«, erwidere ich, was nicht ganz stimmt; es ist eher so, dass ich es bisher nicht nutzen wollte. Jess hatte schon vor Wochen ein Konto für mich angelegt, aber die Aussicht, all die Gesichter aus der Vergangenheit wiederzusehen, all diese Erinnerungen, hat mich aufgewühlt. Und jetzt, wo es tatsächlich »Freundschaftsanfragen« und eine Nachricht gibt, kann ich mich nicht überwinden, mir beides anzusehen. Schon der Gedanke daran, wieder Kontakt mit dieser Vergangenheit aufzunehmen, nimmt mir den Atem.

»Gib mir dein Telefon«, befiehlt sie, und ehe ich darüber nachdenken kann, was ich tue, reiche ich es ihr schon hinüber.

»Lass mich dir zeigen, was du tun solltest«, sagt sie und navigiert sich durch Dinge, die ich nicht sehen kann, dann schüttelt sie den Kopf und sagt: »Schau dir all diese Freundschaftsanfragen an.«

»Ich habe mich noch nicht ent…«, setze ich an, doch ehe ich die Worte rausbringe, tippt sie schon auf diesen Knopf und auf jenen, und dann schaut sie mich an und sagt: »Bitte schön, ich habe die angenommen, jetzt lass mich dir zeigen, wie das funktioniert.«

Ich versuche, mir die Angst, die sich in mir auftürmt, nicht anmerken zu lassen, ebenso wenig wie die Tatsache, dass meine Hände anfangen zu zittern wie der Deckel auf einem Topf voller kochendem Wasser. Ich gebe vor, ihr zuzuhören, obwohl es in meinen Ohren rauscht, und zu sehen, was sie mir zeigt, obwohl der Garten anfängt, sich um mich zu drehen. Die Welt fühlt sich an, als würde sie sich immer enger um mich zusammenziehen, als ich in der Ferne Jess rufen höre: »Ich bin zurück.« Ich drehe mich langsam um und sehe sie durch den Garten auf uns zukommen.

»Hattest du Spaß?«, frage ich, und eine Welle der Erleichterung wegen dieser Ablenkung schwappt über mich.

»Sehr. Die Nachbarschaft flirrt vor Aufregung. Es hätte dir gefallen, Joan.«

Pamela wirft mir einen Blick zu, der fragt: »Hast du es ihr noch nicht gesagt?«

»Ich gehe besser nach Hause«, sagt sie stattdessen, zieht sich hoch, und ihr Ton erweckt den Eindruck, als mache sie sich absichtlich rar.

»War schön, mit dir zu feiern«, rufe ich, und Pamela ist schon auf dem Weg zum Tor.

»Ich wollte euch nicht unterbrechen«, entschuldigt sich Jess und faltet ihre Beine in den Sessel, in dem bis eben Pamela saß. Sie hat etwas von einer Katze im Körbchen.

»Das hast du nicht«, erwidere ich abwesend, noch immer gefangen von Facebook und Pamela. »Wie war das Picknick?«

»Schön«, antwortet sie und trommelt eine Weile mit den Fingern auf der Sessellehne, als läge ihr etwas auf der Seele. »Joan, würdest du mir Klavierspielen beibringen?«, fragt sie, und ich zögere, auf dem falschen Fuß erwischt. »Ich habe es mit dem Buch allein versucht, aber ich komme nur sehr langsam voran.«

Ich denke vorsichtig über ihre Bitte nach, in vollem Bewusstsein, dass es Jess bei ihrem »Lebenstausch« helfen könnte, und mir mit dem meinen ebenfalls. Und während mich der Gedanke daran beunruhigt, merke ich, wie schön es auch sein könnte, wieder eine Schülerin zu haben, etwas, was ich in den letzten Jahren vermisst habe.

»Ach, warum nicht«, lenke ich ein, als sie mich mit einem Blick anschaut, dem zu widerstehen ich nicht vermag.

Drinnen setzt sich Jess an das Piano, und ich ziehe meinen alten Unterrichtshocker heran. Ich erkläre ihr die Grundlagen: die Gruppierung der weißen und schwarzen Tasten, die Notennamen, die Notenlinien und Notenschlüssel, und schon bald fühlt sie sich sicher mit den Notenwerten und der Position des mittleren C. Ich freue mich, dass sie all das so schnell aufnimmt und dass auch mir das Unterrichten wieder so zufällt.

»Würdest du etwas spielen?«, bittet sie nach einiger Zeit, hebt einen Stapel Noten aus dem Regal neben dem Klavier und schaut ihn auf ihrem Schoß durch.

»Ich fürchte, ich bin viel zu eingerostet«, wehre ich ab.

»Das kann ich mir nicht vorstellen.«

»Meine Finger lassen das nicht mehr zu«, erkläre ich ihr, wohl wissend, dass sie darauf wenig erwidern kann.

»Ich wette, die können noch mehr, als du glaubst«, drängt sie, und obwohl ich weiß, dass sie versucht, mir Mut zu machen, wäre es mir lieber, sie ließe die Sache auf sich beruhen.

Gott sei Dank wird ihr Enthusiasmus abgelenkt, als eine Sammlung alter Postkarten zwischen den Noten-blättern herausrutscht.

»Sind all das Orte, an denen du gewesen bist?«, fragt sie und beugt sich mühelos herunter, um sie aufzuheben, wobei sie feststellt, dass die meisten Rückseiten der Karten unbeschrieben sind.

Sie reicht mir die Karten, und ich blättere sie durch; Erinnerungen daran, wie ich in meinen Zwanzigern als Berufspianistin die Welt bereist habe, stolpern zu mir zurück.

»Ich habe sie während meiner Reisen gesammelt, in der Ära vor der Digitalfotografie, als Fotos entwickeln zu lassen, noch teuer war.«

»Du bist viel gereist«, stellt sie fest und beugt sich zu mir, um besser sehen zu können.

»Ich war Berufspianistin. Das war eine der zwei Leiden-schaften, die ich in meinem Leben erfahren durfte. Ich bin um die ganze Welt gereist. Paris«, sage ich und blicke auf das Bild des Eiffelturms, denke an mein erstes Konzert im Salle Pleyel. »Und Wien, eine meiner liebsten Städte.« Ich betrachte das Bild des Stephansdoms; die Erinnerung daran, auf dessen Stufen ein fantastisches Eis mit einer alten Freundin gegessen zu haben, kommt sofort wieder hoch. »Und New York«, ergänze ich und streiche mit meinem Finger über das Schwarz-Weiß-Foto von Manhattan, als würde ich meine vielen Ausflüge durch dessen Straßen und Konzerte in den riesigen Locations nachempfinden.

»Und wer ist das?«, fragt sie, und ihr Finger greift nach einem Bild von mir und meiner alten Liebe, das hinter der Postkarte hervorschaut.

Das Foto, aufgenommen im Central Park, zieht mich hinfort, lässt den Raum schrumpfen, und in diesem Moment bin ich zurück in New York City, genau dort im Park. Ich kann sehen, wie das Herbstlaub seine Farbe langsam von leuchtendem Rot zu gewelltem Burgunder wechselt, spüre die kühler werdenden Temperaturen, rieche den Duft wollener Pullover, die gerade wieder herausgeholt werden, nachdem sie monatelang verstaut waren. Und ich spüre nicht nur den Wechsel der Jahreszeit, sondern auch die Verwandlung zwischen uns, die Sorgen, die ich nie wirklich wegschieben konnte, die Hitze, die fast, aber eben nie ganz, abzunehmen begann.

»Joan?«, höre ich Jess sagen, und ich kehre zurück in den Raum, meine Hand zittert.

»Nur jemand, den ich mal kannte«, gebe ich zurück und bedecke das Foto mit einer Postkarte.

Ich spüre Jess' Blick auf mir.

»Ich glaube, das genügt für heute«, sage ich mit brechender Stimme, stehe schnell auf, schließe den Tastendeckel des Klaviers hinter mir und gehe nach oben.

Toronto 1970

Joany,
gestern Abend am Telefon
klangst du so niedergeschlagen.
Bitte sorg dich nicht.
Die Liebe gewinnt immer.   Joan Scott
Bald bin ich zu Hause.   Perry Street
                                Greenwich Village
Ewig dein   NYC
Joe

15

JESS

»Diesen Ort hast du für uns ausgesucht, um den Medientag zu besprechen?« Ich muss lachen, als Cormac mich ins Swingers führt, die verrückte Minigolfkneipe direkt bei der Oxford Street. Nicht genau das, was ich für ein Arbeitstreffen erwartet habe, und mir geht durch den Kopf, dass er mich eventuell überzeugen möchte, mit ihm auszugehen.

»Ich konnte nicht anders. Ich bin verrückt nach Golf. Und ich dachte, es könnte dir dabei helfen, ein wenig abzuschalten. Ich hatte das Gefühl, dass du etwas angespannt warst«, erklärt er und führt mich durch den Eingang und nach unten zu den Spielflächen und Imbissständen.

Er hat nicht unrecht. Mein Magen schlägt Purzelbäume, seit eines von Marikos TikToks gestern viral gegangen ist und von den landesweiten Medien aufgegriffen wurde.

»Das Video war übrigens spitze«, fährt er fort, und ich erinnere mich an den Blick stetig wachsender Verblüffung auf Marikos Gesicht, als die Klicks durch die Decke gingen. Und all das nur, weil Zinnia und sie eine Parodie auf den ›Pulp-Fiction‹-Tanz in der Bar aufgenommen haben, mit dem RETTET-UNSER-KINO-Plakat, Zinnia verkleidet als John Travolta, Mariko als Uma Thurman.

Anschließend klingelte das Arbeitstelefon pausenlos, weil Leute Interviews wollten: Zeitungen, Radiosender, Fernsehsender. Daraufhin kam Cormac vorbei und schlug vor, dass wir einen »Medientag« einlegen, den zu meiner großen Erleichterung er auch zu leiten anbot.

»Lust auf ein Spiel?«, fragt er.

»Ja, total!« Ich lächle breit, und mein Blick wandert herum, vom London Eye in Miniaturgröße über die süße Riesenrutsche, sogar mit kleinen Lämpchen beleuchtet.

»Na, dann los«, sagt er und klatscht in die Hände.

Während Cormac uns am Kiosk Schläger und Bälle besorgt, spüre ich schon, wie ich mich körperlich entspanne, und ich bin ihm dankbar, dass er sich so viel Mühe gibt, mich abzulenken.

»Das ist verrückt«, brülle ich, als wir so weit sind, die Musik laut, der Laden voll mit Gruppen von Mittzwanzigern, Junggesellinnenabschieden und ersten Dates.

»Langweilig wird es jedenfalls nicht«, brüllt er zurück und setzt zu einem Schlag an, der es um eine Ecke schaffen muss, und an seinen gebeugten Knien, zusammengekniffenen Augen und seinem festen Griff erkenne ich, dass er es gut machen will, ein wenig angeben, mir zeigen, was er draufhat, auch wenn es nur ein wenig Spaß ist.

»Bist du immer so ehrgeizig?«, lache ich, als sein Schlag schiefgeht und er aufstöhnt, als spielte er das achtzehnte Loch in Augusta.

Er streckt mir seine Handflächen entgegen, so als wollte er sagen: »Was soll' ich machen? So ist das eben, wenn man mit vier Brüdern aufwächst.«

»Vier?«, frage ich erstaunt. Ich kann mir nicht einmal

ein Geschwisterkind vorstellen, geschweige denn so viele, dass man eine ganze Basketballmannschaft hat.

»Das ist der Ire in mir«, grinst er und schaut mir zu, wie ich meinen Aufschlag vorbereite. »Wie sieht es bei dir aus?«

»Einzelkind«, sage ich mit einem High five, als mein Ball kurz vor dem Loch langsamer wird.

»Oh, oh«, lächelt er frech. »Heißt das, du bist verwöhnt, dominant und selbstbezogen?«

»Oder unabhängig und schwierig festzunageln«, erwidere ich schüchtern, und es entsteht ein Moment, in dem unsere Blicke sich ineinander verfangen, ein Moment, der eindeutig nichts mit der Arbeit zu tun hat. »Wie lange lebst du schon in London?«

»Ungefähr zwölf Jahre, glaube ich.«

»Bist du wegen der Arbeit hergekommen?«

»Deshalb und wegen einer Frau«, sagt er und hebt bedeutsam eine Augenbraue hoch.

»Aha«, reagiere ich langsam und zufrieden, dass ich unabsichtlich bei den guten Themen gelandet bin. »Was ist geschehen?«

»Was immer geschieht«, zuckt er beiläufig mit der Schulter, und es ist schwierig, zu erkennen, ob es ihm nicht so wichtig ist oder ob er versucht, eine tiefere Wunde zu überspielen. »Sie wollte jemanden mit einem größeren ...«

»Bankkonto!«, scherze ich, und er lacht bemüht.

»So was in der Art«, sagt er und wischt das Thema beiseite. »Möchtest du was zu essen holen? Mein Magen sagt mir, dass es Zeit für was zum Beißen ist.«

Wir entscheiden uns für Burger, richtig große, in Briochebrötchen, aus denen der Käse nur so tropft, und nehmen sie mit in eine der Sitzecken, wo wir uns nebeneinander auf eine Lederbank setzen.

»Kriegst du das zwischen die Zähne?«, fragt er und deutet auf den Burger in meinen Händen.

»Na logisch«, sage ich und beiße kräftig hinein, wobei ich mir die Hälfte davon ins Gesicht schmiere.

»Nicht schlecht«, sagt er beifällig und beobachtet, wie ich den ersten Bissen genieße. »Wie läuft dein ›Keine-Technik-Experiment‹?«

»So lala. Ich versuche gerade, mir selbst Klavierspielen beizubringen, das gibt meinen Fingern etwas zu tun, jetzt da sie telefonlos sind.«

»Cool. Und was machst du sonst noch so?«

»Laufen, Yoga, Hula-Hoop, alles, was ohne mein Handy geht«, zähle ich auf und versuche, nicht an Lauf-Apps, TikTok-Workouts und mein Fitbit zu denken.

»Hula-Hoop?«, fragt er und bremst seinen Burger auf halbem Weg zu seinem Mund. »Ist das nicht was für Kinder?«

»Nein, nicht mehr. Das ist ein ganz neuer Fitnesstrend.« Ich lächle und mache eine kleine Hula-Hoop-Vorführung im Sitzen, was ihn zum Lachen bringt, und da ist ein weiterer dieser Momente zwischen uns, in denen wir uns gefährlich nah Richtung Flirten bewegen.

»Erzähl mir etwas von deinen Brüdern«, bitte ich ihn, weil ich uns dringend wieder in sichere Gefilde bewegen möchte.

»Zwei ältere, zwei jüngere. Zwei in Dublin. Einer in

173

New York. Der jüngste schummelt sich gerade einmal um die Welt.«

»Du bist der mittlere Sohn?«

Er nickt und beißt von seinem Burger ab.

»Ein vernachlässigter Harmoniesüchtiger«, ergänze ich.

»Wahrscheinlich gar nicht so daneben«, lächelt er und wischt seine Hände an einer Papierserviette ab. »Wie ist es als Einzelkind? Stehst du deinen Eltern nah?«

Ich lege mein Brötchen ab und sammle mich, um den Teil meiner Geschichte zu erzählen, den zu hören niemand je bereit ist. Ich nehme mir Zeit, eher für ihn als für mich. »Meinen Dad habe ich nie kennengelernt.«

»Wo war er?«

»Keine Ahnung, ob meine Mum das je herausgefunden hat«, antworte ich, in Anspielung auf die Tatsache, dass ich nach ein paar Cosmopolitan zu viel entstanden bin. Alles, woran meine Mum sich aus jener Nacht noch erinnern konnte, war ein gepackter Koffer mit Flugschildern daran in einem Hotelzimmer und ein spanisch klingender Name eines Mannes, der ihrer Erinnerung zufolge den ganzen Abend über sprachlos gewesen war. *Was seine Herkunft auch nicht wirklich eingrenzt,* sagte sie immer, und wir schauten auf die Weltkarte an der Küchenwand und suchten alle spanischsprachigen Länder heraus und stellten uns dann vor, wer und wo er sein könnte.

»Also sind es nur deine Mum und du?«

»*Waren* nur Mum und ich. Sie starb vor vier Jahren.«

»Mist«, sagt er, und diesmal ist er es, der seinen Burger ablegt. Er betrachtet mich in völlig neuem Licht, fast als sei ich eine ganz andere Person. »Tut mir leid, das zu hören.«

»Es war nicht leicht«, sage ich und versuche, das wegzulachen, scheitere jedoch.

»Was ist passiert, wenn ich das fragen darf?«

»Sie wurde krank, als ich etwa zwölf war. MS«, sage ich und will nicht zu tief in die Details einsteigen, dass wir noch sieben gute Jahre hatten, gefolgt von beinahe zehn Jahren Verfall und dann einem grausamen, zu frühen Ende. »Ich habe sie gepflegt.«

Wir sitzen in Stille, meine Kindheit sitzt zwischen uns.

»Ich weiß nicht, was ich sagen soll«, gibt er zu, benommen von dieser Offenbarung.

»Du musst gar nichts sagen. Es ist, wie es ist. Sie hatte Pech, das ist alles«, sage ich, denn so hat es mich meine Therapeutin gelehrt. Dass es nicht Persönliches war, obwohl es sich sehr lange so angefühlt hat.

»Wie war sie?«

»Lebensfreudig, kreativ, eine Tänzerin«, erkläre ich ihm, wobei keine drei Worte je ihren wahren Kern erfassen könnten. Ich denke an die Worte, mit denen ich sie Mr PO Box beschrieben habe, »ein seltener Edelstein«, »energiegeladen«, »freundlich«, und ich denke auch an ihn, trotz Cormacs Gesellschaft, frage mich, was er macht, und fühle merkwürdigerweise so etwas wie Eifersucht auf die Person, mit der er gerade zusammen sein mag. »Es war grausam, was ihr geschehen ist. Wirklich grausam.«

Einen Moment lang schweigen wir, Cormac überlegt vielleicht, was er sagen soll, ich denke an Mum, wie sie war – eine Mum, die alle Spice-Girls-Choreografien mit mir im Wohnzimmer gelernt hat –, und wie sie wurde – komplett ans Bett gefesselt. Zwei gegensätzliche Versionen ihrer selbst, an die eine erinnert man sich leichter als an die andere.

»Was ist mit deinen Eltern? Wie sind die so?«, frage ich irgendwann, als der Moment der Rückbesinnung zu lang zu werden droht.

»Mum ist Lehrerin, Dad ein Baugutachter. Ziemlich langweilig.«

»Klingt sicher, stabil«, sage ich, ohne dieses Gefühl zu kennen, es mir aber anders zu wünschen.

»Schätze, ich halte es für zu selbstverständlich«, meint er eine Spur schuldbewusst.

»Mach dir deshalb keine Vorwürfe. Stabilität ist das Mindeste, was wir von unserer Familie erwarten sollten. Man sollte sie nicht bemerken; erst wenn sie fort ist, merkt man es.«

»Ist dir deshalb das Kino so wichtig?«

Ich antworte nicht, wir beide kennen die Antwort, und einen Moment lang glitzern unsere Augen im Halbdunkel. Erst als ich mich daran erinnere, dass wir hier zum Arbeiten und nicht zum Vergnügen sind, schaue ich weg.

»Oh Mann!«, sage ich und schüttle es ab, die Dinge sind für eine Minigolfbar deutlich zu intensiv geworden. »Lass uns ein paar Drinks holen. Und dann schütte mich mit dem Medienzeug morgen zu.«

Mai 2023

Lieber Mr PO Box,

tut mir leid, dass ich für eine Weile abgetaucht bin.
Meine beste Freundin hat vorgeschlagen, dass wir uns
treffen sollten, und ich habe überlegt, dich zu fragen,
aber irgendwie fühlt es sich noch nicht nach dem richtigen
Zeitpunkt an.
Ich weiß, was du damit meinst, dass das Leben uns formt.
Oft frage ich mich, wie ich - und mein Leben - wohl
wäre, wäre meine Mum nicht krank geworden ...
Heute Abend musste ich an dich denken, was du
wohl machst und mit wem. Dabei überkam mich ein
irrationales Gefühl von Eifersucht, dass du mit jemand
anders zusammen sein könntest. Warum sollte ich nicht
wollen, dass du mit jemand anders zusammen bist, dich
aber trotzdem selbst noch nicht treffen wollen? Ist das
nicht komisch?

Meine Wenigkeit
CineGirl

PS: Konntest du schon mit der Person, der du wehgetan
hast, sprechen?

16

JOAN

»Er ist da«, ruft Jess, als sie die Hupe des Ford Zephyr hört, den ich gerade vorfahren gesehen habe. Anblick und Klang versetzen mich sechzig Jahre zurück.

»Na dann«, rufe ich resigniert und erhebe mich aus meinem Sessel im Wohnzimmer. Ich fühle mich, als würde in mir gleich ein Ballon platzen. Trotz meiner zahlreichen Widersprüche waren weder William noch Jess noch Pamela bereit gewesen, unser Treffen fallen zu lassen. Am Ende wurde verabredet, dass Jess als unser Anstandswauwau mitkommen würde, und hier stehe ich jetzt und fühle mich eher, als würde ich meinen Schöpfer treffen als einen vollkommen respektablen Gentleman.

»Ich habe die Hintertür abgeschlossen. Zieh dich warm genug an«, rät sie mir und ist schon halb aus dem Haus, um William zu begrüßen; Humphrey schlappt hinter ihr her.

Jess hatte Humphrey heute früh zeitig geweckt, um mit ihm laufen zu gehen, ehe sie Sandwiches gemacht und die alte Thermoskanne, die ich in meiner Zeit als Lehrerin benutzt habe, gefüllt hat. Überhaupt war sie voller Vorfreude auf den Tag, der vor uns lag. Sie schnatterte fröhlich, schwärmte von der Erfahrung »einer Oldtimertour durch die Stadt« und war »gespannt, mehr von

Joans London zu sehen«. Sie sortierte alles bis auf meine Handtasche, während ich alles und nichts tat und von einer Sache zur nächsten zog, nur um sofort zu vergessen, was ich tat.

Ich brauche ein paar Minuten, um mich fertig zu machen, meine zitternden Hände machen es mir schwer, die Knöpfe meiner Jacke zu schließen und meine Handschuhe anzuziehen, mein Geist ist zu durcheinander, um darüber nachzudenken, was ich noch brauchen könnte. Als ich endlich fertig bin, fühle ich mich unsicher an meinem Stock.

»Geht es dir gut?«, fragt Jess, als sie zurückkommt.

»Ich habe das lange nicht mehr gemacht«, sage ich außer Atem, setze mich auf den Telefonstuhl und spüre das gleiche Gefühl von Panik, das in mir hochgestiegen ist, als ich das letzte Mal das Haus verlassen habe. Ich wollte zur Avenue laufen, um einen Knochen für Humphrey zu holen, und wurde überrumpelt vom Tempo der Stadt, von den Menschenströmen, die in hundert verschiedene Richtungen eilten, von denen mich niemand sah, die meisten waren zu vertieft in ihre Telefone, um eine ältere Frau wahrzunehmen, die am innersten Rand des Fußweges blieb, aus Angst, auf die Straße zu stürzen.

An jenem Tag hatte ich mehr als eine Stunde gebraucht, um es zurück zu schaffen, meine Gliedmaßen zitterten, meine Brust war eng, ein alarmierendes Gefühl von Orientierungslosigkeit überkam mich. Als ich endlich in der Nähe meines Hauses war, entdeckte mich Pamela von ihrem Vorgarten aus und brachte mich den Rest des

Weges nach Hause. Sie versicherte mir, dass ich eine Panikattacke und keinen Herzanfall hatte, wie ich schon fürchtete.

»Sei einfach du selbst, Joan. Du wirst das gut machen«, versichert mir Jess.

»Es ist fünf Jahre her«, bringe ich heraus, und ich bemerke den verwirrten Blick auf ihrem Gesicht. »Nachdem mein letzter privater Klavierschüler zur Universität gegangen war, überkam mich ein schreckliches Tief«, setze ich an, ohne zu erwähnen, warum oder auch nur wie dunkel dieses Tief gewesen war, so, als habe sich jede Wolke der Welt über mir zusammengezogen. »Als dann die ganze Welt sich zurückzog, fühlte ich mich ein wenig besser mit mir selbst«, füge ich hinzu und erinnere mich, wie viel leichter es wurde, als jeder andere ebenfalls zu Hause feststeckte, dass man sich dafür plötzlich nicht mehr zu schämen brauchte. »Die Wochen gingen vorbei, dann die Monate. Ehe ich mich versah, waren wieder drei Jahre rum. Anders als Pamela und Edward – und Humphrey – habe ich während all dieser Zeit allein zu Hause gesteckt.«

Jess hält einen Moment inne, dann reicht sie mir ihre Hand.

»Schritt für Schritt, Joan«, sagt sie, und in ihren Augen kann ich keinerlei Verurteilung erkennen, als sie mir aufhilft. »Jetzt hast du mich.«

Gemeinsam gehen wir zur Haustür, die Jess aufschließt und ich meine Augen an das Tageslicht gewöhne.

Sie nimmt meinen Arm. »Lass uns mit dem Gartentor beginnen.«

»Ja«, ist alles, was ich herausbringe, der Ballon in mir scheint gefährlich nah am Platzpunkt.

»Ivory Joan?«, erklingt eine Stimme, als wir das Tor erreichen, und ich schaue auf, um William zu erblicken, der im warmen Sonnenlicht noch besser aussieht als auf seinem Foto, und er streckt einen freundlichen, helfenden Arm aus.

Ich nicke.

»Wie schön, Sie kennenzulernen«, sagt er.

Da ist etwas in der Freundlichkeit seiner Stimme, der Weichheit seiner Augen und in dem leichten Duft nach Handleder, das mich für einen Moment durcheinanderbringt. Für einen Moment bin ich wieder im Jahr 1962, am Arm meines Liebsten, auf dem Weg zu einer Ausfahrt in seinem Ford Club Victoria.

»Humphrey hat es sich schon vorne gemütlich gemacht«, sagt er, als ich nicht gleich antworte. »Die zwei Damen können auf dem Rücksitz Platz nehmen.«

»Humphrey«, sage ich, und der Name holt mich zurück in die Gegenwart, weil ich weiß, dass Humphrey nicht in das Jahr 1962 gehört. »Wie nett von Ihnen«, bringe ich raus, nun an der geöffneten Autotür; die schwarze Rückbank glänzt in der Morgensonne.

»Es ist mir ein Vergnügen«, sagt er und nimmt meinen Stock, während er neben mir bleibt, für den Fall, dass ich falle, was durchaus im Rahmen der Möglichkeiten ist.

»Na bitte«, sage ich, als ich auf der Rückbank sitze, beinahe ungläubig, dass ich es geschafft habe.

»Alles bereit?«, fragt er, und auf mein Zeichen hin schließt er die Tür.

Jess hat damit zu tun, sich anzuschnallen und ihr Haar zu richten, das im Sonnenlicht in herrlichem Kupferrot glänzt, weshalb ich Gelegenheit habe, meine neue Umgebung zu studieren: das schlanke, stylishe Lenkrad, die walnussholzfarbenen Einfassungen an dem schwarzen Armaturenbrett und das polierte Chrom der Türgriffe. Doch anstatt mich wie erwartet überwältigt und panisch zu fühlen, fühle ich mich vollkommen anders, eingebettet in etwas Vertrautes, eine Umgebung, die nichts als glückliche Erinnerungen hochholt.

»Bereit?«, fragt William und wirft den Motor an, das vertraute Grollen verursacht eine Gänsehaut auf meinen Armen.

»Jawohl«, trällert Jess.

»Ich denke schon«, lächle ich, und der Ballon in meiner Brust verliert langsam an Luft. Ich bin bereit für meinen ersten Ausflug seit Jahren.

»Wohin, Ivory Joan?«, fragt William über den Rückspiegel, und ich kichere, weil ich mich frage, ob er weiß, dass mein Name einfach nur Joan ist.

»Darüber habe ich gar nicht nachgedacht«, erwidere ich, recht überfordert von dem Gedanken, etwas entscheiden zu müssen. Es gibt so viele Orte, die ich seit Jahren nicht gesehen habe, es ist unmöglich, zu wissen, womit man beginnen sollte.

»Warum fahren wir nicht durch den Hyde Park?«, schlägt Jess vor, als ich mich nicht entscheiden kann. »Du könntest uns zeigen, wo du studiert hast. Am Royal College of Music, richtig?«

Mein Gesicht muss meine Verblüffung darüber, dass sie

das weiß, widergespiegelt haben, denn sie lacht und sagt: »Dein Diplom hängt an der Wand neben dem Klavier.«

»Ach natürlich, wie dumm von mir«, lache ich und schüttle die Verwirrung ab. Jess ist inzwischen ein regelmäßiger Gast am Klavier, und ich bin ihre etwas weniger regelmäßige Lehrerin.

»Hinter der Albert Hall?«, fragt William.

»Ja, gleich ab von der Exhibition Road«, bestätige ich.

»Da kenne ich mich aus«, sagt er, während er den Ford aus der Parklücke fädelt und Richtung Pembridge Road fährt. »Meine Frau, Sylvie, liebte die Proms. Über Jahrzehnte sind wir jedes Jahr zur Last Night of the Proms gegangen.«

»Eine fabelhafte Tradition«, antworte ich, will aber nicht sofort nach seiner Frau fragen, weil ich ahne, was er im Gegenzug fragen könnte. »Als Studenten haben wir kostenlose Karten für die Stehplätze bekommen, ganz oben. Ich könnte nicht mehr sagen, wie viele Konzerte ich in dieser Zeit besucht habe.«

»Macht einen stolz, Brite zu sein«, erwidert er. »Wir haben immer ein Picknick mitgebracht und vorher im Park gesessen. Etwas Vergleichbares gibt es nirgendwo sonst auf der Welt.«

»Da muss ich zustimmen«, sage ich, als William auf den West Carriage Drive abbiegen will, der uns durch den Park führen wird, über The Serpentine und auf die Exhibition Road und zu den Museen. Es fühlt sich sofort wieder vertraut an, altbekannt und zugleich belebend, als sei ich in eine völlig neue Welt transportiert worden, voller Elemente aus der Zukunft – erwachsene Männer auf

Rollern, Menschen unklaren Geschlechts und Fahrzeuge, die schnell und wendig sind.

»Wie lange leben Sie schon in London, Joan?«, fragt William.

»Mein ganzes Leben, abgesehen von einer Zeit in New York nach der Uni«, sage ich und bereue sofort die Erwähnung des Big Apple.

»Was hat Sie dorthin gebracht?«, möchte er wissen, und ich bin erleichtert, dass diese Frage im Moment unserer Ankunft am College fällt.

»Das ist es«, sage ich.

William verlangsamt, damit ich einen genaueren Blick auf die Herrschaftlichkeit dieses rot geklinkerten viktorianischen Gebäudes werfen kann.

»Herausragende Architektur«, bemerkt er und schaut nebenbei auf die Pracht, während er die Straße und die Spiegel im Blick behält.

»Und doch habe ich das mit achtzehn, neunzehn, gar nicht so wahrgenommen, glaube ich«, räume ich ein. »Wir hielten das alles für selbstverständlich: den Park, das Gebäude, die Royal Albert Hall und all die Erlebnisse, die wir machten, die Museen direkt vor der Tür. Welch ein Glück wir hatten.«

»Wie geht das Sprichwort? Sagt man nicht auch, dass die Jugendlichkeit an die Jugend vergeudet ist?«

»George Bernhard Shaw«, bestätige ich mit einem schwachen Lachen darüber, wie recht er hatte.

»Wohin nun?«, fragt Jess als klar wird, dass William nicht mehr länger bummeln kann, weil ein Lieferwagen hinter uns drängelt.

»Wieso fahren wir nicht Richtung Westminster? Ich zeige euch, wo ich unterrichtet habe und wo Edward zur Schule gegangen ist«, schlage ich vor, inzwischen etwas mehr in Schwung.

Ich lehne mich zurück und sauge die Schönheit der Stadt in mich auf, während William an Harrods vorbeifährt, an Hyde Park Corner und runter zum Buckingham Palast, inklusive Erläuterung verschiedener Bauprojekte, die er im Laufe seiner Karriere begleitet hat.

»Winkt dem König«, jubelt Jess, als wir das Queen-Victoria-Denkmal vor dem Palast umrunden und auf dem Birdcage Walk zum Parliament Square fahren. Es fühlt sich irgendwie komisch an, nach all den Jahren wieder das Wort »König« zu hören, nachdem wir so lange unsere Königin hatten.

»Wann haben Sie hier gearbeitet?«, fragt mich William, als ich aus dem Fenster starre, gefesselt vom Trubel Westminsters.

»Ich habe Ende der Achtziger angefangen, als Edward, mein Sohn, noch recht jung war.«

»Ist er Ihr einziges Kind?«

»Ja«, antworte ich ihm, und mein Hals wird eng. »Haben Sie Kinder?«

»Drei Kinder, acht Enkelkinder, und ein Großenkelkind ist unterwegs.«

»Meine Güte«, staune ich.

William hält bei dem gewundenen Torbogen, der zum Innenhof der Schule führt.

»Entschuldige meine Ausdrucksweise, Joan, aber was zur Hölle, das ist eine Schule?«, ruft Jess aus.

»Nicht schlecht, oder?« Ich lache, als ich ihren ungläubigen Blick sehe.

»Daneben sieht meine Schule wie irgendetwas aus dem Ostblock aus. Nicht schlecht trifft es nicht ganz. Das ist ernsthaft bougie.«

»Bougie?«

»Bourgeois.«

»Da kann ich nichts entgegenhalten«, erkläre ich und sauge die ganze Umgebung auf – Westminster Abbey, das Parlament und Big Ben. »Manchmal habe ich mich gefragt, ob ich nicht lieber Kinder unterrichten würde, deren Eltern sich die Stunden nicht leisten konnten, aber damals war das keine Option.«

»Wie lange haben Sie hier unterrichtet?«, möchte William wissen.

»Mehr als zwanzig Jahre.«

»Und Ed ging hier auch zur Schule?«, fragt Jess.

»Mit einem Stipendium«, erkläre ich und wechsle das Thema, weil ich nicht darüber sprechen möchte, dass ich mir das Schulgeld nicht leisten konnte, und auch nicht darüber, wohin dieses Gespräch führen könnte. »Sollen wir weiterfahren?«

»Es ist Ihre Tour, Joan«, erwidert William, und ich schlage vor, dass wir gen Norden fahren, an den Horse Guards vorbei Richtung Trafalgar Square zum Covent Garden und bis nach Soho. Mir kommt ein Gedanke an einen Ort, den ich viel zu lange nicht mehr gesehen habe.

Als wir das Labyrinth der Straßen durchqueren, deute ich auf die Orte, an denen ich aufgetreten war, ehe ich

Mutter wurde, ehe das Leben seinen Lauf nahm, als das Leben noch aufregend war: St Martins, die Theater des West End, das Royal Opera House in Covent Garden.

»Warum nehmen wir nicht die Frith Street«, schlage ich vor und vertreibe ein Aufblitzen von Unsicherheit. William biegt ab in die deutlich engere Straße; die viergeschossigen viktorianischen Wohnhäuser ragen bedrohlich über uns.

»Ich halte nur mal kurz an. Die Natur zollt ihren Tribut«, sagt William und hält vor Ronnie Scott's Jazzclub, um in einem gegenüberliegenden Pub »kurz die Örtlichkeiten aufzusuchen«.

»Gibt es in dieser Straße irgendeine besondere Erinnerung?«, fragt mich Jess, als William die Straße überquert hat, und ich schweige.

Ich umfasse mein Amulett und halte es ganz fest.

»Der Mann auf dem Bild«, antworte ich, und die Worte kommen mir nur schwer über die Lippen.

Sie hört zu.

»Joseph«, füge ich hinzu und merke, dass dies wahrscheinlich das erste Mal ist, dass ich seinen Namen seit Jahrzehnten laut ausgesprochen habe.

Ich presse einen Finger gegen das Fenster, wie eine Markierung in der Zeit.

»Hier haben wir uns getroffen«, flüstere ich, und meine Umgebung verschwimmt, während ich zurück in jene Nacht reise, in jene Nacht vor sechzig Jahren; der Klang von Josephs ruhigem Gitarrenspiel wabert in mein Bewusstsein. Ich sehe, wie er das erste Mal auf mich zukommt, als befände er sich direkt hier vor mir. Seine

Präsenz erfüllt den Raum, obwohl er kein kräftiger Mann ist. Wir sind wie zwei Magneten, unfreiwillig voneinander angezogen, die Kraft zu stark, als dass einer von uns hätte widerstehen können ...

Mai 2023

Liebes CineGirl,

bitte mach dir keine Gedanken. Ich glaube, dein Instinkt
ist richtig: Wir werden wissen, wann der richtige Moment
für ein Treffen gekommen ist.
Ich kann nur erahnen, wie sich der Verlust deiner Mutter
angefühlt haben muss und wie diese Erfahrung dich
geändert hat. Ich hoffe, eines Tages können wir uns von
Angesicht zu Angesicht darüber unterhalten.
Ich finde es überhaupt nicht merkwürdig, dass du dich gern
treffen würdest und dich dennoch dagegen entschieden hast.
Erste Schritte sind immer schwer, auch wenn sie uns zu etwas
hinführen, das wir begehren. Kürzlich habe ich über etwas
nachgedacht, das ich schon immer wollte, aber ich weiß
nicht, wo ich anfangen soll.
Leider habe ich noch keinen Moment gefunden, um persönlich mit der Person, der ich wehgetan habe, zu sprechen,
aber wenn ich den richtigen Augenblick finde, dann werde
ich das nachholen.

Deine Wenigkeit
Mr PO Box

17

JESS

Ich denke über Joan nach und bin stolz darauf, was sie gestern gewagt hat. Wie gern würde ich ihr eine kurze Nachricht schicken und hören, wie es ihr geht, als Cormac für unseren Mediennachmittag eintrifft.

»Ich habe das hier lange nicht mehr so gut besucht gesehen. Dein Vorschlag einer kostenlosen Nachmittagsvorstellung hat auf jeden Fall funktioniert«, sage ich zu ihm und lege meine Hand auf den Ärmel seines karierten Baumwollhemdes, mein Stress fällt von mir ab, als ich ihn leicht auf die weiche, bartbedeckte Wange küsse.

»Wir müssen sie nur daran erinnern, was ihnen bisher entgangen ist«, sagt er, als wir nach unten gehen, wo es vor Kunden wimmelt, die sich Flyer über die nächsten Vorstellungen anschauen, alte Filmposter bewundern und Kaffees schlürfen, die Mariko nonstop zubereitet, seit wir vor einer halben Stunde die Türen geöffnet haben. Zinnia, die nicht auf ihrem üblichen Platz an der Bar sitzen kann, wirft einen zufriedenen Blick auf das Geschehen von ihrem Posten in der Ecke.

Ich übernehme den Kartenlocher von Clive, der loseilt, um einen Anruf von ›Capital Radio‹ entgegenzunehmen. »Ohne Zinnias und Marikos tolle Videos hätte der ›Guardian‹ wahrscheinlich nie über uns geschrieben, würde

Clive nicht mit ›Capital Radio‹ sprechen und ›London Live‹ heute Nachmittag nicht zu uns kommen.«

»Das ist die Macht der Sozialen Medien«, grinst Cormac.

»Das hier ist mein Lieblingszitat«, meint Zinnia und bringt mit klimpernden Armreifen ihre Zeitung in Position. »*Das Duell zwischen Alt und Neu, Vergangenheit und Zukunft wird nirgendwo besser verkörpert als in Notting Hill, wo das charmante Portland Cinema Gefahr läuft, für den seelenlosen Goliath I-Work schließen zu müssen.*« Sie liest ein wenig mehr von dem Artikel, ehe sie den letzten Satz mit großer Geste vorträgt: »*Befreit das Portland Cinema oder riskiert, die Gemeinschaft für immer zu verlieren.*«

»Wow!«, rufe ich aus und bin immer noch beeindruckt, dass die Geschichte nationales Interesse geweckt hat. »Es muss doch da draußen jemanden geben, der sich nun meldet und es als Kino weiterbetreiben möchte.«

»Diese Botschaft musst du unters Volk bringen, wenn du mit ›London Live‹ sprichst«, sagt Cormac. »Spiele wirklich mit der Leidenschaft der Menschen für Geschichten und Sentimentalitäten, zeige, wie sich die Nachbarschaft hinter euch versammelt, wie das Kino noch weitere hundert Jahre blühen kann, mindestens.«

»Ich versuche es«, sage ich, während mein Magen Purzelbäume schlägt bei der Aussicht, im Fernsehen interviewt zu werden.

Dankbarerweise ist der nächste Kunde, der die Treppen herunterkommt, Debs, mit Ash und Eli im Schlepptau. Ich umarme sie deutlich fester als sonst.

»Alles okay?«, fragt sie, greift meine Arme und untersucht meine Augen.

»Starr vor Angst«, lache ich. »Cormac hat ein TV-Interview organisiert.« Ich nicke in die Richtung, in der er steht und über Gott und die Welt mit Zinnia schwatzt.

Debs mustert ihn von Kopf bis Fuß und wirft mir einen Blick zu, der sagen soll: »Süß«.

»Nicht angebracht, aber ich weiß, was du meinst«, vermittle ich ihr telepathisch, mittels aufgerissener Augen.

Sie zwinkert mir heimlich zu und grinst, ehe sie hinter Eli herjagt, der die Süßwarenecke auseinandernimmt.

Ich rede mit ein paar mehr der eintreffenden Gäste, bis eine Frau in einem roten Blazer mit goldenen Ohrringen und einer blonden Föhnfrisur die Treppen herabsteigt, gefolgt von einem Typen, der eine Aufnahmeausstattung trägt.

»Jess?«, fragt sie und streckt mir ihre Hand entgegen. »Ich bin Olivia, von ›London Live‹.«

»Schön, Sie kennenzulernen«, sage ich, schüttle ihre Hand und hoffe, dass sie nicht bemerkt, wie feucht die meine ist.

Zinnia, die meine Aufregung spürt, nimmt mir den Kartenlocher ab und setzt sich auf den Stuhl am Fuß der Treppen, um Tickets zu entwerten, während ich Olivia zu Cormac bringe.

»Oh, hallo, schön, Sie zu treffen«, strahlt Cormac und schüttelt eifrig ihre Hand. »Was ist der Plan?«

Olivia geht mit uns durch, dass sie das Equipment gern draußen aufbauen würde, und bespricht kurz die Fragen mit mir, die sie stellen wird, und obwohl ich sehe, wie sich ihr Mund bewegt, und obwohl ich die Worte auch höre, nehme ich nur wenig davon wirklich in mir auf. Sie bittet mich, mich fertig zu machen, »ein bisschen gepresster Puder gegen das Glänzen, falls Sie welchen zur Hand haben«, als Zinnia mich ruft.

»Jess, sieh mal, Kit Harington ist hier!«

Ich drehe mich um, und entdecke nicht nur Ed, sondern auch Charlie und Oscar.

Ausgerechnet jetzt, denke ich.

Charlie winkt mir zu und steuert auf Debs und die Kinder zu, die an einem Tisch sitzen und Milchshakes durch Strohhalme schlürfen, sodass mir nichts anderes übrig bleibt, als mit Ed zu sprechen.

»Was machst du hier?«, platze ich heraus, meine Nerven siegen über meine guten Manieren.

»Charlie wollte mit Oscar in ›Peter Pan‹.«

»Und du dachtest, das wäre etwas, das dir auch Spaß macht?«

Er antwortet nicht, stattdessen lässt er seinen Blick über die betriebsame Bar wandern.

»Das Geschäft läuft gut«, sage ich dickköpfig. »Wir werden jemanden finden, der es als Kino übernimmt.«

Er nickt auf eine Art, die ich nicht einordnen kann, möglicherweise überlegt er nur, wie viel er bieten muss, um erfolgreich einen anderen Interessenten auszustechen. Er setzt gerade an, etwas zu sagen, als Cormac ruft: »Jess, du bist dran«, und er kommt zu uns herüber, streicht mir beruhigend über den Rücken, ohne Ed irgendwie zu beachten.

»Viel Glück«, sagt Ed leise und auf seine übliche abwesende Weise. Nur das leichte Kräuseln seiner Brauen deutet darauf hin, dass er eventuell doch ein wenig in Sorge sein könnte.

18

JOAN

Ich habe mit mir selbst eine kleine Wette abgeschlossen, dass Pamela irgendwann herüberkommen und mich über die Ausfahrt mit William ausfragen würde. Und sich selbst absolut treu, klopft sie bereits um kurz vor fünfzehn Uhr an die innere Glasscheibe.

»Wie ist es gelaufen?«, fragt sie, noch ehe ich überhaupt die Tür hinter ihr schließen kann.

»Komm herein, Pamela«, sage ich und lasse mir Zeit, unwillig, mich hetzen zu lassen. Nach den Ereignissen des gestrigen Tages bin ich in keinerlei Eile für irgendetwas.

»Also, erzähl mir alles. Wie war es? Wie fühlte es sich an, wieder draußen in der Stadt zu sein?«

»Es war alles sehr angenehm«, bestätige ich, hänge meinen Stock an der Seite meines Sessels ein und schnaufe durch. »Und ich gebe zu, ich habe es genossen, mit dem Auto unterwegs zu sein.«

»Gut!«, jubelt sie und freut sich für mich. »Wohin seid ihr gefahren?«

»Oh, überall- und nirgendwohin«, antworte ich ziemlich ausweichend und lehne mich in meinem Sessel zurück. Pamelas verkniffener Gesichtsausdruck zeigt mir, dass sie von meinem zurückhaltenden Informationsfluss frustriert ist.

»Mochtest du ihn?«

»Er war ein Gentleman«, sage ich und habe keine weitere Einschätzung als diese.

»Und wirst du ihn wiedersehen?«

»Pamela«, lache ich. »Ich hatte selbst noch kaum Zeit, alles sacken zu lassen, geschweige denn, unsere gemeinsame Zukunft zu planen!« Ich lasse nicht durchblicken, dass ich mit Joseph beschäftigt war, seit ich zurück zu Hause bin, und darum so gut wie überhaupt nicht an William gedacht habe. Trotz seiner zahlreichen Nachrichten.

»Ein zweites Date bedeutet nicht, dass du ihm die Zukunft versprichst.«

Verzweifelt schüttle ich den Kopf.

»Na ja, vielleicht kann dich Jess ja ermutigen, ihn wiederzusehen, wenn es mir nicht gelingt«, schiebt sie hinterher.

»Ich glaube nicht, dass Jess momentan an meiner Beziehung oder einer eigenen besonders interessiert ist«, sage ich. »Mein Gefühl ist, dass es da irgendeine Geschichte gibt, mit der sie bisher nicht abschließen konnte.«

»Bedeutet?«, fragt sie und schnappt schnell nach diesem Köder der Ablenkung.

»Sie erwähnte vor einiger Zeit einen Ex-Freund. Ich weiß nicht genau, es war einfach irgendetwas in der ...«

Ehe ich meinen Satz beenden kann, greift Pamela in die Tasche ihrer Bluse, holt ihre Brille hervor und tippt schon eifrig auf dem Bildschirm ihres Handys herum.

»Wie ist ihr Nachname?«, fragt sie, ihre Augen über den Brillenrand hinweg auf die meinen geheftet.

»Harris«, erwidere ich. »Was hast du vor?«

»Ich werde sie googeln, mal schauen, was wir finden können.«

»Pamela!«, schelte ich sie. Mein Ton vermittelt, dass sie das besser nicht tun solle, obwohl ich innerlich ebenso versucht bin wie sie. Trotz Jess' Lebhaftigkeit und ihrem Lebenshunger gibt es einen Teil von ihr, der Sperrzone ist, und obwohl ich mich selbst ermahne, ihre Privatsphäre so zu respektieren, wie sie es mit meiner getan hat, ist es mir unmöglich, nicht neugierig zu sein.

»Willst du nicht mehr über die Person wissen, die unter deinem Dach schläft?«

Ich antworte nicht, erlaube ihr aber, den Wildlederpouf heranzuziehen und sich neben mich zu setzen.

»Jess Harris«, sagt sie, während sie tippt, die Augen zusammengekniffen, und konzentriert auf den Bildschirm starrt.

Eine Blase der Neugier formt sich in meinem Bauch und ich beuge mich hinüber.

»*Jess Harris Offizielle Webseite für Rezepte, Bücher, Fernsehshows und mehr.* Nicht sie«, tut sie dies ab und scrollt weiter durch die Ergebnisse. »*Jess Harris – Cambridge University, Jess Harris Facebook-Profile*, dort könnten wir sie vielleicht finden …«

»Das ist sie«, platzt es aus mir heraus, als ich ein hübsches Porträt von ihr bei der Google-Bildersuche entdecke, ihre kupferroten Locken glänzen, ihr Make-up ist stärker, als sie es bräuchte, und ein Rollkragenpullover aus Goldlamé leuchtet fröhlich.

Pamela klickt auf das Bild und liest: »*Jess Harris,*

Klammer auf, @The Only Jess Harris, Klammer zu.
Instagram Fotos und Videos. Besuchen.«

Sie tippt erneut, und eine ganze Seite für Jess Harris
erscheint vor unseren Augen.

*»Was geht? Hier ist Jess. Kinomanagerin, Möchtegern-
filmproduzentin, Fitnessfreak.«*

»Ich erinnere mich, dass sie mir das gezeigt hat«, sage
ich und erblicke die kunstvoll positionierten Teller mit
Essen.

Pamela scrollt durch die Bilder, Fotos von allem –
von Jess' Outfits, über das Essen, das sie isst, sogar ihre
Spaziergänge mit Humphrey. Auf den letzten Bildern,
ehe sie ihr Telefon abgegeben hat, erkenne ich Details des
Hauses im Hintergrund: der Kleiderschrank in ihrem
Zimmer, der Küchentisch, sogar Humphreys Bett.

»Das ist ihre Freundin Debs, du erinnerst dich«, sage
ich und schaue auf die beiden, wie sie Schnuten Richtung
Kamera ziehen, zurechtgemacht wie verrückt, eine Sech-
zigerjahre-Maisonette im Hintergrund.

»Und hier muss sie arbeiten«, kommentiert Pamela
und tippt auf ein Bild von Jess, auf dem sie lächelnd unter
einem Kinovordach steht, ihre Arme fröhlich ausgebreitet.

»Und das Fitnessstudio, in dem sie trainiert.« Ich deute
auf ein Foto von Jess in ihrem Trainingsoutfit, den Arm
um eine Freundin, beide schweißglänzend und strahlend.

»Sie hat ganz offensichtlich ein volles und geschäftiges
Leben, kein Zeichen von Liebeskummer«, meint Pamela,
und ich kann nicht widersprechen. Ihr Leben so ausgebreitet vor mir zu sehen, bringt mich dazu, mein eigenes
zu überdenken – wie konnte ein Leben, das mit so viel

Mut und Entschlusskraft begonnen hat, zu so wenig führen?

»Ja«, sage ich und greife nach meinem Wasserglas. Pamela soll nicht sehen, dass mir etwas einen Stich gegeben hat.

Während ich darüber nachgrüble, wie eingeschränkt mein Leben geworden ist und wie dringend Tage wie der gestrige häufiger werden müssen, klickt Pamela auf ein Foto von Jess, das sie auf einem lilafarbenen Sofa zeigt.

»›Manche Dinge sollen nicht sein ...‹«, liest sie den Kommentar unter dem Bild vor. Und dann liest sie die Kommentare, die darunter stehen.

»›Tut mir leid, zu hören, was mit Liam geschehen ist. Irgendetwas Gutes wird es bringen‹, ›Sein Verlust, dein Gewinn‹, ›Schweinehund‹.«

Pamela und ich wechseln erschrockene Blicke.

»Ich frage mich, worum es da geht?«, sage ich.

Ohne zu antworten, öffnet Pamela eine weitere Seite und tippt *Jess Harris Liam* ein, dann scrollt sie durch zahlreiche Sackgassen, ehe sie sagt: »*Jess Harris auf Twitter. Liebe diesen Typen @Liam Anderson*«, und sie klickt auf den Link, der uns zu einem Foto von Jess und einem jungen Mann bringt, beide stehen im Schnee und küssen sich.

»@Liam Anderson«, überlegt Pamela, verloren im digitalen Labyrinth, tippt auf den Namen in Blau, der sie zu der Meldung *User not found* bringt.

»Na gut«, sage ich und nehme an, dass wir am Ende sind, aber Pamela macht weiter.

»Jess Harris. Liam Anderson«, tippt sie und geht eilig

durch seitenweise Suchergebnisse, bis sie offenbar auf etwas anderes stößt: »Bingo!«

»Was hast du gefunden?«, frage ich und fühle mich ein wenig schuldig, als würden wir durch Jess' Sachen in ihrem Zimmer wühlen.

»Das sieht aus wie ein alter Instagram-Account, den sie mit ihrem Freund geteilt hat«, sagt Pamela. »@HarrisSon-Scored«, liest sie und lacht über die Art, wie die beiden ihre Nachnamen verbunden haben, um einen User-Namen zu bilden, und über das Foto, das sie so gestaltet haben, dass Harrison Ford zwischen ihnen steht.

Pamela geht durch die zahllosen Fotos von Jess, glücklich mit Liam: Abende in Restaurants; posierend an einem Kiesstrand; beide beim Bowlen; alles, was ein normales Leben ausmacht.

»Am dritten Dezember letzten Jahres schrieb Bella Fields: ›Jess, ist es wahr? Hat dich Liam um deine Wohnungsanzahlung betrogen?‹ Darauf hat Jess geantwortet: ›Fürchte ja. Halte irgendwie durch. Hoffe, der Schmerz geht irgendwann vorüber.‹«

Pamela und ich brauchen einen Moment, um den Kommentar zu verdauen.

»Das arme Ding, sie hat erwähnt, dass sie zusammenziehen wollten«, bemerke ich und verstehe jetzt, warum Jess nicht erpicht darauf gewesen war, zu erklären, was zwischen ihnen vorgefallen ist, und warum jemand, der so jung und hübsch ist, ein Zimmer bei jemandem wie mir braucht.

»Was für ein fürchterlicher Betrug«, reflektiert Pamela, nimmt ihre Brille ab und geht zum Sofa.

»Was ich jedoch nicht verstehe, ist, warum irgendjemand sein Leben derart öffentlich machen möchte.«

»Meine Tochter vergleicht es mit einem Fototagebuch, eine Methode, sein Leben festzuhalten.«

»Aber warum es jedem zeigen? Früher waren Tagebücher mal privat ... einige von meinen hatten Schlösser und Schlüssel, damit meine Mutter nicht in ihnen lesen konnte, sollte sie sie einmal finden.«

Ich versuche ein kleines Lachen, als würde ich scherzen, aber es bleibt mir im Halse stecken.

Pamela wirft mir einen überraschten Blick zu. »Ich habe nicht gewusst, dass du Geheimnisse gehütet hast!«

»Wie geht es mit deinen Reiseplänen voran?«, lenke ich ab; das Letzte, was ich möchte, ist, dass Pamela in *meine* Vergangenheit abtaucht.

»Gut. Ich habe mir eine Reise nach New York City angesehen«, sagt sie und vergisst Jess und Liam sofort, ebenso wie meine Geheimnisse. »Das stand ganz oben auf Dereks Reiseliste, also ...«

»Er hatte einen guten Geschmack«, erkläre ich großzügig und spüre eine Veränderung in Pamelas Stimmung. »Es ist einer der schönsten Orte der Welt.«

»Natürlich, ich vergesse es immer, du hast dort ja auch Zeit verbracht. Hast du nicht eine alte Freundin, die dort lebt? Da war eine Nachricht auf deinem Facebook, *Hallo aus NYC ...*«

»Nur ein oder zwei alte Bekannte, niemand Besonderes«, unterbreche ich und frage mich, ob sie die Lüge bemerkt, weil ich nicht an die Nachricht erinnert werden möchte, die zu öffnen ich mich nicht überwinden kann.

»Warum fliegen wir nicht, Joan? Du und ich. Du könntest mir alte Lieblingsplätze zeigen, mit Gesichtern aus der Vergangenheit Kontakt aufnehmen. Es würde uns beiden guttun, mal rauszukommen.«

»Nein, danke, Pamela. Die Aussicht, zu fliegen, macht mir inzwischen Angst«, sage ich und hoffe, sie kommt nicht dahinter, was – oder wer – der wahre Grund für meine Angst ist.

19

JESS

»Rettet das Portland Cinema aus den Fängen von I-Work und rettet unsere Nachbarschaft«, sehe ich mich selbst auf Marikos Telefon sagen, ehe die Kamera zu der Reporterin schwenkt, die den Beitrag schließt.

»Oh Mann, Jess, du warst fantastisch!«, quietscht Mariko, schaltet ihr Handy ab und umarmt mich. Alle um die Bar herum pfeifen und applaudieren.

»Nichts davon wäre ohne deine und Zinnias TikTok-Beiträge geschehen, oder ohne Cormac, der das ganze Ding organisiert hat«, sage ich und gehe rüber zu ihm, um mich neben ihn an die Bar zu setzen. Mein nackter Arm berührt den seinen.

»Dann wollen wir hoffen, dass es uns das Ergebnis bringt, das ihr verdient, und dass ihr alle eure Jobs behalten könnt«, sagt er.

»Ich werde das so nutzen, versuchen, ein wenig Geld mit meinem Social Media zu verdienen, und weiterhin helfen, zu promoten, was hier geschieht«, meint Mariko und strahlt vor Aufregung.

»Hoffentlich bedeutet das auch, dass du dein Studio behalten kannst«, sage ich zu Daniel, der ungewöhnlich aufgekratzt wirkt.

»Ein Gast hat mein Skizzenbuch gesehen, wir kamen

ins Gespräch, ich habe ihm mein Insta gezeigt, und er hat mir eine Ausstellung angeboten.«

»Was?«, frage ich. »Wer?«

»Sein Name ist Charlie irgendwas. Er hat mir seine Nummer gegeben.«

»Charlie? Etwa Eds Kumpel Charlie?«

Daniel schaut mich verständnislos an.

»Egal«, sage ich und erkenne, dass das nicht der wichtige Teil ist. »Daniel, das ist fantastisch! Bist du begeistert?«

»Klar«, zuckt er mit den Schultern, was für Daniels Verhältnisse einem Tanz auf dem Sofa gleichkommt.

Wir schwatzen über Gary und dass er hoffentlich seinen Kreditantrag voranbringen kann, als Clive aus dem Büro kommt.

»Ihr werdet nicht glauben, was eben passiert ist«, sagt er theatralisch, während Lulu um seine Knöchel springt. »Jemand hat gerade angerufen und sein Interesse angekündigt, ebenfalls zu bieten.«

»Jetzt schon?«, rufe ich aus.

»Er meinte, er habe die Nachrichten um halb sieben gesehen. Er sei hier immer hergekommen, als er klein war, besitzt jetzt einen Hedge Fund und hat großartige Erinnerungen an das Kino. Wir treffen uns morgen.«

»Oh – mein – Gott«, sage ich langsam und verschmelze fast mit meinem Stuhl vor Erleichterung. »Da wird Ed das Lachen vergehen.«

»Kannst du glauben, was der Typ sich traut?«, sagt Mariko. »Ich meine, an dem Tag herzukommen, an dem wir versuchen, das Kino *vor ihm* zu retten.«

»Ich bin überzeugt, er hat das gemacht, um mich in den Wahnsinn zu treiben, um mich durcheinanderzubringen. Arschloch«, sage ich, und meine Haut prickelt beim Gedanken an ihn.

»Nur weil er sich von dir bedroht fühlt«, meint Mariko beiläufig und nimmt sich eine Tüte Popcorn.

Ich schaue sie zweifelnd an.

»Weshalb sollte er sonst kommen?«, meint sie schulterzuckend. »Wenn der Medientag ihn nicht beunruhigt hätte, wäre er nicht aufgetaucht.«

Ich schaue Zinnia in der Hoffnung auf Klarheit an, sie ist ungewöhnlich ruhig. Sie zieht nur ein »Sie-hat-nicht-unrecht«-Gesicht.

»Das ist ganz sicher der Grund«, meint Cormac, stupst mich von der Seite an und lächelt, um mir zu zeigen, wie stolz er auf mich ist. »Der Mann weiß, dass er ein Problem hat. Sich mit Jess anlegen? Ich glaube nicht!«

20

JOAN

»Du siehst abgespannt aus«, sage ich zu Jess, als sie nach Hause und zu mir in die Küche kommt, wo ich einen späten Imbiss aus einem Stück Shortbread und einem Glas Sherry vorbereite. Ihr Gesicht, das von Natur aus blass ist, hat alle Farbe verloren, und ihre Augen sehen schwer aus.

»Es war ein langer Tag«, sagt sie und fährt sich mit den Händen durch die Locken, um sie dann mit dem Zopfgummi, das sie immer wie ein Armband ums Handgelenk trägt, zu einem Zopf zusammenzunehmen. Sie nickt in Richtung der Sherryflasche. »Darf ich?«

»Natürlich!«, erwidere ich, glücklich, dass sie sich zu mir gesellen möchte.

»Hast du dich von gestern erholt?«, fragt sie und zieht einen Stuhl vom Tisch weg.

»Ich habe ganz sicher tief und fest geschlafen«, sage ich, unsicher, ob sie sich auf meine Erklärung, zu lange drinnen gefangen gewesen zu sein, mein Treffen mit William oder meine Erwähnung von Joseph bezieht.

»Er war eine unkomplizierte Gesellschaft«, klärt sie auf, ohne es zu wissen.

»Ich hoffe, ich habe ihn nicht verschreckt mit meiner Traurigkeit vor Ronnie Scott's Jazzclub«, sage ich, obwohl mir seine Nachrichten sagen, dass dem nicht so ist.

»Ich glaube nicht, dass er das bemerkt hat.«

Eine Pause entsteht in unserer Unterhaltung, und ich nehme an, dass Jess überlegt, wie sie nach Joseph fragen könnte.

»Du fragst dich vielleicht, worum es überhaupt ging«, taste ich mich zaghaft vor und trage einen Teller mit Keksen zum Tisch.

»Ja, ein wenig.«

Ich setze mich an den Tisch und biete ihr Shortbread an.

»Joseph, Joe, eine alte Flamme, spielte dort in der Nacht, in der wir uns kennenlernten«, beginne ich und nehme mir selbst übel, ihn als »alte Flamme« bezeichnet zu haben, wo er doch so viel mehr als das gewesen ist.

»War er auch Musiker?«

»Ein amerikanischer Jazzmusiker. Er hat in einer Band gespielt, deren Namen ich vergessen habe.«

»Bist du hinterher dortgeblieben, um ihn kennenzulernen?«

Ich lache bei der Vorstellung, dass sie sich mich als eine Art Groupie vorstellen kann. »Ich war dort mit ein paar Freunden aus der Musikschule, Kathleen und ihr Verlobter, Peter, ebenfalls ein amerikanischer Musiker. Peter und Joe waren gute Freunde. Er stellte uns einander vor nach ihrem Auftritt.«

»War es Liebe auf den ersten Blick?«

Ich fühle, wie ich erröte. »Ich denke schon«, antworte ich und erinnere mich daran, wie gefesselt ich von seinem dichten schwarzen Haar gewesen bin, das um seinen Kragen lag, von seinen dunklen, sinnlichen Augen und von der Art, wie sich sein ganzes Gesicht veränderte, wenn er lächelte, wie es den Raum erhellte.

»Wie war er?«

»Sanft, großherzig, erstaunlich wenig Ego für eine Person mit seinem Talent«, beschreibe ich, wobei nichts davon die Summe dieses Mannes wirklich wiedergeben kann, oder das Gefühl einfangen, dass unser erstes Aufeinandertreffen war, als würden sich unsere Seelen berühren.

»Hat er dich um ein Date gebeten?«

Ich denke einen Moment lang über diese Frage nach, versuche, mich an die Reihe von Ereignissen zu erinnern, die dazu geführt haben, dass wir zusammen waren: wir vier, wie wir um einen Tisch im Ronnie's gesessen hatten; wir beide, wie sich unsere Blicke trafen und miteinander verbunden blieben, Peter und Kathleen ausblendeten; wie wir in seinem Auto durch die nächtliche Stadt fuhren, uns endlos unterhielten, alles voneinander aufsogen, ehe wir parkten und er mich küsste. Die Weichheit seiner Lippen und die Süße seines Atems machten mich so benommen, dass er mich stützen musste, und dann, als wir alle in die Wohnung, in der Joe mit Peter lebte, zurückkehrten, teilten wir ein Bier aus einer Flasche, ehe wir müde in das Sofa sanken und nebeneinander einschliefen.

»Ich glaube, er musste mich nicht fragen«, antwortete ich schließlich. »Die Verbindung zwischen uns war von Anfang an so offensichtlich, dass wir einfach zusammen waren. Von dieser ersten Nacht an waren wir unzertrennlich.«

»Wie lange wart ihr zusammen?«, fragt sie, und ich

nippe an meinem Sherry; die rosige Färbung meiner Erinnerungen begann langsam zu verblassen.

»Mehr als zehn Jahre.«

»Das ist eine lange Zeit, Joan«, sagt sie und schaut mich an. »Was ist geschehen?«

Ich zögere, meine Erinnerungen werden schärfer. Es braucht meine gesamte Kraft, fortzufahren.

»Es war von Anfang an kompliziert. Josephs Familie war jüdisch, meine war katholisch. Meine Familie duldete keine Beziehungen außerhalb der Kirche.«

»Und dennoch habt ihr zehn Jahre geschafft?«

Ich schiebe meinen Stuhl zurück und hole einen Schuhkarton voll alter Zeitungsausschnitte, der von einer dicken Schicht Staub bedeckt ist.

»Wir haben entschieden, unsere Beziehung geheim zu halten, in dem Wissen, dass meine Familie dagegen sein würde«, erzähle ich ihr, nehme den Deckel ab und grabe eine Sammlung von Kontaktanzeigen aus, etwas, das anzusehen, ich mich jahrelang nicht mehr getraut habe. »Es war nicht wie heutzutage, wo man sich Nachrichten hin und her schicken kann, ohne, dass es jemand erfährt. Wir mussten uns etwas einfallen lassen. In den ersten beiden Jahren, als er in London lebte, haben wir einander kodierte Nachrichten über die ›Einsamen Herzen‹ geschickt, sodass wir uns verabreden konnten, ohne, dass irgendwer davon erfuhr.«

»Wirklich?«, fragt sie, als fände sie die Vorstellung, dass jemand in meinem Alter in eine heimliche Beziehung involviert gewesen sein könnte, ausgeschlossen.

»Ich war JNY19, und er war JO22. Joany, so hat er

mich genannt, obwohl jeder sonst mich Joan nannte. Ich schätze, es war ein bisschen so wie heute Textnachrichten schreiben.«

Ich reiche ihr ein paar Anzeigen, die Jess laut vorliest. Ich bin sofort wieder beinahe sechzig Jahre zurücktransportiert.

JNY19, TRIFF MICH AN UNSEREM LIEBLINGSORT
Dienstag, 19.30 Uhr
Ewig dein, JO22

JO22, MEIN HERZ SEHNT SICH NACH DIR
Freitag, 21.00 Uhr? Gleicher Platz wie immer?
Immer dein, JNY19

»Wo war euer Lieblingsort?«

»Eine Bank unter den Bogengängen am Holland House«, sage ich und erinnere mich an die Male, an denen wir uns dort trafen, jede Minute der Dämmerung ausnutzend, ehe ich nach Hause eilen musste.

»Und was bedeuten die Ziffern?« Sie reicht mir die Ausschnitte, als seien sie Artefakte in einem Museum.

»Das war unser Alter, als wir uns kennenlernten.«

»Wie häufig habt ihr etwas annonciert?«

»Die Zeitung erschien damals so wie heute, also jeden Donnerstag.«

Ihre Brauen kräuseln sich vor Verwirrung. »Aber was geschah, wenn ihr beide annonciert habt und die Pläne einander widersprachen oder der Plan nicht passte?«

»Dann sind wir erschienen, oder eben nicht, und der andere hat einfach gewartet«, antworte ich, und mir fallen verschiedene Gelegenheiten ein, als ich dort war und auf ihn wartete, oft unter den Bögen, unsicher, ob er noch erscheinen würde oder nicht. »Einmal, an einem schwülen Sommerabend, saß ich dort drei Stunden lang und las ein Buch, beobachtete die Pfauen auf dem Rasen, und just als ich aufstand, um zu gehen, kam er, schweißgebadet, nachdem er fast zehn Meilen gelaufen war von dem Ort, an dem sein Auto liegengeblieben war, nur um mich zu sehen.«

Jess' Augen leuchten angesichts der ganzen Romantik.

»Damals gab es viel mehr Vertrauen, viel mehr Geduld«, fahre ich fort. »Und wenn wir nicht beieinander waren, dann war das so; man konnte nicht jede Sekunde des Tages miteinander kommunizieren. Ja, das hat alles verlangsamt, aber auch spannender gemacht, finde ich.«

»So geht es mir mit den Briefen von Mr PO Box«, sagt sie langsam. »Sie geben mir etwas, worauf ich mich freuen kann.«

»Ganz genau«, stimme ich zu und freue mich, dass unser Experiment langsam erste Früchte trägt, und sei es nur so einfache wie das Erlernen von mehr Geduld. »Und wir hatten ja nicht nur die Kontaktanzeigen – die nutzten wir vor allem für Verabredungen während der ersten zwei Jahre –, wir hatten auch Kathleen, die Briefe für uns weitergeleitet hat, damit meine Eltern keinen Verdacht schöpften. Und als Joseph zurück nach Amerika ging, abonnierte er die ›Notting Hill News‹. Dann gab es noch gelegentliche Anrufe aus Telefonzellen, oft, so schien es, im Regen, und wir machten auch Pläne, wenn wir uns sahen.«

»Das klingt nach viel Arbeit.«

»Das war es wahrscheinlich, aber es war gar nicht so schwer, wir sind ziemlich gut zurechtgekommen. Als Joe wieder in New York war, haben wir unsere Pläne so abgestimmt, dass wir uns an unterschiedlichen Orten auf der Welt treffen konnten, weit weg vom Blick meiner Eltern. Am Ende haben wir fünf Jahre lang in New York zusammengelebt, ohne, dass sie es wussten.«

»Aber was ist dann geschehen, und wie ging es aus?«, fragt Jess und spielt mit dem Stiel ihres Glases.

»Meine Eltern haben es herausgefunden. Jemand, den sie kannten, sah uns in New York in einer Hotelbar, und sie haben mich vor eine Entscheidung gestellt – Joseph oder sie«, sage ich mit zitternder Stimme, und versuche vergeblich, den Schmerz der Erinnerung an die Konfrontation mit meiner Mutter am Telefon zu verdrängen. Ganz gleich, wie viel Zeit vergangen ist, die Scham darüber, meine Eltern angelogen zu haben, verblasst nie, ebenso wenig wie ihre Enttäuschung oder meine Bestürzung darüber, zwischen ihnen und Joe wählen zu müssen.

Ich wische eine Träne, die meine Wange hinabläuft, beiseite.

»Du hast deine Familie gewählt.«

Ich kann nur schwach nicken, nicht in der Lage, noch weiter in die Vergangenheit abzutauchen, zu erklären, weshalb ich so entschied, wie ich es tat.

»Hast du ihn je wiedergesehen?«

»Nur das eine Mal, vor einem ganzen Leben, könnte

man sagen«, erwidere ich und sammle mich, tupfe meine Augen mit einem Taschentuch aus dem Ärmel meines neuen Kleides trocken. »Aber er schrieb oft, und er schaltete weiterhin unregelmäßig Anzeigen. Ich habe nie aufgehört, jeden Donnerstag die ›Einsamen-Herzen‹-Anzeigen durchzuschauen. Das habe ich bis zu unserem Tausch gemacht. Er hat sogar am Tag vor meiner Hochzeit eine geschaltet.«

»Du machst Witze?!«, staunt sie, und ihr Blick ist erfüllt von all dem Drama.

»Sie ist irgendwo hier drin«, sage ich und gehe vorsichtig den Inhalt des Kartons durch. »Hier.«

Ich lege sie auf den Tisch, meine Finger zittern, seit Jahrzehnten habe ich sie nicht mehr angesehen. Sie ist abgenutzt, ein wenig eselsohrig, das Papier verblasst und fragil, ähnlich ihrer Besitzerin. Und dennoch stürmen die Erinnerungen wieder auf mich ein, die Qual des Ganzen, wie fürchterlich zerrissen ich war.

JNY19, GEHE NICHT ZUR KIRCHE
Komm stattdessen hierher.
Bitte, ich kann ohne dich nicht leben.
Dein Geliebter, JO22

»Er hat wirklich um dich gekämpft«, flüstert Jess, liest die Anzeige und greift nach meiner Hand.

»Das hat er wirklich«, flüstere ich zurück, eine weitere Träne rinnt über meine Wange, und ich wünschte, ich könnte die Jahre und meine Entscheidung ungeschehen machen und wieder mit ihm zusammen sein.

Mai 2023

Lieber Mr PO Box,

auch ich hoffe, dass wir Gelegenheit haben werden, über meine Mum zu sprechen. Mehr als alles andere wünsche ich mir, dass ich noch einen einzigen Tag mit ihr hätte. Sie hat mir immer gesagt, dass man dem folgen solle, was man im Leben möchte. Nimm ihren Rat an und sei mutig. Das Leben wartet nicht auf dich.

Herzlich dein
CineGirl

21

JESS

Von all den Orten, an die Cormac mich im Laufe des letzten Monats mitgenommen hat, muss eine Käsebar in Covent Garden einer der merkwürdigsten sein, und das schließt ein Date, bei dem wir Hunden in einem Tierheim die Haare geschnitten haben, sowie ein »Farbexplosionsraum«-Erlebnis mit ein. Aber es ist großartig, wie ein Running-Sushi-Restaurant, nur mit Käse.

»Du hast dich selbst übertroffen«, lache ich, als wir uns an das Transportband setzen.

»Ich muss etwas finden, das meine Defizite in der Abteilung Aussehen wettmacht.«

»Cormac«, ermahne ich ihn, denn wir haben schon einmal über seine Selbstherabsetzung gesprochen. Es mag sein, dass Cormac nicht klassisch gut aussieht, aber sein altmodischer Charme und sein sanftes Wesen machen das mehr als wieder gut.

»Jess, ich bin kein Henry Cavill. Ich muss mich mehr anstrengen als die meisten, wenn ich oberhalb meiner Gewichtsklasse boxen will.«

»Stimmt nicht«, lache ich, amüsiert davon, was er für begehrenswert hält. »Außerdem bist du der perfekte Gentleman«, ergänze ich, weil es stimmt. Egal, wann und wo wir hingegangen sind, er war nicht einmal zu spät, hat mich stets nach Hause begleitet und niemals etwas probiert, zu dem ich nicht bereit war.

»Bekommen ›Gentlemen‹ am Ende das Mädchen?«

»Na klar. Am Ende bekommt der gute Kerl immer das Mädchen.«

»Nenne mir drei Filme, für die das stimmt.«

»›Wie ein einziger Tag‹, ›Bridget Jones – Schokolade zum Frühstück‹, ›Titanic‹«, schieße ich los.

»Wow, das war schnell«, sagt er und strahlt mich an.

»Aber ich habe keinen davon gesehen, also könntest du dir das auch nur ausdenken.«

Ich verziehe mein Gesicht und bewerfe ihn mit einer zusammengeknäuelten Serviette.

Unsere Blicke treffen sich, so, wie sie es im Swingers taten, also wechsle ich das Thema Richtung Arbeit.

»Habe ich dir erzählt, dass der Typ, dem I-Work gehört, meinte, wir hätten keine Chance?«

Er greift nach einem Teller mit Blaukäse und Feige und schüttelt den Kopf. »Nein.«

»Es bringt mich um, das zuzugeben, aber ich schätze, er könnte recht haben«, fahre ich fort. »Es sieht nicht gut aus, bisher kam nichts von dem anderen Käufer.«

Ich schaue zu, wie das Transportband mit Käseproben langsam an uns vorbeizieht, und frage mich, ob es ihm ebenso bewusst ist wie mir, dass ich mich absichtlich an Arbeitsgesprächen festklammere.

»Das weißt du nicht. Wir haben noch immer Zeit, einen anderen Käufer zu finden.«

»Du klingst wie Zinnia«, sage ich und greife nach einem Teller.

Ich habe den Nachmittag damit verbracht, durch die Abrechnungen des letzten Monats zu gehen, und während es sich in den letzten Wochen so angefühlt hatte, als ginge das Geschäft bergauf, war die Wahrheit ganz einfach die, dass die kostenlosen Veranstaltungen, die wir gemacht haben, um das Interesse zu wecken, die Leute ins Kino geholt haben. Jetzt, seit der Hype nachgelassen hat, sieht es wieder aus wie zuvor. Schlimmer als tot. Zinnia hat mich aufgefordert, positiv zu bleiben, dass potenzielle Investoren Dinge nicht aus einer Laune heraus kaufen würden, dass die andere interessierte Partei noch Zeit habe, den nächsten Schritt zu gehen, oder dass sich noch jemand anderes melden könnte.

»Zinnia ist weiser, als sie aussieht.«

»Ich hoffe es«, lächle ich und behalte den Gedanken für mich, dass ich oft finde, dass ihr Gesicht eine gewisse Ähnlichkeit mit Meister Yoda hat.

»Und außerdem kannst du nicht aufgeben, du liebst diesen alten Ort«, sagt er und liest eine Nachricht, die soeben auf seinem Handy aufploppt. Ich versuche, mir meine Verärgerung nicht anmerken zu lassen, jetzt, wo mir unfassbar bewusst ist, wie abgelenkt jeder von seinem Telefon ist, wie unterbrochen Unterhaltungen sind und dass ich selbst jahrelang eine der schlimmsten Schuldigen gewesen bin.

»Vielleicht ist das das Problem. Vielleicht muss ich loslassen«, sage ich und frage mich, ob ich das je könnte, weshalb ich Veränderungen so schwierig finde.

»Um was zu tun?«

»Bevor es Mum richtig schlecht ging, habe ich Film studiert. Ich wollte immer Produzentin werden. Debs meint, ich solle das wiederaufnehmen. Vielleicht hat sie recht. Vielleicht sollte ich anfangen, über eine Alternative nachzudenken.«

»Wenn ich du wäre, würde ich mich ans Kino halten. Ich bin überzeugt, dass wir das Ruder noch mal rumreißen können. Es ist nur eine Frage der Zeit.«

»Wir haben nicht mehr viel Zeit, Cormac. Es ist schon mehr als ein Monat vergangen, und Clive wird unruhig; wir wissen alle, dass er I-Works Angebot nicht ewig widerstehen wird.«

»Nur noch ein bisschen länger?«

»Ich weiß nicht, wie viel länger ich noch habe. Ich bin zweiunddreißig. Ich werde alt!«

»Oh ja, das sehe ich!«, er lacht, und seine Augen glitzern. »Das graue Haar, die Falten, die gebückte Haltung.«

»Du weißt, was ich meine«, lache ich ebenfalls.

»Du hast noch viel Zeit, Jess, du musst nur Vertrauen haben«, sagt er, und sein Blick wird eindringlicher, seine Augen hängen wieder an den meinen. »Das Portland kann von Glück sagen, dass es dich hat. Das würde ich auch ...«

Sein Blick flattert zwischen meinen Augen und meinen Lippen hin und her, und ein Schmetterling flattert durch meinen Magen, als mir bewusst wird, dass er mich dieses Mal definitiv küssen möchte.

»Na ja, wie ich dir schon gesagt habe, ich bin nicht so leicht festzunageln«, sage ich und lenke meine Aufmerksamkeit wieder auf das Transportband, während ich mich frage, ob ich diesem charmanten Iren einfach erlauben kann, mich zu küssen.

Ich breche ziemlich schnell danach auf, sagte Cormac, ich müsse los, um nach Joan zu sehen, was nicht stimmte. Ich musste nur hier wegkommen. Als ich zu Hause ankomme, sehe ich, dass in Joans Zimmer noch Licht an ist, und mit meinen rastlosen Fingern setze ich mich an das Klavier und blättere durch einen Stapel von Joans alten Lehrbüchern.

Ich versuche mich an ein paar Tonleitern, als ich einen Schlüssel im Schloss höre.

»Oh, du bist es«, sage ich, als ich Ed in der Diele vorfinde, unsicher, wer es sonst hätte sein sollen.

»Hey«, meint er mit einem halben Nicken; die Schärfe, die seine Stimme sonst hat, fehlt. »Geht es dir gut?«

»Alles okay«, erwidere ich und wundere mich, dass er fragt. »Übe nur ein wenig Klavier.«

»Cool. Ich will nur …«, er schweift ab und zeigt auf das Esszimmer.

»Klar«, antworte ich und weiß nicht genau, was er meint, bin aber mehr als froh, ihn sich selbst zu überlassen.

Ich gehe wieder zum Klavier und übe ein paar mehr Tonleitern sowie einige der Übungen, die Joan mir angeraten hat. Gerade will ich mir ein paar Stücke ansehen, als Ed reinkommt.

»Sorry«, sagt er und macht diese Sachen, bei denen man so tut, als sei man nicht da, um die andere Person nicht zu stören. Er wühlt in den Schubladen des alten Sekretärs.

»Suchst du etwas Bestimmtes?«, frage ich und überlege, ob Joan es gut findet, dass er ihre Sachen durchsucht.

»Nur etwas, das mir hilft …«, antwortet er und unterbricht seinen Satz, als er offensichtlich auf etwas von Interesse stößt.

Ich beobachte ihn mit halbem Auge, während ich einen Stapel Musikstücke durchsehe, die Joan mir hingelegt hat.

Ich blättere durch die Seiten von ›Beethoven spielen ist leicht‹, als eine von Joans Kontaktanzeigen auf die Tastatur flattert.

GRATULATION, JNY19
Zur Geburt deines Kindes.
Ich hoffe, die Mutterschaft macht dich sehr glücklich.
Können wir uns wieder treffen?

Der Ausschnitt interessiert mich, und ich lege ihn beiseite. Ich frage mich, wann sich Joan und Joseph nach ihrer Trennung nochmals getroffen haben und was da gesagt wurde. Eine Erinnerung an Liam und daran, wie wir vor unserer Trennung ein lilafarbenes Sofa für die Wohnung ausgesucht haben, schießt wenig hilfreich in meine Gedanken. Ich versuche, das Bedauern darüber wegzuschieben, nicht nach ihm gesucht zu haben, nachdem er sich abgesetzt hatte, ihn nicht konfrontiert und all die Dinge gesagt zu haben, die ich hätte sagen müssen.

Ich stelle die Noten auf den Notenständer, öffne ›Ode an die Freude‹ und beginne vorsichtig, die Melodie zu spielen.

»Ich glaube, dass ich nicht die beste Wahl …«, beginnt Ed, wird aber unterbrochen von Joan, die von oben schreit, gefolgt davon, dass sie herunterkommt und aufgebracht meinen Namen ruft.

22

JOAN

Jede Note, die Jess spielt, durchbohrt mein Herz und quält meine Seele wie Salz auf geschundener Haut. Wut darüber, nicht mehr schnell genug zu sein, um sie zu stoppen, brodelt in mir auf, und als ich endlich im Klavierzimmer ankomme, bin ich so überwältigt von meinen Gefühlen, dass ich schreie: »Hör auf! Hör sofort damit auf!«

Und ohne nachzudenken, greife ich nach den Noten und reiße sie vom Notenständer. Dabei erwische ich in meiner Wucht beinahe Jess' Wange.

»Mum!«

Ich drehe mich um und sehe Edward, seine Augen dunkel vor Schreck.

»Joan?« Jess sieht mich wie ein verletztes Fohlen an.

»Vergib mir«, sage ich, benommen, und wende mich ab; sofort bereue ich meinen Ausbruch, doch mein Blut kocht noch immer.

In der Diele greife ich nach einem Handlauf und versuche, meine Atmung zu beruhigen. Wieder wünsche ich, ich hätte Pamela besser zugehört, als sie versucht hat, mir ihre Methode beizubringen.

Ich sammle mich und will gerade die Stufen hinaufgehen, als Edward mir folgt.

»Mum, was zur Hölle ...?«

»Ich konnte nicht anders«, sage ich defensiv und halte mein Amulett ganz fest.

Ich habe das Gefühl, er möchte noch etwas sagen, doch er tut es nicht.

Erst dann bemerke ich Jess in der Wohnzimmertür, die uns beide beobachtet. Ich frage mich, wie ich wohl aussehe, was sie denken mag.

»Verzeih mir, Jess. Ich bin nur ein wenig müde«, sage ich zu ihr.

»Ich verstehe«, erwidert sie leise und nicht gänzlich überzeugt.

23

JESS

»Geht es dir gut?«, fragt Ed, als Joan wieder nach oben gegangen ist.

»Hmm«, erwidere ich beruhigend, obwohl meine Nerven in Wahrheit blank liegen, unsicher, was eben geschehen ist. »Weißt du, worum es dabei ging?«

Er nickt nachdenklich. »Ja, das weiß ich.«

»Aber?«, frage ich und spüre, dass er es mir nicht sagen wird.

»Ich glaube, das muss meine Mutter erklären, nicht ich.«

»Verstehe«, antworte ich und winde mich, unsicher, was noch zu sagen wäre.

»Ich gehe besser. Früher Start in den Tag und so was«, sagt er, ebenfalls ein wenig nervös.

»Sicher, ich schließe hinter dir ab«, erkläre ich und bringe ihn zur Tür, schaue ihm nach, wie er zum Tor geht, und für eine Sekunde, eine sehr kurze Sekunde, vergesse ich all den Mist zwischen uns.

Nachdem Ed weg ist, gehe ich direkt nach oben ins Bett, aber als ich auf dem mittleren Treppenabsatz ankomme, fällt mir ein Lichtstreifen auf, der aus dem Zimmer gegenüber dem von Joan fällt.

»Joan?«, frage ich leise und schleiche auf Zehenspitzen den kleinen Treppenabsatz hinauf in Richtung des Lichtes.

Ich klopfe leise an die Tür und rufe noch einmal nach Joan. Als keine Antwort kommt, öffne ich die Tür sanft einen Spalt weit.

Die Tür gerade weit genug geöffnet, schiebe ich meinen Kopf hindurch und erblicke ein Zimmer, in dem die Zeit stillsteht.

An der Rückwand steht ein Babybett aus Pinienholz mit einem pinken Himmel, perfekt zurechtgemacht mit weißer Bettwäsche, einer Patchworkdecke und einem pinken Kuschelhasen, der noch das Preisschild am Ohr hat. Neben einem alten Kamin steht ein Stillsessel, und neben dem Fenster, mit Blick auf die Straße, steht ein Wickeltisch. Das Zimmer ist tadellos, nirgends auch nur ein Staubkorn, als sei es vor dem Rest des Hauses versiegelt worden.

Ich will gerade die Tür noch weiter öffnen, als der Klang des Festnetztelefons von unten mich zusammenfahren lässt. Schnell schalte ich das Licht aus und ziehe die Tür zu, dann eile ich zum Telefon, ehe es Joan wecken kann.

»Geht es dir wirklich gut?«, frage ich Debs, als Mike und sie zurück sind von ihrem nächtlichen Ausflug ins St.-Marien-Krankenhaus, nachdem Debs nur noch verschwommen sehen konnte und sich erbrochen hat.

»Sie haben mir gesagt, das sei völlig normal, ich bräuchte nur Bettruhe«, beteuert sie und positioniert sich auf dem Sofa, die Kinder schlafen oben friedlich, und auch Mike ist gleich so weit.

»Wie willst du es schaffen, dich auszuruhen, wenn du dich um die Jungs kümmern musst?«

»Morgen früh ist Mum zurück aus dem Urlaub. Sie wird mir viel abnehmen. Es wird schon werden.«

»Ich werde tun, so viel ich kann.«

»Danke, Jess«, sagt sie und reibt sich über den Bauch, während sie mich beobachtet. »Was ist los mit dir?«

»Ich weiß es nicht«, antworte ich, weil ich keine Ahnung habe, was ich dieser Tage fühle.

»Kino?«

»Ja, das und Cormac ...«

Sie sagt nichts und wartet darauf, dass ich fortfahre.

»Wir hatten so einen Moment ... ich glaube, er wollte mich küssen.«

»Wurde ja auch Zeit!«

Ich lache.

»Ich habe gekniffen.«

»Weißt du, wieso?«

»Ne.« Ein wenig hilfreiches Bild von Ed in der Diele erscheint vor meinem inneren Auge. »Vielleicht ist es nur der Stress auf der Arbeit. Manchmal fühlt es sich an, als würde ich wassertreten gegen eine aufkommende Flut. Wieso kann ich nicht einfach weitermachen: meinen Job wechseln, einen Typen küssen, den ich mag? So bin ich nicht. Manchmal fühle ich mich, als steckte ich fest, so, wie es Joan ging.«

»Hast du schon mal überlegt, dass du noch immer trauern könntest?«

»Ich bin nicht sicher, ob es das ist ...« Das erste Mal scheint es, als würde Debs danebenliegen.

»Und noch immer den Schock dessen verarbeiten, was mit Liam geschehen ist?«

Das lasse ich sacken, so schwer es mir auch fällt.

»Du willst meine Meinung wahrscheinlich nicht hören, aber ich glaube, du wirst weiter Probleme damit haben, nach vorn zu schauen, solange du damit nicht abgeschlossen hast.«

Die Aussicht, Liam zu konfrontieren, ist zu schmerzhaft, als dass ich sie in Erwägung ziehen könnte, also lenke ich meinen Fokus stattdessen auf Joan.

»Ich habe entdeckt, dass das Zimmer gegenüber von Joans als Kinderzimmer eingerichtet ist«, erzähle ich ihr und lasse den Teil, in dem Joan mir böse wegen des Klavierspiels war, aus, weil Debs wahrscheinlich heute schon genügend Drama hatte. Innerlich frage ich mich dennoch, worum es dabei gegangen war, als das Klavier zu etwas anderem als Joans Leidenschaft geworden war.

»Wirklich?«, fragt sie, und ihre Augen werden sichtlich müde. »Das ist merkwürdig.«

»Nicht wahr? Die Tür ist immer verschlossen, aber heute Abend stand sie angelehnt, und das Licht war an; es war wie ein Museum, ein Kinderzimmer wie vor mehreren Jahrzehnten.«

»Meinst du, es war Eds?«

»Es sah nicht so aus, als sei es je benutzt worden. Und es war pink.«

»Arme Joan«, meint Debs. »Vielleicht hat sie sich immer ein Mädchen gewünscht.«

»Vielleicht«, antworte ich, und meine Gedanken wandern zu Joan und dem, was sie in der Vergangenheit erlebt haben könnte, in den Abschnitten ihres Lebens, von denen sie mir noch nicht erzählt hat. »Letztens hat sie erwähnt, dass sie den Mann, den sie liebte, aufgegeben hat, weil ihre Familie ihn nicht duldete.«

Debs kuschelt sich tiefer ins Sofa. »Ich wusste, sie hat eine Geschichte.«

»Sie hatten einen geheimen Weg, um sich Nachrichten zukommen zu lassen, nämlich durch die Kontaktanzeigen ›Einsame Herzen‹ in den ›Notting Hill News‹. Sie war JNY19, und er war JO22. Ist das nicht romantisch? Noch am Abend vor ihrer Hochzeit hatte er eine Annonce aufgegeben und sie gebeten, ihre Meinung zu ändern.«

»Das ist so herzzerreißend«, sagt Debs schläfrig.

»Nicht wahr?«, stimme ich zu und bin mir bewusst, dass sie kaum noch zuhört. »Ich hatte den Eindruck, sie sehnt sich noch immer nach ihm.«

»Dann solltest du ihn suchen«, murmelt sie, fast eingeschlafen.

Obwohl Debs' Augenlider zufallen, bringt mich ihr Vorschlag auf einen Gedanken, und ehe ich mich versehe, greife ich nach Stift und Papier und entwerfe eine Kontaktanzeige, an Joseph von Joan.

Juni 2023

Lieber Mr PO Box,

heute war einer dieser Tage, an denen alles schiefgeht.
Ich habe erkannt, dass mein Arbeitgeber in wirklich großen
Schwierigkeiten steckt und sehr wahrscheinlich das Geschäft
schließen wird; bezüglich einer alten Beziehung mache ich
mir etwas vor, und dann hat mich meine Vermieterin noch
wegen etwas zusammengestaucht, was ich nicht verstehe.
Irgendwo habe ich gehört, dass man das Glück in
gesunder Arbeitsumgebung, einem gesunden Zuhause und
einer gesunden Beziehung fände, doch was geschieht, wenn
nichts von den dreien stimmig ist?
Auf dem Höhepunkt des ganzen Trubels wünschte ich mir
jedoch plötzlich, dass wir uns treffen könnten. Möchtest du
das auch?

Dein
CineGirl

24

JOAN

William wartet unten an den Treppen zur Tate Britain, eine rote Rose in der Hand, als mein Taxi vorfährt, und mein Herz schlägt kräftig in meinem Brustkorb.

»Joan«, begrüßt er mich, nachdem er mir sicher aus dem Taxi geholfen hat. Er überreicht mir die Blume und küsst mich einmal auf jede Wange. »Wie schön, Sie wiederzusehen.« Er lächelt voller Zuneigung, als kenne er mich schon sein ganzes Leben. Die Angst vor meinem ersten Ausflug allein seit Jahren verfliegt, und ich bin ziemlich verlegen, unsicher, warum ich einen Monat gewartet habe, um ihn wieder zu treffen.

»Sollen wir hineingehen?«, fragt er und bietet mir seinen Arm an.

»Gerne«, antworte ich und hänge mich bei ihm ein. Gemeinsam steigen wir langsam die breiten Treppen hinauf, die zu dem klassizistischen Eingangsportal führen.

»Ist es nicht beeindruckend?«, staune ich, als wir in die Rotunde mit ihrer prachtvollen Galerie und Kuppel treten.

»Atemberaubend«, stimmt er mir zu, und wir halten an, um uns langsam zu drehen und nach oben zu schauen.

»Mir wird ziemlich schwindelig«, gebe ich zu, und er drückt meinen Arm ein wenig fester und legt seine Hand auf meine. Ich muss zugeben, dass es ziemlich schön ist, das Gefühl zu bekommen, etwas Besonderes zu sein, umsorgt zu werden; wobei damit auch eine gewisse Traurigkeit einhergeht, wird mir doch bewusst, dass ich mein halbes Leben ohne dieses Gefühl gelebt habe.

»Hatten Sie nicht erwähnt, dass Sie eine Zeit lang in New York gewohnt haben? Die Ausstellungen dort haben Sie sicher auch sehr genossen.«

»Oh ja, das habe ich«, betone ich, und gemeinsam schlendern wir durch eine lange Galerie voll mit Henry Moores sinnlichen Skulpturen.

Erinnerungen tauchen auf an Samstagnachmittage im Guggenheim und ganze Tage, in denen wir durch die Met spaziert sind, Joseph und ich Hand in Hand, gefolgt von ausgiebigen Mahlzeiten, vertieft in die Unterhaltung, in den Restaurants im Village, und weingetränkte Abende bei Jazzbühnen überall in der Stadt.

»Wie sind Sie in Amerika gelandet?«

»Wegen einer Beziehung und meiner Karriere«, antworte ich und erinnere mich an die sehr andere Unterhaltung mit meinen Eltern, als ich ihnen gesagt habe, dass ich nach New York ziehen wolle. Ich hatte nur die Details erwähnt, die sie hatten hören wollen: dass ich an der Juilliard angenommen worden war, um weiter Klavier zu studieren und zu unterrichten. Ich habe ihnen nichts davon gesagt, dass ich mit Joseph zusammenleben wollte, dass ich mich hauptsächlich an der Juilliard beworben hatte, um näher bei ihm zu sein. »Mein Liebster war Jazzmusiker und kam aus New York. Dort gab es für ihn bessere Möglichkeiten als hier.«

»Und für Sie?«

»Ich habe ein Jahr dort studiert und unterrichtet, danach bin ich in der ganzen Stadt und weltweit aufgetreten. Wenn das Geld knapp wurde, habe ich als Stundenpianistin beim New York City Ballett gearbeitet.«

»Wie wunderbar«, sagt er begeistert und schaut mich fasziniert an. »Von derlei Talent kann ich leider nur träumen.«

»Es ist natürlich, immer das zu wollen, was wir nicht haben«, erwidere ich und beziehe mich dabei auf Talent, Fähigkeiten, denke aber auch zurück an Joe. Ich zwinge mich, in der Gegenwart zu bleiben. »New York City war mein großes Abenteuer. Wie war das bei Ihnen?«

»Im Vergleich dazu war mein Leben eher langweilig«, gesteht er. »Ich habe hier in London eine Ausbildung zum Ingenieur gemacht; ich habe meine Frau, Sylvie, kennengelernt. Wir sind nie fortgegangen. Meine Leidenschaften lagen immer bei der Familie und den Oldtimern.«

»Beides anständige Bestrebungen«, sage ich, und obwohl ich recht neugierig auf seine Frau und seine Familie bin, entscheide ich mich dagegen, weiter nachzubohren.

William bleibt vor Moores ›Family Group‹ stehen und bewundert sie. »Wie kann ein Mann so viel Seele in eine Bronzestatue geben?«, fragt er.

Ich gehe etwas weiter, zu seinen abstrakteren Arbeiten, unfähig, oder unwillig, das Werk zu bewundern.

»Gibt es noch etwas, das Sie sich wünschen, Joan?«, fragt er und gesellt sich bei einer zurückgelehnten Figur wieder zu mir.

»Du meine Güte, was für eine Frage. Darüber muss ich

nachdenken«, sage ich und fühle mich etwas exponiert. »Wie ist es mit Ihnen?«

»Nichts«, sagt er und muss nicht einmal darüber nachdenken. »Ich bin ein sehr zufriedener Mann. Natürlich fehlt mir meine Frau, aber die Vergangenheit ist eben die Vergangenheit. Ich habe mein Zuhause, meine Familie, meine Leidenschaft. Vielleicht, wenn man mich zwänge, würde ich vielleicht sagen, jemanden, mit den ich meine Tage verbringen könnte, eine Gefährtin.«

»Ja«, sage ich und wünschte, ich würde sie teilen, seine Zufriedenheit, seine Befriedigung durch das Leben und seine Fähigkeit, die Vergangenheit hinter sich zu lassen.

»Einen Gefährten«, fahre ich fort und spüre hinein, wie sie das anfühlt, frage mich, ob mir ein Gefährte je genügen würde, nachdem ich die Liebe, wie ich sie erlebt habe, kennenlernen durfte.

Nach Williams Erwähnung von Zufriedenheit und Gefährtentum konnte ich mich nicht mehr richtig entspannen, und während unserer restlichen gemeinsamen Zeit war ich abgelenkt. Nachdem wir im Café der Galerie Kaffee und Kuchen zu uns genommen hatten, trennten wir uns. William, so nehme ich an, dachte über unsere Zukunft nach, ich wiederum über meine Vergangenheit.

Das Taxi konnte mich nicht schnell genug nach Hause bringen, meine Beine nicht eilig genug den Gartenweg entlanghasten, um mich in meinen Sessel und zu meinem Tablet zu bringen, wo ich die Suche nach Joe, die ich vor all den Wochen aufgegeben hatte, wiederaufnehmen konnte.

Mit zitternden Händen kehre ich zu meiner ursprünglichen Suche nach »Joseph Blume« zurück, und erneut erscheint sein Bild vor mir.

Ich betrachte das Bild von ihm, in der Mitte der Bühne, beim Spiel seiner Gitarre. Ich denke über all die Jahre nach, die wir gemeinsam verpasst haben, darüber, was für ein Leben er geführt haben mag, dass seine Haut noch immer so weich und faltenfrei wirkt, und ich frage mich, ob wir zusammengeblieben wären, hätte ich ihn nicht zurückgelassen; wie wir wohl gemeinsam alt geworden wären; ob der Lauf der Zeit wohl gnädig mit uns beiden gewesen wäre, statt nur mit ihm.

Ich klicke auf den »Besuchen«-Button unter dem Bild, als ich mich an den alten Mann, der er inzwischen ist, gewöhnt habe, und nicht mehr den Mann sehe, den ich damals kannte. Ein Mann, der immer so innovativ und den Trends voraus war, ein Mann, dessen Energie und Funken wie Sternenstaub in seinen Augen glitzerten. Der Link bringt mich zu einem Artikel aus dem Jahr 2011 über das Village Vanguard, einen Konzertort, der wie eine zweite Heimat für Joe geworden war.

»Vor zwölf Jahren«, sage ich leise, und eine schnelle Rechnung sagt mir, dass ihn das Foto im Alter von einundsiebzig abbildet, in keiner Weise ein alter Mann. Ich überfliege den Artikel über den legendären Club, um zu sehen, ob er erwähnt wird, nicht nur in der Beschriftung des Bildes, doch das wird er nicht, also ziehe ich weiter und tippe stattdessen »Joseph Blume Jazzgitarrist« ein.

Es gibt zahlreiche Erwähnungen seines Namens, aber nichts Konkretes wie ein Facebook- oder Instagram-

Profil. Ich schaue mir mehr Bilder an, aber keines ist aktueller als das von 2011. Allerdings finde ich Artikel, die Josephs Karriere beschreiben, sein großartiges Können, sein Leben voller Reisen in jeden Winkel des Globus, der Genuss einer Freiheit, die ich nie kennenlernen durfte.

Eine Wolke zieht über mir auf, und schwierige Erinnerungen kommen hoch: Ich erinnere mich, wie mich die Qual, meine Familie wegen Joe zu belügen, nie ganz verlassen hatte. Selbst an den glücklichsten gemeinsamen Tagen spürte ich immer diesen nagenden Stich, den ich nicht loswurde. Dann gab es die Unterhaltungen zwischen uns hinsichtlich unserer Zukunft und wie wir beide sie uns vorstellten – ich wollte eine Familie, er nur seine Karriere.

Mehr als alles andere hatte ich mir eine eigene Familie gewünscht, Joe jedoch nicht. Jahrelang haben wir darüber gesprochen, doch ich konnte ihn nie umstimmen. Er fand es egoistisch, das Leben eines tourenden Musikers sei dafür nicht ausgelegt, aber mir war klar, dass Kinder die eine Sache in der Welt sein würden, die ich mehr als Joe wollen würde.

Als meine Eltern die Wahrheit über unsere Beziehung herausfanden, versprach meine Mutter, mir dabei zu helfen, jemanden »Passendes« zu finden, mit dem ich ein Zuhause aufbauen könnte, und eine Familie, wenn ich Joe aufgäbe. Mir war klar, was ich zu tun hatte, dass es weder mir selbst noch Joe gegenüber fair wäre, ein Leben voller Kompromisse zu leben.

Und obwohl ich mir sicher war, das Richtige zu tun,

werde ich den blanken Schmerz des Moments, als wir auseinandergingen, niemals vergessen, wie sein Blick mich anflehte … Es war kurz bevor die Uhr acht schlug, am Abend des 5. August, meinem dreißigsten Geburtstag. Wir standen auf dem Dach der Radio City Music Hall, ein Ort, an dem es vor Freunden, die hier arbeiteten, nur so wimmelte, wir wollten in ein Konzert gehen, als ich es ihm sagte. »Joe, ich muss gehen. Ich muss zurück nach England gehen. Ich weiß, dass es sich gerade unvorstellbar anfühlt, aber ich verspreche, dein Leben wird freier und einfacher sein ohne mich.« Und mit diesen Worten lief ich davon, bahnte mir meinen Weg die endlos scheinenden Treppen hinab, wie eine Feder gefangen in einem Strudel, Joe rief meinen Namen hinter mir her. Mit jedem Schritt, den ich abwärtsging, hatte ich das Gefühl, einen kleinen Teil meines Herzens abbrechen zu fühlen.

Seitdem war jeder meiner Geburtstage eine grausame Erinnerung an meine Entscheidung, ein weiteres Jahr ohne ihn.

Und dann kommt mir der schlimmste Gedanke: Was, wenn er, wie so viele derjenigen, die ich kannte und liebte, schon verstorben ist?

»Joseph Blume Nachruf«, flüstere ich, während ich tippe, und sofort wird klar, dass er fort ist.

Einen Moment lang fühlt es sich an, als habe meine eigene Seele mich verlassen.

Ich klicke auf den Link.

Dort, auf der Erinnerungsseite einer Kapelle, finden sich vier einfache Zeilen:

JOSEPH BLUME, 80 JAHRE ALT,
AUS GREENWICH VILLAGE, NYC,
IST FRIEDLICH VON UNS GEGANGEN
AM 22. AUGUST 2022

Und wieder bin ich ohne ihn.

Juni 2023

Liebes CineGirl,

ich erlebe regelmäßig Tage, an denen nichts nach Plan
läuft. Gerade letztens wollte ich mich bei der Person, der
ich wehgetan habe, entschuldigen, und stattdessen habe ich
es geschafft, sie erneut zu verärgern. An manchen Tagen
frage ich mich, wie ich dieses Alter erreichen konnte und es
dennoch so schwer finden kann, mit den Menschen, die ich
am meisten liebe, echte Verbindungen einzugehen.
Wäre es nicht toll, wenn es eine Formel für Glück gäbe?!
Ich weiß nur, dass es zuallererst aus einem selbst kommen
muss, und aus der Freiheit. Du kommst mir wie jemand vor,
der sich selbst recht gut kennt, aber vielleicht ist da etwas,
das du zuerst loslassen musst? Meist wird der Knoten des
Lebens nur fester, je mehr wir ziehen.
Ich wünsche mir oft, dich zu treffen. Darf ich das
Monmouth Café beim Borough Market vorschlagen,
diesen Donnerstag um 15 Uhr?

Dein
Mr PO Box

25

JESS

Während ich in dem Coffeeshop gegenüber des Borough Market auf Mr PO Box warte und der Shard über uns wacht, versuche ich, mich abzulenken, indem ich meine dreizeilige Anzeige von Joan an Joseph in den ›Notting Hill News‹ immer und immer wieder lese:

JNY19 SUCHT JO22
Um sich gemeinsam zu erinnern
und vielleicht die Liebe wiederzuerleben.

Ich knabbere an der Ecke eines Fingernagels und sorge mich, dass ich zu impulsiv gewesen sein könnte, als ich sie aufgegeben habe. Ich habe Angst, wie Joan reagieren könnte, falls Joseph antwortet, oder ob er es überhaupt sieht, ob er noch sein Abo hat.

»Kann ich diesen Stuhl haben?«, fragt mich jemand und holt meine Aufmerksamkeit wieder zurück ins Café. Er zeigt auf den klassischen französischen Bistrostuhl, der ordentlich an den kleinen runden Tisch geschoben ist.

»Nein!«, antworte ich und springe beinahe darauf, ein klares Zeichen dafür – falls es Zweifel gegeben haben sollte –, dass ich ziemlich nervös wegen des Treffens mit Mr PO Box bin.

Debs konnte es nicht glauben, als ich ihr gesagt habe, dass ich dem Treffen zugestimmt habe, und während ich jetzt hier sitze und warte, kann ich es selbst kaum glauben. Ich konnte den ganzen Tag nicht einmal etwas essen.

»Ich warte auf jemanden«, erkläre ich und versuche, mich zu sammeln, schließe die Zeitung und falte sie so lange, bis sie nicht mehr weiter zu falten ist.

»Willst du noch etwas?«, fragt kurz darauf ein Kellner, als die Uhr bereits 15.14 Uhr anzeigt. Ich bestelle einen weiteren Kaffee und frage mich, ob er sich dagegen entschieden hat, zu kommen.

Hätte ich mein Handy, würde ich Debs schreiben, die mir Beschwichtigungen senden würde, dass jeder Mann auf dem Planeten von Glück reden könne, wenn er mich abbekommen würde, und dass er natürlich noch auftauchen würde und wahrscheinlich nur in der U-Bahn feststecke. Aber ich habe mein Handy nicht, also beobachte ich stattdessen, wie die Menschen durch den Eingang aus grauem Stahl und Glas in die Markthalle gegenüber gehen, was mich allerdings nicht wirklich beruhigt.

Ich frage mich, ob ich mich in Ort oder Zeit geirrt haben könnte oder ob er kalte Füße bekommen hat, so wie ich beinahe, und ich wünschte, ich hätte mein Social Media, um mich abzulenken, als ich auf der anderen Straßenseite Ed entdecke.

»Das kann nicht wahr sein!«, flüstere ich und drücke mich an die Wand aus freigelegten Ziegelsteinen im Café, in der Hoffnung, dass ich irgendwie darin verschwinden würde.

Aber mein Plan scheitert. Er sieht mich. Kommt rüber.

»Was für ein Zufall«, sagt er, nicht unfreundlich, und spielt mit einem Manschettenknopf an seinem pinken Hemd.

»Wie wahrscheinlich ist das?«, sage ich und bin einen Tick weniger genervt von ihm als sonst während der letzten zwei Monate.

»Darf ich mich zu dir setzen?«

»Ich warte auf jemanden«, antworte ich, doch er setzt sich trotzdem hin. Meine Augen wandern zur Tür, auf der Suche nach irgendjemandem, der eintrifft und der Mr PO Box sein könnte. Dabei ist es nicht hilfreich, dass ich keinerlei Anhaltspunkte habe, wonach ich Ausschau halten soll: groß oder klein; schwarz oder weiß; mit oder ohne Handicap. Ich wünschte, ich hätte daran gedacht, nach einem Hinweis zu fragen.

Der Kellner kommt rüber und will Eds Bestellung aufnehmen. Ich sage ihm, dass er nicht bleibt, womit ich sowohl dem Kellner als auch Ed deutlich mache, dass ich möchte, dass er geht, doch das tut er nicht.

»Wartest du auf jemanden von deinen Kontaktanzeigen?«

»Nicht, dass es dich etwas angeht, aber ja, das tue ich«, gebe ich zu und schiele noch immer über seine Schulter, voller Sorge, dass Mr PO Box niemanden allein sitzen sehen und wieder gehen könnte.

»Triffst du ihn das erste Mal?«

»Woher weißt du das?«

Er deutet von meinen Haaren auf meine Schuhe. »Wäre es ein drittes Date, würdest du Jeans tragen; bei einem zweiten vielleicht einen Rock oder Hosen, die deine Hüfte betonen. Aber du trägst ein Kleid und hast Zeit mit deiner Frisur verbracht, also tippe ich auf ein erstes Date.«

Es überrascht mich, dass er so viel bei jemandem bemerkt, den er nerviger als eine eingesperrte Fliege findet.

Weil mir keine Erwiderung einfällt, spiele ich mit meiner Zeitung herum und fahre mit der Hand kräftig über die Faltstellen.

»Bist du immer noch sauer auf mich?«, fragt er.

»Natürlich bin ich immer noch sauer auf dich!«, bringe ich gepresst heraus. »Du versuchst auf einen Schlag eine Arbeitsstätte zu schließen, die meine Freunde und ich lieben, und indem du das tust, tötest du einen Teil unserer Nachbarschaft.«

»Ich verstehe das, wirklich«, sagt er, und es entsteht ein Moment, in dem ich schwören könnte, dass er sich schlecht fühlt. »Aber vielleicht ist es Zeit für eine Veränderung, um sich weniger auf die Arbeit zu konzentrieren.«

Ich stolpere über die Doppelmoral. »*Du* sagst mir, ich solle mich weniger auf *meine* Arbeit konzentrieren? Und das von dem Mann, der nichts anderes macht, als zu arbeiten.«

»Ich verstehe, was der Ort dir bedeutet, Jess. Das habe ich gesehen. Aber das Kino zu verlieren, heißt nicht, dass du deine Unterstützung verlierst.«

»Es geht nicht nur um meine Freundschaften, Ed. Du zerstörst ein Stück Geschichte. Das kann man nicht wieder zurückholen. Wenn es weg ist, ist es weg. Und die Gemeinschaft wird es dir nicht danken. Sie werden den Ort boykottieren.«

»Würde die Gemeinschaft das Kino noch immer wollen, hätte eure Medienkampagne funktioniert. Hat sie aber nicht, also …«, er zuckt mit den Schultern, als ob es das war. Es gibt nichts mehr zu sagen.

»Jemand anderes hat sich gemeldet, jemand, der es als Kino weiterbetreiben würde«, sage ich hochmütig, obwohl das Interesse bisher zu nichts geführt hat und Clive scharf darauf ist, Eds Angebot anzunehmen.

Ich lehne mich zurück, kreuze meine Arme und starre ihn an, weil mir gerade etwas bewusst geworden ist.

»Was?«, fragt er verunsichert, als habe er etwas zwischen den Zähnen.

»Das Kino ist nicht die Hauptsache, die mich an dir stört, auch ist es nicht dein tiefverwurzelter Selbstbezug oder dein vollständiger Mangel an Selbstreflektion.«

»Ach wirklich?«, sagt er und legt den Kopf auf die Seite, als wollte er mich ermutigen, mehr zu sagen.

»Was mich wirklich stört, ist deine Unehrlichkeit.«

Eine kleine Furche entsteht zwischen seinen Augen. »Heißt?«

»Der Tag, an dem du ins Kino gekommen bist, um es anzuschauen. Der Tag, als wir uns im Haus deiner Mum getroffen haben. Zu beiden Anlässen hattest du die Gelegenheit, mir zu sagen, was vorgeht, und du hast sie nicht genutzt. Das stört mich am meisten an dir. Dir fehlt es an Wahrhaftigkeit, Ehrlichkeit, Authentizität. Du weißt nicht, wer du bist.« Ich lehne mich zurück mit einem überlegenen Lächeln im Gesicht, zufrieden, dass ich meine Gefühle auf den Punkt bringen konnte.

Einen Augenblick lang sehe ich etwas in seinen Augen aufblitzen, vielleicht das Wissen, durchschaut worden zu sein, aber dann verschwindet es mit einem Blinzeln.

»Was ist mit dem Mann, den du heute triffst, der Mann, der dir Briefe schreibt, hat er all diese Qualitäten?«

»Er ist auf der Suche, selbstreflexiv, versucht, sein wahres Ich zu finden. Und ich weiß, dass er einfühlsam, loyal und freundlich ist, Eigenschaften, die du nie haben wirst.«

»Nun, dann bin ich froh, dass du dir das von der Seele reden konntest«, meint er und sieht etwas entmutigt aus, und auch, als wollte er noch etwas anderes sagen, entscheidet sich dann jedoch dagegen.

»Ich auch«, sage ich mit fester Stimme, obwohl ich mich innerlich ein wenig schuldig fühle, so hart gewesen zu sein, und obwohl ich wirklich gern wüsste, was auszusprechen er sich nicht überwinden kann.

»Ich schätze, ich sollte gehen«, sagt er, ohne sofort aufzustehen, eine stumpfe Stille umhüllt uns.

Ich überlege, ein paar meiner Worte zurückzunehmen, ihn zu fragen, was ungesagt geblieben ist, doch ehe ich dazu komme, steht er auf, lächelt ein wenig traurig und sagt: »Auf Wiedersehen, Jess. Bestimmt taucht er irgendwann noch auf.«

Juni 2023

Lieber Mr PO Box,

was ist heute geschehen? Ich habe eine Stunde in dem Café
auf dich gewartet. Ich hoffe, es geht dir gut.
Während ich wartete, ist etwas Furchtbares passiert. Die
Person, die das Kino, in dem ich arbeite, kaufen möchte,
kam in den Coffeeshop und bestand darauf, sich zu mir zu
setzen. Ich war sehr unfreundlich, weswegen ich mich schlecht
fühle, und er sich wahrscheinlich auch.
Was es noch schlimmer macht, ist, dass er etwas gesagt hat,
was deinen Worten sehr ähnelte. Etwas über das Loslassen.
Er meinte, es sei Zeit für eine Veränderung in meinem Leben,
so, wie meine beste Freundin es häufig auch schon gesagt hat.
Die Wahrheit ist, dass ich – so wie du – seit vielen Jahren
etwas machen möchte, aber nie den richtigen Zeitpunkt oder
den Mut gefunden habe, es zu wagen. Ich habe Angst,
festzustecken und nicht die Kraft zu haben, mich selbst
zu befreien.
Du sprachst davon, es schwer zu finden, wirkliche Bin-
dungen zu den Menschen, die du liebst, einzugehen, und
so geht es mir mit meinen Leidenschaften. Aus irgendeinem Grund verstecke ich mich vor ihnen. Warum nur?
Ich hoffe, es geht dir gut. Wenn du so weit bist, schreib bitte
wieder. Mir würde etwas fehlen, tätest du es nicht.

Dein
CineGirl

26

JOAN

Das Restaurant an der Ecke Westbourne Grove sah von
außen so einladend aus mit seiner hellgrauen Fassade,
Markisen in der Farbe von Zitronenmousse und Pflanz-
töpfen, aber von innen hatte es eher etwas von meiner
Schulsporthalle: Kork, Parkett und Metall, was es kalt
wirken ließ, und die Lautstärke, selbst um die Mittags-
zeit, prallt von jeder Oberfläche.

»Liegt es an mir, oder hat sich das Essen verändert?«
Ich versuche, Pamela nicht anzuschreien. Wir beide haben
das Durchschnittsalter der Kundschaft deutlich ange-
hoben. Wir sind umgeben von Leuten in Jess' Alter, alle
ähnlich fit und gesund, in Kleidung, die eher in ein Fitnessstudio als in ein Restaurant passt. Und alle sitzen eng
beieinander, beugen sich zum anderen, als könnten sie
einander nicht nah genug sein, was angesichts der Lautstärke vielleicht sogar der Fall ist.

»Es ist australische Küche. Sarah hat es empfohlen«,
lacht Pamela.

»Es ist verwirrend«, kontere ich und versuche, der Spra-
che einen Sinn zu geben; »Bowls« und »Teller« und »Bei-
lagen« oder »Extras«. Die »Burger« verstehe ich, aber es
ist lange her, dass ich einen ganz allein geschafft habe,
und die »Klassiker« sind alles andere als das: »gekneteter

Sauerteig« und »grünes Kimchi« machen keinen Sinn für mich.

Während ich mich durch die Karte arbeite, erzählt mir Pamela von der Hochzeit ihrer Jüngsten, Sarah, und irgendeine Geschichte von einem ihrer fünf Enkel, wobei ich beim besten Willen nicht weiß, von welchem, denn es ist ihre Art, mit mehr als einer Million Kilometer pro Stunde über sie alle zu sprechen.

»Was sind ›Hotcakes‹ und ›Graved Lachs‹?«, frage ich?

»Pancakes und Räucherlachs«, hilft mir Jess aus und setzt sich zu uns. Sie hängt ihre Strickjacke über die Lehne ihres Holzstuhls und nimmt ihr Haar in einem Dutt auf dem Oberkopf zusammen, so, wie sie es macht, wenn sie laufen geht. Ich frage mich, seit wann Essengehen etwas von einer olympischen Disziplin hat.

»Aha«, erwidere ich und wende mich der Getränkekarte zu, die ähnlich herausfordernd ist. *Kurkuma und Tonic Soda, Haferlatte mit schwarzem Sesam, Heiße Schokolade mit Pump Street.* Es ist anstrengender, als ein auswärtiges Mittagessen sein sollte, und ganz sicher anders, als ich es in Erinnerung habe, und dennoch bin ich dankbar, draußen zu sein, in vollem Bewusstsein, dass ich ohne Pamelas ursprüngliche Idee einer Untermieterin und ohne Jess' Antwort auf die Annonce überhaupt nicht hier wäre.

Als wir endlich bestellen, entscheide ich mich für die sicherste Option, das Hähnchenschnitzel und ein Leitungswasser, Pamela nimmt einen Thunfischsalat und Jess wagt sich an eine Buchweizenbowl, was auch immer das sein mag.

»Also los, Joan, erzähl uns alles. Wie war dein Date? Seid William und du zusammen?«, fragt Pamela, sobald der Kellner gegangen ist.

»Immer mit der Ruhe«, erwidere ich und weiß nicht genau, wie ich antworten soll. In den letzten vier Tagen habe ich mich vollkommen Joe hingegeben, was natürlich keine von ihnen weiß, und ein Mittagessen ist ganz sicher nicht der Zeitpunkt, um ihnen zu erzählen, dass ich zwischen Herzschmerz und Verleugnung beinahe so häufig hin- und herschwanke, wie ich ein- und ausatme.

»Er hat VIELE Nachrichten geschrieben«, erläutert Jess, die dankbarerweise meinen Ausbruch am Klavier vergeben zu haben scheint, wobei mir bewusst ist, dass ich mich noch entschuldigen muss. »Und nächste Woche fahren sie nach Brighton. Stell dir das vor. Joan am Strand!«

»Wir werden versuchen, ein bisschen zu laufen, meine täglichen Schritte etwas hochtreiben«, füge ich hinzu und zeige Pamela das Fitbit an meinem Handgelenk, das Jess mir geliehen hat. Jess lächelt mich stolz an, sie weiß, welche Fortschritte ich schon für meine Fitness gemacht habe, einfach weil ich täglich mit ihr kurze Spaziergänge unternehme. Mein Gehstock gehört der Vergangenheit an.

»Wie wunderbar«, sagt Pamela begeistert, und ich bewundere ihre Großherzigkeit. Ich weiß, dass es nicht einfach ist, wenn neue Menschen ins Leben von Freunden treten, deren Hauptunterstützung man lange alleine war. »Wie ist er so?«

Ehe ich antworte, überlege ich einen Augenblick, der

Kellner bringt unser Essen genau im richtigen Moment. Ich mustere meinen Teller, als er geht, und bin erleichtert, dass mein Schnitzel so aussieht, wie ich gehofft hatte, und nicht aufgemotzt wurde.

»Er ist ein freundlicher Mann, unkompliziert«, antworte ich ihr.

»Er ist ein Oldtimerfan«, stimmt Jess ein, als würde das Pamela dabei helfen, sich ein Bild zu machen.

»Er ist ein pensionierter Ingenieur«, sage ich, weil ich das Gefühl habe, das könnte ihr etwas über seine Statur, seine Disziplin und seinen Fleiß sagen, eher als die Autos. »Autos zu restaurieren, scheint ihm Gelegenheit zu geben, diese Fähigkeiten weiterhin zu nutzen.«

»Er klingt nach einem guten Fang«, kichert Pamela, und ich denke darüber nach, während ich mein Hähnchen schneide. Das muss er wohl sein. Schließlich hatte ich vor vielen Jahren geglaubt, ein guter, solider Familienvater sei das, was ich mir wünschte. Doch wie bei so vielen anderen Dingen im Leben passt die Realität nicht ganz zum Traum, wenn sich die Option dann bietet.

»Und was ist mit dir, Jess, wie war Mr PO Box?«, frage ich.

»Wer ist Mr PO Box?«, wundert sich Pamela.

»Jess' Verehrer aus den Kontaktanzeigen«, erkläre ich und beobachte Jess in der Hoffnung auf Zeichen, wie es gelaufen ist.

»Er ist nicht aufgetaucht«, sagt sie und greift beiläufig nach dem Salz. Ich kann sehen, dass sie eine tapfere Fassade aufrechterhält.

»Er hat dich sitzenlassen?«, fragt Pamela.

»Ich bin sicher, es gibt eine wunderbar vernünftige Erklärung«, sage ich und versuche, Pamelas Brüskheit auszugleichen.

»Oder er führt dich an der Nase herum«, drängt Pamela.

»Pamela, wieso sollte jemand monatelang Briefe schreiben, um dann nicht aufzutauchen?«, stelle ich mich ihr entgegen und habe das Bedürfnis, die arme Jess zu beschützen.

»Vielleicht kam er, hat einen Blick auf mich geworfen und hat das Weite gesucht«, meint Jess.

»Blödsinn!«, rufe ich aus und kann nicht einen Moment lang glauben, dass sie das über sich selbst denken könnte, das passt so überhaupt nicht zu ihr. »Vielleicht haben seine Nerven ihm einen Streich gespielt, oder etwas ist dazwischengekommen, oder er hatte die Details einfach durcheinandergebracht. Wenn du dein Handy gehabt hättest, hätte er dich kontaktiert, um es zu erklären. Du musst einfach deine neu entdeckte Geduld nutzen und auf das Eintreffen seines nächsten Briefes warten.«

»Wo wart ihr verabredet? Hätte er nicht dort anrufen können?«, fragt Pamela wenig hilfreich.

»Du hast recht, das hätte er tun können«, stimmt Jess zu.

»Vielleicht ist er nicht der, der er zu sein vorgibt«, fährt Pamela fort, woraufhin sowohl Jess als auch ich verzweifelt die Köpfe schütteln.

»Das Schlimmste daran ist, dass Ed vorbeikam, während ich wartete, und wir haben uns wieder gestritten.«

»Oh, Jess, das tut mir leid«, sage ich und strecke meine Hand nach der ihren aus. »Mach dir nichts draus. Er hat im Moment viel um die Ohren.« Sie beäugt mich skeptisch. »Ich will ihn nicht entschuldigen, wirklich nicht. Aber ich verspreche dir, Edward hat ein gutes Herz. Wusstest du, dass er einmal in der Woche Oscar aus dem Kindergarten abholt, damit Charlie ein bisschen was erledigen kann? Und er war mir über die Jahre ein guter, hilfsbereiter Sohn«, sage ich, ohne hinzuzufügen, dass ich es ihm nicht besonders leicht gemacht habe, mehr als das zu sein.

»Du solltest mit auf unsere Reise kommen«, wirft Pamela ein. »Das bringt dich auf andere Gedanken.«

»Wohin fahrt ihr?«, fragt Jess, und ich erkenne an ihrer Stimme, wie überrascht sie ist, jetzt erstmals davon zu hören.

»Nach New York«, trällert Pamela, als sei es schon beschlossene Sache.

»Ihr beide?«, fragt sie, völlig perplex.

»Ja«, sagt Pamela, und diesmal widerspreche ich ihr nicht. Seit ich entdeckt habe, dass Joe gestorben ist, macht mir der Gedanke nicht mehr ganz so viel Angst. Und mit nur einem weiteren Kontakt in der Stadt gewöhne ich mich an den Gedanken, dass es vielleicht doch keine so beängstigende Aussicht ist.

»Joan, da ist jemand mit demselben Nachnamen wie du in der Zeitung«, bemerkt Jess und überfliegt die Zeitung am Küchentisch.

»Ach wirklich? Wer denn?«, frage ich und gehe zu ihr.

»Schau, Parker Armitage«, sagt sie und zeigt auf eine Annonce bei den Sterbeanzeigen.

Der Raum wird enger, als ich die drei kurzen Zeilen lese:

PARKER ARMITAGE
Friedlich zu Hause am Montag von uns gegangen
Details zur Beisetzung folgen

»Joan?«, fragt Jess, und ich falle auf einen Stuhl.

»Ich rufe wohl besser Edward an«, sage ich, und Leere füllt mich aus.

»Warum wartest du nicht noch einen Moment?«

»Ja«, antworte ich leise, und die Jahre zählen rückwärts vor meinem inneren Auge, während Jess aufsteht und Tee kocht.

Ich erinnere mich an den Tag, als ich wieder in England ankam und meine Eltern mich vom Flugzeug abholten. Sie brachten mich direkt nach Hause, wo ich wochenlang in meinem Zimmer blieb. Die Stille ihrer Wut und ihre Enttäuschung füllten das Haus auf unerträgliche Weise aus. Ich hatte gedacht, mein Schmerz darüber, Joe verlassen zu haben, würde irgendwann abklingen, doch das tat er nie, und so hoffte ich, als meine Mutter mir verkündete, dass wir nach Surrey fahren und einen jungen Mann treffen würden, dass mir das dabei helfen könnte, nach vorn zu schauen. Dass ich so das Leiden, das ich nicht loswurde, abschütteln könnte, obwohl die Trauer meinen Körper so ausfüllte, als sei mein Blut durch Sand ersetzt worden.

An die Fahrt dorthin erinnere ich mich kaum noch, auch nicht daran, in dem eleganten Zuhause angekommen zu sein. Aber woran ich mich erinnere, ist, wie wir alle fünf in ihrem hübschen Wohnzimmer saßen, die Flügeltüren weit auf einen gepflegten Rasen geöffnet, umgeben von weiter Landschaft. Wir nippten an unserem Tee und sprachen über alles, außer über die Tatsache, dass ich fünf Jahre lang in New York mit dem Mann zusammengelebt hatte, den ich mehr als alles auf der Welt liebte. Irgendwie war es meinen Eltern gelungen, den Zwischenfall als »einfaches Missverständnis« abzutun, und Parkers Eltern waren mehr als glücklich gewesen, ihren alternden Sohn mit einer Frau aus »einem guten Stall« zusammenzubringen.

Nach einem ausgiebigen Schweigen war dann Parker erschienen. Wir wurden einander vorgestellt, gaben uns die Hände und uns wurde gestattet, unseren Tee zu zweit auf der Terrasse einzunehmen, wo wir beide uns über nichts Spezielles unterhielten, hauptsächlich über das Wetter und Vögel.

Durch irgendein Ergebnis elterlicher Eile, die vollkommen an mir vorbeiging, unternahmen wir einige gemeinsame Ausflüge – eine Kathedrale, ein Palast, ein Garten –, und ein paar Monate nach unserem Kennenlernen hielt Parker um meine Hand an.

Unsere Hochzeit war so, wie man sie sich vorstellt: das ausufernde weiße Kleid, Brautjungfern, die ich kaum kannte, eine Kirche, dreistöckige Torte, mehr Blumen, als Sinn machten. Doch nach der »Aufregung« der Hochzeitsfeier, der Flitterwochen und des Umzugs in unser Zuhause, wurden die Risse zahlreich und tief. Ich begann darüber nachzudenken, ob ich darauf hätte bestehen sollen, eine alte Jungfer zu werden oder ein Leben ohne meine Familie zu führen, doch die Tochter in mir konnte das nicht; für meine Eltern und mich war ich entschlossen, das zu schaffen.

Ich bin nicht sicher, wie lang Jess bereits dafür braucht, den Tee zu machen, ich war zu verloren in meinen Erinnerungen. Als sie jedoch zurückkehrt, beginnt die Vergangenheit, aus mir herauszupoltern.

»Der Grund, aus dem ich so harsch war, als du ›Ode an die Freude‹ gespielt hast«, die Worte verfangen sich, während ich sie spreche, und ich hoffe, sie erkennt den Unterton einer Entschuldigung, »war, dass ich eine Tochter hatte. Sie hieß Joy, also Freude. Sie starb, als sie erst ein paar Tage alt war.«

»Das tut mir so leid«, flüstert Jess und setzt sich leise auf ihren Stuhl.

»Parker konnte damit nicht umgehen; er verließ uns, als Edward zwei war. Ich musste Edward allein großziehen, meine Karriere aufgeben, trauern und meinen Lehrerinnenjob wahrnehmen, alles zur gleichen Zeit. Es hat mich lange Zeit zerstört. Und Edward und ich haben deswegen gelitten. Ihr Tod ist etwas, das zu besprechen wir beide immer zu viel Angst hatten. Eine klaffende Wunde in unserer Beziehung, von der wir uns nie erholen werden.«

Jess rutscht auf ihrem Stuhl umher.

»Nach Joys Tod habe ich nie wieder zu meinem Vergnügen Klavier gespielt, nur noch im Rahmen des Unterrichts. Das war der eine Teil von mir, den ich für sie opfern konnte.«

»Ich hatte keine Ahnung«, sagt sie und gibt mir ihre Hand. Ich öffne mein Amulett mit dem winzigen Bild von Joy, dem einzigen, das ich habe; beide starren wir es an, als würde es die ganze Welt abbilden.

»Das konntest du auch nicht«, sage ich. »Niemand kannte die ganze Geschichte um Joy, außer Parker. Und jetzt ist er ebenfalls fort.«

27

JESS

In dem Moment, als Clive mir sagt: »Teammeeting um vier«, weiß ich, dass es schlechte Neuigkeiten gibt, aber dem Team zuliebe bleibe ich optimistisch.

»Er wird uns nur ein Update geben«, sage ich, gefolgt von: »Vielleicht hat sich noch ein weiterer Interessent gemeldet, es könnten auch gute Neuigkeiten sein.«

Was ich auf keinen Fall ausspreche, ist: »Ich habe das schreckliche Gefühl, dass es das jetzt ist, das Ende unseres Weges.«

Und ich habe recht, obwohl es mich umbringt.

»Ich habe mich entschieden, das Angebot von I-Work anzunehmen«, sagt Clive, und wir fünf stehen im Kreis im Café, wie Trauernde, die um ein Grab versammelt sind. »Der andere Interessent hat sich offiziell zurückgezogen.«

Niemand sagt etwas. Die Stille hängt schwer über uns. Eine Träne entkommt meinem Augenwinkel, eine Träne aus Trauer oder Wut oder beidem. Ich weiß es nicht genau. Wut, weil ich Ed noch letzte Woche gesehen habe und er mir nicht gesagt hat, dass Clive sein Angebot angenommen hat, Wut, weil er das hier bis zum bitteren Ende durchgezogen hat, Trauer, weil ich das Wichtigste – abgesehen von Debs – in meinem Leben verlieren werde.

»Wir konnten uns auf einen Preis einigen, der jedem von euch noch ein paar Monate Überbrückungsgeld ermöglicht, genug, um euch abzusichern, während ihr neue Arbeit sucht.«

»Wann schließen wir?«, frage ich, die Worte kommen mir kaum über die Lippen, ich kann kaum glauben, dass es nun dazu gekommen ist.

»Nächsten Monat.«

»Nächsten Monat?«, bricht es aus Gary heraus und klingt dabei so verletzt, wie ich mich fühle.

Daniel durchbricht den Kreis, geht weg und fragt sich sehr wahrscheinlich gerade, wie er die Arbeit an seiner Ausstellung beenden soll, wenn er kein Gehalt für Materialien hat. Mariko geht und macht Kaffee.

»Es tut mir leid, dass eure Kampagne für die Suche nach einem anderen Käufer keinen Erfolg hatte. I-Works Angebot war zu gut, um es abzulehnen. Ich muss an meinen Ruhestand denken. Ich hoffe, ihr werdet das verstehen.«

»Ich muss an das Zuhause meiner Familie denken«, murmelt Gary und geht zurück in seinen Vorführraum.

»Ich verstehe«, sage ich, obwohl ich nicht ganz sicher bin, ob dem wirklich so ist. Ich denke an Clives Familie, die Generationen vor ihm, die ihre Seelen in diesen Ort gegeben haben. Mir scheint es, als habe Clive den einfachen Weg gewählt.

»Ich wusste, dass es so kommt«, sagt Mariko und reicht mir einen Caffè Latte, als Clive wieder in seinem Büro verschwunden ist.

»Ich wollte es nicht wahrhaben«, sage ich, mein Magen ein einziger Knoten.

»Was wirst du tun?«

Ich zucke unsicher mit den Schultern. »Ich schätze, wenn wir Gehalt für ein paar Monate bekommen, dann werde ich etwas finden«, sage ich, wobei mir völlig unklar ist, was das sein soll. Die Aussicht, ohne das Kino zu sein, ist, als würde ich erdrückt, hält mich davon ab, an etwas anderes als das Hier und Jetzt zu denken. Während ich gegen dieses Gefühl ankämpfe, muss ich an etwas denken, was Mr PO Box über das Loslassen gesagt hat. Nun sieht es so aus, als hätte ich keine andere Wahl, als loszulassen. »Was ist mit dir?«

»Schätze, ich gehe auf die Jagd nach ein paar Kinomanagern, baue meine Follower weiter auf und hoffe darauf, dass mich irgendwer anstellt, weil ich gut fürs Marketing bin. Sollte das nichts werden, kann ich immer noch als Barista arbeiten.«

»Die Dinge werden sich zum Guten wenden«, sage ich, und zu meinem Ärger kommt mir Eds Bemerkung in den Sinn: *Vielleicht ist es Zeit für eine Veränderung, sich weniger auf die Arbeit zu konzentrieren.* »Vielleicht entpuppt es sich am Ende als Segen.«

»Vielleicht«, meint Mariko und zuckt mit den Schultern, ohne es mir abzukaufen. »Oder vielleicht ist es auch nur einfach genau das, was es ist: ein verdammter Schlag in die Fresse.«

Ich sitze auf der Bank vor dem Kino, betrachte die Nachbarschaft und ihren ganzen Charme auf einmal mit ganz anderen Augen, als befände ich mich in einer Blase, abgeschnitten von der Außenwelt, alles ist wie immer, nur unerreichbar, als eine vertraute Figur, groß und entspannt, auf mich zukommt.

»Cormac«, sage ich, als er sich bückt und mich auf die Wange küsst. »Wie geht es dir?«

»Gut«, antwortet er, setzt sich neben mich, die Hände in den Taschen seiner kurzen Wildlederjacke. »Und dir?«

»Ging schon besser.«

Er wirft mir einen fragenden Blick zu.

»Das Kino wird im kommenden Monat schließen.«

»Du machst Scherze«, sagt er und wendet sich mir nun ganz zu, sein Blick voller Schock und Sorge.

»Täte ich gerne.«

»Aber all das Interesse, das wir geweckt haben …« Er schüttelt den Kopf und versucht, die Neuigkeiten zu verarbeiten. »Das hat nicht gereicht, um jemand anderen anzulocken oder Clive zum Umdenken zu bewegen? Wie ist das möglich?«

»Die andere Partei hat einen Rückzieher gemacht; es gab immer nur I-Work.«

»Ich begreife das nicht. Clive hätte dich den Laden übernehmen lassen können, du hättest all die Veränderungen vorgenommen, damit er wieder Gewinne abgeworfen hätte, *und* er hätte jedes Jahr eine anständige Rente gehabt.«

»Ja, ich weiß, aber er ist durch damit. Er will die Verantwortung nicht mehr.«

Mit einem resignierten Seufzen lehnt sich Cormac zurück, schiebt eine Nachricht auf seinem Handy weg und steckt es in die Tasche.

»Ganz schön viel Geschichte, um sie einfach wegzu-werfen.«

Wir sitzen beide eine Weile schweigend nebeneinander, denken über die Veränderung nach und saugen die ent-spannte Betriebsamkeit der Nachbarschaft auf: Arbeiter tragen ein Gerüst; eine Gruppe von Frauen genießt einen zeitigen Drink; ein kleiner Hund bellt an seiner Leine.

»Wahrscheinlich ist das nicht der beste Zeitpunkt, um zu fragen«, sagt er und durchbricht die Stille, »aber ich bin eigentlich vorbeigekommen, um zu hören, ob du Lust hast, wieder auszugehen. Vielleicht sehen wir uns gemein-sam eine Show an?«

Vielleicht ist es der Schock über die Neuigkeiten oder die Geborgenheit seiner zuverlässigen Präsenz, wo alles andere fehlt, oder Mr PO Box' Vorschlag, ich solle los-lassen ... was auch immer es ist, aber als ich in seine Augen schaue, so voller Güte und Hoffnung und Opti-mismus, lasse ich mich endlich bei ihm fallen und erlaube ihm, mich sanft zu küssen.

28

JOAN

»Schöner Ort für einen Abschied«, sagt Jess, reicht mir ein Glas Weißwein und setzt sich neben mich auf die Bank in dem Hotelgarten in Surrey.

»Passt sehr zu Parker«, kommentiere ich, betrachte den gepflegten Crocket-Rasen und die herrschaftlichen Eichen, hinter denen sich ein Golfplatz wie aus dem Bilderbuch ausbreitet. »Einer seiner Golfkumpanen sagte mir, er habe hier seit seiner Verrentung beinahe täglich gespielt.«

»Na ja«, sagt Jess, und darin liegt ein »*wie ermüdend*«, und ich lache, denn sie hat nicht unrecht.

Beim Blick über die Gärten versuche ich mir vorzustellen, wie mein Leben mit Parker ausgesehen haben könnte, wenn die schlimmste Sache der Welt nicht geschehen wäre. Über die Jahre habe ich mir selbst nicht mehr erlaubt, darüber nachzudenken, der schlichte Gedanke an eine andere Variante meines Lebens gab mir das Gefühl, Joy zu verleugnen, aber jetzt, wo ich hier mit Jess sitze, erlaube ich meiner Vorstellungskraft, zu übernehmen.

Ich stelle mir vor, wie unsere Familie hätte sein können. Vier anstelle von zweien. Sehr wahrscheinlich ein Umzug in eine der Grafschaften rund um London, den ich nicht gewollt hätte, meilenweit weg von allem, was ich an der Stadt liebte. Ich wäre Hausfrau gewesen, Gastgeberin für Parkers Chefs und Klienten aus der Bank, Managerin von Urlauben, Schulsportfesten und Feiertagen. Ein Schauer läuft mir den Rücken hinunter, wenn ich daran denke, wie sehr ich mich gelangweilt, wie wenig Freude ich gehabt hätte, und das trotz all der Kraft, die es mich gekostet hatte, zu unterrichten und alleinerziehend zu sein, da dieser Weg viel besser zu mir gepasst hatte, als der, den ich genommen hätte, wäre Parker nicht gegangen. Und wenn die Kinder aus dem Haus gewesen wären, was wäre dann gewesen? Kreuzfahrten mit Freunden, die ähnlich gelangweilt gewesen wären wie wir? Konzertbesuche mit einem Ehemann, der daran keinerlei Interesse hatte. Ein Leben verschenkt daran, das Haus herzurichten, mich selbst herauszuputzen und zu golfen.

»Wie fühlst du dich?«, fragt Jess, und ich nehme einen großen Schluck Wein, um den Tagtraum wegzuspülen.

Ich atme tief durch und starre geradeaus. »Erleichtert«, sage ich tapfer und ohne Schuld. Und zum ersten Mal frage ich mich, ob Parker wusste, tief in seinem Inneren, dass seine Entscheidung, uns zu verlassen, das Beste gewesen war. Dass ich mit ihm niemals glücklich gewesen bin oder es hätte sein können. Es schmerzt ein wenig, dass ich nie mehr die Gelegenheit haben werde, ihn das zu fragen.

Aus den Augenwinkeln sehe ich Jess langsam nicken.

»Ich bin erleichtert, dass dies nicht das Leben ist, das ich geführt habe.«

Sie schaut über die saftige, gepflegte Anlage vor uns. »Es könnte nicht weiter entfernt von deinem Leben in Notting Hill sein, das steht fest.«

»Nein«, sage ich abwesend. Mein einziges Bedauern ist, dass Edward nicht mit einem Vater aufwachsen konnte.

Aus den Augenwinkeln sehe ich ihn auf uns zukommen, ein Glas Bier in der Hand. Er sieht gut aus, chic wie Parker in einem gut sitzenden Anzug, seine schönen Augen versteckt hinter dunklen Brillengläsern.

»Wie kommst du zurecht?«, fragt Jess, ihre Unstimmigkeiten fürs Erste vergessen. Ich bin froh über ihre Unterstützung; ich weiß nicht, wie ich den Tag ohne sie hätte schaffen sollen.

Er zieht sich einen hölzernen Gartenstuhl heran und nimmt die Brille ab. An seinem fleckigen Gesicht erkenne ich, dass er geweint hat, und ich möchte ihn so gern festhalten, ihm alles sagen.

Er setzt sich. Umklammert sein Bier. Starrt in die Weite. »Ich hatte nach ihm gesucht«, setzt er an und erwischt mich damit kalt. »Online. Nach irgendeinem Hinweis im Haus. Aber ich habe nichts gefunden.«

»Warum hast du nichts gesagt?«, frage ich und kenne die Antwort bereits genau.

Er schaut mich an, als wollte er mich fragen, ob ich das ernst meine, als ob er mich je nach etwas so tief Vergrabenem hätte fragen können.

»Ich kann das einfach nicht glauben«, sagt er. »Dass diese Tür nun für immer verschlossen ist.«

Weder Jess noch ich sagen etwas. Es gibt auf der Welt keine Worte, die seinen Schmerz jetzt stillen könnten.

»Warum hat er nie den Kontakt gesucht?«, fragt er, seine Stimme so verletzlich, wie ich sie nie zuvor gehört habe. »Lag es an mir?«

»Nein! Es ging nie um dich, Edward«, sage ich eilig.

»Dann um dich«, als könnte es keinen anderen Grund geben.

»Es ging auch nicht um mich, Edward.«

Sein Blick bettelt mich um mehr an, ein Ausdruck, den ich schon einmal gesehen habe und der mich überrumpelt.

»Als du klein warst«, beginne ich und sammle mich, denn ich weiß, egal, wie schwer es ist, ich schulde ihm eine Erklärung, »habe ich dir gesagt, er sei wegen der Arbeit gegangen. Das stimmte, denn darin hat er sich geflüchtet. Je mehr Jahre vergingen, desto mehr schlug diese Geschichte Wurzeln, und sie war alles, was wir hatten. Doch die Wahrheit ist, dass die Arbeit seine Methode war, um etwas zu bewältigen, dem er sich nie stellen konnte. Dein Vater hat sein Leben mit Arbeit ausgefüllt, weil er den Tod deiner Schwester Joy nicht verarbeiten konnte.«

Edward reibt seine Hände über sein Gesicht, entblößt Augen voller Tränen.

»Oh, Edward«, sage ich und möchte meine Arme um ihn legen, doch ich weiß nicht, wie. Ich weiß nicht, wann wir uns zuletzt umarmt haben, oder wie es sich anfühlt, ihn zu halten. »Sechzehn Jahre lang habe ich versucht, ihn zum Teil deines Lebens zu machen. Jedes Jahr zu Weihnachten und zu seinem Geburtstag schrieb ich ihm über seine Mutter, er hat jedoch nie geantwortet. Keiner von uns wusste, wo er arbeitete oder lebte, sie musste stets darauf warten, dass er sich bei ihr meldete. Ich weiß, dass sie es versucht hat, dass sie sich seines Verhaltens schämte, dass sie mehr als alles andere wollte, dass wir wieder eine Familie werden. Als sie starb, kurz nach deinem achtzehnten Geburtstag, war auch dieser Weg zu Ende. Ich glaube, dich wachsen und gedeihen zu sehen, hätte ihm nur einmal mehr seine Trauer darüber vor Augen geführt, das nicht auch mit Joy erleben zu können.«

»Schlussendlich wollte er nicht gefunden werden. Wir sind nicht einmal formal geschieden. Er ist einfach aus unseren Leben verschwunden, wahrscheinlich hatte er gehofft, zu vergessen. Dass er verstorben ist, wissen wir überhaupt nur, weil Jess die Sterbeanzeige in der Zeitung entdeckt hat.«

»Dann sollte ich wohl doch dankbar sein für euren Tausch«, sagt er mit einem halben Lachen zu Jess, während ihm Tränen die Wangen runterlaufen.

Da entsteht ein kurzer Moment zwischen den beiden, als sich ihre Augen sanft treffen, und ich frage mich, ob sie wohl ihre Streitigkeiten werden beilegen können.

»Na, was ist hier los?«, erklingt eine Stimme hinter uns, und ich drehe mich um und entdecke, dass Charlie auf uns zukommt, wie immer eine Freude.

»Joan«, sagt er und beugt sich herab, um mich auf die Wange zu küssen, so offenherzig, wie er schon als Kind war. Sogar als Teenager hat er mir stets eine Umarmung angeboten, wodurch mir der Mangel an Zärtlichkeit zwischen Edward und mir immer nur noch bewusster geworden war.

»Jess«, begrüßt er sie mit einer leichten Umarmung, als sie sich ein wenig von der Bank erhebt. »Wie geht es Debs? Sie muss doch bald entbinden.«

»Dauert nicht mehr lange«, erwidert Jess.

»Und wie läuft es mit den Kontaktanzeigen?«, fragt er und schleppt einen Stuhl neben Ed, reibt dessen Rücken und legt ihm unterstützend einen Arm um die Schultern.

»Tatsächlich habe ich mit jemandem geschrieben«, sagt sie, und ihre Wangen erröten ein wenig. »Wir möchten uns bald treffen, über die Dinge reden, über die wir bisher geschrieben haben – die Schließung des Kinos und was als Nächstes kommt. Du weißt schon.«

»Das muss echt schwer sein, sich von dem alten Kasten zu verabschieden«, meint Charlie auf diese Art, in der nur er es schaffen kann, etwas Schwieriges oder Schmerzhaftes leicht klingen zu lassen, ohne es abzutun.

»Mit einer Vorwarnung wäre es leichter gewesen«, sagt sie, obwohl ich an ihrem zerknirschten Gesichtsausdruck erkenne, dass ihr bewusst ist, dass dies nicht der richtige Zeitpunkt ist, einen Streit mit Edward anzufangen.

»Ich hätte es dir sagen sollen, als ich dich im Café getroffen habe«, gibt er zu, und einen Moment lang bin ich sprachlos, weil es so untypisch für meinen Sohn ist, einen Fehler zuzugeben.

»Danke«, sagt Jess, möglicherweise ebenso verblüfft, wie ich es bin, darüber, dass Edward sich mehr oder minder entschuldigt hat. Sie halten Blickkontakt, sein Blick so zu ihrem hingezogen, dass es mich sofort zu dieser ersten Nacht im Ronnie Scott's zurückbringt, zu der Nacht, als ich Joe traf, und mein Herz schmerzt sowohl für die beiden als auch für die verlorene Hoffnung, Joe jemals wiedersehen zu können.

»Also, was steht jetzt an?«, fragt Charlie, klatscht in die Hände und unterbricht unbeabsichtigt diesen Moment.

»Ich wollte Ed eben vorschlagen, dass wir mehr Zeit miteinander verbringen sollten, offener miteinander sein«, sage ich und ringe um Fassung, wissend, dass Edward nicht anders können wird, als zuzustimmen, wenn ich es vor seinem besten Freund ausspreche; dass die Wunde zwischen uns, die ich so verzweifelt schließen möchte, vielleicht endlich eine Chance bekommen wird, zu heilen.

> Joan, ich habe heute an Ihren Sohn und Sie gedacht. Ich hoffe, es war nicht zu schwer.
> William

> Danke, William. Es war zugleich ein Ende und ein Anfang, viel mehr, als ich erwartet hatte.

> Ich freue mich, das zu hören.
> Soll ich vorbeikommen und Sie zum Essen ausführen?

> Das ist ein sehr nettes Angebot, aber heute nicht mehr.
> Es war ein sehr langer Tag.

> Aber unser Ausflug nach Brighton morgen, der steht noch ...?

Ich hole Sie um 9 Uhr ab, wie verabredet?

Hallo?

Joan, sind Sie da?

29

JESS

Es ist seltsam reinigend, die Filmplakate aus ihren Rahmen zu nehmen, sie zusammenzurollen und zum letzten Mal Gummibänder um sie herumzuwickeln.

»Die könntest du verkaufen, dir einen Nebenverdienst aufbauen!«, ruft Zinnia und erscheint oben auf den Treppen.

»Könnte sein, dass ich das tun muss!«, lache ich, obwohl das gar nicht so unwahrscheinlich ist. Ich begleite sie die Treppen hinunter, und dabei fällt mir wieder ein, wie wir uns zum ersten Mal getroffen haben: Zinnia kam an den unteren Stufen an, damals noch fitter als heute, trug ein gelbes Cape und eine gigantische zehneckige Sonnenbrille, darunter einen jadegrünen Anzug.

»Ich bin hier, um Ingrid zu sehen«, hatte sie verkündet, ihre Stimme wie ein Reibeisen, als würde sie Ingrid Bergman höchstpersönlich treffen.

»Sie ist in Kino zwei«, antwortete ich ihr und spielte das Spiel mit. Daraufhin lächelte sie durch diese leuchtend roten Lippen und teilte mir mit: »Wir werden Freunde, du und ich.« Und sie hatte recht. Seitdem haben wir jede Woche, manchmal noch häufiger, »über Gott und die Welt geschwatzt«, »mal eine Ansage gemacht«, gemeinsam gelacht und geweint. Als Mum starb, hat mir

Zinnia unzählige Aufläufe gemacht, in die meisten davon habe ich eher hineingeweint, anstatt sie zu essen, doch dankbar war ich dennoch. Und an Zinnias Neunzigstem tranken wir so viel Sake, dass wir lachten, bis wir schluchzten. Plötzlich wird mir klar, dass dies das letzte Mal sein könnte, dass ich sie sehe. Jemand, der mehr als zehn Jahre ein Teil meines Lebens gewesen ist, könnte verschwinden.

»Gibt es wirklich freien Eintritt?«, fragt sie und wirft die cremefarbene Federboa, die sie heute trägt, über die Schulter. Ich kann sehen, dass sie für ihr Outfit heute alles gegeben hat: Boa, glitzernde Goldjacke und rote Samthosen – sehr Hollywood.

»Wer zuerst kommt, mahlt zuerst. Such dir deinen Film aus.«

»Jeder von uns hat seinen Lieblingsfilm ausgewählt«, fahre ich fort, schlucke kräftig und versuche, meine Emotionen hinunterzuschlucken, voller Angst, was passiert, wenn ich es nicht tue. »Aber ich habe ›Casablanca‹ ausgewählt, nur für dich.«

»Ein zeitloser Klassiker«, erklärt sie mir, als wir in Richtung der Bar gehen. Hier helfe ich ihr das allerletzte Mal auf ihren Hocker.

»Es gibt heutzutage nicht mehr genug Romantik«, sagt sie. »Weder im Leben noch in den Filmen.«

»Nein«, seufze ich und kann ihr nur zustimmen.

»Hab keine Angst, dein Herz wieder zu öffnen, Jess. Du wärst überrascht, welchen Unterschied das macht«, sagt sie, nimmt meine Hand und tätschelt sie. Ich möchte so gern stark sein und »alles im Griff« haben, obwohl ich in Wahrheit zerfalle, und alles, was ich tun kann, ist, tief Luft zu holen und mich zu sammeln, wissend, dass irgendetwas auf der Strecke bleiben muss.

Die nächste Zeit vergeht damit, die Besucher zu versorgen, von denen jeder und jede eine Geschichte zu erzählen hat: »Ich bin bestürzt, dass es schließt«; »Als Teenager war ich an jedem Samstagabend hier«; »Ich habe zwei Wochen hintereinander jede Vorstellung von ›Titanic‹ angeschaut.«

Ein Kunde schlägt vor, I-Work zu boykottieren, »einen Streik anzetteln«, ruft sie, und ich lache, während ich mich in Wahrheit frage, wo all diese Menschen in den letzten Jahren gewesen sind, als die Ticketverkäufe nachließen und das Geschäft schlecht lief. Ich will sie alle fragen: »Wie viele Streaming-Abos habt ihr? Wie oft bestellt ihr etwas zu essen, anstatt auszugehen? Was tut ihr für eure Gemeinschaft?« Aber ich tue es nicht. Ich lächle nur und zucke mit den Schultern, wissend, dass ihr Gefühl des Verlustes sich mit dem meinen nicht vergleichen lässt.

Als der letzte Kunde in den Kinosaal entschwunden ist, lassen wir uns alle an der Bar nieder; eine schwache, nachdenkliche Stille legt sich auf uns, bis Clive sagt: »Es tut mir wirklich leid, wisst ihr. Ich möchte diesen Ort auch nicht aufgeben, aber nichts ist für die Ewigkeit, selbst wenn wir es uns anders wünschen.«

»Dieser Ort hat mich geprägt«, fährt er fort, ungewohnt melancholisch. »Ich habe mich hineingeschlichen und ›Saturday Night Fever‹ oder ›Cabaret‹ geschaut, während mein Vater dachte, ich sei oben und mache meine Hausaufgaben. Und jeder, der hier über die Jahre gearbeitet hat, hat mich in irgendeiner Weise geprägt. Ihr alle habt etwas zu meinem Leben beigetragen.«

Gary gibt ihm einen männlichen Klaps auf den Rücken. »Ich weiß nicht, wie mein Leben ohne die alte Dame wäre«, meint er. »Sie ist der einzige Ort, an dem ich gearbeitet habe, seit ich hier mit sechzehn als Azubi angefangen habe. Ich kenne sie länger als meine Frau!«

Darüber müssen wir alle lachen, doch das Lachen ebbt ab und das Gefühl des Verlustes bleibt.

Ich möchte etwas sagen darüber, wie sie mich alle unterstützt haben, als ich erst Mum und dann Liam verlor, aber mir ist klar, dass das alle zu sehr runterziehen würde, und teile darum stattdessen meine Erinnerung an meinen dreißigsten Geburtstag, als wir uns alle für eine Privatvorstellung der ›Rocky Horror Picture Show‹ verkleidet haben.

»Du sahst umwerfend aus an diesem Abend«, sage ich zu Mariko und denke daran, wie es ihr gelungen war, ihren Strapsen und Strumpfhaltern mit einem rotschwarzen Korsett und einer Irokesenfrisur einen Touch von Punk zu geben.

»Bei euch habe ich mich das erste Mal so gefühlt, als hätte ich auch weit weg von zu Hause ein Zuhause«, sagt sie und kämpft mit den Tränen. Ich strecke eine Hand zu ihr aus, noch nie zuvor habe ich sie weinen gesehen. »Das Leben wird ohne euch nicht mehr dasselbe sein.«

»Aber wir bleiben in Verbindung, ja?«, fragt Daniel, und seine Augenbrauen sind in Sorge zusammengezogen.

»Natürlich!«, erwidere ich. »Zuallererst müssen wir schließlich zu deiner Ausstellung kommen.«

»Ach, das …«, murmelt er.

»Daniel?«

»Da gibt es ein Problem mit der Location. Rohrbruch. Wasserschaden. Ich bin nicht ganz sicher, was von beidem. Charlie versucht, eine Alternative zu organisieren, aber erstmal liegt die Ausstellung auf Eis.«

»Es wird sich alles fügen, Kumpel«, tröstet Gary und drückt ihn von der Seite. »Das Leben findet immer eine Lösung.«

»Wie sieht es bei dir aus, Gary?«, frage ich. »Was macht ihr wegen des neuen Hauses?«

»Wir haben uns entschieden, erst mal nicht umzuziehen«, zuckt er mit den Schultern, ganz pragmatisch. »Was wir haben, ist nicht groß, aber es ist unser Zuhause.«

»Das hört sich gut an«, sage ich, obwohl ich ihm ansehe, wie enttäuscht er ist. »Und Mariko?«

»Jamal denkt, er wüsste einen Managementjob, der für mich nach dem Abschluss passen könnte, also … wir werden sehen. Was ist mit dir?«

Ich zögere einen Moment, unsicher, was ich sagen soll, und besorgt, dass ich in Tränen ausbreche, sobald ich spreche. Also zucke ich nur die Schultern, lächle ein »Mal-schauen«-Lächeln und umarme stattdessen jeden von ihnen.

Nach Hause nehme ich einen anderen Weg als sonst, dabei komme ich am I-Work in der Westbourne Park Road vorbei, und ohne, dass ich es vorgehabt hätte, gehe ich hinein. Drinnen starren hundert Leute auf ihre Laptops, Kopfhörer in den Ohren, alle schlürfen Kaffee.

Nichts daran ist schlecht, und doch ist daran auch nichts gut. Es ist einfach eine Menge Nichts, dem es an Seele fehlt.

Ich setze mich auf einen harten Plastikstuhl neben jemanden, der auf seinem Computer einen Film schaut. Ich möchte ihm die Kopfhörer abnehmen und ihm sagen, dass es die Straße runter einen Ort gab, an dem er mit dem Personal hätte schwatzen können, andere Gäste hätte treffen, einen Film auf einer riesigen Leinwand hätte anschauen und in einem gemütlichen Sessel hätte sitzen können, so wie Tausende andere vor ihm. Dabei hätte er Popcorn mit echter Butter essen können, das nach einer Kindheit schmeckte, wie er sie vielleicht nie kennengelernt hat. Aber ich tue es nicht, denn wahrscheinlich würde ich auf taube Ohren stoßen.

Während ich meinen Blick durch den Raum wandern lasse, der frei von wirklichen Geräuschen, Gerüchen oder visuellen Anreizen ist, erblicke ich eine bekannte Gestalt. Ed.

Er ist beschäftigt und spricht mit einem Angestellten, der auf einem Tablet Notizen macht. In diesem Moment verstehe ich, dass das, was er an jenem Tag in dem Café gesagt hatte, richtig war. Es ist in Ordnung, sich weniger auf die Arbeit zu konzentrieren. Mariko und Zinnia, Daniel und Gary, auch Clive, die Menschen, die wirklich zählen – sie werden auch ohne die Arbeit Teil meines Lebens bleiben. Und all das andere – die Gäste, die ich nie kannte, das Saubermachen und Bestellen, die Verwaltung und die Dienstpläne –, nichts davon ist wichtig. Das Leben geht weiter. Dinge verändern sich. Ich habe nur leider noch nicht herausgefunden, wie ich mich mit ihnen weiterbewege oder verändere.

Als ich gerade gehen will, schaut Ed auf, und unsere Blicke treffen sich. Für einen kurzen Moment starren wir einander nur an, halten beide inne, bis er seine Hand hebt, eine langsame, zaghafte Kenntnisnahme. Ich winke nicht zurück, nicke aber leicht und, mir selbst untreu, lächle sogar ein wenig.

»Hey, Jess. Geht's gut?«, fragt Mike, als er die Tür öffnet, nachdem meine Füße mich unbeabsichtigt zu ihrem Haus getragen haben, ich meinen Schlüssel aber nicht dabeihabe. Er mustert mich von Kopf bis Fuß, meine Haare schlapp herunterhängend und meine Kleidung durchweicht vom Regen, dessen ich mir bis zu diesem Moment gar nicht bewusst gewesen bin.

»Ist Debs zu Hause?«, frage ich, seine Frage ignorierend, und als Antwort öffnet er die Tür weiter.

»Im Kinderzimmer«, antwortet er. »Ich hole Handtücher.«

Ich gehe hoch zu der Abstellkammer am Ende der Treppe, inzwischen ohne jede Ähnlichkeit mit dem Raum, in dem ich damals gewohnt habe.

»Verdammt noch mal, Jess?«, erschreckt sich Debs und versucht dabei, aus ihrem Stillsessel aufzustehen, in dem sie sich niedergelassen hat; im Zimmer verteilt liegen Teile des Babybetts, Werkzeuge und Anleitungen.

Ich strecke den Arm aus, um sie mit ihrem riesigen Bauch und den geschwollenen Händen und Beinen vom Aufstehen abzuhalten. Sie deutet auf Mike, der inzwischen im Türrahmen steht und mir die Handtücher gibt. »Und hol ihr meinen Bademantel«, weist sie ihn an.

Nachdem er mir den Mantel gebracht hat, geht Mike hinunter, um uns allen einen Tee zu kochen, während ich mich im Kinderzimmer meiner nassen Klamotten entledige. Es ist deutlich zu sehen, dass Mike gut beschäftigt gewesen ist damit, auszumisten und einzurichten, und er hat den Wickeltisch gebaut, der jetzt in der Ecke neben der Tür steht.

»Was ist los?«, fragt Debs, als ich in ihren dicken Frotteebademantel mit trockenen Socken eingemummelt bin und mit dem Rücken an die Wand gelehnt sitze.

»Das Kino hat heute zugemacht.«

»Ach, Süße«, sagt sie, und ihre Miene fällt in sich zusammen.

»Tut mir leid, Jess«, meint Mike, als er mit den Teetassen wiederkommt.

»Wie fühlt es sich an?«, fragt Debs.

»Als hätte ich einen weiteren Teil von mir verloren. Erst Mum, dann Liam und die Wohnung, jetzt das.«

Debs und Mike tauschen einen Blick der Traurigkeit angesichts meiner Sorgen.

»Aber ich werde das überstehen«, verkünde ich und spreche mir Mut zu. »Weitermachen. Es ist wahrscheinlich an der Zeit, mich nach einem neuen Job umzusehen.«

»Oder, auch wenn ich wie eine kaputte Schallplatte klingen mag, vielleicht könntest du dich stattdessen auch um einen Produzentenkurs bewerben«, meint Debs.

»Ich bin immer noch pleite.«

»Du würdest einen Weg finden.«

»Vielleicht«, sage ich und weiß, dass ich das muss, auch wenn ich nicht weiß, wie.

Ich mache mich daran, Mike beim Aufbau des Bettchens zu helfen, während Debs auf Schrauben und Inbusschlüssel zeigt, die wir in dem Durcheinander von Teilen auf dem Fußboden nicht entdecken können.

»Bist du jemals dahintergekommen, was es mit Joans geheimnisvollem Kinderzimmer auf sich hat?«

Ich erzähle ihnen alles von Joy und davon, wie Parker Joan nach dem Tod ihrer Tochter verlassen hat und wie Joan nun aber offenbar in ihrem Leben nach vorn schauen kann, trotz ihrer Trauer, anders als ich.

»Hast du eigentlich dann noch die Kontaktanzeige für sie aufgegeben?«

Ich nicke. »Hab aber davon noch nichts gehört. In den letzten vier Wochen habe ich jeden Donnerstag nachgeschaut.«

»Und hast du es Joan erzählt?«

Ich antworte nicht, stattdessen greife ich nach einer Mutter.

»Jess, du musst es ihr sagen.«

»Das macht doch keinen Sinn, solange ich nichts von ihm höre«, sage ich ihr, obwohl mein Gewissen zwickt.

»Trifft sie sich noch mit William?«

»Bin nicht sicher. Am Tag nach der Beerdigung kam er vorbei, um sie zu sehen, aber sie war unterwegs.«

»Und was ist mit dir und Cormac?«

»Er hat mich geküsst«, murmle ich, einen Inbusschlüssel zwischen den Zähnen, mein Körper hält wie in einer Runde Twister nun diverse Teile des Bettchens zusammen.

»Hat er?«, fragt sie mit leuchtenden Augen. »Seid ihr zusammen?«

Ich zucke mit den Schultern, nehme den Inbus aus dem Mund und habe nicht so recht Lust, ihr zu erzählen, dass wir uns seitdem ein paar Mal getroffen haben, jedoch nie über Phase eins hinausgekommen sind. »Er ist genau, was ich brauche – zuverlässig, unterstützend, entspannt, und trotzdem ... ich weiß nicht, irgendetwas fehlt.«

Mir dämmert, dass das Problem eher bei mir als bei ihm liegen könnte.

»Was ist dann mit Mr PO Box? Fehlt bei ihm auch etwas?«

»Das kann ich nicht wissen. Er hat mich versetzt, und an seiner Stelle ist Ed aufgetaucht.«

Debs Mund steht offen.

»Was?«, frage ich und versuche, ein Ende des Bettchens und eine Seite im rechten Winkel zueinander festzuhalten.

»Dein geheimnisvoller Brieffreund hat dich versetzt, und an seiner Stelle tauchte dein Erzfeind auf?«

»Na und?«, sage ich, unsicher, was sie mir sagen will.

»Oh Mann, Jess. Erinnert dich das nicht an etwas?«

»Woran?«, frage ich und habe anders als sonst keine Ahnung, was sie mir sagen will.

»Die Cafészene in ›e-m@il für Dich‹, als Kathleen Kellys Gegenspieler anstelle ihres mysteriösen E-Mail-Schreibers auftaucht?«

»Debs, das Leben ist kein Film, weißt du nicht mehr?«, lache ich und liebe es, dass sie das aus meinem Reinfall mitnimmt. Dass sie in den Tiefen meiner Verwirrung noch immer etwas Romantik entdecken kann.

Liebes CineGirl,

es tut mir leid, dass ich dich in eine unangenehme Situation gebracht habe. Das war nicht meine Absicht. Ich verspreche, bald zu erklären, was geschehen war.

Zu den Dingen, hinter denen wir uns verstecken … ich habe mich jahrelang vor der Sache versteckt, die ich am meisten wollte, und nun ist es zu spät. Ich flehe dich an, nicht denselben Fehler zu machen.

Während ich mich derzeit nicht verabreden kann, sei dir bitte gewiss, dass deine Briefe mir alles bedeuten; ohne sie wäre ich verloren.

Dein
Mr PO Box

Juni 2023

Lieber Mr PO Box,

du hast keine Vorstellung, wie viel es mir bedeutet hat,
heute Abend deinen Brief vorzufinden.
Alles verändert sich, und ich fühle mich völlig verloren,
sogar noch mehr als damals, als meine Mutter starb.
Es ist ein merkwürdiges Gefühl, jemanden zu vermissen,
den man noch nie getroffen hat. Aber ich vermisse dich.

Dein
CineGirl

30

JOAN

»Joan«, sagt Jess und schaltet den Staubsauger am Wandschalter ab, um meine Aufmerksamkeit zu bekommen.

»Ja?«

»Ich muss mit dir reden.«

Jess sieht sehr ernst aus, und ich frage mich, was ihr außer dem Verlust ihres Jobs und ihrem kränkelnden Liebesleben nun noch zugestoßen sein könnte.

»Worum geht es?«, frage ich, als wir beide im Wohnzimmer sitzen. Ich in meinem Sessel und sie auf der Sofakante, die Hände fest in ihrem Schoß verwoben.

»Ich habe etwas getan, was ich vielleicht besser nicht hätte tun sollen«, gesteht sie.

»Oh?«, sage ich und bin neugierig, was das wohl sein könnte. »Ich hoffe, es war nichts Illegales.«

»Nein«, lacht sie, und ihre Stimmung lockert sich etwas. »Aber ich bin etwas zu weit gegangen.«

»Erzähl«, sage ich und spüre ein nervöses Flattern im Magen, weil ich ahne, dass es etwas mit mir zu tun haben muss.

Sie hält inne. Holt tief Luft. »Ich habe eine Annonce in der Zeitung aufgegeben.« Noch eine Pause. »Bei den ›Einsamen Herzen‹.« Sie schaut auf, und ihr Blick versucht, herauszufinden, ob mir schon klar ist, worauf sie hinauswill. Ist es mir aber nicht. Ich weiß doch längst von ihrer Kontaktanzeige; ich habe ihr dabei geholfen, vor all diesen Wochen. Sie holt noch mal Luft. Zieht sich ein Kissen auf den Schoß. »An Joseph«, sagt sie und umklammert die Kissenecken.

Jetzt ist es an mir, innezuhalten, weil ich nicht richtig einordnen kann, was sie gerade gesagt hat. Und dann verstehe ich. Sie hat an meiner Stelle eine Kontaktanzeige für Joe aufgegeben.

»Es tut mir so leid, Joan. Ich habe mich hinreißen lassen. Nachdem du mir von euren Nachrichten in den Anzeigen erzählt hattest, davon, wie Joseph dich bis zum Abend vor deiner Hochzeit zurückgewinnen wollte, hatte ich das starke Gefühl, dass du ihn gern wiedersehen würdest. Ich weiß, dass ich das nicht hätte tun dürfen, aber ich fühlte mich so verpflichtet; ich konnte nicht widerstehen.«

»Oh, Jess«, sage ich und muss ein wenig lachen wegen des Irrwegs, den sie sich selbst gebaut hat.

»Verzeih mir«, drängt sie. »Ich war nur so gefesselt von eurer Liebesgeschichte.«

»Es tut mir so leid, dich enttäuschen zu müssen«, sage ich und bereite mich darauf vor, ihr von Joe zu erzählen, wobei ich nicht ganz sicher bin, dass ich es schaffe, die Nachricht auszusprechen, die ich während dieser letzten Woche ganz für mich behalten habe. Sie auszusprechen, würde sie viel zu wahr werden lassen und ließe mir keine andere Wahl, als die Wahrheit und Zerstörung, die sie mit sich bringen würde, anzunehmen.

»Was denn?«, fragt sie, und ihr Blick sucht nach dem meinen.

Etwas in ihren Augen strahlt so viel Hoffnung und Idealismus aus, dass ich es nicht über mich bringe, ihr von seinem Tod zu erzählen.

»Bist du sauer?«, drängt sie, weil ich zögere, weiterzusprechen.

»Nein, überhaupt nicht«, lache ich und beuge mich vertrauensvoll zu ihr. »Erinnerst du dich noch, dass ich dir erzählt habe, dass wir uns noch einmal gesehen haben?« Jess nickt. »Das war, *nachdem* Parker und ich geheiratet hatten.«

»Wirklich?«, ruft sie aus, und ihre Augen glitzern nun vor Neugier.

Ihr Hunger danach, mehr über meine Liebesgeschichte zu erfahren, bringt mich zum Kichern, und ich bin aufgeregt, all das nach all den Jahren mit jemandem teilen zu können, anstatt es weiter im Tresor meiner Erinnerungen eingeschlossen zu lassen. Beinahe macht das den Verlust von Joe erträglicher.

»Er war hier in London, für einen Auftritt, und er gab eine Anzeige auf. Zu dem Zeitpunkt lief es zwischen Parker und mir nicht so gut. Wir hatten mehr als zehn Jahre versucht, ein Baby zu bekommen und hatten kein Glück. Er hatte zunehmend Druck auf der Arbeit. Ich war oft gelangweilt, der Großteil meiner Arbeit war weggefallen. Als ich Joes Anzeige sah, dachte ich: Was kann schon geschehen? So viele Jahre waren vergangen und Parker und ich waren eingespielt, trotz unserer Schwierigkeiten, sodass mir nicht einen Moment lang der Gedanke kam, dass die Leidenschaft zwischen Joe und mir noch existieren könnte.«

Ich schlucke schwer, denke an unser Treffen, besonders grausam, weil er nun nicht mehr da ist.

Es war auf einem Konzert im Barbican, ich sah seinen Auftritt von den Logen aus. Ich ummantelt von Dunkelheit, er badete im Licht. Ich war nah genug, um das Heben und Senken seiner Brust zu sehen, nah genug, um mir seinen Körper und sein Gesicht wieder einzuprägen, und doch weit genug weg, um seinen Duft nicht riechen oder die Haut auf seinen Armen nicht berühren zu können, die sich anspannten, wenn er spielte. Sosehr ich es mir auch wünschte.

Meine Hände wurden schwitzig, als ich nach dem Konzert an der Bar saß, an einem Wodka Orange nippte und darauf wartete, dass er zu mir kam. Und als er endlich eintraf, schien es, als würde mein Herz im wahrsten Sinne in mir wachsen. Ich zitterte, als er sich zu mir beugte und mich auf beide Wangen küsste, jedes Haar an meinem Körper war aufgerichtet, als ich seinen Duft inhalierte, vollkommen unverändert von der Zeit, die vergangen war.

Für einen Moment, der sich wie mehrere Minuten anfühlte, saßen wir da, ehe einer von uns sprach. Unsere Blicke suchten sich, unsere Augen glänzten, unsere Atmung ging flach. Erst als er sprach, bemerkte ich, dass wir einander instinktiv an den Händen hielten.

»Wollen wir spazieren gehen?«, fragte er, und ich stimmte zu. Auf dem Rücken trug er seinen Gitarrenkoffer, auf meinem Rücken trug ich die Last der Schuld.

Anfangs war unsere Unterhaltung freundlich, beide navigierten wir uns durch neues Territorium, jeder von uns unsicher, ob der andere den gleichen Schmerz fühlte, die gleiche Sehnsucht nach körperlicher Verbundenheit, bis Joe stehen blieb. Wie vom Donner gerührt. Und sich mir zuwandte.

Ohne zu zögern, küsste er mich, eine tiefe, leidenschaftliche Umarmung, die jede Unsicherheit darüber, was der andere fühlen mochte, zerplatzen ließ.

»*Mein Hotel ist gleich um die Ecke*«, sagte er.

»*Ja*«, antwortete ich, und er musste nichts weiter sagen. Ich schäme mich dafür, zu sagen, dass ich nicht ein einziges Mal an Parker gedacht habe, als wir den Fußweg entlangeilten, Hand in Hand, und zu diesem Hotelzimmer rannten ...

Stunden später trennten wir uns, dann dachte ich nur noch an Parker und an die Ausrede, die ich würde finden müssen. Allerdings stellte sich heraus, dass er eine Nachricht auf dem Anrufbeantworter hinterlassen hatte, um Bescheid zu geben, dass er im Büro übernachten würde.

»Nach diesem Treffen sind Monate und Jahre ins Land gezogen. Wir schrieben uns, sehr häufig«, erzähle ich Jess. »Doch dann kam Joy ...«

Ich stehe auf, gehe zur Treppenkammer und kehre mit einem Karton voller ungeöffneter Briefe zurück. »Jahrelang hat er mir treu jeden Monat geschrieben. Doch nach Joy habe ich nie mehr einen seiner Briefe geöffnet. Ich konnte mich nicht dazu bringen, irgendetwas anderes als Herzschmerz zu spüren. Mit den Jahren kamen seine Briefe immer seltener; heute ist es einfach eine Karte, ein- oder zweimal im Jahr.«

»Joan, das sind Hunderte«, stellt Jess fest, als ich den Deckel abnehme.

Eine Welle der Trauer überkommt mich, als ich feststelle, dass ich seine letzte Post bereits erhalten habe.

»Und alle in kalendarischer Reihenfolge«, sage ich und versuche, fröhlich zu klingen. »Ich habe mich bemüht, sie geordnet zu halten, und auch fern von Lichteinstrahlung.« Es ist wie eine Bibliothek von Briefen, wird mir bewusst. Meine Bibliothek der verlorenen Liebe.

»Was hält dich davon ab, sie zu öffnen?«, fragt sie und blättert vorsichtig durch die Sammlung von Umschlägen, in denen Kathleen sie mir weitergeleitet hat. Selbst nachdem sie ebenfalls nach Amerika zurückgezogen war, als Peter von seiner Stelle als Orchestermusiker berentet wurde, selbst nach Peters Auszug und nachdem meine Eltern beide verstorben waren, selbst nachdem sie und ich einander schon lange nicht mehr trafen, selbst dann fungierte sie noch als unsere Mittlerin.

»Gewohnheit, schätze ich«, obwohl ich weiß, dass das nicht die ganze Wahrheit ist.

Jess nickt wissend und hält die letzte Post, die vor etwa einem Jahr eingetroffen ist, vorsichtig in der Hand. Ich denke an den Nachruf, der auf August 2022 datiert gewesen war, und frage mich, ob er gewusst hatte, dass er dem Tod nah war, als er schrieb.

»Meine Mum hat im Laufe ihres Lebens kleine Videos für mich gemacht«, erzählt Jess, »doch vor allem gen Ende, als sie wusste, dass sie sterben würde. Ich habe sie gefunden, als ich die Wohnung aufgelöst habe. Lange

Zeit konnte ich sie mir nicht anschauen; es war zu schmerzvoll, zu frisch.«

Sie sitzt still da und denkt nach, ihre Finger umspielen die Kanten des ungeöffneten Umschlags.

»Schließlich hat meine Therapeutin mir geraten, sie anzuschauen. Um Mums Stimme noch einmal zu hören. Um meinen Ängsten entgegenzutreten. Sie sagte mir, ich würde nicht weitermachen können, solange ich das nicht täte.«

»Und hast du sie angeschaut?«

»Ja.«

»Hat es geholfen?«

»Absolut.« Sie reicht mir den Brief. »Vielleicht ist es an der Zeit für dich, dasselbe zu tun, Josephs Stimme noch einmal zu hören.«

Ich nehme ihr den Brief ab; nach allem, was sie mir eben sagte, kann ich das schwer verweigern. Ich bewundere Kathleens hübsche Handschrift und die wunderhübsche Luftpostmarke, die einen Blauhäher abbildet.

»Trau dich, Joan, öffne wenigstens den äußeren Umschlag.«

»Also gut«, sage ich und weiß, dass nichts passieren kann.

Ich fahre mit einem Messer unter das Siegel und greife nach dem Inhalt.

Darin befindet sich ein hellrosa Umschlag. Mir steht der Atem still beim Anblick von Joes Handschrift, so elegant und unverändert, auch nach fünfunddreißig Jahren, ganz anders als meine Schrift, die krakelig und erratisch geworden ist.

»Du schaffst das, Joan«, ermutigt mich Jess, als ich den Umschlag umdrehe, um das Siegel anzusehen.

Ich weiß, dass es dumm ist, Angst vor dem Öffnen eines Briefes zu haben, doch jede Faser meines Körpers sagt mir, ich solle es nicht tun, dass eine Flut an Gefühlen freigesetzt werden würde, die mich ertränken könnte. Aber Jess' Begeisterung macht mich unvorsichtig, und schon bald habe ich den Brief geöffnet und seinen Inhalt hervorgeholt.

Doch in diesem Umschlag ist nicht nur ein Brief; darin ist eine Wolke von Joes Geruch, die mich direkt zurück in jene Nacht bringt, vor siebenunddreißig Jahren, zu dem Mann, den ich mehr anhimmelte als das Leben selbst, und der Raum um mich beginnt, sich zu drehen.

»Joan?«, fragt Jess, als ich erstarre, der Brief noch halb im Umschlag.

»Ich kann nicht«, stammle ich und hieve mich hoch, um zu fliehen. In meiner Hektik fällt der Brief zu Boden.

Meine liebste Joany,

von all den Briefen, die ich dir im Lauf der vergangenen sechzig Jahre geschrieben habe, ist dies wohl der wichtigste. Erlaube mir, dir drei Dinge zu erzählen:

1) Seit dem Tag, an dem du gegangen bist, habe ich in derselben Wohnung gelebt, in der Hoffnung, dass ich eines Tages auf ein Klopfen an der Tür antworten und dich davor finden würde.

2) Ich habe die Welt bereist und dich in jedem Winkel gefunden, ich habe Musik gespielt, in die stets die Angst gewoben war, dich zu verlieren.

3) Ich habe mir dein Leben als ein Leben voller Opfer und Kompromisse vorgestellt, und du glaubst vielleicht, meines sei ein freies Leben gewesen. Doch lass mich dir versichern, dass jegliche Freiheit verloren war an dem Tag, als du gegangen bist. Auch ich habe ein Leben voller Kompromisse gelebt; ich lebte ohne die Frau, die ich liebte.

An jenem Abend auf der Radio City Music Hall wollte ich um deine Hand anhalten. Ich wollte dich heiraten, dir die Kinder schenken, die du dir so sehr wünschtest. Mein Traum war die Erfüllung deines Traumes.

Den Ring habe ich noch immer. Ich bewahre ihn auf in der Hoffnung, ihn dir eines Tages geben zu können. Bis dahin ...

Ewig dein
Joseph

Lieber Joseph,

mein Name ist Jess, und ich lebe bei Joan, die Sie, wie ich glaube, gut kennen. Ich habe Ihre Adresse in einem Brief entdeckt, den Sie Joan vergangenes Jahr geschrieben haben. Ich hoffe, es macht Ihnen nichts aus, dass ich schreibe. Anlass für meinen Brief ist, dass ich glaube, dass Joan Sie gern wiedersehen würde, doch aus Gründen, die ich nicht genau kenne, hält sie sich zurück.
Wenn auch Sie sie gern wiedersehen und anknüpfen möchten, dann würde sie sich sehr freuen, Sie zu sehen, davon bin ich überzeugt.
Bitte schreiben Sie mir, und sei es nur, um abzusagen.

Herzliche Grüße
Jess Harris

31

JESS

In der Küche höre ich, wie die Post durch den Briefschlitz fällt, und ich eile nach vorn, um zu sehen, ob etwas für mich dabei ist. An jedem Morgen in den letzten beiden Wochen, seitdem das Kino geschlossen hat, war mein Morgenritual dasselbe: Laufen. Duschen. Post. Meine Läufe haben mich durch ganz London geführt, meine Füße trommeln auf den Wegen, um das Trommeln der Gedanken in meinem Gehirn zu übertönen, die sich nur darum drehen, was ich mit meinem Leben als Nächstes anstellen soll, und wie. Meine Duschen waren ausgiebig, ich plane, wie ich die leeren Tage fülle und Joan die Miete zahlen kann, die mir zu erlassen Joan so freundlich angeboten hat, was ich aber vor lauter Stolz nicht annehmen wollte. Der Höhepunkt der meisten Tage war das Geräusch der Post, die auf den Fliesenboden der Diele plumpste und die Hoffnung entweder auf Mr PO Box oder Joseph barg.

An diesem Morgen öffne ich die Innentür und entdecke zwischen den langweiligen braunen Umschlägen mit Rechnungen sofort einen vertrauten cremefarbenen.

Mein Herz klopft, und als ich ihn aufhebe, erkenne ich meine eigene Handschrift. Dort, wo ich Josephs New Yorker Adresse hingeschrieben hatte, befinden sich nun zwei dunkle Linien und die Worte ZURÜCK AN ABSENDER sind diagonal darübergekrakelt.

Ich stelle mir vor, wie die Person, die jetzt dort lebt, eilig auf den Umschlag schreibt, vielleicht im Glauben, jemandem einen Gefallen zu tun, nicht wissend, dass sie stattdessen eine Sackgasse schafft.

Humphrey entfährt ein kleines Jaulen von dort, wo er in seinem Bett liegt.

»Ich weiß«, sage ich und gehe zu ihm. »Ich möchte auch nicht, dass dies das Ende von Joans Liebesgeschichte ist. Aber er hat nicht auf meine Anzeige geantwortet, und der Brief ist unbeantwortet zurückgekommen. Was könnte ich sonst noch tun?«

Gemeinsam gehen wir zum Klavier, wo ich mich auf den Hocker setze; mein Blick wandert in den Garten, die Sommersonne fällt auf den trockenen Rasen. Ich frage mich, ob ich einen Pfad übersehen habe. Humphrey streift durch den Raum, als würde er das Unmögliche herausfinden wollen: wie man eine verlorene Liebe wiederfindet.

Während ich meine Tonleitern übe, denke ich an Josephs Brief und daran, dass ich es Joan verschwiegen habe, ihn gelesen zu haben. Ich frage mich, ob es ich es ihr sagen sollte, ob ich noch einmal versuchen sollte, sie dazu zu bringen, ihn zu lesen, ob sie wirklich gerne wüsste, dass der Mann, den sie mehr als alles auf der Welt geliebt hat, es bedauert, sie nicht geheiratet zu haben, dass er um ihre Hand anhalten wollte …

Aus den Augenwinkeln sehe ich einen Teil der Treppenkammer. Ich will so unbedingt online sein und meine eigene Suche nach Joseph beginnen, dass ich vom Klavier aufstehe und dorthin gehe. Doch als ich den Türgriff schon umklammere, stelle ich mir Joans Enttäuschung ebenso wie meine eigene vor, wenn sie erfährt, dass ich unser Versprechen gebrochen habe.

Bleibt also nur noch eine andere Möglichkeit, denke ich bei mir selbst, gehe hinauf, um mich anzuziehen und einen Sprung zum Zeitungsladen zu machen, um eine Ausgabe der ›New York Times‹ zu kaufen. Ich schätze, der einzige Weg, der mir bleibt, um Joseph zu finden, ist, die JNY19-SUCHT-JO22-Anzeige irgendwo zu platzieren, wo er sie mit einer höheren Wahrscheinlichkeit entdecken kann.

Ich bin noch im BH, als ich aus dem Flur eine Stimme höre. »Hallo?«

Mein Herz hüpft, ich weiß sofort, dass es Ed ist.

»Jemand zu Hause?«

Irgendetwas an seiner Anwesenheit im Flur und mir im BH verursacht bei mir eine Gänsehaut. Ich hoffe, wider jede Vernunft, dass er verschwindet, wenn ich nur lang genug stillstehe.

Vorsichtig lausche ich und versuche, seinen Weg durch das Haus nachzuverfolgen.

»Hallo«, ruft er noch mal. Diesmal ist seine Stimme näher, und ich höre, wie er die Treppe heraufkommt.

»Mum? Jess? Wo seid ihr?«, fragt er erneut, inzwischen noch näher.

Ich schnappe mir mein T-Shirt vom Bett, als es auch schon der Tür klopft.

»Eine Sekunde«, rufe ich und werfe mir mein Top eilig über.

»Da bist du ja«, begrüßt er mich, als ich die Tür öffne. Er sieht entspannt aus in einem ausgeblichenen T-Shirt, das an all den richtigen Stellen etwas enger sitzt, und in Jeans. In den Armen hält er einen Strauß hübschen pinken Rittersporn.

»Hey«, erwidere ich und schiebe die Hände tief in die Taschen meiner Jogginghosen, beschämt, dass er mich schon wieder ohne Make-up und mit unfrisierten Haaren antrifft. Ich nicke in Richtung der Blumen. »Joan ist nicht da. Sie ist heute mit Pamela unterwegs.«

»Tatsächlich habe ich die für dich mitgebracht«, sagt er und will sie mir geben. Ich mache keine Anstalten, die Hände aus den Taschen zu ziehen. »Mum sagte mir, dass es dir nicht so gut geht.«

»Was kümmert es dich?«, zucke ich die Schultern, schiebe mich an ihm vorbei und will hinuntergehen, überrascht und ein wenig geschmeichelt, dass ihn das interessieren könnte.

»Ich habe mir Sorgen gemacht«, sagt er und folgt mir.

Ich spotte über seinen verblüffenden Mangel an Selbstreflektion, und das ziemlich sauer.

»*Du* hast dir Sorgen gemacht«, töne ich und umrunde den Treppenfuß. »Der Mann, der das Portland geschlossen hat, ein hundertjähriges Kino. Der Mann, der uns alle den Job gekostet hat. *Du* machst dir Sorgen um *mich*?«

Er steht ruhig da und nimmt meine Wut an.

»Du solltest gehen«, sage ich und gehe in die Küche.

»Lass mich die ins Wasser stellen«, sagt er und folgt mir weiter. Er füllt eine Vase, entfernt das Papier, schneidet sogar die Stiele an und stellt sie dann auf den Tisch. »Für dich«, lächelt er.

Ein Teil von mir möchte ihm danken, doch ich tue es nicht.

»Mariko lässt dich grüßen«, fährt er fort und setzt ganz beiläufig den Kessel auf. »Du weißt, dass sie für mich in der Filiale in Westbourne arbeitet.«

»Ich habe es gehört«, sage ich und entspanne mich ein wenig, froh, dass Mariko nicht arbeitslos ist, dass sie die Manageraufgabe bekommen hat, die sie verdient, selbst wenn es nicht in einem Kino ist, was ihr, wie ich weiß, lieber gewesen wäre.

»Sie ist wie ein Drillsergeant im Hosentaschenformat. Ich hatte noch nie so eine gut ausgebildete, disziplinierte Gruppe von Angestellten.«

»Das freut mich für sie«, sage ich und möchte ihn nach Daniel fragen, ob Charlie inzwischen einen alternativen Ausstellungsort finden konnte, doch ich kann es nicht.

»Was ist mit dir? Irgendwas in Aussicht?«

»Ein paar Dinge«, sage ich, was eine reine Lüge ist, aber ich habe nicht die Absicht, ihn wissen zu lassen, dass jeder Job in der Filmbranche, der ausgeschrieben wird, mindestens fünfhundert Bewerbungen generiert und dass ich bisher nirgends in die engere Auswahl gekommen bin.

Ich beschäftige mich mit Dingen, die nicht zwingend getan werden müssten: Ich wechsle Humphreys Wasser, fülle seinen Futternapf und fege den Küchenboden.

Ed reicht mir eine Tasse Tee. Ich stelle den Besen weg und gehe hinaus in den Garten.

»Wie geht es dir?«, frage ich, unfähig, seine Trauer auszublenden.

Er setzt sich neben mich auf die Bank neben der Hintertür. »Ich habe zu tun, das hilft. Und ich habe jemanden, der mir hindurchhilft.«

»Gut«, bemerke ich und erinnere mich an Izzy. Ich frage mich, warum er sie in all den Monaten noch nie mit nach Hause gebracht hat. Ich lasse meinen Finger den Tassenrand entlangfahren. »Es muss schwer sein.«

»Jeder verliert jemanden, es ist Teil des Lebens.«

»Stimmt«, bestätige ich, und der Tag, als Mum gestorben ist, blitzt wieder vor mir auf.

Sie war wochenlang im Krankenhaus gewesen mit einer Blutvergiftung, wurde mit jedem Tag, der verging, schwächer und schwächer. Als die Ärzte mir sagten, dass sie dem Ende nah sei, entschieden wir, sie nach Hause zu bringen, ihr das Gefühl ihres eigenen Bettes zu ermöglichen, von all den Menschen und Dingen umgeben zu sein, die sie liebte.

Am Abend bevor sie starb, haben wir mit Sherry und Debs einen Filmabend gemacht, zu viert waren wir auf ihr Bett gekuschelt und schauten ›Wie ein einziger Tag‹, dabei schluchzten wir untröstlich, als am Ende Noah zu Allie flüsterte »Gute Nacht, ich werde dich wiedersehen« und sie beide Richtung Himmel verschwinden; unsere Tränen galten nicht ihrer wunderbaren Liebesgeschichte, sondern dem Verlust der Liebe, von dem wir wussten, dass er bevorstand.

Sherry und Debs gingen an dem Abend mit den Worten heim, sie kämen am Morgen wieder, um beim Aufräumen zu helfen, doch als ich am nächsten Tag neben Mum aufwachte, war sie gegangen, und in diesem Moment wünschte ich, dass ich, wie Noah und Allie, mit ihr gegangen wäre. Wir saßen einige Stunden gemeinsam da, ehe Sherry und Debs kamen und die notwendige Organisation übernahmen. An nichts davon kann ich mich erinnern, nur daran, dass sie da waren, und das war das Allerwichtigste.

Ed nippt an seinem Tee und schaut in den Garten. »Ist deine Kontaktanzeige am Ende noch gekommen?«

Irgendetwas an der Art, wie er »deine Kontaktanzeige« sagt, klingt komisch. Es ist, als bezöge er sich nicht wirklich auf die Person, die ich treffen wollte, sondern auf meine Einsamkeit; meine eigene Zerbrochenheit. Ich frage mich, ob er sich auch zerbrochen fühlt.

»Nee. Wir schreiben uns wieder nur.« Ich umfasse meine Tasse etwas fester.

»Aber du bist verrückt nach ihm, oder?«, fragt er und schaut mich an.

Ich halte inne, verwirrt, und studiere sein Gesicht. »Woher weißt du das?«

Er zuckt mit den Schultern. »Konnte ich an der Art, wie du an dem Tag im Café auf mich reagiert hast, sehen. Du warst sehr offensichtlich enttäuscht.«

Meine Erinnerung bringt mich zurück zu all den furchtbaren Dingen, die ich gesagt habe. »Es tut mir leid, wenn ich fies gewesen bin«, sage ich und schaue ihm in die Augen, denn obwohl ich all das gefühlt habe, wäre es nicht nötig gewesen, es auch genauso auszusprechen.

»Mir tut es auch leid«, sagt er und hält meinem Blick stand.

Ein kleiner Moment hängt zwischen uns, der unvertraut vertraut ist.

»Du hast mich in einem verletzlichen Moment erwischt«, sage ich ihm und schaue weg, während ich mir
wünsche, zulassen zu können, verletzlich zu sein, »mein
Herz zu öffnen«, wie Zinnia geraten hat.

»Du hattest jedes Recht der Welt, so zu reagieren, wie
du es getan hast. Ich habe etwas getan, das dich verletzt
hat, auch wenn das nie meine Absicht gewesen ist.«

Und dann geschieht es erneut, ein weiterer Moment
zwischen uns, als käme die Erde ins Rutschen.

»Du solltest versuchen, ihn noch einmal zu treffen«,
sagt er sanft.

»Warum?«

»Du willst dich doch nicht fragen, was hätte sein
können, oder?«

Ich sage nichts und beobachte ihn.

»Schließlich klingt er wie der perfekte Gentleman, ein
romantischer Held ...« Seine Augen glitzern, und ich bin
nicht ganz sicher, ob er mich neckt oder nicht. »Genau
wie der Typ aus ›e-m@il für Dich‹ ... wie hieß er noch
mal?«

»Joe Fox«, poltert es schon aus mir heraus, ehe ich
mich stoppen kann.

»Stimmt. Joe Fox. Aber warte. Joe Fox war nicht
immer der Gute, oder? War er nicht auch der Antiheld ...?«

»Genug ...«, unterbreche ich ihn, verwirrt und frustriert, dass er etwas benutzt, was Mum und mir so viel
bedeutet hat, nur weil er ... was? Mit mir spielen möchte?

Ich erhebe mich und verweile noch ein wenig an der
Hintertür.

Er hebt entschuldigend eine Hand und steht auf, um zu gehen.

»Ich hoffe, du triffst ihn bald«, sagt er, und diesmal schiebt er sich an mir vorbei, und für den Bruchteil einer Sekunde spüre ich etwas zwischen uns, das mir das Gefühl gibt, ich möchte nicht, dass er geht, dass er stattdessen noch ein wenig länger neben mir bliebe.

»Es wäre schade, wenn dir die Chance entginge, die eine Person zu treffen, die genau diesen ...«, er stockt, und ich spüre erneut dieses Gefühl, als würde ich wollen, dass er näher kommt. »Wie würdest du es sagen?«, fragt er lächelnd. Dann hebt er einen Finger, als fiele es ihm plötzlich wieder ein. »Ich weiß es – diesen *magischen Funken* haben könnte.«

Juli 2023

Lieber Mr PO Box,

denkst du, wir sollten noch einmal versuchen, uns zu
verabreden? Ich würde gern, wenn du auch magst ...

CineGirl

32

JOAN

»Ich bin immer noch nicht sicher, ob wir das machen sollen«, sage ich zu Pamela, als sie mit ihrem Volkswagen in eine Seitenstraße der Goldhawk Road abbiegt.

»Warum nicht?«, fragt sie, stellt den Motor ab und greift auf den Rücksitz nach ihrer Thermoskanne und zwei Tassen, die sie auf dem Armaturenbrett abstellt.

»Es fühlt sich nicht richtig an. Es geht uns nichts an.«

»Joan, das Mädchen steckt fest, sie braucht einen Abschluss. Wenn sie diese Beziehung nicht hinter sich lässt, kommt sie nicht weiter.«

»Ja«, murmle ich und weiß, dass Pamela recht hat. Dennoch werde ich das Gefühl nicht los, mich einzumischen, auch wenn Jess etwas Ähnliches getan hat, als sie die Anzeige für Joe aufgegeben hat.

»Wir wollen doch nur ihr Bestes«, versichert sie mir und wühlt in ihrer Handtasche. Sie holt ihr Handy heraus und öffnet ein Bild von Liam, das sie auf Instagram gefunden und gespeichert hat. »Das sollte uns helfen, ihn zu erkennen, wenn wir ihn sehen.«

»Es muss einhundert Liam Andersons in London geben«, sage ich und deute damit an, dass die Chancen, dass ausgerechnet dieser Liam Jess' Exfreund ist, gen null gehen.

»Aber nicht einhundert, die Grafikdesigner sind«, sagt sie, überzeugt davon, dass wir auf den richtigen Mann warten.

»Nein«, stimme ich zu und denke daran, wie wir hierhergekommen sind.

Letzte Woche war Pamela zu mir gekommen, um mich ein wenig wegen der Reise nach New York zu bearbeiten. Nachdem ich *sowohl* diese Unterhaltung *als auch* die darüber, dass ich »mit William persönlich abschließen solle, anstatt ihn nur zu ›ghosten‹«, geblockt hatte, kam sie auf Jess und Liam. Ich erwähnte die Tatsache, dass er Grafikdesigner sei, und ehe ich mich versah, hatte sie ihr Telefon herausgeholt und eine Suche nach »Liam Anderson Grafikdesigner London« begonnen.

Ihre Suche brachte jemanden zutage, der in Shepherd's Bush arbeitete, aber weil uns klar war, dass wir nicht einfach auf der Arbeitsstelle irgendeiner wildfremden Person auftauchen und sie ansprechen konnten, schränkte sie dann ihre Suche auf eine Gegend ein und entdeckte einen Instagram-Account unter dem Namen @Anders-Li. Dort entdeckte sie Fotos mit einem Takeaway-Essen auf einem Armaturenbrett, das Logo des Autos und dessen Farbe im Hintergrund, und als sie heranzoomte, erkannte sie den Namen der Straße, in der wir nun parkten.

Ihr Spürsinn erstaunte mich, ebenso wie der komplette Mangel an Privatsphäre und Anonymität heutzutage. Ich war dankbar dafür, dass dies in meiner Jugend anders gewesen war.

»Hast du dich schon entschieden, ob du mit mir nach New York kommst?«, fragt sie.

»Ich glaube, ich mache es«, sage ich. »Doch, ich komme mit.«

Pamela verschluckt sich beinahe an ihrem Kaffee.

»Wirklich?«

»Warum nicht?«, frage ich zurück und will Pamela nicht erklären, dass ich jetzt, wo ich nicht mehr Gefahr laufe, Joseph über den Weg zu laufen, viel weniger zu befürchten habe. Mir wird klar, dass es ziemlich lächerlich von mir war, anzunehmen, dass ich ihm je über den Weg laufen würde in einer Stadt mit mehreren Millionen Seelen, dass die Angst merkwürdige Dinge mit einem Menschen anstellen kann. Und es wäre schön, die Stadt wiederzusehen; sehr wahrscheinlich ist sie kaum wiederzuerkennen, ein völlig neues Abenteuer, nur wenig, das mich an meine Leiden erinnern wird. Ich habe sogar schon darüber nachgedacht, Kathleen zu kontaktieren.

»Gute Entscheidung, Joan«, sagt sie und stößt ihre Kaffeetasse gegen meine, und dann redet sie sich heiser darüber, was wir alles tun könnten: die Museen, die Parks, das Shopping.

»Ich komme mir albern vor«, sage ich, nachdem wir schon mehr als eine halbe Stunde im Auto gesessen haben, unsere Thermoskanne und eine Packung Kekse auf dem Armaturenbrett, Pamelas Handy mit Liams Bild in ihrer Telefonhalterung.

»Dort!«, ruft Pamela, reicht mir eilig ihren Kaffee, schnallt sich an und startet das Auto.

»Was hast du gesehen?«, frage ich, weil mir nichts aufgefallen ist.

»Das Auto. Den schwarzen Mercedes A-Klasse. Kennzeichen SH53 FEI«, ruft sie, rangiert das Auto aus der Parklücke und biegt zügig auf die Goldhawk Road ab, während ich die damit einhergehende Lawine aus Kaffee und Keksen auffange.

Pamela fädelt sich durch den Verkehr, und ich muss an die Filme denken, die Edward als kleiner Junge an einem Sonntagnachmittag anschaute, während ich mich an den Türgriff klammere.

»Dort«, rufe ich, als ich ihn vor einem Müllwagen links abbiegen sehe. Dabei staune ich, wie sehr ich doch involviert in das alles hier bin.

»Gut gesehen«, brüllt Pamela, ihre Hände umfassen das Lenkrad fest, als sie die Kurve nimmt.

»Jetzt ist er nach rechts, von uns aus die zweite Straße«, sage ich, und Pamela folgt meiner Ansage, verlangsamt, als sie in eine Anwohnerstraße abbiegt. Der Mercedes hat ein paar Hundert Meter vor uns geparkt. »Fahr langsam und lass ihn aussteigen.«

Pamela schleicht die Straße hinab und hält ganz an, als wir sehen, wie der Mann seinen Wagen aus der Ferne verschließt und in einem Reihenhaus verschwindet.

Merkwürdig ist, dass der Mann ganz anders aussieht als die Person, die ich mir vorgestellt habe, einen kaltblütigen, abgestumpften Kriminellen; in Wahrheit sieht er sehr durchschnittlich aus, ohne besondere Merkmale, beinahe bescheiden.

Kein Moment ist so gut wie die Gegenwart, sage ich mir, als ich zu Hause ankomme und Jess auf der Veranda sitzen sehe, tief in Gedanken versunken.

»Ein Penny für deine Gedanken«, sage ich, als ich mich neben sie setze.

Sie schüttelt den Kopf, als würde sie körperlich ihre Probleme abschütteln. »Wie war dein Tag mit Pamela?«

Ich könnte mit einer Phrase antworten, »sehr angenehm«, »schön, mit ihr Zeit zu verbringen«, irgendetwas sagen, das nichts verrät und auch keine Lüge ist, aber die Aussicht, Jess nichts von Liam zu sagen, wo ich doch weiß, was sie durchgemacht hat, fühlt sich einfach nicht richtig an.

»Du darfst nicht böse mit mir sein«, sage ich und fürchte ihre Reaktion, als sie sich mir mit einem verwirrten, etwas amüsierten Gesichtsausdruck zuwendet, als könne sie sich nichts vorstellen, womit ich sie vor den Kopf stoßen könnte. »Es ist eigentlich auf Pamelas Mist gewachsen«, füge ich hinzu, unfairerweise, weil ich die Verantwortung von mir schieben will. »Wir haben Liam gefunden.«

Jess starrt mich an, ihr Gesicht drückt Fassungslosigkeit aus, als hätte ich soeben etwas vollkommen Unverständliches gesagt.

»Was meinst du?«, fragt sie schließlich, wahrscheinlich in der Annahme, es müsse eine andere Erklärung als die offensichtliche geben.

»Pamela hat online nach ihm gesucht, und wir haben ihn gefunden.« Ich gebe ihr die Adresse, die ich auf die Rückseite einer kleinen Kekspackung geschrieben habe.

Sie hält das Stück Pappe in ihrer Hand, als sei es der Code für eine Rakete.

»Wie?«, fragt sie leise und gibt mir den Schnipsel zurück.

Ich erläutere ihr Pamelas Internetsuche bis hin zu der schlussendlichen Autoverfolgung.

Und gerade als ich denke, sie könnte vor Ärger platzen, tut sie das Gegenteil: Sie bricht in Lachen aus.

»Du und Pamela? Auf einer Überwachungsmission?«, fragt sie, und ihre Augen glänzen.

»Ja«, bestätige ich, froh, dass die Vorstellung sie amüsiert.

Sie vertraut mir an, dass Liam und sie ein Paar wurden, nachdem ihre Mutter verstorben war, als sie sich »hilflos« gefühlt hat und »Fürsorge und Zuneigung« brauchte, Dinge, die er ihr haufenweise geben konnte. Und sie erzählt von der Wohnung, die sie kaufen wollte, dass er mit ihr zusammen einziehen sollte, aber dass er zwei Tage vor Abschluss des Kaufvertrages die Anzahlung verhindert hat.

»Darum habe ich auf deine Anzeige geantwortet«, schließt sie. »Nachdem er das Geld genommen hatte, verschwand er. Er änderte all seine Kontaktdetails, sein Social Media; es gab nirgends eine Spur von ihm.«

»Hast du es der Polizei gemeldet?«, frage ich, und die Ähnlichkeiten unserer Geschichten bleiben mir nicht verborgen.

»Ich habe darüber nachgedacht, aber irgendetwas hat mich zurückgehalten. Ich habe mich geschämt, mich taub gefühlt, schätze ich. Ich wollte es irgendwann tun, aber du weißt ja, wie das ist.«

»Geheimnisse werden begraben«, flüstere ich und

kenne ihren Schmerz nur zu gut, während mir klar wird, dass das Leben, das ich auf ihrem Instagram gesehen habe, nur die halbe Wahrheit ist.

Glücklicherweise ist Jess zu beschäftigt mit ihren eigenen Gefühlen, um zu bemerken, wie mich die meinen überwältigen.

»Es tut mir leid, dass ich es dir bisher nicht gesagt habe. Ich hatte Angst, du könntest es nicht verstehen oder würdest mich verurteilen«, zuckt sie mit den Schultern. »Es hat mich sehr mitgenommen. Seitdem ist alles, was ich möchte, Sicherheit, und dass ich wieder lerne, zu vertrauen.«

»Vielleicht musst du zuerst verstehen, warum er es getan hat. Dem Schmerz ins Auge sehen, wie du es mit den Videos deiner Mutter gemacht hast. Es ist besser, es zu wissen, als ahnungslos zu bleiben«, sage ich und wünschte, ich hätte auch in meinem eigenen Leben diese Stärke.

Jess antwortet nicht.

»Sie würde das doch auch wollen, oder? Nur so kannst du nach vorn schauen.«

Ich drücke ihr die Adresse erneut in die Hand, und diesmal nimmt sie sie an.

Juli 2023

Liebes CineGirl,

ich möchte dich sehr gerne treffen, doch im Moment habe
ich zu viel um die Ohren.
Kannst du noch eine Woche oder zwei abwarten? Ich
verspreche dir, wir treffen uns, sobald ich kann.
Für den Augenblick: Sei stark und nimm die
Veränderung an.

Mr PO Box

33

JESS

Ohne meine Fitnessapp habe ich den Überblick darüber verloren, wie viele Meilen ich gelaufen bin, seitdem das Kino geschlossen hat, oder wie viele verschiedene Varianten meines Lebens ich mir vorgestellt habe. Aber an diesem Morgen, während ich die South Bank entlangjogge, mir meinen Weg durch die mäandernden Touristen suche und genieße, wie die Sonne auf der Themse tanzt, kann ich nur an Ed denken und an den Satz, den er gesagt hat: »Es wäre schade, wenn dir die Chance entginge, die eine Person zu treffen, die genau diesen magischen Funken haben könnte.« Als er das sagte, hatte ich im Gefühl, dass ich das zuvor schon mal gehört hatte, vielleicht in einem Film, oder dass er es ein andermal gesagt hatte oder dass es vielleicht etwas war, das ich selbst gesagt hatte. Und dann schlägt es ein wie ein Blitz, während ich laufe, dass Mr PO Box genau das in einem seiner Briefe geschrieben hatte, und was für ein merkwürdiger Zufall das doch war.

Die letzten Wochen bin ich gelaufen und gelaufen. An der Wohnsiedlung vorbei und noch mal drum herum, habe an Mum gedacht und daran, was vielleicht geschehen wäre, wäre sie nicht krank geworden, wenn ich nicht mit Liam zusammengekommen wäre, was sie mir jetzt raten würde, wo die Wohnung und das Kino Geschichte sind. Genau wie Debs hätte auch sie mir geraten, das zu tun, was ich wollte, mutig zu sein. Aber zum ersten Mal in meinem Leben ist mir der Mut ausgegangen.

Ich lief am Kino vorbei, völlig verrammelt, leblos, und fragte mich, was geschehen wäre, wenn ich mit noch mehr Einsatz nach einem Käufer gesucht hätte, wann die Arbeiten hier wohl beginnen würden und wie lange sie dauern würden. Ich rannte durch alte und neue Straßen und versuchte vergebens, die Vergangenheit auseinanderzuräufeln und auf diesem Wege den Faden in meine Zukunft zu finden.

Und am Ende eines jeden Laufes kehrte ich zu Joan zurück, jedes Mal erinnerte ich mich an den Tag, als Debs mich hier abgesetzt hatte und als ich so sicher war, dass dies ein Neuanfang statt eines Endes für so viele Dinge sein würde, wie es das inzwischen war.

Jetzt, während ich unter dem Bauwerk der Waterloo Bridge hindurchlaufe, um Cormac für einen Spaziergang am Wasser entlang zu treffen, höre ich, wie jemand ruft: »Hey, mach langsamer!«

Ich schaue mich um, die Stimme gilt mir, und während ich das tue, sehe ich jemanden winken, draußen auf einem Caféstuhl vor dem British Film Institute.

Es ist Ed.

»Hi«, sagt er und sieht lässig aus in seinem T-Shirt und den Jeans mit einer alten Strickjacke gegen die Frische des Schattens.

»Hi«, sage ich, unsicher, ob ich zu ihm gehen soll. Es hat etwas von unserem ersten Treffen im Haus, nur anders.

Viele Monate voller Verlangen und Hass und nun, was: Freundlichkeit, Freundschaft, kein Mr Arschloch mehr?

Er zieht den Stuhl neben sich heraus und klopft auf ihn.

»Was machst du hier?«, frage ich und geselle mich zu ihm, während ich denke, dass das BFI ein unglücklicher Ort für jemanden ist, der gerade im Alleingang ein historisches, unabhängiges Kino geschlossen hat.

»Ich bilde mich fort«, lächelt er vorsichtig und winkt einen Kellner heran.

Ich bestelle einen Saft.

»Was hat es mit dem ganzen Laufen auf sich? Mum sagte, du rennst jeden Tag stundenlang.«

»Schätze, ich versuche, mir über meine Zukunft klar zu werden«, erwidere ich und bin froh, zu hören, dass Joan und er miteinander sprechen.

»Oder läufst du vor deiner Vergangenheit weg?«

Ich zucke mit den Schultern, wissend, dass an dem, was er sagt, sicher auch etwas dran ist.

»Wonach suchst du?«, fragt er, und komischerweise muss ich überhaupt nicht nachdenken.

»Nach den Basics: Zuhause, Beziehung, Karriere. Nach den Dingen, die jeden glücklich machen.«

Ed zieht die Brauen zusammen, wodurch er aussieht wie ein süßer Hundewelpe.

»Was sind deine Leidenschaften?«, möchte er wissen.

Jetzt bin ich es, die ihr Gesicht verwirrt verzieht.

»Wofür brennst du?«, drängt er weiter.

»Film«, antworte ich.

»Na bitte, da hast du es. Mach das.«

»So einfach ist das nicht«, zucke ich mit den Schultern, fast schon defensiv.

»Na klar ist es das. Kathleen Kelly hatte einen Buchladen, er schloss, sie wurde Schriftstellerin. Du hast ein Kino geleitet, es schloss, du wirst eine …«, er wartet auf meine Antwort.

»Eine Produzentin.«

»Ist das dein Traum?«

Ich nicke.

»Dann folge ihm. Ich verspreche dir, Jess, wenn du das machst, werden sich all die anderen Dinge fügen.«

»Wie kannst du dir da so sicher sein?«, frage ich und denke an Mr PO Box und daran, dass er beinahe den gleichen Rat gegeben hat, und an Debs. »Du kommst selbst nicht wirklich wie der König der Leidenschaften rüber.«

»Vielleicht nicht, aber ich arbeite daran. Und ich weiß sicher, dass man die Dinge denken muss, um sie wahr zu machen.«

»Wofür brennst du denn?«, frage ich und drehe den Spieß um.

Er zuckt mit den Schultern und es fühlt sich so an, wie damals im Coffeeshop, als würde er irgendetwas zurückhalten.

Das Eintreffen meines Getränkes lenkt uns ab, und während ich trinke, erzählt er mir, dass Zinnia kürzlich bei I-Work vorbeigekommen ist und ihre Nummer bei Mariko gelassen hat. Er schreibt sie von seinem Handy auf eine Serviette für mich ab.

»Sie möchte, dass du sie anrufst.«

»Danke«, sage ich, dankbar, jetzt ihre Nummer zu haben, hatte ich sie doch vermisst im letzten Monat.

»Gern geschehen«, erwidert er warmherzig, beinahe liebevoll, wenn ich ihn richtig deute.

Wir sitzen eine Weile, beobachten Menschen, bis mir kühl wird.

»Möchtest du ein bisschen gehen?«, fragt er.

»Ich bin mit jemandem verabredet«, erwidere ich. Wobei mir auffällt, dass ich Cormac nicht gesehen habe, wie er vorbeiging, und dass wir ohnehin in die richtige Richtung laufen würden. Also füge ich an: »Klar, warum nicht?«

Ed bietet mir seine Strickjacke an, und ich nehme sie gern, in der Hoffnung, dass ihm nicht auffällt, wie die Wärme der Wolle auf meiner Haut und der leichte Duft seines Parfums, der in den Fäden hängt, meinen ganzen Körper mit Gänsehaut bedecken.

»Meinst du *ihn*?«, fragt er, als wir an der Royal Festival Hall vorbeigehen, wo ich die Terrasse nach Cormac absuche.

»Wen?«

»Deinen Kontaktanzeigentypen.«

»Oh. Nein«, sage ich, leicht vor den Kopf gestoßen. Zum ersten Mal seit einer Weile spukt Mr PO Box nicht überall in meinem Kopf herum. »Ich treffe jemand anderen, jemanden, den ich irgendwie date.«

»Irgendwie date?«, fragt er nach.

»Ich weiß nicht. Er ist nett, er ist toll, wir treffen uns ungefähr einmal pro Woche, er will mehr ...«, ich überlege, was ich will, bin aber noch immer nicht dahintergekommen. »Ich bin nicht so weit wie er, noch nicht.«

»Wegen des Kontaktanzeigentyps?«

Ich schaue Ed an und frage mich, wie es kommt, dass er mehr über mein Liebesleben weiß als ich selbst.

»Weißt du, ich habe dich nie für sehr einfühlsam gehalten«, sage ich, während wir weitergehen.

»Na, herzlichen Dank auch«, lacht er trocken.

»Um fair zu sein, du hast mir nicht sehr viele Anhaltspunkte gegeben.«

»Das ist wahr«, stimmt er zu. »Ich kann ein Buch mit sieben Siegeln sein.«

»Ed, Guantanamo Bay ist einfacher zugänglich als du!«

Er lacht, dann hält er an einem Zeitungsstand neben dem London Eye, geschmückt mit Union-Jack-Wimpeln. »Hab keine Angst, ihn zu treffen, Jess. Er müsste verrückt sein, nicht so begeistert von dir zu sein, wie du von ihm bist.«

»Danke«, sage ich, gerührt von seiner Freundlichkeit, und überlege, wie ich Mr PO Box noch mal nach einem Treffen fragen kann, ohne verzweifelt zu wirken.

Während ich mich nach Cormac umschaue und darauf warte, dass Ed seine Ausgabe des ›Economist‹ bezahlt, entdecke ich, gefaltet und ganz unten ins Zeitungsregal gestopft, ›The New York Times International Edition‹.

»Die, bitte«, sage ich und winke mit der Zeitung zum Kioskbesitzer, der hinter einer Reihe Hochglanzmagazinen versteckt ist.

Ed geht weiter, aber weil ich sehen will, ob Joseph geantwortet hat, rufe ich nach ihm, dass er zurückkommen solle, setze mich auf eine Bank und schaue für eine Weile auf den Fluss.

»Was ist so wichtig?«, fragt er, während ich die Zeitung in Position zwinge, indem ich sie drehe und falte und zusammenhalte, bis ich eine handhabbarere Variante der Kleinanzeigen vor mir habe.

»Nur ein kleines Projekt, an dem ich arbeite«, sage ich ihm und überfliege die Spalten, unsicher, ob er schon bereit wäre, zu hören, dass ich nach der verlorenen Liebe seiner Mutter suche und die Kleinanzeigen jeden Tag durchsuche, nur für den Fall.

»Hm«, meint er und legt einen Knöchel locker auf sein anderes Knie, einen Arm beiläufig auf der Lehne der Bank hinter mir ausgestreckt. Er lässt seinen Blick über den Fluss wandern, während ich die Zeitung durchsuche.

Und dann entdecke ich es. Eine kurze kleine Anzeige, nur drei einfache Zeilen. Aber genug, um mein Herz für einen Moment zum Aussetzen zu bringen.

JNY 19, ICH MÖCHTE GERN
IN ERINNERUNGEN SCHWELGEN
NYC, egal wann, egal wo.
JO 22 xx

34

JOAN

Ich hab's geschafft, denke ich stolz, als ich in dem Café auf der Holland Park Avenue eintreffe, das Jess mir empfohlen hat. Sie meinte, es sei »gastfreundlich und traditionell« und habe all die Eigenschaften, von denen sie wusste, dass ich sie mag, vor allem aber war es der Weg, der zählte. Der Weg zur Avenue, den ich allein gehen und bewältigen würde, um wirklich voranzukommen. Und ich habe ihn bewältigt. Kein Festklammern mehr an Hauswänden, keine zittrigen Gliedmaßen oder verengte Brust mehr. Und obwohl meine Herzfrequenz schneller ist als sonst, während ich auf die Bedienung warte, liegt das an dem zügigen Spaziergang und nicht an Panik. Selbst meine Hüfte schmerzt weniger, das Gelenk brennt nicht mehr auf die gleiche Weise wie vor Jess' Einzug, bevor sie mich dazu gebracht hat, das Haus zu verlassen und sogar ein paar einfache Yogaübungen zu probieren.

Nachdem ich meine Bestellung aufgegeben habe, sitze ich auf einem hübschen französischen Korbstuhl am Fenster und hole mein Handy heraus. Ohne Zögern verbinde ich es mit dem WLAN des Cafés und öffne das Abo des ›Telegraph‹, das ich abgeschlossen habe. Hauptsache, ich kann mich von der Unterhaltung ablenken, die ich gleich mit William haben werde. Es ist fünfzig Jahre her, seit ich zuletzt eine Beziehung beendet, und fünf Wochen, seit ich William zuletzt gesehen habe; mein Herz hat sich vielleicht von dem Spaziergang erholt, jetzt jedoch schlägt es schneller vor Aufregung.

»*Du musst es ihm persönlich sagen, Joan*«, höre ich Pamelas Worte. »*Genug der Ausflüchte. Du magst heutzutage vielleicht ein hipper Hüpfer sein, aber deine Manieren hast du nicht vergessen.*«

»*Ja, ja*«, hatte ich zugestimmt, obwohl ich einige Tage gebraucht hatte, den Mut zu finden, ihm zu schreiben und ihn um ein Treffen zu bitten. Als ich es endlich geschafft hatte, hatte er umgehend geantwortet, mit einer Blume und Herzemojis und einem Überfluss an Worten, die mich unser Treffen noch mehr fürchten ließen.

Unfähig, mich auf die Zeitung zu konzentrieren, tippe ich stattdessen auf Facebook, und mein Finger schwebt über der ungeöffneten Nachricht, die Kathleen mir vor inzwischen fast drei Monaten geschickt hatte. Ich atme scharf ein und öffne sie.

Joan, hallo aus NYC! Wie schön, dich auf
Facebook zu entdecken. Ich habe über die
Jahre hier oft nach dir gesucht.
Ich würde so gern wieder anknüpfen und erfahren,
wie dir das Leben mitgespielt hat. Bitte melde dich.
Deine alte Freundin Kathleen

Während ich ihre Worte lese, schelte ich mich dafür, die Nachricht nicht schon eher geöffnet zu haben. Alles daran klingt genauso wie die Frau, die ich mehr als zwanzig

Jahre meine beste Freundin nannte. Wie jemand, der loyal und süß und ehrlich ist. Jemand, vor dem ich keine Angst haben muss.

Ich zögere, während ich zu meiner Antwort ansetze, unsicher, wie ich fünfunddreißig Jahre meines Lebens in ein paar wenigen Sätzen zusammenfassen soll.

Liebe Kathleen, beginne ich und denke daran, was ich Jess geraten habe – mit den einfachen, kleinen Dingen zu beginnen und von dort weiterzumachen. *Grüße aus Notting Hill!*

Ich überlege, was ich als Nächstes schreiben soll, als ich bemerke, dass jemand mir gegenüber am Tisch steht.

»William«, sage ich und schaue auf und spiele an meinem Handy herum, so verloren war ich in einer anderen Welt, oder zumindest in einem anderen Teil meines Lebens.

»Joan«, strahlt er.

Ich stehe auf, um ihn zu begrüßen.

»Bleib sitzen«, sorgt er sich, beugt sich zu mir, um mich auf die Wange zu küssen, und reicht mir dann eine atemberaubende Auswahl von Blumen. Meine Nervosität wird zu Schuld.

»Wie geht es dir?«, fragt er, nachdem ich mich ausgiebig bedankt habe und er sich einen Milchkaffee bestellt hat. Er sitzt mir gegenüber, zu mir gebeugt.

»Ziemlich gut«, erkläre ich und untertreibe damit etwas die Hochs und Tiefs der vergangenen fünf Wochen.

»Du siehst fantastisch aus«, erwidert er, und sein Blick strahlt Wärme aus.

»Danke«, sage ich und lehne mich ein wenig mehr zurück.

»Ich habe viel an dich gedacht.«

»Ja«, sage ich und lache leicht, um anzudeuten, dass seine Nachrichten das vermuten ließen.

»Habe ich es übertrieben?«, fragt er, noch immer lächelnd. »Dich mit Nachrichten und Zuneigung bombardiert?«

Ich nutze das Eintreffen seines Kaffees, um mich zu sammeln.

»Überhaupt nicht«, flunkere ich, denn ich will seine Gefühle nicht verletzen, auch wenn ich weiß, dass ich hart sein muss, um fair zu sein. »Aber vielleicht fühlt es sich für mich mehr danach an, als solle unsere Beziehung eine freundschaftliche sein, nichts darüber Hinausgehendes.«

»Ich wünsche mir sehr, dass es mehr als das ist«, sagt er, und seine Augen glänzen.

Ich schweige lange genug und beruhige meine Nerven, bis das Glänzen weniger wird.

»Ich habe unsere beiden Verabredungen sehr genossen«, stelle ich klar, als er etwas vom Tisch abrückt. »Und ich bin dir unendlich dankbar dafür, dass du mich nach ein paar schwierigen Jahren ermutigt hast, wieder etwas zu unternehmen.«

»Aber?«, fragt er tapfer.

Ich spiele mit dem Henkel meiner Tasse und denke daran, was Pamela über Jess gesagt hat, darüber, dass sie ihre Beziehung mit Liam ruhen lassen muss. Ich weiß, dass dasselbe für mich gilt.

»Es scheint, als könne ich keine Beziehung eingehen, ohne zuvor mit den vorangegangenen abzuschließen.«

»Das stimmt«, sagt er und lächelt durch seine Enttäuschung hindurch. »Aber lass mich dir sagen, solltest du deine Meinung ändern, werde ich hier sein und warten.«

»Danke«, lächle ich, dankbar für seine Freundlichkeit, und frage mich, ob ich es je über mich bringen werde, mich meiner Vergangenheit wirklich zu stellen.

35

JESS

Mein Herz schlägt laut in meiner Brust, während ich
darauf warte, dass Liam seine Tür öffnet. So ziemlich
jede Faser meines Körpers möchte sich umdrehen und
rennen, die Vergangenheit, den Herzschmerz und die
Scham ausblenden, aber tief in mir weiß ich, dass ich niemals vorankommen werde, wenn ich ihm nicht gegen-
übertrete. Ich werde immer hier feststecken und mich
nach dem Warum fragen.

»Jess!«, ruft er aus, als er die Tür öffnet, und ich schwöre,
das Blut schwindet so schnell aus seinem dünnen Gesicht,
dass es so aussieht, als könnte er wirklich ohnmächtig
werden.

»Liam«, sage ich, meine Stimme klingt nervös und
außer Atem, aber meine Haltung wird sicherer, als ich
feststelle, dass er ängstlicher aussieht, als ich mich fühle.

»Wie hast du …?« Er fährt sich mit einer Hand durch
seine kurzen mausgrauen Haare.

Ich werfe ihm einen Blick zu, der sagt: »*Wirklich? Du
denkst, du stellst hier die Fragen?*«

»Richtig«, sagt er und öffnet die Tür weiter, um mich
hineinzubitten.

Im Flur quetsche ich mich an zwei Fahrrädern vorbei.
Liam führt mich ins Wohnzimmer, wo um einen gefliesten

Gaskamin zwei alte Sofas stehen. Überall hängt feuchte Wäsche, die den Raum mit einem unangenehmen Geruch füllt, sehr ähnlich dem eines nassen Hundes.

»Kaffee?«, fragt er und deutet mir an, mich zu setzen.

»Nein, danke«, gebe ich zurück, ziemlich sicher, dass die Tassen nicht besonders sauber sein dürften.

Ich setze mich an den äußersten Rand des kleineren Sofas, die Hände in den Taschen meiner Weste; er sitzt am äußersten Rand des größeren Sofas.

»Ich habe damit gerechnet, dass du mich eines Tages finden würdest«, sagt er.

»Und du dachtest nicht, dass es besser sein könnte, mich anzurufen?«

Er schaut auf seine Füße, die in Socken stecken, die mir bekannt vorkommen, Socken, die ich ihm zum vorletzten Weihnachtsfest in den Weihnachtsstrumpf gesteckt hatte, nachdem ich ewig bei Selfridges war, weil ich mich nicht entscheiden konnte, welche ich kaufen sollte.

»Ich habe das Telefon so oft in der Hand gehabt.«

»Was hat dich abgehalten?«

Er hält inne. Schluckt schwer. »Scham.«

»Scham?«, frage ich, verblüfft, und frage mich, warum *er* Scham empfinden sollte.

Seine türkisfarbenen Augen, die Augen, in denen ich früher versunken bin, während ich mir mein Leben erträumte, mustern mein Gesicht.

»Ich habe mich so oft gefragt, was du gedacht haben musst …«, schweift er ab, als sei das sein Dämon und nicht meiner.

»*Du* hast *dich* gefragt. Was ist mit mir, Liam? Was

denkst du, was ich getan habe?« Ich starre ihn an, will ihn zu einer Antwort zwingen, aber er reagiert nicht. »Du hast mir alles gestohlen: mein Geld, mein Zuhause, meine Sicherheit und meine Zukunft. Vor allem aber hast du mein Selbstbewusstsein gestohlen, mein Vertrauen. Alles.«

Ich schiebe die Hände noch tiefer in meine Taschen, auch wenn sie nicht mehr weiter hineinverschwinden können. »Du hast mich zu einem Geist meiner selbst gemacht.«

Einen Augenblick lang, während Liam auf den Boden starrt, kreidebleich, wirkt es, als hätten meine Worte keine Bedeutung. Als verspüre er keine Reue für das, was er getan, oder Mitgefühl dafür, wie er mich verlassen hat. Doch dann bemerke ich die Tränen in seinen Augen, und ich sehe den Mann, in den ich mich einmal verliebt habe, den Mann, den ich kannte, nicht den Mann, den ich in meiner Vorstellung aus ihm gemacht habe: einen Serienbetrüger, einen Kriminellen, ein Monster, das mich um alles gebracht hat, was ich besaß.

Während die Tränen seine Wangen hinablaufen, wird mir klar, dass er nicht das Leben führt, das ich mir vorgestellt habe: ein schickes Auto, eine teure Uhr, eine beeindruckende Wohnung in der Stadt. Und mir wird klar, dass etwas geschehen sein muss, das ich mir nicht habe vorstellen können.

»Was ist passiert, Liam? Warum hast du es getan?«

Er wischt sein Gesicht ab, reibt seine Hände über seine bleichen Wangen.

»Ich hatte Schulden«, sagt er leise, Manns genug, um

mich direkt anzuschauen. »Ernsthafte Schulden. Dreißigtausend Pfund.«

»Woher?«, frage ich und versuche, mich zu erinnern, ob er damals etwas besessen hatte, was ein Hinweis hätte sein können, dass er zu viel ausgibt. Aber mir fällt nichts ein.

»Kleine Dinge eigentlich: Drinks, Abendessen, Wochenendtrips, ein lila Sofa ...«, sagt er, und ich erinnere mich daran, wie ich die Bestellung stornieren musste, nachdem er mich um mein Zuhause gebracht hatte.

Ich schweige und frage mich, wie daraus beinahe dreißigtausend Pfund hatten werden können. Eintausend Pfund pro Monat über beinahe drei Jahre.

»Ich habe dich so sehr geliebt, Jess«, er hält inne und verbessert sich, »*liebe* dich so sehr. Ich habe alles versucht, um dafür zu sorgen, dass es dir an nichts fehlte. Aber es geriet außer Kontrolle: Schuldeneintreiber, Briefe, Anrufe. Verschiedene Typen kamen zur Wohnung. Es war fürchterlich.«

»Aber was war mit deinem Job?«, frage ich. »Du hattest ein gutes Gehalt, nette Extras.«

»Das ging alles für die Miete, die Rechnungen, die Reisen und das Essen drauf. Es hat nicht gereicht, um dich zu beeindrucken.«

»Das verstehe ich nicht«, ich spüre, wie ich meine Brauen zusammenziehe. »Ich wollte nie irgendetwas. Ich wollte immer nur dich.«

Er schnaubt. Schließt seine Augen. Holt tief Luft. »Ich habe nicht geglaubt, dass es genügt.«

Wir sitzen in Stille, während ich versuche, zu verstehen,

dass er nicht der Bösewicht ist, den ich mir ausgemalt habe, dass er dieselbe Person ist, die ich damals kannte. Er hat nur einen riesigen Fehler gemacht, und da wird mir klar: Es ist seine Scham, nicht meine.

»Ich wollte dir die Welt zu Füßen legen, aber als ich das nicht konnte, als sich die Gelegenheit bot, die Wohnungsanzahlung zurückzuhalten und alles abzuzahlen«, er stockt. »Ich weiß es nicht, ich verstehe es kaum selbst. Ich bin eines Tages länger im Büro geblieben, habe einen gefälschten Brief entworfen, einen, der genau aussah wie der Briefkopf des Notars, nur mit anderen Kontodaten, ein Konto, von dem du nicht wusstest, dass ich es hatte. Es fühlte sich wie der einzige Ausweg an. Obwohl ich wusste, dass es dich zerstören würde. Mich zerstören. Uns zerstören.«

Ich stoße ein langes, schweres Seufzen aus und wische mir Tränen aus den Augen.

»Ich kann mir den Schmerz, den ich dir zugefügt habe, kaum vorstellen«, sagt er mit einem Gesichtsausdruck, der pure Ehrlichkeit ausstrahlt. Ein Blick voller Sehnsucht und Bedauern, der mir all das sagt, was ich wissen muss. Das ist das, was wirklich geschehen ist. Ganz anders als das, was ich mir ausgemalt habe.

»Es war beinah der schlimmste Moment in meinem Leben«, sage ich ihm und weiß, dass er versteht, dass nichts je so schlimm sein könnte wie der Verlust meiner Mum.

»Ich wünschte, ich könnte all das rückgängig machen«, flüstert er.

Ich denke zurück an mein Jahr in Debs Wohnung, an

all das Lachen und Leben, das ihre kleine Familie mir gegeben hat, und jetzt Joan und unsere gemeinsamen Abenteuer. Und zum ersten Mal erkenne ich, dass ich nichts rückgängig machen würde, selbst wenn ich könnte.

»Das Leben wäre schön gewesen für uns beide in dieser Wohnung, mit unseren Jobs und Freunden«, sage ich. »Aber das wäre auch alles gewesen, denke ich. Ich weiß nicht, ob wir einander wirklich vorangebracht hätten. Wahrscheinlich wären wir stehengeblieben und hätten irgendwann angefangen, uns zu verabscheuen.«

Er schaut mich an, als sei das ein Gedanke, den er noch nie gehabt hat, und ich sehe es mit seinen Augen. Er lebt hier in einer dunklen Wohngemeinschaft, wahrscheinlich mit zwei weiteren Typen. Das Leben, das wir geplant hatten, war viel besser als dieses hier. Ich fange an, ihn zu bemitleiden. Und mich überkommt die Erkenntnis, dass Liam mir den größten Gefallen getan hat, mich freigesetzt hat, mich gezwungen hat, neu anzufangen, eine neue Version meines Lebens zu erschaffen, eine, die zehn Mal besser ist und sich so anfühlt, als würde sie immer noch besser werden.

»Ich wünsche dir alles Gute, Liam«, sage ich und stehe von der Couch auf. Er bleibt sitzen. »Und ich vergebe dir. Du schuldest mir nichts.«

Juli 2023

Lieber Mr PO Box,

vergib mir, wenn das zu aufdringlich rüberkommt,
aber kannst du ein Treffen einrichten?

CineGirl

Juli 2023

Liebes CineGirl,

ganz bald! Ich verspreche es.

Mr PO Box

36

JOAN

»Joan? Bist du zu Hause? Ich muss dir etwas erzählen«, ruft Jess aus der Diele, bevor sie mich unten entdeckt hat.

»Joan?«, ruft sie noch einmal, und ihre Schritte steuern die Treppen hinauf, bis ich höre, dass sie auf dem mittleren Treppenabsatz stehen bleibt.

»Hier drin«, rufe ich zögernd, weil nie zuvor irgendwer mit mir im Kinderzimmer gewesen ist. Parker konnte sich nicht überwinden, hereinzukommen, und Edward habe ich immer ferngehalten, aus Angst davor, welche Fragen er stellen würde.

»Hi«, sagt sie, und dann verändert sich ihre Tonlage von aufgeregt zu vorsichtig, zweifellos verwundert über den Anblick einer alten Dame im Schaukelstuhl eines Kinderzimmers, die sich die Augen abtupft. »Was ist los?«

Als sie ins Zimmer kommt, wird mir klar, dass Joy jetzt nicht viel älter wäre als Jess. Fünfunddreißig. Ich war vierundvierzig, als ich sie bekommen habe, »zu alt, um nochmals ein Kind zu bekommen«, hatte mir ein Arzt gesagt, »Sie betteln geradezu nach Komplikationen«. Aber ich habe mich nach einem zweiten Kind gesehnt, hatte auf ein Mädchen gehofft und war außer mir vor Glück, als der Ultraschall bestätigte, dass wir eines bekommen würden.

»Lass sie uns Joy nennen«, hatte ich Parker an diesem Abend vorgeschlagen, und er war einverstanden gewesen, denn er hatte Edwards Namen aussuchen dürfen und konnte sehen, dass mir Joy schon jetzt fest ins Herz gebrannt war.

Ich schaue zu Jess, die im Schneidersitz am Boden sitzt, und frage mich, wie Joy wohl heute ausgesehen hätte. Hätte sie dünnes Haar gehabt, wie ich, oder dickes wie Parker? Ihre Augen waren genau wie meine. In dem Moment ihrer Geburt hatte Parker gesagt: »Sie wird so hübsch werden wie ihre Mutter.« Ich bin es nie gewesen, aber ich stelle mir vor, dass Joy es geworden wäre, und es war nett von Parker, dass er sich in diesem Moment bemüht hatte, die Schwangerschaft hatte uns einander nähergebracht.

»Joan?«

Ich sitze noch einen Augenblick schweigend da und spiele mit einer Ecke meines Baumwolltaschentuches. Dann erkläre ich, unnötigerweise, dass ich nach Joys Tod keine ihrer Sachen weggeben konnte, dass sich das angefühlt hätte, als hätte ich alles von meinem kleinen Mädchen ausradiert.

Und dann spreche ich es aus. Das Geheimnis, das ich seit siebenunddreißig Jahren ganz für mich behalten habe, perlt aus mir heraus.

»Parker war nicht Edwards Vater.«

Jess' Stirn liegt in tiefen Falten; meine Hände werden zu Eis.

»Ich verstehe nicht ganz«, flüstert sie.

»Es ist Joseph. Joe ist Edwards Vater. Die Nacht, von der ich dir erzählt habe ... im Barbican.«

Sie ist still, verdaut, was ich gesagt habe, überlegt wahrscheinlich, was sie zuerst fragen möchte.

»Weiß Ed davon?«

Ich schüttle meinen Kopf.

»Joseph?«

»Falls er einen Verdacht hatte, hat er nie etwas gesagt. Nicht, soweit ich weiß«, füge ich hinzu und denke an all die ungeöffneten Briefe.

Sie ist erneut still, ihr Kopf wippt leicht hin und her.

Ich überlege, ob ich ihr jetzt sagen soll, dass Joe verstorben ist.

»Was ist mit Parker, wusste er es?«

»Nein«, antworte ich und denke zurück an diese Zeit, als wir jahrelang versucht hatten, unser erstes Kind zu bekommen. »Damals waren Männer so gut wie nie bei den Terminen zur Geburtsvorsorge dabei. Ich konnte die Daten so weit verwischen, dass er darauf nicht hätte kommen können.«

»Wusstest du es sofort, als du von deiner Schwangerschaft erfahren hast, dass das Baby von Joseph war?«

»Ich konnte mir nicht einhundert Prozent sicher sein«, sage ich und möchte nicht preisgeben, dass ich absichtlich mit meinem Mann geschlafen hatte, als er zwei Tage später heimgekehrt war. »Aber als Edward auf der Welt war und ich seine Augen gesehen habe, die so sehr wie die von Joe waren – tintenschwarz und tief –, da wusste ich es. Nichts war je eindeutiger gewesen.«

Sie grübelt über das, was ich ihr eben gesagt habe, ehe sie fragt: »Und du hast es Joseph nie gesagt oder darüber nachgedacht, Parker zu verlassen?«

»Ich habe öfter darüber nachgedacht, als ich zugeben möchte. Aber es gab so vieles, was dagegensprach, viel mehr als dafür. Zum einen war da die riesige Freude über Edward, nach so vielen Jahren vergeblicher Versuche; dann ging es Parker im ersten Jahr nach Edwards Geburt nicht besonders gut, er hatte sehr großen Stress auf der Arbeit, der Zeitpunkt passte nie. Die Schande, die das über meinen Mann gebracht hätte, wäre zu groß gewesen, und meine Familie hätte mich enterbt; und dann war da noch die Tatsache, dass ich wusste, dass Joe nie Kinder gewollt hatte, sosehr er mich auch begehrte, er wollte keine Ehefrau mit Kind. Und ich wusste, wäre ich zu ihm zurückgegangen, hätte er mich ablehnen können, so, wie ich es mit ihm getan hatte.«

Jess hält einen Moment inne, ihre Augen voller Gedanken. »Und du hast mit diesem Geheimnis gelebt, ohne es mit *irgendwem* zu teilen – für siebenunddreißig Jahre?«

»Ich weiß, dass das schockierend klingt, aber, wie du weißt, findet das Leben immer Wege, um Geheimnisse zu begraben. Zuerst war da der Schock darüber, Mutter zu sein, des Lebens, das du kennst, beraubt zu sein, eine neue Version deiner selbst zu werden. Dann kamen Joys Tod und Parkers Weggang, dann der Kampf, eine alleinerziehende Mutter zu sein, ein trauernder Elternteil und eine Lehrerin. Mit jedem Schlag landete eine weitere Schicht auf dem Geheimnis, bis man beinah nichts mehr davon sehen konnte, außer vielleicht die gelegentliche

Geste oder ein Gesichtsausdruck Edwards, die mich direkt in jene Nacht im Barbican zurückbeförderten, und die reine Erleichterung, aber auch die reine Schuld, die damit einhergingen. Aus diesem Grund habe ich diese Panikattacken erlitten, deshalb habe ich so lange im Haus festgesteckt, nachdem mein letzter Schüler fort war; der riesige Turm, den ich all die Jahre aufgetürmt habe, stürzte über mir zusammen, und ich konnte mich aus den Trümmern nicht befreien.«

»Wie kam es, dass du jetzt das Gefühl hast, alles teilen zu können?«, fragt Jess mich.

»Parkers Tod und Edwards gebrochenes Herz darüber, seinen Vater nie gekannt zu haben. Und natürlich all unsere Gespräche über Joe und deine Suche nach ihm.«

Ich knabbere an meiner Lippe, unsicher, ob ich je den Mut haben werde, Edward zu sagen, dass er nicht nur Parker nicht kennengelernt hat, sondern nun auch die Gelegenheit verpasst hat, seinen leiblichen Vater zu treffen.

»Verzeih mir«, sage ich, nachdem ich zu lange meinen Gedanken nachgehangen habe. »Du wolltest mir etwas erzählen, worum ging es?«

Jess nimmt ihre Haare zusammen. »Es ist nicht so wichtig, Joan. Das kann warten«, lächelt sie beinahe wissend.

37

JESS

Sosehr ich Joan erzählen wollte, dass Joseph lebte und wohlauf war, dass er auf meine Anzeige geantwortet hatte, so wenig brachte ich das in diesem Moment übers Herz. Ich hatte das Gefühl, dass ihre Emotionen so fragil waren, dass sie die Neuigkeiten nicht gut aufnehmen und ich sie in eine Ecke drängen könnte. Also beschloss ich, es noch ein wenig für mich zu behalten und auf den richtigen Moment zu warten, und ihr dann auch seinen Brief, in dem er so vieles bedauerte, zu zeigen. Stattdessen sprachen wir über Liam und darüber, wie dankbar ich Pamela und ihr war, dass sie ihn gefunden hatten und ich so endlich meine Dämonen verbannen konnte. Doch all das fühlt sich an wie aus einer anderen Welt, während ich darauf warte, dass mir Zinnia ihre Tür öffnet – eine leuchtend pinke Tür an einem viergeschossigen Townhouse in Notting Hill.

»Jess«, kreischt sie und wirft ihre Arme erst in die Luft, dann um mich, und es fühlt sich so gut an, wieder vereint zu sein. »Wie geht es dir?« Sie umfasst meinen Arm, mustert mich von Kopf bis Fuß, von meinem Top mit Dreiviertelärmeln über meine Highwaist-Shorts. »Du siehst schmal aus. Komm rein und lass mich dir etwas zu essen geben.«

Sie führt mich in ihre Diele, ihr leuchtender Vintage-Kaftan weht um sie herum, die Wände sind voller goldgerahmter Gemälde, und Regale in leuchtenden Farben sind vollgestopft mit Büchern. Von der Diele führt sie mich in den straßenseitigen »Salon«, ein Raum mit Blick über die Straße und in einen der ruhigen Privatgärten der Nachbarschaft.

»Setz dich«, sagt sie und deutet auf einen geschwungenen Sessel, aufgepolstert mit knallpinkem Samt. »Lass mich dir ein paar Erfrischungen holen.«

Zinnia verschwindet in die Diele, was mir eine Chance gibt, meine Umgebung wahrzunehmen. Der Raum ist riesig und in Rosé gestrichen mit dunkel gerahmter Kunst, die beinahe jeden Quadratzentimeter der Wand bedeckt. Überall stehen Möbel: Chaiselongues mit Drucken von Liberty's, orientalische Schränke, ungewöhnliche Beistelltischchen und Lampen in jeder Farbe. Meine Turnschuhe wirken fehl am Platz auf dem dicken antiken Teppich, und meine Kaufhausmode, die mir von einem goldgerahmten Spiegel mit geschnitzten Pfauen widergespiegelt wird, sieht billig aus. Ich könnte hier den ganzen Tag sitzen und dennoch nicht alles aufnehmen.

»Erzähl mir, wie es dir ergangen ist«, bittet sie, als sie zurückkehrt und ein Tablett mit Eistee und zwei Schälchen Eiscreme mit Pfirsichen auf den Tisch zwischen uns stellt, ehe sie sich hinsetzt.

»So lala«, gestehe ich. »Ich knabbere noch immer am Verlust des Kinos. Vielleicht wird es mir besser gehen, wenn es erst mal fertig und zu I-Work umgewandelt ist, aber im Moment steht es nur da, völlig verbarrikadiert, und es ist schwer, weiterzumachen.«

»Meiner Erfahrung nach brauchen diese Dinge Zeit. Ich verspreche dir, du wirst dich nicht für immer so fühlen«, sagt sie und reicht mir eine zarte smaragdgrüne Glasschale. »Hast du Mariko gesehen?«

Ich erzähle ihr, dass ich sie letztens beim Laufen getroffen habe. »Sie hat erzählt, dass Daniels Ausstellung abgesagt wurde. Die Location, die Charlie gebucht hatte, kann noch eine Weile lang nicht öffnen, und so kurzfristig kann er nichts anderes finden.«

»Es wird sich alles fügen!«, sagt Zinnia durch einen Mund voll Eiscreme. »Er hat Talent, der Junge. Diese spezielle Tür hat sich geschlossen, aber eine andere, größere, wird sich öffnen.«

»Hoffen wir es«, nicke ich und frage mich, ob ich jemals meine Tür finden werde.

»Wie steht es um dich und diesen irischen Typen? Wie nanntest du ihn? Connor?«

»Cormac«, kichere ich, mir haben Zinnias klare Ansagen gefehlt.

»Stimmt, Cormac.«

Ich erzähle ihr, dass wir uns treffen, dass er unsere Beziehung gerne definieren würde, ich nicht so gerne. Ich lasse den Teil aus, dass er beim letzten Mal nicht aufgetaucht ist und dass seitdem Funkstille herrscht, was sehr untypisch für ihn ist.

»Kein Sexappeal?«, fragt sie. »Kein Wow?«

»Nicht wirklich«, sage ich und fühle mich schuldig, das zuzugeben, aber sie hat recht. Cormac, genauso wenig wie Liam, versetzt meine Welt nicht in Feuer oder fordert mich heraus. So einfach es auch ist, ihn gern zu haben, so sehr weiß ich auch, dass er niemals »der Eine« sein wird.

»Als ich meinen Mann kennenlernte, habe ich gerade um jemand anderen geworben. Aber dann traf ich ihn, und: Boom! Es war wie das Aufeinandertreffen zweier Sterne. Es gab keine Zweifel. Wenn es passiert, dann weißt du es.«

»Wie?«, will ich fragen, doch Zinnia hat bereits das Thema gewechselt.

»So, ich habe etwas Wichtiges für dich«, murmelt sie und steht auf, um danach zu suchen. Ich denke darüber nach, wie sicher sich Ed war, dass ich Mr PO Box treffen solle, dass ich mir aber nicht vorstellen kann, bei irgendwem anders dasselbe zu fühlen wie bei den ersten Treffen mit Ed.

Zinnia findet das, wonach sie gesucht hat, in einem alten Sekretär und kommt zurück. Sie drückt mir eine alte Postkarte mit Laurel und Hardy in die Hand. »Ruf diese Nummer an und frag nach Phil.«

»Wer ist Phil?«

»Er ist ein alter Freund, ein Filmproduzent. Sehr erfolgreich«, sagt sie und wackelt mit einem knubbeligen Finger, um ihre Worte zu unterstreichen. »Du sagst ihm, dass Zinnia dich schickt. Er wird dafür sorgen, dass man sich um dich kümmert.«

Als ich von Zinnia weggehe, laufe ich wie auf Wolken, angesteckt von ihrer Energie; ich halte sogar an einer roten Telefonzelle, um Phil anzurufen und ein Treffen zu verabreden. In kürzester Zeit bin ich schon am Hyde Park zu Oscars Geburtstagsparty, zu der Charlie netterweise Debs und mich eingeladen hat. Ich gehe auf den Diana Memorial Spielplatz zu, und entdecke schon Charlie und Marina, die die Kinder auf dem Piratenschiff beaufsichtigen, und Debs, die neben Ed auf einer Bank sitzt, was sich zugleich merkwürdig und auch überraschend normal anfühlt.

»Solltest du hier sein?«, frage ich und bücke mich, um sie zu umarmen. Selbst ihr Gesicht sieht inzwischen geschwollen aus.

»Tagesfreigang wegen guter Führung«, grinst sie, eindeutig glücklich darüber, aus ihrem Bett und dem Haus zu sein.

»Hi«, sagt Ed und steht auf, um mich sanft auf die Wange zu küssen, seine Hand liegt leicht auf meinem Oberarm, wodurch Debs die Gelegenheit bekommt, mir einen »Was-zur-Hölle-ist-das-bitte?«-Blick zuzuwerfen. Und ich schieße einen zurück, der sagt: »Abgefahren, oder?«

»Du strahlst von innen«, meint Debs.

Ich berichte von Zinnias Filmkontakt und dass er mich gerne für die Stelle einer Produktionsassistentin in Betracht zieht, dass wir uns verabredet haben.

»Oh mein Gott, Jess!«, kreischt Debs. »Das ist so was von ein Geschenk des Himmels.«

»Ja, oder?«, strahle ich.

»Fühlt es sich richtig an, eine Produktionsassistentin zu sein?«, fragt Ed.

»Es wäre ein erster Schritt auf dem Weg zur Produzentin, ohne jahrelang für ein Studium bezahlen zu müssen«, erkläre ich und bin ziemlich begeistert von der Idee.

»Und das fändest du toll, besser, als Geschäftsführerin des Kinos zu sein?«

Ich überlege einen Moment, schiebe es hin und her, beobachte Oscar und die Kinder, die im Gänsemarsch über die Hängebrücken gehen.

»Ich kann kaum glauben, dass ich das sage, aber ich glaube ja. Ich glaube, mein Herz schlägt für die Filmproduktion.«

»Herrgott, Jess, erzähle ich dir das nicht schon seit Jahren?!«, ruft Debs.

»Ich weiß, ich weiß, aber es war viel los«, sage ich, und das fühlt sich an wie die Untertreibung des Jahrhunderts. »Und außerdem gibt es ja keine Garantie, dass ich den Job bekomme. Es ist nur ein Kennenlernen.«

Debs steht auf, um nach den Kindern zu sehen, und lässt mich allein mit Ed auf der Bank.

»Hast du deinen Kontaktanzeigentypen gefragt?«, möchte er wissen, ohne Vorgeplänkel.

»Er meint ›bald‹.«

»Meint er das?«, lächelt er wissend, ein Lächeln, das sein Gesicht verändert. »Und wie geht es dir damit?«

»Für mich ist das okay. Ich vertraue ihm. Wann auch immer er bereit ist.«

Ein besonderer Moment entsteht zwischen uns, dieses Mal nicht auf eine unangenehme Weise.

»Ich habe darüber nachgedacht, was du letztens gesagt hast, dass ich ein Buch mit sieben Siegeln sei«, fährt er fort.

»Und?«, frage ich und mag den Gedanken irgendwie, dass er sich etwas, das ich sage, zu Herzen nimmt. Das scheint untypisch für ihn.

»Mum und ich haben nie viel gesprochen, als ich groß wurde, über gar nichts eigentlich, besonders jedoch nicht über meinen Dad oder meine kleine Schwester.« Er betrachtet seine Nägel. »Es war einfacher, sie nicht zu thematisieren, weil ich nie wusste, wie das ihre Stimmung beeinflussen würde. Seit ich klein war, habe ich mich absichtlich selbst beschäftigt, um die Stille zu vermeiden.«

»Ich kann mir das nicht vorstellen«, sage ich, und mein Herz schmerzt für ihn, ganz besonders mit dem Wissen, das ich habe. »Mum und ich haben über alles gesprochen.«

»Joan hat die Dinge immer unter den Teppich gefegt, die Geschichten erzählt, von denen sie wollte, dass sie wahr wären, Geschichten, die zu ihrer Wirklichkeit geworden sind. Und weil ich den Großteil meines Lebens auf Jungsschulen gegangen bin, ist aus mir kein großer Kommunikator geworden!« Er lacht, aber seine Augen, voller Schmerz, zeigen mir, dass er es nicht lustig findet. »Ich kann mir nicht vorstellen, wie es sein muss, eine Mutter zu haben, mit der ich offen sprechen könnte.«

»Aber es wird besser bei euch beiden, oder? Seit der Beerdigung?«, frage ich und mir wird zum ersten Mal klar, wie einsam Eds Aufwachsen gewesen sein muss mit einer Mutter, die sich der Welt so verschlossen hatte, die ums Überleben kämpfte. Es ist kein Wunder, dass er so viele Mauern um sich hat.

»Wir bemühen uns, und das fühlt sich jetzt umso wichtiger an. Aber ich bin nicht sicher, ob man die Geheimnisse eines ganzen Lebens so einfach auseinandernehmen kann.«

Er schaut mich mit einem resignierten Lächeln an.

Ich bekämpfe den Drang, ihm von Joseph zu erzählen.

»Mein Gefühl sagt mir, dass Joan die beste Mutter war, die sie unter den Umständen sein konnte.«

»Ich gebe ihr keine Schuld daran, dass sie so war, wie sie eben war; das hat mich zu dem gemacht, was ich bin«, sagt er. »Ich wünschte nur, ich hätte meinen Vater gekannt. Ihn nicht gekannt zu haben, hat ein klaffendes Loch in mir hinterlassen. Und das kann ich nur schließen, indem ich mich beschäftige, indem ich versuche, der Mann zu sein, von dem ich glaube, dass er es war, auch wenn mich das nicht wirklich glücklich macht.« Er stockt und sein Blick wandert über den Spielplatz. »Manchmal frage ich mich, wer ich geworden wäre, wenn sie Joy nicht verloren hätten und zusammengeblieben wären, vielleicht ist da jemand anders, der ich sonst wäre.«

Ich lasse seine Gedanken sacken, denke an meinen eigenen Vater und daran, dass ich fast nie an ihn denke, weil ich mich so sehr wie Mum fühle.

»Teilst du diese Dinge mit Izzy?«, frage ich.

»Woher weißt du von Izzy?«

»Wir haben uns doch getroffen, weißt du nicht mehr, am Krönungstag. Außerdem hat mir Joan von ihr erzählt.«

»Stimmt«, sagt er augenrollend. »Aber wenn Mum zugehört hätte, dann wüsste sie, dass Izzy und ich nicht mehr zusammen sind. Wir sind nur noch Freunde.«

»Was ist passiert?«, frage ich und versuche, das Flattern in meiner Magengegend auszublenden. Außerdem überlege ich, wer die Person ist, die ihm dabei hilft, über den Verlust von Parker hinwegzukommen, wenn es nicht Izzy ist.

»Izzy ist jemand, die zu mir passen müsste – weißt du, was ich meine? Sie ist ehrgeizig, hübsch, hat eine tolle Familie. Es gibt an ihr nichts, was ›falsch‹ ist, und darum waren wir jahrelang mal zusammen und mal nicht.«

»Und seid ihr jetzt so richtig ›nicht zusammen‹?«, frage ich und denke an die Unterhaltung, die ich mit Mr PO Box hatte, über die falsche Person, die zum richtigen Zeitpunkt passt, und umgekehrt, und mir ist so, als habe auch er über eine andere Version seiner selbst gesprochen.

Ed hält inne. Wendet sich mir zu. Sucht meine Augen.

»Absolut.«

Meine Augen fragen ihn nach dem Warum.

»Jemand anderes ist in mein Leben getreten, und ich habe sofort gewusst, dass Izzy nicht perfekt für mich sein konnte, denn diese andere Person ist es.«

Keiner von uns spricht für die nächsten Sekunden, er versunken in seine Gedanken, ich in die Tiefe seiner Augen.

»Bist du mit der anderen Person zusammengekommen?«, frage ich und hole mich selbst aus meinem Tagtraum.

»Noch nicht«, lächelt er ein wenig traurig, obwohl seine Augen funkeln. »Weißt du, ich genieße es irgendwie …«

Ed wird unterbrochen, als ich sehe, wie Debs stolpert und sich dann in den Sand um das Piratenschiff erbricht.

»Debs«, rufe ich und renne zu ihr. Ich helfe ihr, sich zu

setzen. Marina kommt zu uns und fühlt Debs' Puls. »Sie muss ins Krankenhaus.«

»Ich hole mein Auto«, sagt Ed und läuft los, und obwohl das so was von verboten ist, kehrt er schon nach wenigen Minuten zurück, das Auto am Eingang zum Spielbereich geparkt, die Hintertür weit aufgerissen.

»Wir bleiben hier mit den Kindern«, sagt Charlie, und ich zögere, überlege, dass sie vielleicht mit mir mitkommen sollten, doch Marina besteht darauf: »Es ist alles gut, Jess. Wir haben Essen und Trinken und Sonnenschutz. Sie werden kaum merken, dass sie nicht da ist.«

Ed fährt, während ich Debs im Auge behalte, während ich Mike anrufe.

»Er ist in einer Stunde da«, sage ich, nachdem ich Mike gesagt habe, dass wir unterwegs ins St. Mary Krankenhaus sind.

»Ich gebe Charlie Bescheid, wenn wir da sind«, sagt Ed und lotst uns eilig durch den Verkehr auf der Bayswater Road und in die Sussex Gardens.

Innerhalb von Minuten treffen wir an der Notaufnahme ein, Ed setzt uns beide ab und sagt mir, dass er zurück ist, sobald er einen Parkplatz gefunden hat. Ich schnappe mir einen verlassenen Rollstuhl und setze Debs hinein, dann schiebe ich sie die lange Rampe hinauf.

Ehe ich überhaupt am Empfang halten kann, wirft schon eine vorbeigehende Krankenschwester einen Blick auf Debs und nimmt uns direkt mit in ein Behandlungszimmer. Innerhalb von Sekunden erscheint ein Arzt in voller Montur, um sie zu untersuchen.

»Wir müssen das Baby holen«, verkündet er ohne das geringste Zögern.

»Ihr Mann ist in weniger als einer Stunde hier.«

»So lange können wir nicht warten«, sagt er mit einem Blick, der deutlich macht, dass das hier sofort geschehen müsse.

Ed kommt just in dem Moment, als Debs zu ihrem Kaiserschnitt davongerollt wird.

»Wie geht es ihr?«, fragt er.

»Nicht so toll«, sage ich und merke, wie mir die Tränen kommen, und ehe ich weiß, wie mir geschieht, hält er mich, meine Tränen durchweichen sein dünnes T-Shirt, meine Wange ist an seine Brust geschmiegt.

»Ich muss Mike Bescheid geben, was geschieht«, sage ich und schiebe mich weg, wische mit der Rückseite meiner Hand über meine Augen und versuche, ein wenig Fassung wiederzuerlangen.

»Sicher«, sagt er, und wir gehen gemeinsam in Richtung der Operationssäle, ich schreibe Mike von Debs' Telefon, Eds Arm um meine Schultern.

Es dauert nicht lange, bis Mike uns findet. Wir lassen ihn allein, während er auf Debs wartet, und Ed und ich fahren los, um die Kinder abzuholen und nach Hause zu bringen. Auf der Fahrt zurück zum Park sind wir beide ruhig, bis Ed zu mir sagt: »Charlie hat mir erzählt, dass er Daniels Ausstellung absagen musste.«

»Stimmt«, erwidere ich abwesend, in Gedanken noch immer bei Debs.

»Ich habe nachgedacht, die Arbeiten am Portland

verzögern sich. Wie wäre es, wenn er es stattdessen als Ausstellungsraum nutzt?«

Einen Moment lang glaube ich, zu träumen: Debs geht es schlecht, Ed rast mit uns zum Krankenhaus, und nun schlägt er sogar noch vor, Daniel zu helfen?

»Meinst du das ernst?«, frage ich und betrachte sein klassisches Profil, während er fährt.

Er schaut kurz zu mir, seine Gesichtszüge so stark und charaktervoll wie an jenem Tag, als ich ihn zum ersten Mal traf, und die Luft bleibt mir weg, genau wie damals.

»Für dich alles«, sagt er langsam, während er wieder vor dem Spielpark vorfährt.

»Danke«, sage ich, unfähig oder unwillig, meinen Blick von seinem zu lösen.

»Es ist mir eine Freude«, sagt er, beugt sich zu mir, legt eine Hand sanft an mein Gesicht und für einen kurzen Moment bin ich überzeugt, dass wir uns küssen werden. Doch plötzlich erschreckt mich ein Klopfen am Fenster, und als ich mich umdrehe, sehe ich Ash, der sein Gesicht an die Scheibe quetscht und mit seiner Zunge das Glas ableckt.

38

JOAN

»Wie geht es ihnen?«, frage ich, als Jess aus der Diele zurückkehrt, wo sie mit Mike telefoniert hat. Sie zieht einen Stuhl unter dem Küchentisch heraus, und ich gieße uns beiden ein Glas Wein ein.

»Debs erholt sich. Das Baby ist auf der Neugeborenen-Intensivstation.«

»Das tut mir so leid, Jess. Du musst dir solche Sorgen machen.«

»Es ist Mike, der mir leidtut. Er kann nichts tun außer warten.«

Als ich mich zu ihr an den Tisch setze, kommt eine plötzliche Erinnerung an Parker hoch, wie er mich nach Joys Tod besucht hatte. Daran, wie er nie sprach oder meine Hand hielt. Er saß nur neben mir, vollkommen zerrissen vor Trauer. Seine Rolle als Beschützer war ihm geraubt worden.

»Meiner Erfahrung nach empfindet der Vater alles als viel schwerer«, sage ich.

Sie schaut auf, ihr Blick trifft den meinen. »Verzeih mir«, sagt sie, »das muss auch für dich schmerzvoll sein.«

»Die Umstände sind andere«, versichere ich ihr, obwohl sie recht hat. Es ist schmerzhaft, etwas von der Verzweiflung, die Debs und Mike fühlen müssen, selbst zu kennen. »Joys Geburt war unkompliziert. Es ging ihr augenscheinlich gut.«

Ich erzähle Jess mehr davon, dass Joy in den Morgenstunden geboren wurde, eine einfache Geburt, nur wenige Stunden lang, und dass wir den Nachmittag damit verbracht hatten, uns gegenseitig in die Augen zu schauen. Am Abend brachte Parker Edward mit, damit er seine Schwester kennenlernte, und ich sah ihn mit neuen Augen. Obwohl er erst zwei war, wirkte er im Vergleich so groß; eine Person für sich selbst und jemand, der viel mehr ein Teil von mir war als mein eigenes schlagendes Herz. Ich konnte mich nicht entsinnen, Edward je noch mehr geliebt zu haben, sogar Parker, und nun hatten wir Joy.

»Was ist geschehen?«, fragt sie leise.

»Parker und Edward sind gegangen, ich schlief. Joy wurde während der Nacht von den Hebammen betreut. So machte man das damals, man wollte der Mutter eine Pause gönnen, ehe Monate voller schlafloser Nächte begannen.«

Am nächsten Tag verbrachte ich die gesamte Zeit mit Joy, schwatzte mit den anderen frischgebackenen Müttern auf der Station und tauschte Geschichten aus. Es war wirklich wie im Bilderbuch. Mahlzeiten wurden uns ans Bett gebracht, winzige Babys schliefen, Schwesternschaft.

Am Abend gingen wir gegen neun Uhr schlafen. Joy wachte auf, und ich sagte der Hebamme, dass ich mich selbst um sie kümmern wolle. »Sie bräuchte nicht nach ihr sehen …«

Meine Gedanken schweifen ab, ich bin unsicher, ob ich den Rest der Geschichte erzählen kann. Eine Geschichte, die ich noch nie erzählt habe.

»Am Morgen«, beginne ich, stoppe dann aber, um mich zu sammeln. Jess legt ihre Hand auf die meine. »Am Morgen war sie fort.« Ich flüstere, schlucke einen Schwall von Trauer hinunter und kneife meinen Nasenrücken.

Ich konzentriere mich auf meine Atmung und schüttle die unvermeidbaren Tränen ab.

»Sie hatte einen Krampf in der Nacht, während ich schlief.« Ich pausiere und kämpfe mit meinen Gefühlen. »Ich hatte den Hebammen gesagt, sie bräuchten nicht nach ihr sehen, dass ich das tun würde, dass ich mich um sie kümmern würde.«

Jess umklammert meine Hand. »Das hättest du nicht wissen können, Joan.«

»Wenn sie in jener Nacht nach ihr geschaut hätten, hätten sie vielleicht rechtzeitig etwas bemerkt, um sie noch zu retten.«

»Nein«, sagt sie kopfschüttelnd.

»Wir wissen es nicht, Jess. Niemand kann das je wissen.«

»Und du musstest damit leben«, sagt sie leise.

»Ich habe gelernt, auf meine eigene Weise damit zu leben. Habe mir die Geschichten erzählt, die mein Schuldgefühl ein wenig leichter gemacht haben, dass sie nichts gemerkt hat. Aber tief in meinem Inneren weiß ich, dass ich nicht mit Sicherheit wissen kann, ob sie gelitten hat. Das ist das Schmerzhafteste von allem.«

Ich warte einen Moment, weil mir bewusst wird, dass es schwer sein muss, meine Geschichte zu hören, ebenso, wie sie wiederzugeben.

»Mit Gewissheit zu leben, ist viel einfacher als mit Ungewissheit, findest du nicht? Ich bin froh, dass du jetzt weißt, was damals mit Liam geschah.«

»Ich wünschte, ich hätte ihn zur Rede gestellt, als es passiert war, das hätte mir viele Sorgen erspart«, gesteht sie.

»Du hast keinen Grund, dich zu schämen.«

»Heute weiß ich das. Danke, Joan.«

»In mancherlei Weise hat der Verlust von Parker, die Überlegung, wie unser Leben als Familie zu viert hätte sein können, mir gezeigt, dass keine Version eines Lebens perfekt ist. Wenigstens ist so, wie die Dinge nun sind, Joy in meiner Erinnerung für immer perfekt.«

Ich sinniere darüber, wie sehr ich mir wünsche, dasselbe über meine Beziehung zu Edward sagen zu können, als Humphrey ein langes und lautes Gähnen hören lässt.

»Langweilen wir dich?«, frage ich ihn, und Jess lacht, beide entspannen wir uns.

»Ich weiß nicht, ob jetzt der richtige Moment ist, aber … im Sinne der Gewissheiten«, sagt Jess und greift in ihren Rucksack, aus dem sie eine gefaltete Zeitung herauszieht.

Sie schiebt die Zeitung zu mir und deutet mit einem Glitzerstein-Fingernagel auf die kleine dreizeilige Anzeige.

JNY19, ICH MÖCHTE GERN
IN ERINNERUNGEN SCHWELGEN
NYC, egal wann, egal wo.
JO22 xx

»Aber das kann nicht sein«, sage ich und begreife kaum, was vor mir liegt.

»Joseph hat geantwortet, Joan. Da ist eine geöffnete Tür, wenn du sie möchtest.«

Ich nehme mein Handy vom Tisch und öffne den Tab, den ich nicht mehr schließen konnte, seitdem ich ihn das erste Mal gesehen habe. »Joe ist letztes Jahr gestorben«, sage ich ihr und reiche ihr das Telefon.

»Was?«, sagt sie und beginnt zu scrollen, dabei murmelt sie etwas davon, dass sie wisse, dass sie »den Pakt bricht«. Dennoch sucht und scrollt sie weiter, bis sie findet, wonach sie sucht.

»Gepostet vor zwei Tagen. Der Beweis, dass er noch lebt«, sagt sie und zeigt mir ein Video von Joe, lebendig und wohlauf, wie er in einer vollen Bar auf seiner Gitarre spielt. »Der Nachruf muss für einen anderen Joseph Blume gewesen sein.«

»Oh nein«, stoße ich aus, und mir bleibt die Luft weg, ich starre zuerst auf das Video und dann auf die Anzeige, meine Fingerspitzen kribbeln. Eine Erleichterung, wie ich sie noch nie zuvor verspürt habe, überkommt mich, gefolgt von einer aufsteigenden Angst vor New York City und wie Joe reagieren wird auf all das, was ich zu erzählen habe, sollten wir uns treffen.

»Möchtest du allein sein?«, fragt Jess.

»Das wäre vielleicht das Beste«, sage ich, meine Augen gefesselt von den wenigen sparsamen Worten seiner Anzeige, denen es irgendwie gelingt, seinen freien Geist in Gänze einzufangen.

»Wenn du mich fragst«, meint sie und steht vom Tisch auf, »ist es an der Zeit, dass du ihn siehst.«

»Ja«, flüstere ich, als sie geht.

Als ich höre, wie Jess' Zimmertür ins Schloss fällt, schaue ich erneut auf mein Handy.

»Facebook«, murmle ich und überfliege hektisch die kleinen Symbole auf dem Bildschirm. Mein Herz rast panisch, dann öffne ich die Nachricht an Kathleen, die ich entworfen habe.

»Vielleicht hat Jess recht«, sage ich zu mir selbst. »Vielleicht ist es an der Zeit, dass ich mich der Vergangenheit stelle. Meinen Frieden mit den letzten fünfzig Jahren mache, und sei es nur für Edward.«

> Liebe Kathleen,
> Grüße aus Notting Hill!
> Ich plane eine Reise nach NYC
> und würde dich sehr gerne sehen.
> Hast du Kontakt zu Joseph?
> Joan

> Joan,
> ich kann dir gar nicht sagen, wie sehr ich
> mich freue, von dir zu hören und zu erfahren,
> dass du in die Stadt kommen wirst!

Es ist so lange her, dass ich Joseph gesehen habe, er ist vor inzwischen etwas mehr als einem Jahr umgezogen, aber ich kann versuchen, ihn zu kontaktieren.
Wann kommst du an?
K x

Kathleen,
wir kommen am 5. August.
J x

Joan,
schick mir deine Flugpläne.
Ich hole euch vom Flughafen ab.
K x

August 2023

Liebes CineGirl,

wollen wir uns am Samstag treffen, um 12.30 Uhr? Kennst
du die Meeting Place Statue am Bahnhof St. Pancras? Ich
dachte, wir könnten uns dort treffen, den Kanal entlang-
spazieren und im Coal Drop Yard vielleicht etwas essen.
Ich hoffe, das passt dir.

Mr PO Box

39

JESS

Schon aufgrund der Art und Weise, wie wir uns verabredeten, wussten Cormac und ich beide, dass etwas nicht stimmte. Ich habe die Verabredung angeregt, nicht er, in einem unaufregenden Café, am Vormittag, wenn keiner von uns etwas essen wollen würde, sondern nur einen Kaffee oder Tee hinunterkippen. Und obwohl wir beide schon am Telefon wussten, dass dies das Ende sein würde, sagte keiner von uns etwas, spielten wir beide freundlich dieses Spiel mit.

»Bitte entschuldige noch mal, dass ich an der Royal Festival Hall nicht aufgetaucht bin«, begrüßt er mich und küsst mich auf die Wange anstatt auf die Lippen.

»Kein Problem«, sage ich beiläufig, als wir uns an den Formica-Tisch setzen. Er hatte am Telefon erklärt, dass er in der U-Bahn festgesteckt war.

»Ich bin in Ed reingelaufen, als ich dort war.«

Stirnrunzelnd fragt er: »Kino-Ed?«

»Jep«, und mein Ton deutet an, dass wir mittlerweile keine Erzfeinde mehr sind.

»Willst du mir etwa sagen, dass ihr inzwischen Frenemies seid, also befreundete Feinde?«, fragt er, leicht erheitert.

Ich zögere, zum einen, weil ich nicht wirklich weiß,

was mit Ed im Moment vor sich geht, und zum zweiten, weil ich nicht möchte, dass Cormac sich schlecht fühlt.

Sein Handy pingt zwischen uns. Er schaut drauf.

»Wer ist das?«, frage ich und mir fällt auf, dass fast immer, wenn wir zusammen waren, derselbe Klingelton mehrfach losgegangen war.

Er seufzt, eindeutig im Begriff, mir etwas zu gestehen. »Meine Ex«, gibt er zu, nicht unbedingt stolz.

Ich dränge ihn, weiterzusprechen.

»Wir haben uns ein paar Monate ehe ich dich traf getrennt. Die Dinge waren irgendwie schwierig geworden. Wir mussten rausfinden, was wir füreinander empfanden, also entschlossen wir uns zu einer Beziehungspause, wollten andere Leute treffen. Wenn ich ehrlich bin«, sagt er und schaut reumütig auf, »dann schätze ich, dass ich ein bisschen was davon mit dir ausgelebt habe.«

»Wie wenn man Klamotten anprobiert, um zu schauen, ob sie passen?«, frage ich, und er lacht.

»Weil man eben hofft, dass sie passen, nicht wahr? Weil man herausfinden will, ob man etwas noch Bequemeres findet, etwas, in dem man sich mehr wie man selbst fühlt.«

»Hat sich herausgestellt, dass deine alten Klamotten die gemütlichsten waren?«

Er kräuselt die Nase und nickt. »Es tut mir leid, Jess. Ich wollte dich nie in irgendetwas hineinziehen.«

»Es ist alles in Ordnung«, sage ich und lehne mich auf meinem Stuhl zurück, spiele sanft mit meiner Teetasse. »Wenn ich ehrlich bin, glaube ich, wir haben beide etwas Ähnliches getan.«

»Inwiefern?«

Ich berichte ihm von Liam und davon, dass ich einen Weg zurück ins Dating-Leben finden musste, und wie ich Cormacs Zuverlässigkeit mit etwas anderem verwechselt hatte. Und ich erzähle ihm von Mr PO Box und jetzt, zu meiner größten Verwunderung, sogar von Ed.

»Klingt so, als seist du verwirrter, als ich es gewesen bin«, lächelt er.

»Wollen wir sagen, wir sind quitt?«

Er lehnt sich über den Tisch und küsst mich auf die Lippen; als er sich entfernt, sehe ich einen Blick voller Wärme, Bedauern, aber auch Endgültigkeit.

»Ich werde dich vermissen, Jess Harris«, sagt er und umfasst meine Hand.

»Ich werde dich auch vermissen.«

»Denk dran«, sagt er und lockert seinen Griff, »Liebe ist nie unkompliziert. Auf dem Papier sollte meine Ex überhaupt nicht passen, aber trotz ihrer Schwächen, von denen es so einige gibt, ist sie immer noch ›die Eine‹.«

»Die eine Person, ohne die zu leben du dir nicht vorstellen kannst«, sage ich, mehr zu mir selbst als zu ihm; meine Gedanken flattern zwischen Mr PO Box und Ed hin und her.

»Geht es dir gut?«, fragt Ed, nachdem ich berichtet habe, dass Debs und ihre wunderschöne kleine Tochter zu Hause sind und es ihnen viel besser geht *und* dass ich mich gerade von Cormac getrennt habe.

»Ich treffe morgen Mr PO Box, das Timing war also richtig«, erzähle ich ihm und hoffe, dass er an der

Zurückhaltung in meiner Stimme merkt, dass ich in einer totalen Zwickmühle bin.

»Wo triffst du ihn?«

»An der Meeting Statue am Bahnhof King's Cross«, sage ich, und er nickt anerkennend, während er für eine Tüte Kirschen bei einem Biobauern aus Kent auf dem Markt bezahlt.

»Romantisch«, meint er.

»Finde ich auch«, stimme ich zu, unfähig, zu lesen, was er denkt. Doch ich will unseren Beinahekuss im Auto nicht erwähnen, falls ich die Zeichen falsch gedeutet haben sollte. Nachdem wir die Kinder eingesammelt hatten, war das Thema vom Tisch, ihr ununterbrochenes Geschnatter beraubte uns jeder Chance. Und weil Mike und Debs im Krankenhaus waren, blieb ich und machte den Kindern Abendessen, obwohl ich nichts lieber gewollt hätte, als bei Ed zu sein.

»Ich frage mich, wie er ist …«, überlegt Ed.

»Es könnte jeder sein«, sage ich, und eine Blase nervöser Aufregung entsteht in meinem Bauch, weil mir das erste Mal bewusst wird, dass Mr PO Box jeder der Kerle sein könnte, die hier jetzt gerade über den Markt schlendern.

»Es könnte auch jemand sein, den du kennst«, sagt Ed sanft.

»Das bezweifle ich«, lache ich. »Wie wahrscheinlich wäre das?«

Er kratzt sich am Kinn. »Na ja, London hat wie viele Einwohner … neun oder zehn Millionen?«

»Wahrscheinlich.«

»Die Hälfte davon sind Männer, macht also fünf Millionen, ein Zehntel davon ist vielleicht in den Dreißigern, und nur die Hälfte davon ist Single. Was macht das?«

»Zweihundertundfünfzigtausend.«

»Na bitte, da hast du es. Die Wahrscheinlichkeit, dass du ihn kennst, liegt bei eins zu zweihundertfünfzigtausend.«

»Also ziemlich unwahrscheinlich.«

»Ziemlich unwahrscheinlich«, nickt er, und ein leichtes Schweigen liegt über uns, während wir zwischen den Ständen hindurchschlendern. »Wie viele Singlemänner kennst du in der Stadt?«

Ich überlege einen Moment. »Ich kenne nur dich und Daniel!«

»Hmm«, sagt er und beäugt ein altes Tintenfass mit Füllfederhalter, denkt eine Weile nach. »Dann wird es eine wunderbare Überraschung!«

»Ja, das wird es«, sage ich, und ein leichter Zweifel überkommt mich.

»Bist du aufgeregt?«

»Bin ich«, antworte ich vorsichtig, weil ich nicht möchte, dass er denkt, ich hätte seine Freundlichkeit bei Debs vergessen, und weil ich etwas weniger aufgeregt bin, als ich gewesen wäre, hätte es nicht *diesen* Moment zwischen uns gegeben.

»Er hat dich am Haken«, lächelt er und isst eine Kirsche.

»Ich schätze schon«, sage ich und denke an Joan und daran, wie sie ihr Leben lang an Josephs Haken hing.

»Ed, weißt du vom Ex deiner Mutter, von Joseph?«

Er schüttelt den Kopf. »Ich weiß, dass es vor meinem Vater jemanden gegeben hat, aber mehr nicht. Wie gesagt, Mum und ich sind nicht die Typen für Vertraulichkeiten.«

»Ich habe über die Kontaktanzeigen nach ihm gesucht«, erzähle ich ihm. »Und er hat sich gemeldet.«

»Was sagt Mum dazu?«, fragt er und gibt nicht zu erkennen, wie er sich damit fühlt.

»Ich habe das Gefühl, dass sie ihn unbedingt wiedersehen möchte, entweder, um dort anzuknüpfen, wo sie aufgehört haben, oder um mit diesem Kapitel ihres Lebens abzuschließen. Ich bin nicht sicher, ob sie das schon entschieden hat.« Ich erwähne nicht, dass ich Joseph geantwortet habe, um alles Wesentliche zu verabreden, einen Ort und einen Zeitpunkt für ihr Treffen während ihrer Reise abzumachen. »Joan und ich haben in letzter Zeit viel darüber gesprochen, dass es besser ist, im Leben Gewissheit zu haben, als im Ungewissen zu sein. Mit allen Tatsachen ausgerüstet zu sein, egal, wie schwer das sein mag«, sage ich und ebne den Boden, falls Joan sich entschließen sollte, Ed von der Identität seines leiblichen Vaters zu berichten.

»Eine zweite Chance«, sagt er.

»Genau.«

»Für eine solche würde ich alles geben.«

»Du meinst mit deinem Vater?«

»Teilweise«, sagt er und bleibt unter der Markise eines Antiquariats stehen. »Aber auch in anderer Hinsicht.«

»Inwiefern?«, frage ich und suche in seinen Augen nach einem Hinweis, worauf er hinauswill, in vollem

Bewusstsein, dass mein Brustkorb sich stärker hebt und senkt, als er es normalerweise tut.

»Fragst du dich manchmal, was geschehen hätte können, wenn ich dir einfach als Joans Sohn begegnet wäre, nicht als der ›böse Herrscher‹ von I-Work?«

Ich denke zurück an das erste Mal, als wir uns im Kino begegnet waren, und daran, wie ich dachte, er sei der herzzerreißend-wunderbarste Kerl, den ich je gesehen habe.

»Ich hätte dich um ein Date gebeten«, sagt er und steckt eine meiner Locken in meinen Zopf zurück.

»Aber das wäre doch komisch gewesen«, sage ich, ohne mich zu bewegen. »Wenn es nicht funktioniert hätte, meine ich. Wir wären gezwungen gewesen, uns weiterhin im Haus zu begegnen.«

»Es hätte funktioniert«, entgegnet er, und seine Augen fesseln die meinen.

»Woher weißt du das?«, frage ich und zwinge mich, nicht wegzulaufen, im Moment zu bleiben, mir zu erlauben, mein Herz zu öffnen.

»Ich weiß es einfach, wie man so etwas eben weiß«, sagt er langsam und dann, so unwahrscheinlich sanft, führt er seine Lippen zu meinen.

Meine Augenbrauen zucken vor Verwirrung, als Ed mich sanft küsst, und ich frage mich, ob dies mein Moment ist, in dem ich es wissen werde, so, wie Zinnia es mir vorhergesagt hat. Aber wie kann das sein? Gerade als ich kurz davor bin, Mr PO Box zu treffen, den Mann, dessen Herz ich verfallen bin, küsst mich Ed, der nervtötendste und zugleich wunderbarste Mann auf diesem Planeten …

»Ich sollte gehen«, sage ich und ziehe mich zurück, als die Verwirrung meiner Gedanken zu laut wird.

»Warte«, sagt er und greift nach meiner Hand. »Bitte verzeih mir, dass ich das Kino geschlossen habe.«

»Ed, du hast mich um meinen Job gebracht und eines von Londons ältesten Kinos zerstört.«

»Aber es geht dir jetzt besser ... der Knoten des Lebens ist nicht so fest.«

»Wo hast du ...«, ich zögere, dann schweige ich.

Er schaut mich eindringlich an, möchte, dass ich weitersspreche.

»Ich muss los«, sage ich und gehe fort von ihm, lasse ihn stehen zwischen den Marktständen und den Touristen, meinem Herz wird einiges klar, aber in meinem Kopf dreht sich alles.

40

JOAN

»Happy Birthday to You«, singt Jess, und singt nicht nur, sondern spielt auch Klavier, als ich unten ankomme. »Happy Birthday to You. Happy Birthday liebste Jo-an. Happy Birthday to You!«

»Danke!«, sage ich, klatsche in die Hände und bestaune die Ballons, die Jess überall verteilt hat, und über die Happy-Birthday-Girlande, die sie über den Spiegel gehängt hat. In all meinen achtzig Jahren hat mir noch nie jemand einen Raum voller Ballons geschenkt

»Alles Gute, Joan«, sagt sie und klopft auf den Hocker neben sich, auf dem ein Geschenk mit meinem Namen liegt.

»Jess, das wäre doch nicht nötig gewesen«, sage ich, obwohl ich mich insgeheim so freue.

»Es ist nichts Großes. Nur etwas für deine Reise.«

Ich öffne es vorsichtig, ohne eine Idee, was darin sein könnte. Dabei versuche ich – erfolglos – die Sorge, die inzwischen mit der Reise verbunden ist, aus meinen Gedanken zu verbannen. Seit ich erfahren habe, dass Joe lebt, konnte ich kaum noch schlafen. Ich habe mir unendlich viele Gedanken gemacht, ob Kathleen es schaffen wird, ihn zu kontaktieren, wissend, dass es für eine neue Anzeige in der Zeitung inzwischen zu spät ist.

»Eine Gürteltasche, genau wie deine!«, freue ich mich, als ich die leuchtende kleine Tasche auspacke.

»Magst du sie?«

»Ich liebe sie!«, sage ich und lege sie um die Hüfte meiner weichen »Stepphose«, die Jess und ich gemeinsam in der Stadt ausgesucht haben, bei meinem ersten Ausflug in die Regent Street seit Jahren.

»Ich habe sie für deine Reise gekauft«, sagt sie und drückt mich. »Sie sieht süß aus an dir!«

»Und du hast gelernt, ›Happy Birthday‹ zu spielen. Du verwöhnst mich.«

»Ich habe auch etwas anderes geübt.« Sie holt ›Beethoven spielen ist leicht‹ hervor und öffnet ›Ode an die Freude‹. »Ich dachte, es könnte schön sein, die Erinnerung an Joy zu feiern, indem wir das Stück gemeinsam spielen, anstatt zu trauern. Was meinst du?«, fragt sie zaghaft.

»Ich habe so lange nicht gespielt«, sage ich unsicher.

»Aber es zu probieren, kann doch nicht schaden, oder?«

Sie rückt ihren Hocker ein wenig beiseite, um Platz für meinen zu machen, und beginnt, die linke Hand zu spielen. Die Art, wie konzentriert sie dabei ist, zeigt mir, dass es ihr viel bedeuten würde, wenn ich einstimme, also lege ich zögerlich meine rechte Hand auf die Klaviatur und beginne.

Es überrascht mich vollkommen, wie schnell alles wieder da ist, und ehe ich es wahrhaben kann, sind wir beide in vollem Spiel, ich mit einer Gänsehaut auf den Armen, ebenso, wie ich sie hatte, als ich das erste Mal in der Carnegie Hall gespielt habe, und Joe von der Seite zusah.

»Noch einmal?«, fragt sie, schaut mich an und grinst, während ich innerlich staune, wie weit sie mit ihrem Klavierspiel in den letzten Monaten gekommen ist und welch außergewöhnliche Dinge geschehen können, wenn wir Gewohnheiten und Ablenkungen ziehen lassen. Und nicht nur das, aber wie bemerkenswert ist es doch, dass wir beide unsere Challenge nicht nur überlebt haben, sondern regelrecht aufgeblüht sind.

»Warum nicht!«, rufe ich und schwelge in der Freude, die sie ins Haus gebracht hat und wie sehr sie mich aus meiner Komfortzone locken konnte. Die schlichte Tatsache, das Klavier aus reiner Freude zu spielen, fühlt sich wie ein riesiger Schritt an in Anbetracht dessen, wie es zuletzt gewesen ist.

»Das ist aber eine unerwartete Überraschung«, sagt Edward, als er kurz danach eintrifft, während Jess und ich bereits ein anderes Stück aus dem Repertoire für Klavieranfänger spielen. Jess macht einen kleinen Fehler, als er kommt, aber ist eindeutig begeistert vom Gefühl des Duettspiels, und ich bin umso begeisterter von ihrer Freude. Er stellt eine Tortenverpackung auf den Sekretär.

»Ich habe dich nicht reinkommen hören«, sage ich, während ich spiele, denn ich will den Moment nicht unterbrechen, bis Edward herüberkommt und seine Arme ausbreitet, um mich auf meinem Platz zu umarmen.

»Alles Gute, Mum«, sagt er, umarmt mich, und seine Stärke trägt meine Gebrechlichkeit. Nur mit Mühe breche ich nicht in Tränen aus.

»Danke«, sage ich, als er sich langsam zurückzieht, und ich versuche, mich zu sammeln, indem ich mich auf die Musik konzentriere, suche meinen Weg zurück in das Stück, das Jess weitergespielt hat.

Edward setzt sich in den Sessel neben der Gartentür, beobachtet uns beide, und sein Blick ruht mehr auf Jess, denn auf mir. Währenddessen breitet sich ein strahlendes Lächeln auf seinem Gesicht aus, eines, das ich lange nicht gesehen habe, wenn überhaupt jemals, und seine Augen sind strahlend wie Joes.

Wir spielen noch ein wenig für Jess' erstes Publikum, bis ihre Finger müde werden und sie entscheidet, dass es Zeit für einen Lauf sei. Edward applaudiert uns beiden, als sie aufsteht, und sie macht einen lustigen kleinen Knicks. Und dann, kurz bevor sie nach oben geht, um sich umzuziehen, nickt sie in Edwards Richtung, ihren Blick auf mir, und ich weiß genau, was sie meint: Ich soll ihm von Joseph erzählen.

»Ein Stück Kuchen im Garten?«, schlage ich vor, und er willigt ein.

Draußen schwatzen wir eine Weile entspannt, er erzählt vor allem von der Arbeit, ich von meiner Reise nach New York später an diesem Tag, trotz meiner Sorgen wegen Joe.

»Ich kann nicht glauben, dass du eine Reise ins Ausland machst«, sagt er und isst seinen Kuchen auf der Bank neben der Hintertür. »Wie lange ist das her?«

Es ist mir peinlich, ihm zu sagen, dass ich das Land zuletzt vor seiner Geburt verlassen habe, wobei ich vermute, dass er das weiß, dass ich zuletzt gemeinsam mit

Parker in einem Flugzeug gewesen bin, um an einer eher drögen Konferenz in Frankfurt teilzunehmen, wo ich mit anderen gelangweilten Ehefrauen durch die Stadt gelaufen bin, während er Geschäfte machte. Ich hatte die ganze Reise damit verbracht, zu versuchen, nicht an meinen letzten Besuch in der Stadt zu denken, mit Joe 1970. Dieser Besuch war in jeder Hinsicht das Gegenteil gewesen: Wir sind spät aufgewacht, aßen Kuchen zu Mittag, und Schnitzel mit Bier zum Abendessen, ehe Joseph bis in die frühen Morgenstunden auftrat.

»Das habe ich Pamela und Jess zu verdanken«, sage ich ihm.

»Du solltest dir auch ein wenig von dem Ruhm zugestehen, Mum. Du bist in diesen letzten Monaten einen langen Weg gegangen.«

»Ja, du hast wahrscheinlich recht.«

»Aber warum New York? Das ist nicht das wahrscheinlichste Reiseziel für eine Achtzigjährige.«

Ich halte inne, will am liebsten mit allem rausplatzen und ihm alles erzählen, vom ersten Treffen mit Joe, als ich neunzehn war, über die erzwungene Trennung, bis zu unserer Liaison neun Monate vor seiner Geburt. Doch ich weiß, dass das zu viel wäre, also beginne ich mit kleinen Schritten.

»Du weißt doch, dass ich meine Zwanziger in New York verbracht habe.«

»Nur vage«, sagt er. »Ist es also eine Reise zu alten Erinnerungen?«

»Oder eine Gelegenheit, um eine zweite Chance auszuloten«, schlage ich vorsichtig vor.

»Worauf?«

Wieder zögere ich, unsicher, wie viel er zusätzlich zu dem Verlust von Parker noch verkraften kann.

»Ich habe in New York mit meinem Freund zusammengelebt, vor deinem Vater«, fahre ich fort, wieder böse auf mich selbst, weil ich erneut Joe darstelle, als sei er kaum mehr als eine Teenieschwärmerei gewesen. »Mehr als ein Freund, eigentlich ... wir haben uns sehr geliebt.«

Ich schlucke einen großen Kloß von Gefühlen hinunter, wissend, was ich ihm sagen muss.

»Wirklich?«, sagt er, und der Ausdruck von Wissbegier in seinen Augen bringt mich dazu, weiterzusprechen.

Ich erzähle ihm von unserer Beziehung, wie die Familie dagegen gewesen ist und ich darum am Ende Parker geheiratet habe.

»Aber du bereust es nicht, Dad geheiratet zu haben, oder?«

Diesmal zögere ich wirklich und überlege, wie ich sagen kann: *Doch, ich bereue manches.*

»Oh mein Gott«, sagt er langsam, als die Verzögerung meiner Antwort ihm das sagt, was er wissen muss.

»Die Zeiten waren sehr anders«, sage ich schnell. »Die Einstellungen veränderten sich aber nicht sehr schnell. Die Entscheidung, deinen Vater zu heiraten, lag nicht nur bei mir.«

Er hält einen Moment inne, denkt nach. »Du hast mir gesagt, Dad sei wegen Joy gegangen. Sagst du mir gerade, dass es doch deinetwegen gewesen ist?«

»Nein«, sage ich überzeugt. »Nein, das ist es nicht.«

»Was ist es dann?«

»Wir haben es versucht, Edward. Als Joy geboren wurde, ging es uns recht gut. Wahrscheinlich wären wir weiter zusammengewachsen, hätten wir nicht diesen Verlust als Familie erlebt. Parker konnte damit einfach nicht umgehen.«

»Mum, du musst aufhören, ihn immer Parker zu nennen«, sagt er. »Er war mein Vater. Ob du es willst oder nicht, er war mein Dad.«

Ich sage nichts, doch Ed ist einfühlsam genug, um zu wissen, dass ich auch mit meinem Schweigen etwas sage.

»Was verschweigst du mir?«, fragt er und steht auf, und das Bewusstsein wächst, dass dies hier viel tiefer geht, als er anfänglich dachte.

Ich warte und versuche, die richtigen Worte zu finden, wissend, dass es keine gibt, die den Schmerz, den ich ihm mit dem, was ich ihm sagen muss, zufügen werde, lindern können.

»Mum?«, fragt er, und seine Stimme bricht. Und ich weiß, es gibt kein Zurück mehr.

Ich hole tief Luft und atme aus, ehe ich es ihm sage: »Edward, Parker war nicht dein Vater. Joseph ist es.«

41

JESS

Ich kehre von meinem Lauf zurück, brauche dringend eine Dusche und etwas zu trinken, als ich sehe, wie Ed zügig den Gartenweg entlanggeht.

»Hey«, sage ich, als sich unsere Wege am Gartentor kreuzen.

»Hey«, sagt er kühl, schaut mich kaum an, sein Gesicht aschfahl.

»Was ist los?«, frage ich, spüre, dass etwas nicht stimmt, und ich frage mich, ob es an mir liegt, ob er sauer ist, dass ich so schnell weggelaufen bin nach unserem Kuss.

Er geht ostwärts Richtung U-Bahn, und ich folge ihm.

»Mum hat mir eben das mit meinem Vater gesagt«, meint er und läuft so schnell, dass ich kaum hinterherkomme.

Ich weiche einer Frau aus, die auf uns zukommt. »Ich habe mich gefragt, wann sie das tun würde.«

Ed bleibt abrupt stehen, sein Blick brennt. »Du wusstest es?«

»Ich …«, setze ich an, unfähig, schnell genug zu denken, um zurückzurudern, sauer auf mich selbst, weil ich nicht nachgedacht habe. Er geht wieder weiter, geht nach Süden in die Pembridge Road.

»Du wusstest davon und hast mir nichts gesagt?«, fragt er, als wir wieder Schulter an Schulter sind und uns einen Weg durch die Touristen bahnen, die zur Portobello Road schlendern.

»Das stand mir nicht zu.«

Er hält erneut an, seine Augen zusammengekniffen, sein Blick beißend. »Du hast dir nicht gedacht, dass das etwas sein könnte, was ich wissen sollte, dass es mir zustehen könnte, zu wissen, wer mein wirklicher Vater ist? Du wusstest, dass ich nach ihm gesucht habe.«

Eine Welle der Schuld überrollt mich, obwohl ich weiß, dass ich Joan nicht hätte hintergehen können.

»Das alles ist ein Durcheinander. Und das ist alles dein Werk.«

»Wie kommst du darauf?«

»All deine Einmischerei bei meiner Mutter! Ich habe meinen Vater vielleicht finden wollen, aber nicht so. Das ist alles deine Schuld.«

»Das ist nicht fair«, schlage ich zurück, als er weitergeht. »Ohne mich hättest du vielleicht nie herausgefunden, wer dein Vater ist.«

Er stoppt erneut. »Ich hätte meinem Bauchgefühl bei dir trauen sollen«, sagt er, und sein ganzer Körper ist angespannt vor Wut. »Von Anfang an wusste ich, dass du darauf aus warst, meine Mutter auszunutzen, dass du immer nur schmarotzen wolltest.«

Der Schmerz dieser verbalen Ohrfeige geht tief. Er betäubt mich.

Ed schaut weg, wissend, dass er zu weit gegangen ist.

Ich sollte gehen, aber irgendetwas hält mich zurück.

Wütend fährt er sich mit den Händen durch die Haare, dann atmet er aus, der Kampf hinterlässt erste Spuren.

»Ich habe ihr gesagt, er oder ich«, stößt er hervor, beinahe gejagt.

»Scheiße, Ed«, sage ich, und meine eigene Wut lässt nach. Trotz des Streits kann ich nicht anders, als mit ihm zu fühlen.

Er schaut gen Himmel, holt scharf Luft und kämpft körperlich gegen die Tränen, ehe er sagt: »Ich muss gehen.« Und er wendet sich von mir ab, ab von seiner Mutter, und verschwindet in der Menge.

Trotz des Aufeinandertreffens mit Ed gelingt es mir, noch pünktlich am Bahnhof St. Pancras einzutreffen. Ich tigere rastlos die Grand Terrace hinauf und hinab, versuche, mich auf meine Atmung zu konzentrieren, und starre abwechselnd durch die Glasscheibe zu den Eurostar-Zügen oder gehe Runden um die neunzig Meter hohe Statue eines Mannes und einer Frau, die einander küssen.

»Guter Start«, denke ich und schaue hinauf zu der bronzenen Umarmung, beeindruckt und doch nicht überrascht davon, dass Mr PO Box sich etwas so Romantisches ausgedacht hat, so angelehnt an den Film ›Begegnung‹, eine meiner allerliebsten Liebesgeschichten.

Ich stromere noch ein wenig umher, fummele an meinem Kleid herum, warte auf Mr PO Box und denke an Ed.

Ich denke daran, wie die Dinge zwischen uns in letzter Zeit gewesen sind – seine Sorge um mich und sein Rat, seine Freundlichkeit gegenüber Debs und Daniel – und wie Joan mir einmal erzählt hat, dass »er ein gutes Herz hat«, an seine Loyalität Charlie gegenüber. Und ich denke auch an all die Zufälle, die es zwischen uns gab: dass er Joans Sohn ist, dass er das Kino kauft, dass er die Formulierungen »magischer Funke« und »Knoten des Lebens« nutzt und dass er mehr über meine Gefühle für Mr PO Box zu wissen scheint als ich. Und während ich mich frage, wie es kommt, dass er die Dinge weiß, die er weiß, merke ich, wie ich abgelenkt werde vom Gedanken an unseren Kuss und dann von unserem Streit, und mehr als alles andere wünsche ich mir, dass er nie geschehen wäre.

Als ich auf die große Uhr an der Wand schaue, die zwölf Uhr vierzig anzeigt, frage ich mich, ob ich sauer bin auf Ed oder ob er mir leidtut oder ob ich mich schuldig dafür fühle, ihm nicht von Joseph erzählt zu haben, oder ob es einfach eine riesengroße Mischung all dieser Dinge ist, die alles Analysieren der Welt im Moment nicht wird lösen können.

Schließlich setze ich mich auf den Fuß der Statue und versuche, mich nicht um Ed zu sorgen oder darum, dass Mr PO Box spät dran ist. Ich erinnere mich daran, wie Joan mir erzählt hat, dass sie oft auf Joseph warten musste, also tue ich das Gleiche, beobachte die Passanten, die meisten von ihnen an ihren Telefonen, und ich denke über die letzten Monate nach und darüber, wie weit sowohl Joan als auch ich gekommen sind. Vor vier Monaten hätte ich keine zwei Minuten warten können, ohne mein Handy rauszuholen und ziellos zu scrollen; jetzt kann ich ganze Wochen ohne mein Handy verbringen.

Als ich das nächste Mal auf die Uhr schaue, ist es dreizehn Uhr dreißig, und im Grunde meines Herzens weiß ich, dass der Mann, von dem ich gehofft hatte, dass er mein romantischer Held sein würde, nicht auftauchen wird.

42

JOAN

»Jess, Gott sei Dank«, sagt Pamela, die während der letzten halben Stunde durch die Küche und den Garten gestromert ist. »Vielleicht kannst du sie ja zur Vernunft bringen.«

»Was ist los?«, fragt Jess und legt ihre Schlüssel auf den Tisch, an dem ich sitze. Sie sieht irgendwie durcheinander aus, beinahe erschüttert.

»Sie sagt, sie könne nun doch nicht nach New York fliegen«, erklärt Pamela, als hätte ich mich soeben aus dem NATO-Abkommen verabschiedet, und nicht aus einem Kurzurlaub.

»Warum nicht?«, fragt Jess unterstützend und setzt sich neben mich.

»Ich habe mit Edward geredet«, beginne ich, und Jess atmet auf eine Art ein, die mich vermuten lässt, dass sie schon Bescheid weiß.

»Ich habe ihn gesehen«, bestätigt sie.

»Wie ging es ihm?«

Sie schüttelt ein wenig den Kopf: »So gut, wie man es unter diesen Umständen wahrscheinlich erwarten kann.«

»Er will nicht, dass ich fliege. Er braucht Zeit«, sage ich ihr, und das Bild von Edwards Schock, seinem Blick voller Wut ist fest in meine Erinnerung eingebrannt.

»Kann mir bitte jemand erklären, was vor sich geht?«,

unterbricht uns Pamela, zieht sich einen Stuhl an den Tisch und setzt sich zu uns, obwohl ich sehen kann, dass es ihr kaum möglich sein wird, still zu sitzen. Sie schaut immer wieder auf ihre Uhr, fragt sich zweifelsohne, wie viel länger sie noch abwarten kann, ehe sie zwingend losmuss zum Flughafen.

Ich erlaube Jess mit einem Nicken, ihr von Joseph zu erzählen, davon, wie sie ihn nach all den Jahren gefunden hat und dass er zudem Edwards Vater ist.

»Joan Armitage, du schaffst es immer wieder, mich zu verblüffen!«, ruft Pamela aus, ohne jeden Anklang von Verurteilung, vielleicht sogar, wenn ich das sagen darf, mit einem Hauch von Respekt.

»Kannst du jetzt verstehen, warum ich unmöglich nach New York kann? Wie kann ich Edwards Wünsche zu so einem Zeitpunkt hintergehen? Er hat mir verboten, zu fliegen.«

»Joan«, sagt Jess und windet sich etwas auf ihrem Stuhl. »Ed ist ein erwachsener Mann. Du musst ihn nicht mehr beschützen. Dies ist dein Leben. Du musst zuallererst an dich denken, nicht an deinen Sohn.«

Ich lächle angesichts Jess' Naivität. »Eines Tages bist auch du eine Mutter und wirst das verstehen.« Woraufhin Pamela sich räuspert.

»Als Mutter«, sagt sie, »muss ich leider Jess zustimmen. Es ist an der Zeit, dein Leben für dich selbst zu leben, Joan, nicht für Edward.«

»Pamela, das kann nicht dein Ernst sein«, sage ich. »Versuch doch, das einmal aus meiner Perspektive zu betrachten. Wenn deine Mädchen herausfänden, dass ihr

Vater nicht der ist, für den sie ihn immer gehalten haben, kurz nachdem er verstorben ist, würdest du dann nicht auch alles in deiner Macht Stehende tun, um sie zu beschützen? Edward braucht Zeit, um die Neuigkeiten zu verarbeiten, und solange er das tut, kann ich unmöglich versuchen, Joseph zu treffen.«

»Aber wenn du fliegst, wenn du versuchst, ihn zu treffen, würdest du die Grundlage dafür schaffen, dass Ed eine Beziehung zu seinem leiblichen Vater aufbauen könnte – das wäre ein Akt der Unterstützung, nicht des Betrugs«, meint Jess.

Ich reibe meine Stirn, ich weiß, dass in dem, was Jess sagt, auch Wahrheit liegt, und ich möchte so sehr, dass Edward Joseph kennenlernt, aber es gelingt mir nicht, am Offensichtlichen vorbeizusehen. »Wie kann Joseph mir je meinen Betrug verzeihen? Zuerst verlasse ich ihn, und dann verschweige ich ihm die Wahrheit über seinen Sohn für siebenunddreißig Jahre. Das ist unverzeihlich. Was, wenn er es schon weiß und er mich in all diesen ungeöffneten Briefen beschimpft und beschämt hat?«

Jess steht vom Tisch auf und kehrt einen Augenblick später mit einem Brief zurück. Ein Brief, den ich erkenne, an seinem zartrosa Umschlag und Joes Handschrift.

»Öffne ihn«, sagt sie, und ich tue es.

Meine liebste Joany,

von all den Briefen, die ich dir im Lauf der vergangenen sechzig Jahre geschrieben habe, ist dies wohl der wichtigste. Erlaube mir, dir drei Dinge zu erzählen:

»Darf ich?«, fragt Pamela, und ich gebe ihn ihr, zitternd und unfähig, zu begreifen, was ich soeben gelesen habe.

Pamela liest den Brief noch mehrere Male und gibt ihn mir dann zurück. »Wenn ich das sagen darf«, beginnt sie, viel weniger herrisch als sonst. »Wir bekommen nicht oft eine zweite Chance im Leben. Wenn ich die Chance hätte, Derek zurückzuholen«, ihre Stimme bricht bei der Erwähnung des Namens ihres Ehemannes, »ich würde keine Sekunde zögern.«

Ich greife tröstend nach ihrer Hand, dann drückt Jess meine; unser eigener kleiner Freundschaftskreis.

»Joan, du hast wirklich hart für diese Reise gearbeitet«, sagt Jess. »Wenn du jetzt nicht fliegst und versuchst, Dinge geradezurücken, wann willst du es sonst tun?«

»Sie hat recht, Joan«, stimmt Pamela zu. »Es ist wie damals, als wir über eine Untermieterin gesprochen haben. Wenn nicht jetzt, wann dann? Und sieh doch, was dabei herausgekommen ist.«

Wir beide schauen zu Jess, so strahlend an diesem Tisch, die schöne Rose zwischen zwei fast vertrockneten Pflänzchen. Es ist mir beinahe unmöglich, in Worte zu fassen, wie viel sie mir inzwischen bedeutet, so nah an Joy, wie ich es nie für möglich gehalten hätte.

»Aber wer sagt mir, dass ich ihn überhaupt finden kann? Wir haben zu lange gewartet, um eine Anzeige aufzugeben«, sage ich, und meine Gedanken werden langsam sanfter. »Kathleen war sich in ihrer Nachricht auch nicht sicher, dass sie ihn würde erreichen können; sie meinte, er sei schließlich doch umgezogen. Es ist lange her, dass die beiden sich gesehen haben.«

»Ich habe schon etwas für euch arrangiert«, lächelt Jess und greift in ihre Tasche, aus der sie eine Ausgabe der ›New York Times‹ herausholt. »Schau her.«

JO22 TRIFF JNY19
Radio City Music Hall, 20.00 Uhr
5. August

Mein Finger ruht länger unter der kleinen Anzeige, als ich bemerke, ein Strom von Aufregung und Anspannung fließt durch mich hindurch, gefolgt von Ruhe, einem Gefühl meines alten Selbst; die Version von Joan, die ich einst war, kehrt zurück.

43

JESS

Sobald Pamela und Joan in ihrem Taxi gen Flughafen davonfahren, flitze ich mit Humphrey zu Debs.

»Was ist mir dir los?«, fragt Debs, nachdem ich mich selbst eingelassen hatte, Mike ist mit den Kindern unterwegs.

»Es ist wieder passiert«, sage ich und werfe mich auf das Ecksofa, in dessen Ecke Debs sich geparkt hat und die Kleine stillt; Humphrey legt sich vor ihre Füße. Es ist unvorstellbar, dass Debs noch vor einer Woche zusammengebrochen ist und die Kleine auf der Intensivstation lag, angeschlossen an ein Beatmungsgerät. »PO Box hat mich versetzt.«

»Du verscheißerst mich?!«, sagt sie und hält dem Baby die Ohren zu.

»Nein! Ich habe über eine Stunde gewartet.«

»Verdammte Scheiße, Jess. Warum sollte er das tun?«

»Vielleicht hatte Pamela recht«, stöhne ich, lege meinen Kopf an die Sofalehne und starre an die Decke. »Vielleicht ist er nicht der, der er vorgibt zu sein.«

»Es ergibt überhaupt keinen Sinn: all diese Briefe, all diese Zeit …«

»Ich dachte wirklich, er würde ›der Eine‹ sein. Die eine

Person, die süß und liebevoll wäre und sogar heißer als Ed.«

»Süße, es tut mir so leid«, sagt sie und streckt einen Arm aus, obwohl es keine Möglichkeit gibt, mich zu umarmen, während sie stillt.

»Und das ist noch nicht alles«, fahre ich fort. »Ich hatte einen Zusammenstoß mit Ed.«

»Wieso?«

Ich berichte ihr davon, wie Joan Ed von Joseph erzählt hat. »Er denkt, ich hätte mich eingemischt, dass es meine Schuld sei, dass er es auf diese Weise herausfinden musste.«

»Er ist verletzt«, sagt sie auf eine Weise, die mir vermitteln soll, mir deswegen keine Sorgen zu machen, aber ich kann nicht anders; ich kann an nichts anderes denken.

»Er hat gerade herausgefunden, dass sein Vater nicht derjenige ist, den er dafür hielt, *und* dass er lebt. Und, verzeih mir, wenn ich das sage, aber du hast ohne Joans Zustimmung nach Joseph gesucht, also bis zu einem gewissen Maß hat er nicht unrecht; du bist der Impulsgeber hinter all dem.«

»Du hast recht«, seufze ich und frage mich, wo Ed sein mag und wie er sich fühlt, ob er wirklich denkt, dass ich Joan ausgenutzt habe.

»Die Wahrheit ist, er tut mir leid. Es ist wie ein völliger Rollentausch – ich bin sauer auf Mr PO Box und denke nur an Ed.«

Debs lacht, ohne jede Boshaftigkeit, über mein Unglück.

Ich rolle meinen Kopf herum und schaue sie an. »Er hat mich geküsst, weißt du.«

»Wann?«

»Gestern.«

»Wie war es?«

»Überraschend sanft.«

Debs schaut mich einen Moment lang an, versucht, in mir zu lesen. Ich habe das Gefühl, sie kann spüren, dass ich davongelaufen bin.

»Es wäre toll, wenn du jemanden finden könntest, der das gleiche Einfühlungsvermögen wie Mr PO Box hat und die Attraktivität von Ed«, sagt sie und legt sich ihre kleine Tochter auf die Schulter für ein Bäuerchen.

»Wird nie passieren«, lache ich, obwohl ich mir das auch wünschen würde. »Stellt sich raus, dass es im wahren Leben keine Magie gibt. Ich bin verflucht, für immer allein zu sein.«

Ich bin von diesem Tag zu erschöpft, um noch mehr über mich zu schwatzen, also frage ich stattdessen, wie es Debs geht.

»Seit wir zu Hause sind, geht es mir viel besser. Die Jungs sind toll. Ich habe das Mädchen, das ich mir immer gewünscht habe. Die Familie fühlt sich vollständig an.«

»Ich bin glücklich für dich, Debs«, antworte ich ihr und beobachte sie, wie sie die Kleine in die Wiege neben dem Sofa legt. »Habt ihr schon einen Namen?«

Sie kuschelt das Baby in die Decke ein, versichert sich, dass es keinen Hinweis darauf gibt, dass sie demnächst wieder aufwacht, und legt sich selbst zurück aufs Sofa.

»Wir dachten an Jessica Joy«, sagt sie, und mir kommen sofort die Tränen. »In Anerkennung der besten Freundin, die eine Frau haben kann, und um Joans Verlust zu ehren. Meinst du, sie hätte etwas dagegen?«

Ich schüttle den Kopf, sprachlos, und dann umarme ich Debs so fest, wie ihr Post-Partum-Körper es zulässt.

44

JOAN

»Joan Armitage«, sagt Kathleen und umarmt mich aus ganzem Herzen. Ihre Energie, unverändert auch nach beinahe vier Jahrzehnten, geht sofort auf mich über und entspannt das Unwohlsein meines Körpers nach dem langen Flug. Ich beginne, sie loszulassen, doch sie hält mich noch fester, fester, als mich irgendwer seit sehr langer Zeit gehalten hat. »Wo warst du die ganze Zeit?«, fragt sie und gibt mich frei, hält mich auf Armlänge und mustert jede einzelne meiner Falten.

»Es ist so lang her«, sage ich und bewundere ihr Haar, das immer schon stark und dick war, aber auch jetzt noch so aussieht, obwohl die Farbe sich zurückgezogen hat. Das Grau unterstreicht ihre dunklen, sanften Augen und betont ihre olivfarbene Haut.

Sie umfasst meinen Ellbogen. »Ja, das ist es.«

»Das ist meine Nachbarin und gute Freundin, Pamela«, sage ich und denke erst jetzt an meine Manieren. Pamela war so nett, unser Gepäck zu beobachten, anstatt unser Wiedersehen.

»So schön, Sie kennenzulernen, Pamela«, sagt Kathleen und umarmt auch Pamela, die sich versteift, und Kathleen hölzern auf den Rücken klopft.

»Joe hat mir heute Morgen geschrieben wegen eurer

Verabredung, also sollten wir besser losziehen!«, treibt uns Kathleen an, nicht wissend, dass dies die erste Bestätigung unseres Treffens war.

Pamela legt eine Hand auf meinen Rücken, und Ruhe breitet sich in mir aus, sehr ähnlich dem Frieden, den ich stets spürte, wenn ich ein Klaviervorspiel begann, nachdem ich zuvor stundenlang unter unerträglichem Lampenfieber gelitten hatte.

Nachdem wir unser Gepäck eingesammelt haben, begleitet uns Kathleen zu ihrem Auto. Ich bemühe mich sehr, »im Moment zu bleiben«, wie Jess es ausdrücken würde, mich auf die Freude des Zusammenseins mit Kathleen zu konzentrieren, oder darauf, wie es wohl sein wird, Joe zu begegnen, anstatt die verpassten Jahre zu bedauern.

»Peter und ich haben überlegt, wie lange es her ist«, sagt Kathleen, nachdem sie uns aus dem Parkhaus und durch das Gewirr der umgebenden Straßen auf die Autobahn in die Stadt gelotst hat. »Ich habe dich nach Edwards Geburt gesehen, aber danach …«

»Beinahe vierzig Jahre«, sage ich und schaue aus dem Autofenster. »Wie die Dinge sich verändert haben.«

»Ich nehme an, vieles hier gab es noch nicht, als du weggegangen bist«, stellt Pamela fest.

»Ich erkenne nichts hiervon wieder.«

»An manchen Tagen erkenne ich nicht einmal mich selbst im Spiegel, ganz zu schweigen von den Gebäuden und den Straßen«, lacht Kathleen, und Pamela und ich stimmen ein.

»Ich bekomme die körperlichen Veränderungen nie

zusammen mit dem Geist, der noch immer so jugendlich ist wie damals, als ich einundzwanzig war«, sagt Pamela.

Kathleen nickt weise, und ich frage mich, was die beiden meinen. Für mich fühlt es sich immer so an, als würde mein Geist noch schneller als mein Körper altern.

»Geht es Peter gut?«

»Nicht schlecht. Er genießt es, wieder in seiner Heimatstadt zu sein. Ich weiß nicht, ob London je richtig mithalten konnte. An den meisten Tagen geht er·stundenlang spazieren, saugt die Veränderungen auf, staunt über die Millennials und die Gen-Z! Er hat sich wieder verliebt in diesen Ort.«

»Wer kann es ihm verübeln?«, sage ich, bestaune die großen Vorstadthäuser, die zu Bauprojekten werden und schließlich zu den wunderschönen Backsteinhäusern Brooklyns.

Und dann, als ich nicht damit rechne, öffnet sich der Freeway, und dort vor mir liegt Manhattan, beeindruckend und atemberaubend wie immer, der Ort, den ich so gern mein Zuhause genannt habe. Ich finde es beinahe unvorstellbar, dass dort, zwischen all diesen Gebäuden, Joe ist und sich darauf vorbereitet, mich zu treffen.

»Da ist sie, Ladys«, ruft Kathleen. »New York City in all ihrer Pracht!«

»Wow«, sagt Pamela. Im Spiegel sehe ich, wie bewegt sie von dem Anblick ist, ihr Gesicht dicht am Seitenfenster wie bei einem kleinen Kind. Eine ihrer Hände liegt an der Rückseite meines Sitzes, und ich greife nach oben, um sie zu halten. Ich weiß, dass sie an Derek denken wird und sich wünscht, er wäre ebenfalls hier.

Wir fahren weiter, parallel zur Insel, ergattern kurze Blicke auf die Freiheitsstatue, kommen immer näher an die Brooklyn Bridge, und ich kann den Puls der Stadt wieder spüren.

»Ich dachte mir, ich fahre mit euch den längeren Weg, biete dir eine Reise zurück auf der Straße der Erinnerungen. Wir wollen ja nicht zu zeitig ankommen«, sagt Kathleen, als sie ihren Weg südlich durch den Finanzbezirk sucht, wo Joseph und ich manchmal zum Battery Park spaziert sind und hinüber zur Statue geschaut haben, die uns an unsere eigene Freiheit erinnert hat.

Und wir fahren vorbei am Freedom Tower, weder dieser Turm noch die Twin Towers haben zu meiner Zeit gestanden, und ich werde erneut daran erinnert, wie viel Zeit vergangen ist, wie viel Verlust es für so viele Menschen gegeben hat.

»Erinnerst du dich an Drinks in Jack's Tavern?«, fragt Kathleen, als wir an einer Bar in SoHo vorbeifahren, wo wir vier uns oft getroffen haben, wenn Kathleen und Peter aus London zu Besuch waren.

»Allerdings«, antworte ich und erinnere mich, wie Joe und ich danach nach Hause gestolpert sind, betrunken vor Liebe.

Ehe ich mich versehe, sind wir schon beim Washington Square Park, am Fuß der 5th Avenue, mit ihrem majestätischen Steintor, wo Joe und ich uns oft trafen, wenn wir aus verschiedenen Teilen der Stadt gekommen sind, um von dort gemeinsam heimzulaufen.

Ich möchte Pause drücken und dann die Jahre zurückspulen.

Ich muss mich in meinen Erinnerungen verloren haben, denn das Nächste, was ich mitbekomme, ist, dass Kathleen den Blinker setzt und langsam in eine Anwohnerstraße abbiegt, eine, die sofort mein Herz zum Stillstand bringt.

»Da sind wir«, sagt sie und findet einen Platz, um in der schönen Perry Street zu halten, schmal und baumgesäumt, mit Backsteinhäusern, wo Joe und ich gemeinsam für fünf fantastische Jahre gelebt haben. »Joe ist erst kürzlich ausgezogen, er wollte nicht, dass die Treppen zum Problem werden. Ich bin zu spät dran, seinen letzten Brief zu schicken, den er vor einigen Monaten geschrieben hat; wahrscheinlich steht darin seine neue Adresse.«

»Wir werden alle nicht jünger«, höre ich Kathleen fortfahren, doch es klingt wie in weiter Ferne, meine aufwallenden Gefühle ersticken alles andere.

Es trifft mich unerwartet, als ich spüre, wie Tränen meine Wangen hinablaufen.

Pamela greift nach vorn, um ihre Hände auf meine Schultern zu legen. Kathleen hält sanft meine Hand.

»Warum hat er mich in jener Nacht nicht aufgehalten? Mich gebeten, ihn zu heiraten, wie er es vorhatte?«, schluchze ich, nicht in der Lage, zu begreifen, dass fünfzig Jahre vergangen sein sollen, wenn die Straße aussieht und sich anfühlt, als sei es erst gestern gewesen.

Keine der beiden antwortet.

»Warum nicht um meine Hand angehalten, als er erfahren hatte, dass ich heiraten würde? Warum hat er nichts gesagt?«

»Ich denke, er fürchtete, es würde eher wie ein Akt der Verzweiflung wirken, nicht wie ein Akt der Liebe«, sagt Kathleen sanft.

»Wenn nicht dann, warum nicht in der Nacht, als wir uns wiedergesehen haben …«, mir wird bewusst, dass ich etwas offenbare, von dem Kathleen nichts weiß.

Meine Gefühle überwältigen mich, und ich kämpfe darum, Luft zu bekommen.

»Es ist okay, Joan. Einfach atmen«, beruhigt mich Pamela und spürt die Möglichkeit einer Panikattacke. »Denk daran, was ich dir beigebracht habe: die vier Seiten eines Quadrats. Wenn du so weit bist, kannst du es ihr sagen.«

Ich schließe meine Augen, folge Pamelas Anweisungen: einatmen entlang einer Seite, die andere hinunter ausatmen, einatmen entlang einer weiteren Seite, ausatmen wieder aufwärts.

»Edward ist nicht von Parker«, setze ich an, öffne meine Augen, und zu meiner Überraschung nickt Kathleen.

»Ich habe es an seinen Augen gesehen«, lächelt sie unterstützend, ihr eigener Blick voller Mitgefühl. »Sie waren ganz Joseph.«

Ich lächle sie ebenfalls an, meine Tränen werden weniger. »Ich hatte solche Angst, dich zu kontaktieren«, gestehe ich. »Die eine Person, die eine Verbindung zu Joe hatte, die eine Person, von der ich dachte, sie würde mein Geheimnis kennen.«

»Es war bei mir immer gut aufgehoben«, sagt sie.

»Du hast es Joe nie gesagt?«, frage ich und fürchte die Antwort.

»Es stand mir nicht zu«, erwidert sie und tätschelt meine Hand. »Aber wenn du mich fragst, würde er es sicher gerne wissen. Mehr noch, ich glaube, es würde ihn glücklich machen, es zu erfahren.«

»Ich habe solche Angst, Kathleen«, sage ich, und das bringt mich fünfzig Jahre zurück, als ich ihr anvertraute, dass ich mein Zuhause verlassen würde, um mit Joseph zusammenzuleben. Sie war damals wirklich unterstützend. »Edward hat mir verboten, ihn zu sehen. Was, wenn ich auch Edward verliere und am Ende keinen der beiden mehr habe?«

»Joseph bereut einzig und allein, dich nicht geheiratet zu haben, dir keine Kinder geschenkt zu haben«, sagt sie und tupft eine meiner Tränen mit einem Taschentuch ab, während sie mir tief in die Augen schaut. »Meiner Meinung nach kann hier nur Gutes entstehen.«

»Das sehe ich ebenso!«, stimmt Pamela ein und umfasst meine Schulter.

»Aber ich kann nicht«, sage ich, und mein Gefühl der Ruhe ist verflogen, meine Angst gewinnt die Oberhand, und ich wünsche mir ganzen Herzens, ich wäre daheim geblieben.

45

JESS

Ich bekomme Gänsehaut, als ich um die Kurve gehe und
das Kino vor mir sehe, wieder hell erleuchtet, und auf
dem Vordach steht:

Daniel Corvel: Urbane Landschaften
Eröffnung

Das Foyer ist gefüllt mit Menschen, die sich umsehen
und Daniels Kunst betrachten, die von Charlie so wunderschön aufgehängt und beleuchtet worden ist.

»Jess«, begrüßt mich Daniel mit einem Kuss auf die
Wange, etwas, das er nie zuvor getan hat.

»Deine Arbeiten sehen fantastisch aus, Daniel«, sage
ich und bemerke sofort, wie sortiert und selbstsicher er
wirkt, ein großer Unterschied zu der Person, die er immer
war, als er im Kino gearbeitet hat.

»Es läuft super«, sagt er, und Charlie stößt zu uns, legt
eine Hand auf Daniels Schulter.

»Besser als super«, ergänzt er. »Schau mal, wie viele
rote Punkte da schon sind.«

Ich überfliege die Bildbeschriftungen und stelle fest,
dass mehr als die Hälfte bereits verkauft sind. »Ich liebe
es, dass das Thema der Ausstellung so verwoben mit dem

leer stehenden Gebäude ist. Beinahe symbiotisch«, sage ich und bewundere eines seiner Werke, scharf wie ein Foto, von einer Graffitiwand, an die ein vergessenes Fahrrad angelehnt ist.

»Dafür musst du Ed danken«, sagt Charlie und trinkt aus einem Champagnerglas. »Es war seine Idee, dass Daniels Arbeiten so gut zu diesem Ort passen würden, nicht meine.«

»Ist er hier?«, frage ich und schaue mich um, unsicher, wie er mir nach dem Zusammenstoß heute Vormittag begegnen würde.

Charlie sagt mir, er sei unten, also gehe ich zur Bar, an der sich die Leute tummeln; Servicepersonal geht mit Tabletts feiner Canapés und Champagnergläsern umher.

»Jess!«, quietscht Mariko, als sie mich sieht, winkt mich zu sich, wo sie mit Gary und Clive steht, in eine Unterhaltung vertieft. Mariko umarmt mich, als wollte sie mich ersticken.

»Wie geht es dir, Jess?«, fragt Gary und bietet mir eine knochige Umarmung an, eindeutig schon mit ein paar Gläsern intus.

»Besser jetzt, wo ich euch sehe«, sage ich, und Clive verpasst mir drei Luftküsse. Lulu, die unter seinem Arm klemmt, verhindert eine Umarmung. »Wie geht es allen?«

Die drei wechseln Blicke, die ich nicht deuten kann, als hätten sie ein Geheimnis, in das ich nicht eingeweiht bin.

»Zurzeit ohne Arbeit, aber okay«, antwortet Gary.

»Nicht begeistert von I-Work, aber ich liebe es, zu managen«, sagt Mariko. Sie spricht steif, als würde sie ihre Worte sehr sorgfältig wählen.

»Und ich liebe das Rentnerleben«, singt Clive. »Lulu und ich haben unsere erste Mittelmeerkreuzfahrt gebucht.«

Ich ahne, dass Clive kurz davor ist, seine Kreuzfahrtpläne näher zu erläutern, darum ist es eine Erleichterung, dass Debs und Mike eintreffen. Debs sieht fantastisch aus in einem Fünfzigerjahre-Tea-Dress, das ihren Post-Baby-Bauch kaschiert.

»Ihr habt es hergeschafft!«, sage ich und umarme beide.

»Großeltern – hurra!«, lacht Debs und macht eine kleine Jubelgeste.

»Herzlichen Glückwunsch!«, sagt Mike, und ich werfe ihm einen unsicheren Blick zu. »Dass du deine Offline-Challenge geschafft hast«, ergänzt er.

Mir steht der Mund auf. »Ich kann nicht glauben, dass ich nicht daran gedacht habe!«

»Was?!«, kreischt Debs. »Spinnst du? Ich habe die ganze Woche runtergezählt.«

»Sie hat dich angerufen, sobald sie heute Morgen aufgewacht ist«, bestätigt Mike.

»Aber dein Telefon war aus«, fügt sie hinzu. »Wo ist es?«

»Immer noch in der Treppenkammer«, gestehe ich.

Debs schaut mich verzweifelt an. »Jess, du kannst nicht einen Moment länger offline bleiben. Ich kann es nicht aushalten, wenn du nicht 24/7 erreichbar bist.«

»Jess, bitte, wenn du es nicht für Debs tust, dann wenigstens für mich«, lacht Mike. »Du hast keine Ahnung, wie viel mehr Debs redet, wenn sie dich nicht erreichen kann!«

»Frechheit!«, lacht Debs und schlägt ihn spielerisch mit ihrer Clutch.

»Für dich«, sage ich zu Debs, »aber nur für dich. Ich mag es, offline zu sein; es hat mir gutgetan.« Mein Blick wandert zu Ed, der mit Zinnia drüben in der Ecke plaudert.

Ed schaut zu mir, als ich gerade denke, wie frustrierend gut aussehend er ist, und unsere Blicke treffen sich. Keiner von uns schaut weg. Er hebt sein Glas zu mir, seine Augen funkeln.

Ehe ich meine Aufmerksamkeit umlenken kann, entschuldigt er sich schon bei Zinnia und kommt auf mich zu. Ich greife mir ein Glas Champagner von einem vorbeikommenden Tablett und kippe es hinunter.

»Jess«, sagt er, und obwohl unsere Blicke miteinander tanzen, spüre ich, dass der Streit des Vormittags noch zwischen uns steht.

»Danke, dass du das für Daniel gemacht hast. Das war nett von dir.«

»Es ist gut besucht«, erwidert er, und ich frage mich, ob auch er so gern wie ich den Small Talk hinter sich lassen würde.

»Es tut mir leid wegen heute Vormittag«, sage ich und schlucke schwer. »Ich sehe jetzt, warum du denken könntest, ich hätte mich eingemischt. Aber ich verspreche dir, ich wollte nur das Beste für Joan. Nie hätte ich ahnen können, dass Joseph sich als dein Vater entpuppt.«

»Ich bin der, der sich entschuldigen muss«, lächelt er sanft, und meine Muskeln entspannen sich. »Ich war verletzt, unter Schock. Ich brauchte einen Schuldigen. Es tut mir leid, dass du das warst.«

»Danke«, sage ich, und unsere Augen blinzeln, der Rest des Raumes beginnt zu verblassen.

»Du bist das Beste, was meiner Mutter je geschehen ist, Jess. Ich weiß das. Sie weiß das. Verdammt, sogar Pamela weiß das.«

Ich lache, dankbar für seinen Humor.

»Ein Teil von mir war eifersüchtig, unsicher: dass Mum dich mir vorziehen könnte«, fügt er hinzu.

»Es tut mir leid, dass du das so empfunden hast. Und es tut mir auch leid, dass ich dir das mit deinem Vater nicht erzählt habe.«

Er zuckt mit den Schultern. »Wie du gesagt hast, es stand dir nicht zu. Du warst loyal. Ich verstehe das. Das muss ich mit Mum hinbekommen. Tatsächlich sollte ich dir danken.«

»Sei nicht zu streng mit ihr«, sage ich und sorge mich um Joan, um sie beide. »Ich weiß, dass du verletzt bist, aber du musst sie ihr Leben leben lassen, ihr die Chance geben, noch einmal zu lieben.«

»Vielleicht muss ich mir selbst das auch zugestehen«, sagt er, nimmt mich an der Hand und führt mich ins Büro.

»Was ist los?«, frage ich und suche seine dunklen Augen, seine Pupillen geweitet im gedämpften Licht.

»Jess, da ist etwas, das ich dir sagen muss. Etwas, das ich schon vor einer Weile hätte erklären müssen.«

Ich schaue verwirrt zu, als er etwas aus seiner Hosentasche zieht, unterhalb der Rückseite seines Jacketts.

Er reicht mir ein Bündel Briefe, zusammengebunden mit rotem Band.

»Das sind …«, beginne ich, kann aber nicht weitersprechen.

Ich starre auf die Sammlung von Umschlägen in meiner Hand, alle von ihnen kenne ich, alle von ihnen beschriftet von mir.

»Ed, woher hast du …«

»Manche nennen mich lieber Mr PO Box«, sagt er leise.

»Oh mein Gott«, sage ich langsam, rücke etwas ab, meine Hände prickeln.

»Freust du dich?«, fragt er, und sein Blick erforscht meinen.

»Ich bin geschockt«, sage ich, lehne mich gegen eine Sammlung alter Mäntel, unschlüssig, was ich denken soll. »Nicht, dass ich nicht auch schon daran gedacht habe, denn all diese Hinweise …«

Erst dann erinnere ich mich, dass er darüber gesprochen hatte, dass Joe Fox nicht nur der romantische Held in ›e-m@il für Dich‹ gewesen ist, sondern auch der Antiheld, und ich verstehe, was er mir damals hatte sagen wollen, oder dass er den Weg hierher hatte ebnen wollen.

»Ich war unsicher, ob sie dir aufgefallen sind.«

»Ich habe mir eingeredet, dass sie nur Zufälle gewesen seien«, flüstere ich.

»Ich glaube, uns sind die Zufälle ausgegangen, meinst du nicht?«, sagt er und kommt näher. »Du arbeitest im Kino, ich bin Joans Sohn …«

»Wie bist du auf mein Kürzel gekommen?«, frage ich, so viele Fragen stürmen durch meinen Kopf.

»An dem Morgen, als wir uns im Haus begegnet sind, hat Mum die Katze aus dem Sack gelassen, dass du in den Kontaktanzeigen inseriert hast. Sie sagte, dein Name sei CineGirl. Dann, als Debs erwähnte, dass dein Kürzel von ›e-m@il‹ für *Dich* inspiriert sei, konnte ich nicht anders, als dir zu schreiben, so, wie NY152 Shopgirl geschrieben hatte.«

»Also wusstest du, dass ich es bin?«

»Ja«, gibt er zu, und ich halte inne, unsicher, was ich fühlen sollte. Vor vier Monaten wäre ich fuchsteufelswild wegen dieser Täuschung gewesen, aber jetzt, nach allem, was geschehen ist, nachdem ich einen Abschluss und Vertrauen und Sicherheit gefunden habe, merke ich, dass ich überhaupt nicht wütend bin.

»Vielleicht hätte ich es ein wenig mehr durchdenken sollen«, sagt er ein wenig nervös. Er zieht sich zurück, setzt sich auf den Drehstuhl. »Ich habe es nur gemacht, weil ich dich besser kennenlernen wollte. Ich wollte, dass du mein wahres Ich kennenlernst, nicht den Arbeits-Ed mit der ernsthaften Persönlichkeit.«

»Wie Parker«, sage ich und setze mich auf die kleine Bürobank ihm gegenüber, er nickt, »der Mann, der du meintest, sein zu müssen.«

»Ich wollte nicht, dass du nur Arbeits-Ed oder Joans Sohn siehst, mit all seinen Schutzmauern. Ich wollte, dass du siehst, dass in mir drin jemand anderes steckt, der Mann, schätze ich, von dem die Natur immer wollte, dass ich dieser Mann bin.«

»Der Sohn eines leidenschaftlich romantischen Musikers?«

Er zuckt die Schultern, lächelt. »Wahrscheinlich.«

Und ich lächle auch, geschmeichelt, dass er sich meinetwegen so bemüht hat.

»Das Ganze war einfach zu verlockend ... ich wollte dein geliebtes Kino kaufen, du warst so sehr dagegen. Die Symmetrie und die Liebesgeschichte. Ich habe sogar versucht, einige Szenen aus dem Film nachzuempfinden.«

»Hast du?«, lache ich.

»Es begann in dem Café – du hast Mr PO Box erwartet, und stattdessen bin ich aufgetaucht. An diesem Tag hatte ich dir sagen wollen, wer ich bin, doch du warst noch immer so sauer auf mich, das Timing hat nicht gepasst, bis heute.«

»Debs hat mich darauf hingewiesen, dass das ein merkwürdiger Zufall gewesen ist«, sage ich und erinnere mich daran, wie wütend ich damals auf ihn war, wie weit in der Vergangenheit das inzwischen schien.

»Und dann waren da die Blumen, die ich dir vorbeigebracht habe, im Versuch, dich umzustimmen, und das Date auf dem Markt ... und dann sollten wir uns am Bahnhof treffen.« Er schaut auf seine Schuhe, dann direkt zu mir. »Es tut mir leid, dass ich nicht gekommen bin – ich war so wütend auf Mum –, ich wollte, dass das deine Schlussszene im echten Leben wird.«

»Ich liebe es, dass du das versucht hast«, sage ich und schweife ab.

»Aber?«, fragt er, die Stirn in Falten gelegt.

»Ich weiß noch immer nicht, ob ich dir verzeihen kann, dass du das Kino geschlossen hast«, sage ich, unsicher, ob ich das je werde hinter mir lassen können. »Es ging nie um meinen Job, Ed. Es ging um den Verlust des Ortes, der für mich Zuhause und Familie war. Es gab so viele andere Orte, die du hättest kaufen können.«

»Was, wenn ich dir sagen würde, dass ich die Entscheidung rückgängig machen könnte?«, fragt er, sein Gesicht entspannt sich, und seine Augen glitzern.

»Wie meinst du das?«

»Was, wenn ich dir sagen würde, dass die andere Person noch immer interessiert ist, dass es bereits alles eingefädelt ist?«

»Er hat sich vor einer Ewigkeit zurückgezogen«, sage ich und denke an den Hedgefundtypen, von dem Clive gedacht hatte, dass er auch bieten würde. »Es ist nichts dabei rausgekommen.«

»Nicht ›er‹, ›sie‹«, sagt er, steht auf, bietet mir seine Hand an und führt mich wieder hinaus an die Bar, wo er Zinnia sucht.

»Ich verstehe nicht«, sage ich zu beiden.

»Ich habe dir doch gesagt, dass ich eine Nebenbeschäftigung suche«, meint Zinnia. »Die TikTok-Kampagne hat Spaß gemacht, doch jetzt ist es Zeit für etwas Größeres.«

»Ich …«, setze ich an und beginne langsam, die Punkte zu verbinden. »Sagst du gerade, was ich denke, dass du es sagst?«

»Zinnia ist die neue Eigentümerin des Portland Cinema«, bestätigt Ed.

»Wie?«, frage ich, inzwischen vollkommen überfahren.

»Wir haben das seit Monaten geplant«, verkündet Zinnia stolz. »Seit deinem Medientag, als ich gesehen habe, wie viel dir das wirklich bedeutet hat. Ich wusste, ich würde mir niemals verzeihen, wenn ich es zu einem weiteren I-Work machen würde«, sagt Ed, und seine Augen strahlen vor Ernsthaftigkeit.

»Aber wie kannst du dir das leisten?«, frage ich Zinnia.

»Ich bin reich!«, erklärt sie. »Die Familie meines Mannes hatte eines der großen Filmstudios gegründet. Ich brauchte nur ein wenig Zeit, um die Fonds freizusetzen.«

»Darum konnten wir noch keine Arbeiten an dem Kino vornehmen, darum stand es so lange leer«, sagt Ed.

»Ich kann das alles nicht glauben«, sage ich, mein Kopf dreht Extrarunden, obwohl es jetzt mehr Sinn ergibt, dass Zinnia einen alten Freund hat, der ein großer Filmproduzent ist. »Das Einzige ist …«, setze ich vorsichtig an, weil ich niemandes Blase zum Platzen bringen will.

»… ist, dass du den Job als Produktionsassistentin hast?«, fragt Ed.

»Dank euch«, nicke ich, denn Phil hat auf meinem Rückweg von Debs heute Nachmittag angerufen, um mir die Stelle bei Working Title anzubieten. Humphrey und ich hatten mit einem Knochen und Starbucks gefeiert. »Woher weißt du das?«

»Phil hat mich angerufen, um es mir zu sagen«, strahlt Zinnia.

»Also haben wir das auch geklärt«, sagt Ed und winkt Mariko, die mit Gary zu uns kommt.

»Die neue Managerin des Portlands und euer Filmvorführer.«

»Ach, hör doch auf«, kreische ich und umarme die beiden sofort, wissend, dass Gary nun sein neues Zuhause haben wird und Mariko eine Managementstelle bei etwas, wofür sie brennt. Ich denke an all die Dinge, die sie dem Kino geben wird, was Clive nie gewagt hat: mehr Ausstellungen, Lesungen und Events, Hochzeiten und die Vermietung der Location, und wie fantastisch sie das machen wird, für alles auf ihren Social-Media-Kanälen zu werben.

»Warum geht ihr beide nicht mal raus und besprecht das alles«, sagt Zinnia zu mir mit einem Zwinkern.

»Gute Idee«, meint Ed, und nach einer letzten Umarmung für Mariko, wir beide voller Aufregung, folge ich ihm nach oben und nach draußen.

»Weißt du, Mr PO Box hat mir mal gesagt, dass sein ›wahres Ich eines Tages zutage kommen wird‹«, sage ich, als wir uns beide auf die Bank setzen und ich in Gedanken seine Briefe noch einmal durchgehe. »Vielleicht ist dies der Beginn davon.«

»Ich hoffe es«, sagt er.

»Lerne deinen Vater kennen, Ed, und ihr drei solltet euch auch kennenlernen. Du hast es so weit gebracht …«

»Ich versuche es«, sagt er ernsthaft, und ich glaube ihm.

»Gut«, sage ich und rücke näher.

»Glücklich?«, fragt er, und der Vollmond steht hoch oben über uns.

»Sehr« sage ich, und er legt seinen Arm auf die Lehne der Bank.

»Ich freue mich für Mariko und für Gary, für Zinnia auch; und für mich, dass ich meiner Leidenschaft folge, zu meinem Traumjob.«

»Das freut mich, Jess.«

»Ich kann nicht glauben, dass du für mich einen Teil von I-Work aufgibst«, sage ich und schaue in den Himmel.

»Wie sonst hätte ich dir beweisen sollen, wie viel du mir bedeutest?«

Ich drehe meinen Kopf und sehe ihn an. Er blickt mich ebenfalls an, in seinen Augen spiegelt sich der Mond.

»Auf der South Bank hast du mich gefragt, wofür ich brenne, und ich konnte es dir nicht sagen, aber jetzt kann ich es«, sagt er. »Ich brenne für dich, Jess Harris. Habe ich schon immer, werde ich für immer«, sagt er, und ich erinnere mich daran, wie er auf dem Spielplatz gesagt hat, dass Izzy für ihn nicht perfekt sein könne, weil jemand anders es schon sei. Ich verstehe jetzt, dass diese Person immer ich war: »lebhaft, selbstsicher, freundlich«.

»Ich will nichts mehr, als mit dir zusammen zu sein, wenn du mich willst?« Er legt einen Arm warm um mich.

»Wer ist ›mich‹?«, frage ich und durchforsche seine dunklen, tiefen Augen. »Ed Armitage oder Mr PO Box?«

»Wen wünschst du dir?«

»Beide«, grinse ich und liebe sie gleichermaßen. Ich kann nicht fassen, dass ich das Unmögliche gefunden habe: die Einfühlsamkeit, Loyalität und Freundlichkeit des Mr PO Box und die unglaubliche Attraktivität von Ed.

»Gut. Denn der eine kann nicht ohne den anderen sein«, sagt er, auf eine Art, die mir zu verstehen gibt, dass er nicht nur über sich selbst, sondern auch von uns spricht.

Und dann küsst er mich, süßer und seelenvoller als in jedem Film, und es fühlt sich genauso an, wie Zinnia es mir vorhergesagt hatte, als würden zwei Sterne aufeinandertreffen: Magische Funken fliegen überall herum.

46

JOAN

Letztendlich kam ein Parkwächter, und Kathleen blieb nichts anderes übrig, als weiterzufahren. Wir fahren durch Midtown, der Mond geht langsam über der Stadt auf, als mein Telefon klingelt. *Edward Armitage* leuchtet es auf der Anzeige. Mein Magen zieht sich zusammen.

»Rate, wer bei mir ist«, grinst er, offenbar gar nicht mehr wütend, der Videoanruf ist bemerkenswert klar dafür, dass ein Ozean zwischen uns liegt. Er bewegt die Kamera ein wenig zurück, damit ich etwas sehen kann.

»Hi, Joan«, winkt Jess und grinst.

»Wir haben Neuigkeiten«, sagt Ed, und sie küssen einander liebevoll.

»Ich hatte da schon so ein Gefühl«, lächle ich und freue mich für die beiden, trotz meiner Sorgen.

»Und das ist noch nicht alles«, meint Jess. »Ed ist Mr PO Box!«

Ed bewegt die Kamera zügig vor und zurück, um einen dramatischen Effekt zu kreieren, was Jess zum Lachen bringt. »Kannst du das glauben, Joan? Ed ist Mr PO Box!«

»Unfassbar«, sage ich und bewundere die beiden. Was ich nicht ausspreche, ist, dass es mich nicht überrascht, dass ich immer wusste, dass er im Grunde ein Romantiker ist, genau wie sein Vater.

»Und all das nur wegen unserer Challenge, Joan. Wäre ich nicht offline und du online gegangen, hätte ich mich nicht in Ed-Schrägstrich-Mr-PO-Box verliebt, und du wärst nicht auf dem Weg, um Joseph zu treffen.«

»Was das angeht, Mum …«, setzt Ed an.

Ich halte die Luft an, sein Ausdruck ist jetzt ernst, wodurch er so sehr Parker ähnelt. Es überrascht mich, nicht zum ersten Mal, dass man jemandem ähnlich sehen kann, mit dem man nicht blutsverwandt ist.

»Ich wollte nicht so davonstürmen, wie ich es getan habe, oder sagen, was ich gesagt habe«, erklärt er. »Es tut mir leid, Mum. Natürlich musst du ihn treffen.«

»Ich bin nicht sicher, ob …«, beginne ich, weil ich zwar Jess nicht enttäuschen möchte, aber das Gefühl habe, dass ich weder die körperliche noch die mentale Stärke habe, wirklich zu dem Treffen zu gehen.

Aber Ed lässt mich nicht ausreden. »Du musst das für dich tun, Mum, aber auch für uns. Geh los und finde ihn. Sag ihm die Wahrheit. Finde dein Glück.«

Trotz all meiner Angst möchte ich meine Hände um sein hübsches Gesicht legen, seine Augen jetzt so weich und voll wie Joes. »Bist du sicher?«, frage ich, und meine Entschlossenheit kehrt zurück.

»Ich bin sicher. Sag ihm, dass ich es nicht erwarten kann, ihn kennenzulernen.«

»Dann mache ich das«, sage ich beim Ausatmen, angespornt von ihrem Mut und ihrem jugendlichen Enthusiasmus.

»Du wirst das toll machen, Joan«, ruft Jess, und als die

Videoqualität immer schlechter wird, wird die Verbindung getrennt.

Kathleen gelingt es, vor dem Eingang zur Radio City Music Hall zu halten, sodass Pamela und ich uns den Weg zum Aufzug zur Dachterrasse suchen können.

»Halte durch, Joan«, sagt Pamela und überprüft ihr Aussehen im Spiegel des Fahrstuhls. Ich bin nicht in der Lage, irgendetwas anderes zu tun, als geradeaus zu starren und an meine Atmung zu denken. Allem, was gleich passieren wird, einen rationalen Rahmen zu geben, wäre unmöglich, also versuche ich es erst gar nicht und erlaube meinem Körper einfach, die notwendigen Bewegungen zu übernehmen.

»Da sind wir«, sagt sie fröhlich, obwohl ihre Stimme angespannt klingt, zweifelsohne ist sie meinetwegen nervös.

»Ich weiß nicht, ob ich das kann«, sage ich, als die Tür sich öffnet und meine neuentdeckte Entschlusskraft zum Schwanken bringt. Ich erwische mich dabei, mir zu wünschen, dass sich die Tür wieder schließen würde und ich in die Sicherheit meiner Vergangenheit zurückkehren könnte, anstatt hinauszutreten in eine unbekannte Zukunft.

»Noch ein Schritt, Joan«, sagt Pamela und stellt sich in die Tür, damit diese nicht wieder schließt, dann bietet sie mir ihre Hand an.

Selbst in meinem verängstigten Zustand kann ich Pamelas gutherzige Führung erkennen. Weil sie die Türen daran hindert, sich wieder zu schließen, müsste ich sie wegschubsen, um zu entkommen, und sie weiß, dass ich das nie täte.

»Es ist ziemlich schön hier draußen«, sagt sie, und dummerweise lasse ich mich verführen, auch hinzuschauen.

Pamela hat recht, der Garten ist wunderschön. Weiche Bepflanzung wird von unten beleuchtet und bildet einen Kontrast zu den Wolkenkratzern über uns. Und überall sitzen Menschen zusammen um Tische, schwatzen und trinken und genießen die Nachtluft.

Ehe ich es bemerke, hat Pamela mich aus dem Aufzug und hinausgeführt, zu einer niedrigen Bank auf einem gewundenen Pfad, gerade so außer Sichtweite des Eingangs.

»Vielleicht ist er schon hier«, sage ich, und mein Herz schlägt gefährlich schnell.

»Ich gehe mal nachschauen.«

»Wie willst du wissen, dass er es ist?«

Pamela lacht. »Joan, hier ist nicht ein Mensch über vierzig. Ich bin zuversichtlich, dass ich jemanden in den Achtzigern als Joseph identifizieren kann.«

»Natürlich«, sage ich und lasse sie ziehen, fühle mich plötzlich inkonsequent, bewusst, dass jede Person, hinter jedem Fenster eines jeden Wolkenkratzers über mir, ihre eigene Liebesgeschichte hat.

Ich sitze und atme, unfähig, etwas anderes zu tun.

»Kein Glück, fürchte ich«, sagt sie, als sie zurückkehrt.

Sie muss sehen, wie mein Gesicht vor Enttäuschung in sich zusammenfällt, denn sie fügt hinzu: »Du weißt doch, wie das in der Stadt ist, man braucht eine Ewigkeit von A nach B, ganz besonders in unserem Alter.«

»Ja«, sage ich und hoffe, dass das der Grund ist, dass er es sich nicht anders überlegt hat.

Einen Augenblick später pingt mein Telefon, und ich entdecke eine Nachricht von Kathleen. Drei einfache Worte:

Er ist unterwegs.

Ich atme scharf ein, umfasse das Holz der Bank und wappne mich körperlich für den Moment, auf den ich ein Leben lang gewartet habe. Ich versuche, mich zu sammeln, als eine Stimme, die ich besser als meine eigene kenne, ein Kribbeln von meinem Kopf bis in meine Zehenspitzen sendet.

»Hallo, Joany«, sagt er, und ich blicke auf und entdecke Joseph, so fesselnd und gut aussehend, wie er in jener ersten Nacht im Ronnie Scott's gewesen war, und er kommt auf mich zu. Und dann steht er vor mir, Joseph Blume. Mein Joe. So wahr wie die Tränen, die meine Wangen hinunterkullern.

»Es tut mir leid, dass du warten musstest«, sagt er, streckt die Hand aus und fängt eine Träne mit seinem Daumen.

»Das macht nichts«, sage ich, und ein Lächeln, das ich Jahrzehnte nicht mehr gelächelt habe, breitet sich auf meinem Gesicht aus. »Was sind ein paar Minuten warten, nach einem Leben voller Sehnsucht?«

Und dann, als würde ich träumen, sitzt er neben mir und öffnet eine kleine Box.

»Ich habe diesen Ring all die Jahre aufbewahrt, Joany. Jetzt, da ich meinen Weg zurück zu dir gefunden habe, habe ich nicht vor, dich jemals wieder zu verlieren.«

Er legt seinen Arm um mich, und ich falle mit Herz und Seele in ihn hinein.

Ich habe so viel zu sagen, über Edward, die Reise, die zu diesem Moment geführt hat, aber ich möchte seine Arme nicht verlassen.

Er schaut hinab zu mir mit diesen großen sinnlichen Augen und hebt sanft mein Kinn an, ehe er meine Lippen mit einem Kuss bedeckt, der sowohl die Jahre zurückspult als auch meinen Lebensgeist weckt.

»Also«, sagt er, lächelnd und mit strahlendem Gesicht, »lass uns das Ende unserer Geschichte beginnen.«

DANKSAGUNG

Ein großes Dankeschön an Juliet Pickering, meine unbeschreibliche, hart arbeitende Agentin, deren Geduld keine Grenzen kennt. Sie hat an dieses Buch geglaubt, von meiner ersten skizzenhaften Idee bis zum finalen Entwurf. Danke, dass du mir ermöglichst, das zu tun, was ich liebe.

An Sherise Hobbs von Headline Publishing. Was soll ich sagen? Es war ein wahr gewordener Traum, die Möglichkeit zu haben, mit dir zu arbeiten, und die Wirklichkeit übertraf den Traum sogar. Danke für deine erfahrene Führung, deinen grenzenlosen Enthusiasmus und die reine Liebe zur Romantik. Gemeinsam haben wir dieses Buch geschaffen.

Und an Priyal Agrawal: eine stille Romantikerin. Souverän, würdevoll und wunderbar effizient. Es war eine Freude, mit dir zu arbeiten.

An den Rest des Traumteams für Bücher bei Headline, einschließlich, jedoch nicht begrenzt auf: Caroline Young, die das Cover auf den Punkt getroffen hat; Sarah Bance, die die Dinge geregelt hat, die ich wahrscheinlich wissen müsste, es aber nicht tue, und das brillante Rechtsteam, immer eine Kurve voraus – ich danke euch allen.

Jess und Joan und ihre Reise wurden von so vielen Unterhaltungen mit Freunden entlang des Weges geformt. Dank geht an: Anneke, deren Geist und Hingabe inspiriert und informiert haben; Jane, die die Tauschidee aufgebracht und dabei geholfen hat, Joan zurück ins Leben zu führen (und dafür, dass sie jemand ist, den ich grundsätzlich bewundere und anhimmele); Lindsey, für all den Tee und die Scones, die Unterstützung und dafür, dass sie mir großzügig einen Teil ihrer Geschichte geschenkt hat, und an Jana, die so treu in ihrer Freundschaft ist, und dafür, dass sie eine Unze Romantik geteilt hat.

An Liz von der Bank, die unbeabsichtigt ein Loch in der Handlung gestopft hat – danke! Und an David, dafür, dass er besser ist in Mathe, als ich es bin.

Mein Dank geht an Lesley, Dani und Helen Z., die alle länger zugehört haben, als es je ein Freund sollte tun müssen. Und danke auch an die vielen starken (etwas älteren) Frauen in meinem Leben, die mich entlang des Weges inspiriert haben: Jeni A., Ann und Judy, um nur einige zu nennen.

Und zuletzt, jedoch nie an letzter Stelle, ein Dank an meine Familie. An meine Eltern für ihre unermüdliche Unterstützung, an meinen Sohn und all seinen Glanz, und an Peter, dafür, dass er weiß, wann er zuhören muss, wann er Rat geben muss und – was am wichtigsten ist – wann er mich in Ruhe lassen muss – ich danke euch.

ANMERKUNGEN DER AUTORIN

Liebe Leserin, lieber Leser,

›Neuanfang in Notting Hill‹ ist ein Roman, den zu schreiben ich das unbedingte Bedürfnis hatte; ich musste ein Buch schreiben, das mir und Ihnen zeigen würde, dass es eine Alternative zu der schnelllebigen, oft einsamen Welt gibt, in der wir leben.

Die Ausgangsidee waren einfach zwei Frauen, Jess und Joan, Frauen unterschiedlichen Alters, die zusammenziehen, um sich Kosten und Einsamkeit entgegenzustellen. Dann erst entstand die Idee, dass die beiden einen Tausch von online zu offline vornehmen könnten, und umgekehrt. Erst danach kam uns der Gedanke, die Kontaktanzeigen und das Briefeschreiben einzubauen, woraus die Idee entstand, ihre beiden Liebesgeschichten miteinander zu verbinden.

Als der Roman Form annahm, rückte die Idee der verlorenen Kunst des Briefeschreibens in den Vordergrund. Es faszinierte mich, wie der Prozess des Verfassens eines Briefes, aber auch des Wartens auf die Antwort, in Jess eine Geduld, eine Ruhe, einen stärkeren Fokus entstehen ließ. Auch interessierte mich, wie sich die Gefühle mit diesen sehr persönlichen, greifbaren Objekten verbanden, die manchmal einen Duft oder Spuren ihrer Reise trugen, und wie das Joans Entscheidungsfindung beeinflusste.

Die Briefe wurden zu mehr als einem Werkzeug im Buch, die Distanz, die sie kreieren (sowohl zeitlich als auch körperlich), schafft sichere Orte für die Protagonistinnen und Protagonisten, um Worte auszudrücken, die in persona oder auf andere Arten ihren Weg nicht gefunden hätten. Die Briefe begannen ganz direkt, Einfluss auf die Reisen der Protagonistinnen und Protagonisten zu nehmen.

Ich hoffe, dass Sie, die Lesenden, nach dem Lesen von ›Neuanfang in Notting Hill‹ das Bedürfnis verspüren, Ihre eigenen Briefe zu schreiben, ob an Freunde, Familie oder Liebhaber. Ich wünsche mir, dass auch Sie dabei finden, was Jess gefunden hat – Ihr eigenes Gefühl von Zufriedenheit inmitten dieser hektischen Welt.

Herzlich

Norie Clarke

Sie sammelt

die Geschichten anderer ...

SALLY PAGE

*Das
Glück der*
GESCHICHTEN
SAMMLERIN

ROMAN

DER
SUNDAY TIMES
BESTSELLER

dtv

Ein neues Kapitel beginnt ...

Auf der Suche nach
verloren geglaubten Möglichkeiten

BETH MILLER

Die **Briefe** der
Mrs Bright

ROMAN

dtv